Scarlet
스칼렛

www.bbulmedia.com

Scarlet
스칼렛

www.bbulmedia.com

이웃집
담 너머

1판 1쇄 찍음 2016년 3월 16일
1판 1쇄 펴냄 2016년 3월 22일

지은이 | 김영희
펴낸이 | 정 필
펴낸곳 | (주)뿔미디어

기획 · 편집 | 이영은, 김수정

출판등록 | 2002년 9월 11일 (제1081-1-132호)
주소 | 경기도 부천시 원미구 소향로 17, 303(두성프라자)
전화 | 032)651-6513 / 팩스 032)651-6094
E-mail | scarlets2012@hanmail.net
블로그 | http://blog.naver.com/dahyangs
홈페이지 | http://bbulmedia.com

값 9,000원

ISBN 979-11-315-7004-3 03810

이웃집 담 너머

김영희 장편 소설

c o n t e n t s

프롤로그

옆집 남자가 나가는 시간은 일정하다. 오전 7시 20분. 서인은 현관 앞에 쭈그리고 앉은 채 제 휴대폰 화면의 시간을 확인했다. 19분에서 20분으로 넘어가는 순간, 옆집 대문이 열렸다가 닫히는 소리가 들렸다.

나갔다!

서인이 후다닥 대문으로 달려가 대문 위쪽의 틈새로 눈만 내놓은 채 밖을 훔쳐보았다. 빈틈이라고는 찾아볼 수 없을 만큼 단정하고 서늘한 인상의 남자가 집 앞에 주차된 승용차로 걸어가고 있었다. 그리고 늘 하던 대로 자연스럽게 차에 타더니 시동을 걸고 곧바로 출발했다. 7시 22분. 서인은 다시 휴대폰을 보았다. 그가 대문을 열고 나가 차를 몰고 가 버리는 데에 걸린 시간은 총 2분이었다.

"칼이네, 칼이야."

서인은 혼잣말을 중얼거리다가 어깨를 으쓱였다. 하기야 그렇게 칼 같으니 전근을 온 지 얼마 되지도 않았는데 벌써 애들 사이에서 별명까지 붙은 거겠지.

킬러 윤.

무시무시한 별명을 지닌 옆집 남자의 이름은 길모윤이다. 킬러 윤, 길모윤, 누가 별명을 지은 건지 몰라도 참 잘 지었다. 서인이 종알거리며 한결 편안해진 마음으로 가방을 고쳐 메고 대문을 열었다.

서인이 이렇게 옆집 남자가 출근하고 난 뒤에 등교를 시작한 건 여름 방학이 끝나고 2학기가 시작되면서부터이다. 더 정확히 말하자면 길모윤이라는 이름의 남자가 그녀의 옆집에 이사를 온 직후부터라고 해야 할까. 아니면 그 남자가 그녀의 학교에 전근을 온 뒤부터라고 해야 할까.

'어쨌든 이 모든 일의 원흉은 이모야.'

서인은 툴툴거리며 여름 방학 때의 일을 떠올렸다. 그날 이모의 제안을 받아들이지만 않았더라면, 그래서 이모 대신 그 자리에 나가지만 않았더라면…….

'하지만 그랬다면 아저씨, 아니, 쌤을 모르고 살았겠지.'

지금 이 마음도 모르고 살았을 테고. 서인은 아릿해지는 가슴속을 느끼며 손바닥으로 쇄골 아래를 문질렀다.

요새는 흔히 초등학교 때 한다던 첫사랑이었다.

서인은 그 첫사랑을 고등학교 3학년 여름 방학이 되어서야 하게 되었다. 그리고 첫사랑의 상대방은 바로 옆집 남자였다.

길모윤.

이모 대신 나갔던 소개팅에서 만난 남자.

그리고…… 자신의 학교 선생님이자 옆집 남자.

"아, 기운 빠져. 저혈당인가? 어제 아침이랑 똑같이 노보래피드 7단위 맞았는데."

밥을 덜 먹었나? 서인은 교복 재킷의 주머니를 뒤적거려 사탕 하나를 꺼냈다. 그리고 포장지를 벗긴 뒤에 사탕을 입에 막 넣으려는 순간, 누군가 다가와 그녀의 앞을 가로막았다.

제일 먼저 서인의 눈에 들어온 건 먼지 하나 묻지 않은 새까만 구두였다. 그리고 칼날처럼 각을 잡아 잘 다려 놓은 바지가 그 뒤에 보였다. 서인이 눈조차 깜빡이지 못하고 천천히 시선을 위로 옮기다가 간신히 침을 삼켰다.

알고 있는 차림새였다.

바로 조금 전에 대문 틈새로 훔쳐보기까지 했으니 모를 수 없었다.

"역시."

머리 위에서 서늘한 음성이 내리꽂히듯 떨어졌다. 서인은 차마 고개를 들어 그 음성의 주인을 바라볼 수 없어서 고개를 숙인 채 눈을 질끈 감았다. 갑자기 가슴이 심하게 뛰기 시작했다. 저혈당 때문인지 아니면 다른 이유 때문인지 구분이 되지 않았다. 사탕을 들고 있던 그녀의 손이 경련을 일으키듯 떨렸다.

"권나희 씨, 아니, 뭐라고 불러야 하나……."

남자의 목소리는 차분하면서도 냉랭했다. 들키지 않았다고 생각했는데, 어떻게 된 걸까. 서인이 입술을 꽉 깨무는 동시에 남자, 길모윤의 입이 다시 열렸다.

"우서인."

그의 시선이 자신의 명찰에 닿아 있는 게 느껴졌다. 말도 안 된다는 걸 알지만, 그래도 남자의 시선이 생생하게 느껴졌다.

명찰을 달지 말고 나올걸.

서인은 뒤늦게 후회했다. 어제 교문 앞에서 명찰을 달지 않아 학생 주임 선생님에게 걸린 탓에 오늘 잊지 않고 명찰을 달고 나온 게 문제가 될 줄이야. 아니, 사실은 명찰이 문제는 아니었다. 이 집에 사는 '아이'가 우서인이라는 걸 그가 모르는 것도 아니고. 다만, 그 '아이'가 '권나희'와 동일 인물이라는 걸 몰랐을 뿐.

서인이 파르르 떠는 것과 동시에 그의 손이 다가와 그녀의 턱을 잡아 올렸다.

서인은 그의 손가락이 얼마나 길고 예쁘게 생겼는지 잘 알고 있다. 하지만 지금 자신의 턱을 감싸 쥐듯 잡은 손은 차갑기 그지없었다.

"그래도 설마 했어. 아니겠지. 권나희 씨가 왜 학교에 있을까. 왜 교복을 입고 있을까. 내가 잘못 본 거겠지, 그렇게 믿으려고 했어."

"모, 모윤 씨."

"선생님이라고 불러야지. 안 그래? 우서인 학생?"

지금껏 나를 놀려서 즐거웠어? 서인의 첫사랑, 길모윤이 배신당했다는 듯한 표정으로 그녀를 바라보다가 차갑게 물었다. 그리고 서인의 눈이 흐려졌다.

혈당이 떨어진 탓일 거야.

눈물 때문이 아니라.

1

소개팅 대타

"소개팅?"

서인은 느닷없이 걸려 온 이모의 전화를 받고 기가 막혀서 되물었다. 휴대폰 너머에서 그녀의 이모, 권나희가 머쓱한 어조로 대꾸했다.

— 제발, 이럼 안 되는 거 알지만…… 딱 한 번만. 응? 서인아, 부탁할게.

"딱 한 번만이라는 말을 믿고 내가 지금까지 이모 대신 나갔던 소개팅이 몇 번인 줄 알아? 안 되는 거 아는 사람이 이게 대체 몇 번째야."

탁. 그녀는 보고 있던 영어 문제집을 덮은 뒤에 한쪽 무릎을 세우고 고개를 등받이 뒤로 젖혔다. 그리고 의자를 빙글빙글 돌리다가 단호하게 말했다.

"절대 안 돼."

— 서인아아아아아아아.

"이것 보세요, 권나희 씨. 지금 조카한테 무슨 몹쓸 짓입니까? 그런다고 내가 넘어갈 줄 알아!"

서인이 앉아 있던 의자가 빙그르르 돌다가 멈췄다. 그녀는 창문에 비친 자신의 모습을 보았다. 씩씩대고 있는 여자의 모습이 유리창에 비쳤다. 긴 머리를 동그랗게 토끼 꼬리처럼 말아 올려 묶은 게 눈에 들어왔다. 서인은 창문에 비친 자신을 계속 보다가 뚱한 표정으로 고개를 마구 흔들었다.

이놈의 노안.

노안.

동안 시대에 노안이라니.

열아홉 살의 우서인은 성숙해 보이는 외모로 인해 종종 스물일곱 살 먹은 이모를 대신하여 소개팅 자리에 나가고는 했다. 처음에는 이모의 간절한 부탁을 거절하지 못해서 들어주었고, 그 뒤에는 대가로 받는 용돈벌이가 제법 쏠쏠한 터라 어린 마음에 스스로 나서서 나간 적도 꽤 있었다. 하지만 이제는 그만둬야 할 시점이다.

"이모, 나 지금 3학년이야. 고3이라고. 수능 몇 달 안 남은 수험생이라는 걸 잊었어? 한창 학업에 열중해도 부족할 판에, 뭐? 나더러 대신 소개팅에 나가라고? 황금 같은 여름 방학이 얼마 남지 않은 조카한테 지금 이게 할 소리야?"

외할아버지와 외할머니가 늦둥이라고 무조건 오냐오냐하며 키웠다더니. 수능을 앞둔 어린 조카에게 막무가내로 철없이 구는 나희의 행동에 서인은 기가 막혀서 몇 번이나 혀를 찼다.

— 그렇지만 이건 네 책임도 있어!

"무슨 책임! 억지 좀 쓰지 마!"

— 서인이, 네가 거절 안 하고 내 부탁 자꾸 들어주는 바람에

내가 소개팅 자리를 부담 없이 넙죽 받게 된 거잖아! 그래 놓고 이제 와서 거절하면 나더러 어쩌라고! 들어주라? 응? 이번에 딱 한 번만 더! 플리즈!

"……이게 지금 딱 그거지? 물에서 건져 났더니 보따리 내놔라, 했다는 거. 그렇지?"

서인은 나희의 억지스러운 말에 기가 막혀서 고개를 절레절레 흔들며 의자에서 일어났다. 책상 옆으로 엉망이 된 책들이 여기저기 쌓여 있었다. 아, 이것부터 치워야 하는데……. 그녀는 한숨을 내쉬며 다시 휴대폰을 귀에 댄 채 입을 열었다.

"나 이모랑 이러고 있을 시간 없어. 방도 치워야 하고, 학원도 가야 돼."

— 방은 왜……. 설마 언니, 아니, 네 엄마가 또 한바탕한 거야?

나희가 서인의 말에 날카로운 반응을 보이며 물었다. 소개팅에 대신 나가 달라며 징징대던 조금 전과 확연히 달라진 태도였다. 서인은 쓴웃음을 짓고는 볼에 생긴 멍 자국을 손으로 문지르며 대꾸했다.

"뭐, 한바탕할 때가 됐잖아."

— 할 때가 되기는 뭐가 돼? 어휴…… 내가 정말 속 터져서. 엄마는 지금 집에 없어?

"없으니까 내가 이모랑 이렇게 통화하고 있지."

서인은 허리를 숙여 책 몇 권을 주워 들었다. 그녀가 즐겨 읽던 책들이 전부 찢겨지고 구겨져 있었다. 그녀의 엄마, 권나경이 어젯밤에 한 것이다.

— 서인아…….

"아, 됐어. 왜 갑자기 진지해져? 괜히 나 마음 약해지게 해서 소개팅 나가게 하려는 거지?"

서인이 괜히 아릿해지는 속을 숨기려고 목소리를 높이며 거실로 나갔다. 거실 역시 난장판인 것은 그녀의 방과 다를 게 없었다. 서인은 부서진 전등갓 사이로 발을 옮기다가 얼굴을 찡그렸다.

"아야……."

— 왜 그래? 어디 아파?

"어? 아, 아니야. 아무것도 아니야."

서인은 황급히 나희에게 대꾸한 뒤, 소파에 앉아 발을 슬쩍 들어 보았다. 깨진 전등갓의 날카로운 조각이 발바닥에 파고들어 있는 게 그녀의 눈에 들어왔다. 그리고 그 사이로 핏방울이 조금씩 떨어지기 시작하더니 이내 주르륵 피가 흘러내렸다.

"아!"

카펫 위로 피가 떨어졌다. 서인은 얼굴을 찡그리며 입술을 깨물었다. 엄마가 알면 난리를 칠 텐데. 그녀는 자신도 모르게 한숨을 푹 내쉰 뒤, 나희를 향해 입을 열었다.

"이모, 소개팅 나가면 얼마 줄래?"

— 뭐?

"아니다. 차라리 돈 대신 카펫으로 받을까?"

— 무슨 소리를 하는 거야?

나희의 어리둥절한 목소리가 휴대폰을 통해 들렸다. 서인은 피가 계속 나오는 발바닥을 화장지로 대충 누르며 사실대로 털어놓았다.

"전등갓 깨진 걸 밟아서 피가 났는데 카펫에 묻었어. 이거 세탁은 어렵겠지? 엄마가 돌아오기 전에 똑같은 카펫으로 바꿀 수 없을까?"

— 뭐? 많이 다쳤어? 괜찮아?

서인의 말에 놀란 듯 나희의 목소리가 더욱 커졌다. 자신을 걱정하는 마음이 듬뿍 느껴지는 목소리에 서인의 입꼬리가 올라갔다.

"괜찮아. 살짝 베인 거야. 그나저나 우리 집 거실 바닥에 깔린 카펫 말이야, 이모. 똑같은 걸로 구할 수 있어?"

— 글쎄. 그거, 네 엄마가 어렵게 구했다고 들었는데……. 이탈리아에서 직접 들여왔던 거 아니야?

"……그랬던 거 같아."

그럼 구하기는 힘든 걸까. 서인은 난감한 마음에 풀 죽은 표정으로 힘없이 대꾸했다. 그 와중에 피가 계속 나온 것인지 발바닥에 대고 있던 화장지가 축축하게 젖었다. 그녀는 다시 두루마리 화장지를 여러 겹 끊어서 발바닥에 대려다가 울컥 눈물이 나오려는 걸 간신히 참았다.

발에 난 상처보다 카펫 걱정을 하고 있는 제 꼴이 너무 초라하고 불쌍해 보였다. 당뇨가 있으니 발에 상처가 나지 않게 주의하라던 의사의 말이 문득 떠올랐다. 하지만 엄마에게 더 소중한 건 자신의 발이 아니라 이탈리아산 카펫일 게 분명했다.

'아빠 역시 내 발보다는 그 여자가 더 소중할 테고.'

서인은 그나마 제 상처 걱정을 해 주던 나희를 떠올렸다. 외할머니가 거의 키우다시피 했던 터라 나희와는 이모, 조카 사이라기보다는 나이 차이가 제법 있는 자매 사이라고 보는 편이 더 어울렸다. 가끔은 제 간식을 몰래 뺏어 먹는 바람에 싸우기도 많이 싸웠었는데…….

그래.

그래도 나한테 이모 말고 또 누가 있냐.

서인은 테이블 위에 있던 에어컨 리모컨을 집어 들어 전원을 켰다. 금세 시원한 바람이 느껴지더니 눅눅했던 공기가 상쾌해졌다. 그녀는 발바닥을 누르고 있던 화장지를 떼어 냈다. 피가 멎은 것 같아서 슬쩍 발바닥을 움직여 보았다. 그러자 기다렸다는 듯 상처에서 다시 피가 배어 나왔다.

"카펫은 됐고, 그냥 용돈이나 넉넉하게 챙겨 줘."

— 뭐? 너 지금 뭐라고 했어?

"소개팅 말이야. 나가 줄 테니까 용돈이나 달라고."

— 진짜? 아, 아니, 지금 그게 중요한 게 아니라. 너 괜찮아? 발 상처 나면 안 되잖아.

"역시 이모밖에 없어. 의리, 하면 권나희라니까."

서인은 제 걱정을 해 주는 나희의 목소리에 피식 웃으며 농담처럼 대꾸했다.

— 야, 너 이모 이름을 그렇게 동네 개 부르듯 불러 댈래?

"어, 그럴래. 그렇지 않아도 우리 동네에 지나가던 똥개 이름이 권나희더라. 어떻게 알았어?"

— 야! 우서인!

서인의 농담에 나희가 발끈해서 버럭 목소리를 높였다. 서인이 깔깔대며 웃다가 슬쩍 눈가에 묻어난 눈물을 손가락으로 닦았다. 그리고 아무렇지 않게 말을 이었다.

"용돈 제대로 챙겨 줘. 스무 살도 안 된 꽃띠한테 늙다리 아저씨 만나라고 하는 대가는 톡톡히 치러야지?"

— 그래도 늙다리는 아니거든?

나희가 서인의 말에 따지듯 대꾸했다. 서인은 콧방귀를 뀌고 다른 손으로 휴대폰을 바꿔 잡으며 말을 이었다.

"늙다리 아저씨 맞거든? 이모 기준으로 볼 때는 아닌지 몰라도. 그래도 아저씨 아니라고는 안 하네."

— 애 좀 봐. 너는 나이 안 먹을 줄 알지? 누구는 그 꽃띠 시절 안 겪은 줄 아니?

⋯⋯아니. 이모, 나는 차라리 늙어 버리고 싶어.

상처에도 무뎌지고 감정에도 무뎌져서 아무렇지 않을 수 있을 만큼, 폭삭 늙어 버렸으면 좋겠어.

서인은 속으로 꾹꾹 눌러 삼킨 말의 무게가 버거워서 한숨을 작게 내쉰 뒤, 벽에 걸린 시계를 쳐다보았다. 슬슬 학원에 갈 준비를 해야 할 것 같았다. 그녀는 다시 나희에게 물었다.

"이번에 만날 아저씨는 몇 살인데?"

— 서른둘.

"아저씨 맞네."

— 그래도 생긴 건 아니래. 오히려 나이보다 젊어 보인다던데? 얼굴도 꽤 잘생겼다고 그러고.

"누가?"

— 소개팅 주선한 우리 연구소 소장님 왈.

"소장님이 잘생겼다고 한 거야?"

서인은 한심하다는 듯 나희에게 물었다. 나희가 다니는 연구소의 소장을 본 적이 있었다. 보자마자 '곰돌이'를 연상시켰을 정도로 동글동글하고 통통한 아저씨였다. 그리고 그가 말하는 '잘생긴 외모'는 간단했다.

자신과 흡사한 외모=잘생김.

"그럼 딱 곰돌이겠네. 소개팅 나올 아저씨도."

꿀단지 하나 끌어안고 나오려나? 서인이 농담처럼 덧붙이며 키득거렸다. 나희 역시 그 말에 반박할 수 없었는지 입을 다물고 있다가 이내 웃음을 터뜨렸다. 그리고 조심스러운 어조로 서인에게 물었다.

— 곰돌이라고 해도 대신 나가 줄 거지?

"알았어, 걱정 마. 어차피 거절하러 나가는 건데, 뭐. 이모는 나한테 상납할 용돈이나 신경 쓰셔. 나 이제 전화 끊어야 돼. 오늘 학원에서 논술 시험 있어."

약속 장소랑 날짜, 시간은 문자로 넣어 줘. 서인은 잊을 뻔했던 당부를 덧붙였다. 그리고 다시 발바닥을 힐끔 내려다보았다. 다행히 지혈이 되었는지 이번에는 발을 움직여도 피가 더 이상 배어 나오지 않았다. 그래도 혹시 모르니까 연고라도 발라야겠다. 서인은 구급상자를 어디에 두었던가 생각해 보며 일어섰다.

— 고마워. 용돈은 제대로 쏠게. 그리고 너, 발 다친 거 제대로 약 발라. 덧날 거 같으면 곧바로 병원 가고. 알았지?

"응."

서인의 눈이 부드럽게 휘어졌다. 종종 늙다리 아저씨들과 소개팅을 하게 만들기는 하지만, 그래도 이모만큼 자신을 위하는 사람이 또 있을까 싶었다. 그녀는 전화를 끊은 뒤, 학원에 갈 준비를 하기 위해 욕실로 향했다. 상처가 난 발을 제대로 딛지 못하는 탓에 서인의 걸음이 한쪽으로 자꾸 기울었다.

"왔어? 어? 그런데 발은 왜 그래? 어디 다쳤어?"

"오다가 돌멩이 잘못 밟아서. 망고 주스네? 고마워, 잘 마실게."

서인은 다민의 물음에 대충 거짓말을 섞어 대꾸한 뒤에 그의 옆
자리에 가방을 내려놓고 다민의 책상 위에 있던 음료수 병을 집어
들었다. 그리고 그가 말릴 새도 없이 절반 정도 남아 있던 주스를
벌컥벌컥 다 마시고 빈 병을 내려놓았다. 다민은 펼쳐 놓은 논술
교재 위에 팔을 괸 채 기가 막힌다는 듯 서인을 쳐다보다가 피식
웃었다.

"하여간 생긴 거랑 다르게 논다니까. 넌 남이 먹던 걸 그렇게
잘 먹냐? 비위 상하지 않아? 게다가 단 거 그렇게 먹으면 안 되는
거 아니야?"

"괜찮아. 안 그래도 혈당 떨어진 거 같아서 사탕이라도 먹을까
하던 중이야. 그리고 비위 상할 건 뭐래. 설마 주스에 침 뱉었어?"

"뭐?"

"그런 거 아니잖아. 그럼 됐지, 뭐. 강다민, 너야말로 무슨 남자
애가 까칠한 척이니?"

서인이 천연덕스럽게 대꾸하고 자리에 앉아 가방에서 논술 교재
를 꺼냈다. 다민은 서인을 힐끔 보고 쓴웃음을 지었다. 그녀에게
고백하고 차였던 게 불과 3주 전의 일인데 서인은 이렇듯 아무 일
도 없었던 사람처럼 자신을 일부러 더 편하게 대하고 있었다.

그게 다행스럽단 생각이 들면서도 한편으로는 자존심이 상했다.
서인에게 자신은 결코 '남자'로서 인식되지 못한다는 걸 확인하는
것 같아서 말이다.

띠링.

그 순간, 문자 메시지의 도착을 알리는 소리와 함께 서인이 냉
큼 휴대폰을 꺼냈다. 다민은 무심코 그녀의 휴대폰을 힐끔 봤다가
곧바로 얼굴을 찡그렸다.

"뭐야, 너 또 소개팅 대타 뛰려고?"

"응. 그렇게 됐네."

심드렁하게 대꾸하는 서인을 보며, 다민은 얼굴을 찡그린 채 목소리를 높였다.

"대체 너희 이모는 왜 그러는 건데? 네가 미성년자인 건 알고 있는 거 맞아? 그러다가 변태 아저씨라도 만나면 어쩌려고 너더러 대신 소개팅에 나가래? 소개팅 같은 게 하기 싫으면 본인이 알아서 거절하든지 그래야지. 왜 너한테 떠넘기냐고! 그리고 너도 문제야, 우서인. 아무리 이모의 부탁이라고 해도 그렇지! 그걸 계속 들어주고 있냐? 거절할 줄도 알아야지!"

"목소리 좀 줄여. 동네방네 소문낼 일 있어? 그리고 공짜로 하는 것도 아니잖아."

다민의 말에 한숨을 쉰 서인은 어깨를 으쓱이며 가벼운 투로 대답했다. 다민이 그녀의 말에 잠시 대꾸하지 못하다가 다시 인상을 쓰며 입을 열려는 순간, 장난기 가득한 목소리가 끼어들었다.

"오오! 이번에는 얼마 정도 받을 것 같은데? 오만 원? 십만 원? 설마 영혼이라도 팔 수 있다는 이, 이십만 원?"

"쯧쯧, 이 저렴한 영혼 같으니라고."

서인은 책상 앞에 나타난 커다란 덩치의 남자아이를 쳐다보더니 한심하다는 듯 고개를 흔들었다.

"고작 이십만 원에 영혼을 팔겠다고? 에라, 이 저렴한 영혼아. 몸값 좀 높여 봐라."

"뭐? 그럼 이십만 원보다 더 받는다는 거야? 얼마나 받을 건데?"

"흠…… 딱 구체적으로 금액을 정하지는 않았어. 넉넉히 챙겨 달라고 했으니까 이모가 알아서 주겠지, 뭐."

서인은 장난스럽게 브이 자를 그리며 눈을 찡긋거렸다. 하여간 이모한테 돈 뜯어내는 건 거의 사채업자 수준이라니까. 서인을 쳐다보던 다민이 혼잣말로 구시렁대며 고개를 저었다. 그러거나 말거나 저렴한 영혼의 소유자, 현우환은 감탄했다는 듯 입을 벌리고 있다가 중얼거렸다.

"좋았어! 나도 내 몸값을 높여 봐야지. 우리 엄마는 나를 공짜로 부려 먹으려고 한다니까?"

"그건 네가 머슴 스타일이라 그래."

"야! 도인주!"

그때 우환의 등 뒤에서 여자아이의 목소리가 들렸다. 그와 동시에 우환이 버럭 성을 내며 뒤를 돌아보았다. 자그마한 체구가 우환의 커다란 덩치에 가려져 있었던 탓에, 서인이나 다민 둘 다 인주가 와 있는 줄도 모르고 있었다.

"안녕, 서인아. 그리고 다민이도 안녕."

인주가 살랑살랑 손을 흔들며 인사한 뒤, 서인의 앞자리에 가방을 내려놓고 아예 뒤로 돌아보고 앉았다. 그리고 책상을 손으로 톡톡 두드리며 재촉하듯 말을 이었다.

"하던 얘기나 계속해 봐. 또 소개팅 나가는 거야? 응? 이번엔 어떤 아저씨래?"

"서른둘. 잘생겼대. 그런데 그 잘생긴 기준이 곰돌이야."

서인은 자신이 알고 있는 정보를 간단히 정리해서 말한 뒤, 어깨를 으쓱였다. 그러자 의자의 등받이를 꼭 잡은 채 그 위에 턱을 괴고 있던 인주가 바들바들 떨었다. 서인은 인주를 쳐다보다가 입을 열었다.

"웃어도 돼."

"하하하! 너네 이모는 왜 툭하면 그런 스타일이랑 소개팅을 하는 거야? 대체 누가 주선을 하기에 곰돌이만 모아 놓는 거냐고."

"우리 이모 다니는 연구소 소장님."

소장님이 딱 곰돌이거든. 꿀단지 하나 옆구리에 끼고 다니면 딱이야. 서인이 덧붙여 말했다. 인주가 눈물까지 나온 것인지 눈가를 손가락으로 닦으며 웃다가 자신의 옆에 앉으려던 우환을 가리키며 말을 이었다.

"차라리 얘를 이모한테 소개하는 건 어때? 딱 곰이잖아. 불곰."

"야! 도인주!"

"그거 좋은 생각인데? 차라리 그럴까?"

우환이 펄쩍 뛰며 목소리를 높이는 것과 동시에 서인이 진지한 얼굴로 눈을 가늘게 뜨고 우환을 쳐다보았다. 그러자 우환이 두 손을 가슴 앞에서 엑스 자로 만들어 보이며 더욱 크게 외쳤다.

"연상 싫어! 난 연하가 좋다고!"

"우리 이모, 완전 동안이야. 내가 이모 대신 소개팅 나가는 것만 봐도 알잖아."

"웃기지 마! 너희 이모가 동안이 아니라 네가 노안이겠⋯⋯."

흐억. 우환은 씩씩대며 말을 내뱉다가 황급히 손바닥으로 입을 틀어막았다. 서인이 '노안'이라는 말에 얼마나 치를 떠는지 잘 알고 있는 터였다. 그는 슬그머니 서인의 눈치를 살폈다. 서인이 싱글거리며 우환을 쳐다보다가 인주를 향해 말했다.

"인주야, 물어."

"엉!"

인주가 서인의 말이 떨어지기가 무섭게 우환의 손을 잡더니 꽉 물어 버렸다. 아파! 아프다고! 우환이 난리를 치며 인주를 떼어 놓으려고 했지만, 한번 물면 놓지 않는다는 '도인견' 답게 인주는 우환의 손가락을 문 채 놓아주지 않았다. 그 모습에 서인이 웃음을 참다가 고개를 숙이고 몸을 떨며 웃기 시작했다.

"……나 참."

그중에서 유일하게 정상인의 모습을 하고 있던 다민은 세 사람을 번갈아 쳐다보다가 한숨을 내쉬며 고개를 내저었다.

✻ ✻ ✻

— 진짜 내가 제대로 용돈 쏠게.

"어. 쏴, 두 번 쏴. 세 번 쏘면 더 좋고."

서인은 버스 정류장에서 내려 좌우를 두리번거리다가 보험사 빌딩이 멀리 보이는 것을 확인하고 그쪽으로 몸을 틀었다. 빌딩 옆 커피숍이라고 했겠지……. 서인이 혼잣말처럼 중얼거리며 걸음을 옮기자 그녀의 옆을 지나가던 사람들의 시선이 자동적으로 그녀에게 쏠렸다.

하늘색 원피스가 발랄하게 허벅지 위에서 살랑거렸다. 게다가 손에 가볍게 든 노란색 손가방까지, 그녀의 차림새는 '스물일곱 권나희'라고 보기에는 어울리지 않을 법도 하지만 어차피 거절할 사람, 서인은 무조건 자신이 동안이라 그렇다고 우길 작정이다. 항상 '노안' 스트레스에 시달린 탓에 이렇게라도 동안의 즐거움을 만끽하고 싶은 게 서인의 솔직한 마음이기도 했다.

"오케이, 도착했어. 이만 전화 끊자, 이모."

— 고마워, 서인아! 적당히 거절하고 빨리 나와! 절대 들키면 안

돼! 소장님이 알게 되면 그날로 나는 사표 써야 될 거야. 알았지?

"나야말로 하고 싶은 말이야. 이모, 나 미자야. 내가 이모 대신 이렇게 소개팅 대타 뛰었다는 거 우리 엄마 귀에 들어가면 끝장난다고. 무덤까지 가지고 들어가야 돼. 알았지?"

— 참! 다쳤던 발은 어때?

내가 이렇다니까. 이모란 사람이 이렇게 정신이 없어서. 나희가 미안한 듯한 목소리로 물었다. 서인은 가만히 웃으며 걸음을 옮기다가 슬쩍 제 발을 보았다.

다쳤던 발은 그럭저럭 괜찮아졌다. 가끔 쑤시고 아플 때가 있기는 하지만, 말이다. 문제는 발이 아니라……

"참 일찍도 물어보십니다? 벌써 나았거든요? 안 그랬으면 내가 여기 나왔을 거 같아?"

서인은 원피스 속에 가려진 허벅지의 시커먼 멍이 괜히 신경 쓰여서 치맛자락을 아래로 끌어 내리면서도 경쾌한 어조로 대꾸했다.

카펫에 묻은 핏자국은 결국 그녀의 엄마, 권나경에게 들키고 말았다. 그리고 나경에게 호되게 매를 맞은 게 어제저녁 무렵이었다. 나경은 서인의 발바닥에 감겨 있는 붕대 따위에는 관심조차 없었다. 오로지 그녀가 아끼던 카펫이 지저분해졌다는 것만이 중요할 뿐이었다.

— 그럼 다행이고. 하여간 잘 부탁해!

나희가 안도한 듯 경쾌하게 웃더니 전화를 끊었다. 서인은 커피숍 입구 앞에 서서 휴대폰을 든 채 잠시 고개를 숙이고 눈을 감았다. 그리고 곧바로 피식 웃으며 그녀는 눈을 뜨고 고개를 들었다.

"무슨 청승을 떨려고. 됐어."

너는 열아홉 살의 우서인이 아니라 스물일곱 살의 권나희야. 늦둥이로 태어나서 사랑 많이 받고 자란 권나희.

불우한 가정 환경 속에서 자라고 있는 우서인이 아니라.

서인은 제 뺨을 가볍게 때린 뒤, 고개를 숙여 자신의 옷매무새를 확인했다. 이 정도면 좋아. 그녀의 입꼬리가 살짝 올라갔다. 그리고 열아홉 살의 어린 소녀라고는 상상도 할 수 없을 정도로 성숙해 보이는 여인이 그 자리에 남았다. 그녀는 노란색 손가방을 팔에 걸친 채 휴대폰 화면을 들여다보았다.

"이 아저씨 전화번호가……."

물론 그녀의 입에서 나온 말은 여전히 열아홉 살의 우서인이 할 법한 것이었지만 말이다.

"흐음. 여기 있네."

서인은 나희에게서 건네받았던 전화번호를 찾아낸 뒤에 살짝 미소 지었다. 그리고 '곰돌이32'라고 저장해 놓은 연락처를 가볍게 터치한 뒤, 휴대폰을 귀 가까이에 대며 유리문을 열었다. 커피숍 안에는 사람이 그다지 많은 편이 아니었다.

이 중에 있으려나.

서인은 신호음이 이어지는 것을 들으며 시큰둥한 표정으로 커피숍 안을 천천히 둘러보았다. 전화를 받는 사람이 없었다. 그녀는 순간적으로 얼굴을 찡그리며 입을 삐죽였다.

뭐야, 아직 안 온 거야?

자신이 아슬아슬하게 시간 맞춰 도착했는데 상대방이 아직 도착하지 않았다는 건…….

'우와, 이런 경우는 또 처음이네.'

서인의 눈이 둥글게 휘어졌다. 우환이 보았다면 '우서인 경계경

보'를 발령했을 표정이었다. 기분이 좋아서 웃는 게 아니라 기분이 나빠서 웃는 것이기에.

이러면 곤란한데요, 아저씨.

나는 시간 개념 없는 사람이 세상에서 제일 싫던데.

서인은 일단 자리를 잡고 앉아서 딱 30분만 기다려 보기로 결정한 뒤, 적당히 앉을 자리를 찾아 고개를 돌렸다. 그때, 구석에 놓인 테이블이 그녀의 눈에 들어왔다. 서인은 계속 신호음이 이어지고 있는 휴대폰을 무심코 손에 쥔 채 그쪽으로 걸음을 옮겼다.

그녀가 향한 곳에는 칸막이를 사이에 두고 작은 테이블 단 두 개만이 놓여 있었다. 그리고 한쪽 테이블은 이미 누군가가 차지하고 있었다. 단정한 생김새의 젊은 남자였다.

덥지도 않은가?

서인은 정장 차림의 남자를 보며 속으로 중얼거렸다. 남자는 아이스 아메리카노 한 잔을 앞에 놓은 채 책을 읽고 있었다. 그녀는 남자에게서 관심을 끊고 칸막이 너머의 빈자리로 향했다. 아니, 향하려 했다.

'⋯⋯어?'

남자가 앉아 있는 자리의 테이블 위에서 깜빡이는 휴대폰 화면을 보기 전까지 말이다. 그 휴대폰 화면에 떠 있는 번호가 너무나 익숙했다. 제 것이니 당연했다. 서인은 그때까지 무심코 들고 있던 휴대폰을 보았다. 그리고 남자의 것을 다시 본 뒤, 기가 막혀서 입을 달싹였다.

이 남자라고?

'곰돌이32'가?

서인은 휴대폰을 손에 쥔 채 남자의 자리로 다가가 가볍게 테이블을 두드렸다. 남자의 시선이 읽고 있던 책의 페이지에서 떨어져 그녀에게 향했다. 서늘한 시선이었다. 눈매가 길게 뻗어 있는 것이 어쩐지 야해 보였다.

아저씨가 야해 보이다니.

미쳤어.

서인은 제 엉뚱한 생각에 괜히 민망해졌지만 애써 아무렇지 않은 척 입을 열었다.

"길모윤 씨?"

열아홉 살의 되바라진 우서인이 싱긋 웃으며 계속 말을 이었다.

"권나희예요. 오늘 소개팅하러 오신 거 맞죠?"

스물일곱 살의 권나희로 변신한 서인은 자신의 휴대폰을 흔들어 보이면서 눈짓으로 테이블 위의 휴대폰을 가리켰다. 남자, 길모윤은 뒤늦게 테이블 위에 놔두었던 자신의 휴대폰을 보고 혀를 차며 자리에서 일어났다. 아무래도 휴대폰이 무음으로 되어 있는 걸 모르고 있었던 모양이다.

난처한 기색의 남자를 보는 게 어쩐지 재미있어서, 서인의 입꼬리가 슬금슬금 위로 올라갔다. 그런 서인의 속마음을 아는지 모르는지, 길모윤이란 이름의 소개팅 상대는 예의 바른 모습으로 그녀를 향해 정중히 사과했다.

"죄송합니다. 무음으로 되어 있어서 전화가 온 줄 미처 몰랐네요."

"그럴 수도 있죠. 그래도 약속에 늦은 건 아니었으니 다행이잖아요? 저는 그쪽이 아직 오시지 않은 줄 알았거든요."

서인은 가볍게 대꾸하며 살짝 웃어 보였다. 그리고 자신보다 훨씬 큰 남자를 올려다보며 속으로 감탄했다. 170cm가 넘는 키에 오늘은 하이힐까지 신어서 그녀는 웬만한 남자들과 키가 비슷하거나 혹은 더 컸다. 그런데 자신보다 더 큰 남자를 앞에 두고 올려다 보게 되니 기분이 묘했다.

물론 강다민이나 현우환도 자신보다 키가 커서 올려다보기는 하지만 말이다. 뭐랄까. 그들은 그냥 어린애처럼 느껴져서 별다른 감정이 들지 않는데, 눈앞의 이 남자는 아무래도 어른이라 그런지 살짝 긴장감마저 느껴졌다. 그래 봤자 오늘 나한테 차일 아저씨잖아. 서인은 그런 자신의 모습이 마음에 들지 않아 속으로 구시렁댔다.

"앉으시죠, 권나희 씨."

"예."

서인은 모윤의 말에 고개를 살짝 끄덕이며 대꾸한 뒤, 가만히 서서 그를 쳐다보았다. 그러나 모윤은 서인의 시선에 아랑곳하지 않고 다시 의자에 앉더니 펼쳐 놓았던 책을 덮어 옆에 가지런히 놓고, 두 손을 깍지 낀 채 그녀를 향해 시선을 던졌다.

……으응?

서인의 눈이 빠르게 깜빡였다. 그런 서인을 쳐다보던 모윤이 의아한 듯 고개를 기울인 채 입을 열었다.

"왜 앉지 않으시죠? 혹시 어디 불편하십니까?"

"예? 아……. 아니요, 전혀."

서인은 뒤늦게 정신을 차리고 고개를 저었다. 나희 대신 소개팅을 나갈 때마다 아저씨들이 매너랍시고 의자를 빼 주고 앉으라고 하던 것에 익숙해진 바람에, 이 남자에게서도 자신도 모르게 당연히 그 행동을 기대했나 보다. 서인은 그런 제 모습이 민망해서 속으로 이리저리 뛰어다니며 '으아! 창피해!'를 외쳤다. 물론 겉으로는 아무렇지 않게 자리에 앉은 채 맞은편의 남자를 쳐다보며 여유롭게 미소를 짓고 있었지만 말이다.

"그럼 정식으로 다시 인사를 드리지요. 길모윤이라고 합니다."

"권나희라고 해요."

모윤이 예의 바른 자세로 살짝 고개를 숙여 인사하자 서인 역시 이모의 이름을 대신 둘러대며 인사했다.

그나저나 이 아저씨, '곰돌이'가 아니잖아?

이상하네. 그럴 리가 없는데? 소장님이 잘생겼다고 그랬다며?

서인은 고개를 갸웃거리며 맞은편에 앉아 있는 모윤을 관찰하듯 쳐다보았다. 길모윤이라는 이름의 남자는 서인이 생각했던 '서른두 살+배 볼록+동글동글+곰돌이=아저씨'와는 거리가 먼 타입이었다. 오히려 자신이 생각했던 조건들과 전부 반대라고 하면 모를까.

나이는 서른둘에서 열 살 빼서 스물둘이라고 하면 딱 되겠고, 배는 볼록하기는커녕 초콜릿 복근이 불끈불끈하고 있을 것 같고. 서인은 슬그머니 모윤의 배 근처를 쳐다보다가 주문을 받기 위해 다가온 점원을 보고 입을 열었다.

"아메리카노 한 잔이랑 얼그레이 쇼트케이크 하나 주세요. 아, 그리고……."

문득 저 혼자 주문해서 먹기가 쑥스러워져서 서인이 슬그머니 말끝을 흐리며 모윤을 쳐다보았다. 그러자 모윤이 차분한 얼굴로 점원을 향해 말했다.

"복숭아 쇼트도 하나 추가하지요."

"예, 알겠습니다."

점원이 주문받은 목록을 메모한 뒤에 돌아섰다. 서인은 눈앞의 남자를 빤히 쳐다보다가 자신도 모르게 픽 웃고 말았다. 저런 서늘한 얼굴로 달콤한 복숭아 쇼트케이크라니. 안 어울리잖아. 그녀는

'아, 맛있떵!' 하며 혀 짧은 소리를 하는 길모윤을 상상하다가 더욱 크게 웃음을 터뜨리고 말았다.

"하하! 아, ……죄송해요."

"괜찮습니다."

모윤은 자신의 앞에 앉은 여자, 권나희를 쳐다보았다. 평소에 쉽게 편견을 갖는 성격은 아니지만 소개팅 상대방이 스물일곱이라는 어린 나이에 연구원, 그것도 고전 학술 연구소의 연구원이라는 말에 고리타분하고 깐깐한 여자를 연상했던 건 부정할 수 없다.

그러나 그런 제 선입견을 비웃기라도 하듯 눈앞의 여자는 쾌활하고 밝았다. 어떻게 보면 나이를 헛먹었나 싶을 정도로 외모는 물론 풍기는 느낌 같은 게 어려 보였다.

굳이 이런 차림새로 어려 보이게 꾸미고 나오지 않았어도 될 텐데 말이지.

모윤은 자신도 모르게 권나희를 훑어보며 속으로 평가했다. 하긴 취향이 이런 스타일일지도 모르지만. 그는 잠시 그녀를 쳐다보다가 슬쩍 입꼬리를 올렸다. 그때 점원이 주문받았던 아메리카노와 쇼트케이크를 가지고 왔다.

"저, 잠시 실례할게요."

"예? ……아아, 예. 그러시죠."

모윤은 제 앞에 일어선 여자를 힐끔 쳐다봤다가 이내 고개를 끄덕였다. 화장실에라도 가려는 모양이지. 그는 속으로 생각했다. 그리고 그의 생각이 적중했는지 '권나희'는 손가방을 들고 화장실 쪽으로 몸을 돌렸다.

서인은 화장실 한쪽 구석에 서서 손가방을 열어 인슐린 주사를 꺼냈다. 노보래피드 펜형 주사는 그녀가 열네 살 때부터 사용하고 있는 인슐린 주사이다. 그녀는 익숙한 손놀림으로 인슐린 단위를 맞춘 뒤, BD 바늘을 하나 꺼내 펜형 주사기에 꽂고 뚜껑을 열었다. 그리고 원피스의 짧은 소매 바로 아래에 주사를 찔러 넣었다. 따다다다. 5단위로 맞춰 놓았던 노보래피드의 단위가 줄어들 때마다 아주 작은 소리가 났다.

그때 화장실 문이 열리더니 젊은 여자가 들어왔다. 서인은 일부러 시선을 돌린 채 주사를 뺀 뒤에 바늘을 돌려 뺐다. 호기심 어린 시선이 느껴졌다. 그녀는 손가방 안에 다시 주사기를 챙겨 넣은 뒤, 보란 듯 시선을 들어 자신을 힐끔거리던 여자를 쳐다보았다. 그러자 젊은 여자가 민망했는지 붉게 물든 뺨을 가리며 황급히 화장실의 구석 칸으로 쏙 들어가 버렸다.

서인은 가슴속에 갑자기 무거운 추 하나를 매단 것 같단 생각을 했다. 그녀는 한숨을 푹 내쉬며 세면대 위쪽의 거울을 쳐다보았다.

밖에 나오면 이런 게 싫다. 그나마 다민이나 인주, 우환이와 함께 있을 때는 거리낌 없이 그 자리에서 주사를 맞지만, 그들이 아닌 다른 사람과 함께 있을 때는 이렇게 화장실 같은 곳에 와서 몰래 주사를 맞는다.

딱히 창피하다거나 한 것은 아니다. 그러나 호기심 어린 시선은 불편하다. 그래서 화장실에 와서 맞은 것인데, 이곳에서도 타인의 시선은 여전히 피할 수가 없다. 서인은 손가방을 겨드랑이에 낀 채 손을 씻었다. 그 순간, 휴대폰 문자 알람이 울렸다.

[곰돌이 푸야?]

인주가 보낸 문자였다. 서인은 젖은 손을 대충 페이퍼 타월에 닦은 뒤, 빠른 손놀림으로 답장을 보냈다.

[ㄴㄴ 완전 미남! 마이너스 10살은 해야 할 듯.]

답장을 보내자마자 곧바로 다시 띠링, 하며 알람이 울렸다. 서인은 무심코 휴대폰 화면을 봤다가 인상을 썼다.

[흐에ㄹㅇ하ㄷㄴㄱ]

"이게 뭐야."

오타 작렬이다. 내가 미남 만났다니까 충격받았나? 서인은 개구쟁이처럼 키득거리며 다시 인주에게 메시지를 보냈다.

[그러니까 방해하지 마.]

그녀는 휴대폰 소리를 무음으로 돌려놓은 뒤, 화장실 문을 열었다. 조금 전보다 손님이 많아졌는지 테이블마다 사람들이 있었다. 서인은 언제 키득거렸나 싶게 무심한 표정으로 통로를 걸었다. 그녀가 지나갈 때마다 근처 테이블에 앉아 있던 사람들의 시선이 모였다.

서인은 예쁜 편이었다. 170cm가 넘는 키에 늘씬한 몸매, 그리고 서구적인 미인형의 외모는 사람들의 시선을 충분히 잡아끌 만큼 매력적이었다. 물론 본인은 그런 시선에 대해 진저리를 치며 싫어하기는 하지만 말이다. ―인슐린 주사를 맞으며 느꼈던 시선에 질린 탓도 어느 정도 있기는 하다― 그녀는 자신을 향한 시선들을 무시하며 걸음을 옮겨 모윤이 앉아 있는 자리로 돌아왔다.

"어, 아직 안 드셨네요? 먼저 드시지 그러셨어요."

서인은 자리에 앉다가 전혀 건드리지 않은 쇼트케이크를 보고 모윤을 향해 입을 열었다. 모윤이 피식 웃으며 포크를 들더니 대답했다.

"같이 먹어야 골고루 먹잖아요."

"예?"

"얼그레이도 좋아하거든요."

"……예?"

"반반 나눠 먹죠. 싫어요?"

이 아저씨, 지금 진심으로 하는 말인가? 서인은 눈만 깜빡이며 모윤을 쳐다보다가 조심스럽게 물었다.

"나눠 먹자고요?"

"예. 권나희 씨만 괜찮으시다면요."

"차라리 하나 더 주문하시지 그러셨어요?"

"하나 더 먹기는 너무 많아서요. 달콤한 건 적당히 먹어야 맛있지, 너무 많이 먹으면 속만 느글거리고 본래의 맛까지 잃어버리게 되거든요."

모윤이 진지한 얼굴로 대답하는 것을 바라보던 서인의 입가가 파들파들 떨렸다. 뭐야, 이 아저씨. 왜 이래? 왜 얌전한 얼굴로 깜찍한 짓을…….

"푸훗!"

서인은 결국 참지 못하고 웃음을 터뜨렸다. 그 모습을 보던 모윤이 불만스러운 듯 미간을 찌푸리다가 물었다.

"왜요? 무슨 문제라도 있습니까?"

"문제라고 할 건 아니지만…… 길모윤 씨가 좀 웃겨서요. 주변에서 얼굴이랑 성격이 따로 논다고 안 해요?"

서인의 말에 모윤은 긍정도 부정도 하지 않았다. 하지만 긍정의 답을 들은 거나 마찬가지였다. 그녀는 다시 작게 웃은 뒤, 그를 쳐다보았다.

오, 맙소사.

갑자기 내 눈이 미쳤나 봐!

순간 서인의 눈이 휘둥그레졌다. 서늘한 남자의 머리 위에서 분홍색 꽃잎들이 팔랑팔랑 떨어져 내리는 것만 같았다. 그리고 그의 등 뒤에서 번쩍거리는 헤드라이트라도 켜진 것처럼 후광이 환하게 비치고 있는 것도 같았다.

길게 뻗은 눈매가 야해 보였다. 저 눈으로 눈웃음을 치면 얼마나 더 야할까. 어떤 여자가 데려갈지 모르지만 마음고생 좀 하겠……

아니.

잠깐만.

서인은 손을 들어 제 목 아래를 만졌다. 목에서 쇄골로 이어지는 곳 근처에서 팔딱거리며 맥박이 뛰는 게 손끝에 전해졌다. 그와 동시에 심장이 쿵쿵거리며 뛰기 시작했다.

마음고생 해도 좋아!

이제 와서 고백하자면 나는 원래 마조히즘적 성향이 있었어!

그녀를 거의 업어 키우다시피 했던 외할머니가 들었더라면 기겁할 생각을 아무렇지 않게 하면서, 서인은 모윤을 바라보며 눈을 반짝거렸다.

바로 그 순간이 열아홉 살의 되바라진 우서인이 서른두 살의 야한 길모윤에게 첫눈에 반한 순간이었다.

2

시작은 가볍게

"뭐?"

인주가 이쑤시개로 찍었던 순대를 그대로 떨어뜨리며 서인을 쳐다보았다. 서인은 탁자 위에 떨어진 순대를 아깝다는 듯 쳐다보다가 떡볶이를 하나 입에 넣으며 되물었다.

"뭘 그렇게 놀라? 내가 말했잖아. 완전 미남이라고."

"거짓말 마. 서른둘 먹은 아저씨가 미남이라고 해 봤자 얼마나 미남이라고."

"강동원은 삼십 대 중반이어도 멋있잖아."

"강동원은 특별한 거지!"

"그 아저씨도 특별해."

서인이 살짝 붉게 물든 뺨을 어색하게 손으로 문지르며 대꾸했다. 인주는 기가 막힌다는 표정으로 서인을 쳐다보다가 몸을 앞으로 숙이며 물었다.

"진짜 잘생겼어? 강동원만큼?"

"강동원보다 조금 더."

"······지랄."

인주는 금세 김샜다는 표정을 짓고는 등받이에 등을 기댄 채 콧방귀를 뀌었다. 서인이 발끈해서 들고 있던 이쑤시개를 내려놓으며 목소리를 높였다.

"진짜야! 강동원보다 더 잘생겼다니까?"

"세상에 강동원보다 더 잘생긴 사람이 어디 있니?"

인주 역시 질 수 없다는 듯 목소리를 더욱 높였다. 그 순간, 그녀들의 뒤쪽에서 다민의 목소리가 들렸다.

"헛소리는 너희가 하는데 왜 창피한 건 내 몫일까."

"뭐가 창피해!"

"그러게! 너는 친구가 창피하니!"

다민의 말에 항의하듯 서인과 인주가 금세 동맹을 맺고 동시에 외쳤다. 다민은 피식 웃으며 한쪽 어깨에 메고 있던 가방을 내려놓은 뒤, 플라스틱 의자를 끌어다가 그녀들이 앉아 있는 자리에 합석했다. 인주가 다민의 뒤쪽을 힐끔거리다가 물었다.

"그런데 현우환은?"

"학원 쌤이랑 상담 있대. 상담 끝나는 대로 온다더라."

다민이 어깨를 으쓱이며 대꾸한 뒤, 이쑤시개 하나를 집었다. 그리고 김말이 튀김 하나를 먹으면서 아무렇지 않은 듯한 어조로 서인을 향해 물었다.

"진짜 그 아저씨란 남자가 강동원보다 잘생겼어?"

"그렇다니까."

"그래서 반했어?"

"어?"

서인은 다민의 물음에 잠시 쑥스러운 표정을 짓다가 배시시 웃으며 고개를 끄덕였다. 그 모습을 본 인주가 꺄아, 하고 소리를 지르며 호들갑을 떨기 시작했다.

"웬일이야! 우서인이 남자한테 반하다니! 아무리 잘생긴 놈이 지나가도 눈길 한 번 안 주던 목석이 드디어 사랑에 빠진 거야? 그것도 웬 아저씨한테? 야, 강다민아. 너는 지금 이게 믿겨지니?"

"……그렇다고 하잖아. 그럼 그런가 보지."

다민이 가만히 서인을 쳐다보다가 인주의 물음에 대꾸하고 자리에서 일어섰다. 서인이 고개를 들어 다민을 쳐다보고 물었다.

"왜 일어나?"

"도서관은 너희끼리 가. 나 먼저 갈게."

"응? 왜? 같이 가기로 했잖아."

인주가 호들갑을 떨다 말고 다민을 쳐다보았다. 다민이 내려놓았던 가방을 다시 어깨에 메며 평온한 목소리로 대답했다.

"약속 있었던 걸 깜빡 잊고 있었어."

"약속? 무슨 약속?"

"무슨 약속인지 말하면 알아?"

서인의 물음에 다민이 다소 신경질적인 투로 되묻다가 그대로 입을 꾹 깨물었다. 스스로 제 모습이 치졸하고 한심해서 견딜 수 없었다. 마치 자신이 서인의 남자 친구라도 되는 듯 질투하는 모양새가 보기 흉했다. 다민은 한숨을 내쉰 뒤, 조금 누그러진 어조로 입을 열었다.

"미안. 그런데 나 진짜 가 봐야 돼."

"우리랑 같이 도서관 못 가서 신경질 났나 보구나? 그렇지?"

서인이 물끄러미 다민을 쳐다보다가 씩 웃으며 농담을 던졌다. 그러자 인주 역시 너스레를 떨며 맞장구를 쳤다. 다민이 민망해하지 않게 하기 위한 두 친구의 눈물겨운 노력이었다. 그것을 모를 리 없는 다민의 눈이 금세 다정하게 휘어졌다.

"그래. 신경질 난다. 내일 학원에서 보자."

다민이 슬쩍 손을 들어 서인과 인주에게 인사한 뒤, 분식점 밖으로 나갔다. 그 모습을 바라보던 인주가 서인을 향해 물었다.

"다민이 수상하지 않아?"

"뭐가?"

서인은 순대를 떡볶이 양념에 데굴데굴 굴리다가 인주를 쳐다보았다.

"아무래도 좋아하는 사람 생긴 거 같아."

"……."

인주의 말에 서인은 갑자기 꿀 먹은 벙어리라도 된 듯 입을 다물었다. 그리고 죄 없는 순대만 계속 떡볶이 양념 위에 굴렸다. 다민의 부자연스러운 행동을 어렴풋이 이해했기 때문이다. 인주가 말하는 '다민이 좋아하는 사람'은 아마 자신일 것이다. 그녀는 얼마 전에 다민이 했던 고백을 떠올렸다.

'네가 좋아, 우서인.'

늘 어른스러웠던 다민이 그날만큼은 잔뜩 긴장한 채 제 앞에 서서 고백을 했다. 고백이라니. 단 한 번도 상상해 본 적 없던 순간을 맞닥뜨렸던 서인은 당황한 마음에 돌려 말하지도 못하고 곧바로 그의 말을 거절했다. 그때 순간적으로 일그러졌던 다민의 얼굴이 생생하게 떠올랐다.

상처 주기 싫었는데.

서인은 한숨이 나오려는 걸 애써 삼켰다. 자신에게 있어서 소중하다 말할 수 있는 사람은 몇 명 되지 않는다. 돌아가신 외할아버지와 외할머니, 나이를 헛먹은 게 분명한 이모, 그리고 자신의 친구들.

강다민, 도인주, 현우환.

다민과는 중학교 때부터 단짝이었고, 인주와 우환은 고등학교에 입학한 뒤에 알게 되었다. 다민이 우환과 초등학교 동창이라 우환을 먼저 알게 되었고, 우환이 유치원에 들어가기 전부터 소꿉친구였다는 인주를 소개해 준 덕분에 인주와도 친해지게 되었다. 그리고 지금 자신에게는 누구보다 소중한 이들이었다. 그래서 그들 중 어느 하나도 놓치고 싶지 않을 만큼.

그 순간, 인주의 목소리가 다시 들렸다.

"다민이가 좋아하는 애면 진짜 예쁘겠지?"

"어?"

서인이 데굴데굴 굴리던 순대를 놓치고 인주를 쳐다봤다. 인주가 서인의 앞에 놓인 떡볶이 접시를 보다가 인상을 찡그리고 잔소리를 늘어놓기 시작했다.

"야, 우서인! 먹을 거 가지고 장난하지 말랬지! 순대가 이게 뭐니! 이러려고 순대가 된 게 아닐 텐데. 넌 순대의 자존감을 무시했어! 전장 한복판에 피투성이가 된 전사를 보는 기분이야. 참혹해."

"떡볶이 접시 한복판에 고추장 양념투성이가 된 순대 보고 별소리를 다 한다."

"하여간 서인이 너는 내 시적인 감성을 이해하지 못한다니까."

서인의 시큰둥한 대답에 인주가 투덜댔다. 서인은 픽 웃으며 피투성이가 된 전사를 이쑤시개로 잔인하게 찍어서 입에 넣었다. 그러자 인주 역시 떡볶이를 하나 입에 넣고 우물거리더니 말을 이었다.

"웬만한 여자애들은 강다민한테 고백도 못 한다더라."

"왜?"

"다민이 옆에만 가면 다들 오징어로 변신해서. 아니, 오징어가 아니라 꼴뚜기가 된다던가?"

인주가 고개를 갸웃거리며 대꾸한 뒤, 서인을 향해 몸을 기울이더니 장난스럽게 눈을 빛냈다.

"그나저나 그 아저씨랑 또 만난 거야?"

"……응."

서인이 머쓱한 표정을 짓더니 눈을 굴리며 대답했다. 인주는 눈을 휘둥글게 뜨고 다시 물었다.

"진짜? 이모는 모르지? 몇 번 만났어?"

"소개팅 이후로 세 번."

"우와, 대박. 그런데 안 들켰어?"

"뭘?"

"너 미성년자인 거."

"전혀 모르던데?"

"하긴 네가 좀 노안……."

인주는 스스로 납득한 듯 고개를 끄덕이며 말을 잇다가 황급히 입을 다물었다. 서인이 눈을 가늘게 뜬 채 인주를 흘겨보다가 어깨를 으쓱였다.

"그래도 이번에는 내가 노안 덕을 좀 봤지."

"뭐? 노안 덕을 보다니? 무슨 덕? 응? 뭔데?"

"……비밀."

서인이 인주가 채근하는 것을 가볍게 무시하며 개구지게 웃은 뒤, 탁자 위에 팔을 괸 채 바로 어제의 일을 떠올렸다. 그녀의 입가에 수줍은 미소가 슬쩍 내비쳤다.

✳ ✳ ✳

페도라 아래로 보이는 서인의 입꼬리가 씩 올라갔다. 그녀는 걸음을 멈춘 뒤, 제 차림새를 다시 확인해 보았다. 감색 민소매 원피스에 하얀색 페도라를 쓴 서인의 모습은 유난히 사람들의 시선을 끌었다. 큰 키도 그렇지만 늘씬한 몸매와 인형처럼 예쁘장한 외모가 사람들의 시선을 모으는 데에 한몫했다는 건 부정할 수 없었다. 하지만 서인은 사람들의 시선 따위에 아랑곳하지 않고 이리저리 제 모습을 살펴보다가 고개를 끄덕였다.

좋았어.

이 정도면 괜찮겠지?

오늘로서 길모윤이란 남자와 세 번째 만나는 것이다. 소개팅까지 포함하면 네 번이겠지만 말이다. 소개팅 후 애프터 신청을 한 사람은 서인이었다. 헤어지기 직전, 그녀는 다시 또 만날 수 있을지 물었다. 서인의 이모, 권나희가 알았더라면 기겁했을 행동이다.

소개팅을 대신 나가는 건 잠깐 만나서 거절만 하고 오는 거니 그렇다 쳐도 이런 식으로 미성년자인 자신이 나이 많은 아저씨와 데이트하는 건 옳지 않았다. 게다가 우서인이 아니라 권나희로 인연을 이어 나가다가 들키게 될 수도 있으니 말이다.

그런데 그때는 그런 생각을 전혀 할 수 없었다.

"무슨 책 읽어요? 사람 온 줄도 모를 정도로 푹 빠져서 읽는 걸 보니 재미있는……."

서인은 야외 테이블에 앉아서 책을 읽고 있던 모윤에게 말을 걸

다가 그대로 말끝을 흐렸다. 모윤이 읽고 있던 책의 표지에 큼직하게 쓰여 있는 제목이 눈에 들어온 탓이다.

『암흑 에너지를 찾아서』

대체 이건 뭘까. 이 심오하면서도 졸음이 밀려드는 것 같은 제목은. 서인은 차마 모르는 내색을 할 수 없어서 다시 싱긋 웃으며 말을 이었다.

"어두운 세계에 대한 책인가 보네요."

"천문학 책입니다만."

"예? 하지만 암흑이라면서요. 암흑세계, 뭐 그런 거 아니에요? 악마 나오고……."

서인은 말을 잇다 말고 그대로 입을 다물었다. 모윤의 눈에 황당한 기색이 어린 것을 본 까닭이었다.

이런 무식한 여자를 봤나.

귀로 직접 듣지 않아도 모윤의 목소리가 들리는 것 같았다. 이놈의 입이 문제야. 아니, 내 입은 입도 아니야. 이건 그냥 주둥이일 뿐. 서인은 밀려드는 창피함을 애써 꾹꾹 눌러 감춘 뒤, 모윤의 맞은편 자리에 앉았다.

그리고 테이블을 사이에 두고 그녀의 앞에 앉아 있던 모윤은 어깨가 들썩이려는 걸 억지로 참으며 간신히 무표정을 고수했다. 서인의 생각과는 달리 그는 그녀를 두고 무식하다는 생각을 하지는 않았다. 그저 재미있는 사람이구나, 하는 생각뿐이었다. 아마도 그래서 이 여자와 소개팅 이후로 벌써 세 번째 만나는 것일 터였다.

모윤은 어느 한 여자와 두 번 이상 만난 적이 없었다. 주선자의 입장 때문에 어쩔 수 없이 소개팅이나 선 자리에 나간다 하더라도 그것으로 끝이었지, 이런 식으로 그 상대방을 계속 만나는 일은 없었다. 그런데 눈앞의 여자, 권나희는 예외가 되었다.

물론 권나희는 꽤 예쁜 외모를 가지고 있다. 하지만 그저 예쁘다고 해서 이렇게 계속 만남을 이어 가고 있는 건 아니다. 따지고 보면 이 여자보다 더 예쁜 여자와도 만난 적이 있었으니 말이다.

"오늘은 우리 뭘 하고 놀까요?"

생글생글 웃으며 눈을 반짝이는 여자를 보며 모윤은 자신도 모르게 입꼬리가 올라가는 것을 느꼈다. 그래. 바로 이런 점 때문인지도 모르겠다. 지금까지 만난 여자들은 보통 계산하는 듯한 시선으로 자신을 살펴보고 어떤 말 한마디를 할 때도 충분히 머릿속으로 궁리를 한 뒤에 말을 꺼내는데, 이 여자에게서는 그런 점을 찾아볼 수 없었다.

말 그대로 놀자는 것 외에는.

"오늘은 권나희 씨가 계획해 봐요. 뭘 하고 놀지."

"예? 제가요?"

"두 번은 제가 결정했잖아요. 그리고 뻔한 코스였죠. 밥 먹고 영화 보고 차 마시고."

술은 절대 안 된다고 하는 바람에 일반적인 코스에서 술을 마시는 건 빠졌지만 말이다. 모윤이 어깨를 으쓱이며 대꾸했다.

"……흐음. 그럼 뭘 하고 놀까요."

'권나희'를 가장하고 있는 서인이 짐짓 고민스러운 표정을 지으며 눈을 깜빡였다. 갑자기 결정권이 자신에게 넘어왔다고 생각하니 비장한 각오마저 들었다. 뭔가 정말 재미있는 걸 해야 한다는 의무감마저 들었다고 해야 할까.

그러나 고등학교 3학년, 수능을 앞두고 있는 수험생 신분으로 어른이 뭘 하고 놀아야 재미있을지 어떻게 알 수 있을까.

서인은 금세 시무룩해져 고개를 절레절레 흔들었다.

"생각 안 나요."

"예?"

"그냥 오늘도 뻔한 코스로 가요."

서인은 언제 시무룩했나 싶게 다시 방긋방긋 웃으며 모윤을 쳐다보았다. 그녀의 모습이 마치 꼬리 흔들며 놀아 달라는 강아지 같아서, 모윤은 순간적으로 웃음을 터뜨렸다. 그 순간, 서인이 놀란 듯 눈을 크게 뜨더니 그를 향해 입을 열었다.

"그렇게 웃으니까 멋있어요."

"예?"

"웃으니까 멋있다고요. 그렇지 않아도 반했는데, 더 반했어요."

"예? 그게 무슨……."

모윤은 돌발적인 서인의 발언에 당황해하며 그녀를 쳐다보았다. 하지만 서인은 아랑곳하지 않고 씩 웃더니 몸을 일으켰다. 그리고 테이블 쪽으로 허리를 숙이고 모윤이 피할 새도 없이 그에게 입을 맞췄다. 보드라운 입술이 순식간에 닿았다가 떨어졌다. 모윤이 뒤늦게 목소리를 높였다.

"이게 무슨 짓입니까. 권나희 씨!"

"길모윤 씨한테 관심 있어서 추파 던지는 건데요?"

"예? 뭐라고요?"

"이 정도로 뭘 그렇게 놀라세요. 서른두 살이나 된 아저…… 아니, 서른두 살이나 된 분이 열다섯 남자애라도 되는 것처럼요."

"지금 이 상황에서 나이가 왜 나옵니까?"

모윤이 혀를 차고는 삐딱한 자세로 그녀를 향해 날카롭게 되물었다. 게다가 뭐? 분명히 '아저씨'라고 하려다가 말았지? 고작 다섯 살 차이밖에 안 나면서. 다섯 살도 아주 적은 차이라고 하기는

44

어렵지만 그래도 아저씨라고 불릴 정도는 아니었다. 그는 그녀를 위아래로 훑어보듯 쳐다보다가 다시 입을 열었다.

"이건 명백히 성추행입니다만."

"성추행이라니요! 아니거든요?"

발끈한 서인이 억울하다는 듯 주먹을 꼭 쥐며 항의했다. 모윤은 그녀를 향해 콧방귀를 뀌고 말을 이었다.

"상대방의 의사에 관계없이 행하는, 모든 성적인 행동은 추행일 뿐입니다. 그 나이 먹도록 그런 것도 몰랐어요?"

"……그렇지만."

서인은 입을 열었다가 다물고 모윤을 쳐다보았다. 잔뜩 억울하다는 표정을 짓는 여자를 쳐다보는 모윤의 시선은 냉담하기 그지 없었다. 그녀는 괜히 서러운 생각이 들어서 다시 입을 열었다.

"사귀는 사이에 입맞춤도 못 해요?"

"예?"

"애인한테 입맞춤할 때마다 허락받아야 하냐고요."

"지금 그게…… 아니, 사귀는 사이는 뭐고, 애인은 또 뭡니까?"

모윤은 기가 막혀서 '권나희'를 쳐다보았다. 대체 이 여자가 하는 말이 무슨 소리인지 이해할 수 없었다. 하지만 그녀는 당연한 게 아니냐는 표정으로 말을 이었다.

"우리 지금 사귀는 거잖아요."

"사귄다고요? 누가요? 권나희 씨와 제가요?"

"그럼 아니에요? 소개팅 후에 이렇게 계속 만나는 건 사귄다는 거 아니에요?"

"……."

모윤은 말을 잇지 못하고 황당한 표정으로 그녀를 보았다. 그러다가 당혹스러운 얼굴을 숨기지 못한 채 그는 흘러내린 제 머리를 쓸어 넘긴 뒤, 다시 입을 열었다.

"우리 사이에 뭔가, 오해가 있었나 봅니다."

"예?"

"저는 권나희 씨와 사귄다는 생각까지는 해 보지 않았거든요. 지금 이렇게 만난 건, 그저…… 예, 권나희 씨와 만나는 게 그다지 나쁘지 않다고 생각해서 만남을 지속한 것뿐이지, 그런 뜻은 아니었습니다."

'소개팅 이후 만남=사귀는 사이'라니.

급해도 너무 급한 공식이었다. 모윤은 황당하면서도 우습단 생각이 들었다. 그러나 그의 앞에 앉아 있던 여자는 그와는 반대로 울상을 짓더니 순식간에 얼굴을 빨갛게 물들였다.

"죄송해요. 제가 너무 앞서 나갔나 봐요."

"아니요. 그렇다고 권나희 씨께서 사과를 하실 것까지는……."

"그럼 오늘부터 사귀는 건 어때요?"

"예?"

모윤의 말을 끊더니 서인이 다시 그를 향해 말했다.

"정확하게 의사를 묻고 답을 들으면 되는 거잖아요. 우리 사귀지 않을래요? 저는 길모윤 씨가 마음에 들었는데."

"……원래 이렇게 제멋대로예요?"

모윤은 픽 웃으며 고개를 저은 뒤, 서인에게 물었다. 서인은 그의 말에 잠시 고민하다가 고개를 흔들었다.

"그건 아닌데요."

그게 아니긴! 원래 넌 인생 자체가 제멋대로였어! 그녀의 가슴속에서 양심의 소리가 울려 퍼지는 것을 가볍게 무시하며, 서인은 천연덕스럽게 거듭 말했다.

"제가 얼마나 경우가 바른데요."

"……아아, 그래요?"

모윤은 서인의 말에 피식거리며 고개를 끄덕였다. 그리고 다시 '권나희'를 가만히 쳐다보았다.

그러고 보니 여자를 사귀었던 게 벌써 몇 년 전이더라.

그는 과거를 더듬어 보다가 피식 웃으며 어깨를 으쓱였다. 대학 졸업하면서 사귀던 동기와 헤어진 게 마지막이었으니 한 육칠 년 정도 지났으려나. 그러니 친구 녀석이 고자가 분명하다고 헛소리를 늘어놓은 게 당연한 일인지도 모르겠다. 하지만 딱히 누군가와 사귀고 싶단 마음이 들지 않았다. 적어도 지금까지는. 모윤은 '권나희'를 바라보다가 고개를 슬쩍 기울였다.

"그럼, 경우 바른 권나희 씨와 사귀어 볼까요?"

모윤의 입꼬리가 슬쩍 올라갔다. 호기심 어린 시선과 함께.

✳ ✳ ✳

"뭐? 여자를 사귄다고? 네가?"

"응."

친구의 질문에 무심한 목소리로 대답한 모윤은 새하얀 케이크의 테두리에 핑크색 생크림으로 장식을 마무리한 뒤, 초코펜으로 케이크 중앙에 그림을 그리기 시작했다. 그의 손이 지나갈 때마다 케이크 위에 자그마한 꽃밭이 생기고 아기자기한 집이 생겼다. 그의 친구는 몸을 숙인 채 구경하다가 감탄했다.

"야, 모윤아. 너 진짜 학교 때려치우고 나랑 동업할 마음 없냐?"

"시끄러워."

모윤은 친구의 말을 가볍게 무시하고는 자신이 방금 그린 그림 위에 스프링클을 뿌려 주고 허리를 세웠다. 잠깐 허리를 구부리고 있었던 것뿐인데도 금세 근육통이라도 생긴 것인지 몸이 뻐근했다. 그는 옆구리를 툭툭 주먹으로 치고 옆에 놓인 바나나 주스를 한 모금 마신 뒤, 다시 자리에 앉아 포크를 들었다.

"야, 야! 잠깐! 먹지 마!"

모윤의 친구이자 이 빵집의 주인인 강머루는 방금 만든 케이크를 향해 다가오는 포크를 막으려고 했지만, 그의 노력은 허사가 되고 말았다. 모윤은 자신이 방금 전까지 장식을 하고 그림까지 그려 놓았던 케이크를 무참하게 잘라 입에 넣으며 보란 듯 피식 웃었다. 머루는 순식간에 엉망이 된 케이크를 내려다보다가 허탈한 얼굴로 입을 열었다.

"감성이라고는 눈곱만큼도 없는 놈. 그걸 먹고 싶냐?"

"먹자고 만든 걸 왜 안 먹어?"

이상한 소리를 들었다는 듯 어깨를 으쓱이며 모윤은 대꾸했다. 머루는 그런 모윤의 태도에 발끈해서 목소리를 높였다.

"사진 찍을 시간, 딱 그 몇 초만 기다려주면 어때서! 그걸 못 참고 먹어 치우냐? 이 나쁜 놈아! 내가 이 케이크 완성되기만을 기다리고 있었다는 걸 뻔히 알면서!"

"먹을 걸 사진 찍는 네가 이상한 거야."

모윤은 자신이 방금 초코펜으로 그렸던 아기자기한 집을 붕괴시킨 뒤, 케이크를 입에 넣으며 머루의 말을 받아쳤다. 하지만 머루는 아쉬움이 뚝뚝 묻어나는 얼굴로 망가진 케이크를 보다가 어깨를 축 늘어뜨리며 모윤의 맞은편 의자에 털썩 주저앉았다.

"내 케이크⋯⋯. 블로그에 올리려고 아까부터 눈독 들였던 건데. 요새 우리 블로그 이웃들이 내가 데코한 케이크보다 네가 해 놓은 걸 더 좋아한단 말이야. 그걸 알면 네가 이런 만행을 저지르지 못했을 거다."

"알았어도 마찬가지야. 남들이 좋아하든 말든 그게 나랑 무슨 상관이라고."

모윤은 포크로 케이크를 잘라 먹으며 시큰둥한 투로 대꾸했다. 그리고 무심코 턱을 괸 채 유리벽 너머를 바라보았다.

머루의 빵집은 전면이 유리로 되어 있었다. 바깥에서는 보이지 않지만 안에서는 밖이 보이는 유리였다. 그래서 종종 길을 가던 사람들이 거울인 줄 알고 안쪽을 향해 우스꽝스러운 표정을 지어 보일 때가 있었다.

그는 뜨겁게 내리쬐는 햇빛 아래에 부채질을 하며 바쁘게 어딘가로 걸어가는 여자를 무심한 눈으로 바라보다가 다시 들려온 머루의 목소리에 고개를 돌렸다.

"어떤 여자야?"

"누구?"

"너랑 사귄다는 여자."

"스물일곱 살이고, 고전 학술 연구소의 연구원으로 있대."

"그런 거 말고! 딱 봤을 때 느낌 같은 거 있잖아."

머루가 답답하다는 듯 모윤을 다그쳤다. 모윤은 포크에 묻은 크림을 혀로 핥다가 잠시 생각하는 듯싶더니 대꾸했다.

"웃겨."

"뭐?"

"제멋대로고."

"응?"

"게다가 좀 밝히는 것도 같고."

"으어어?"

머루의 입에서 괴상한 소리가 새어 나왔다. 그러거나 말거나 모윤은 차분한 표정으로 다시 포크를 들어 케이크를 잘랐다. 머루가 우당탕 의자를 쓰러뜨리며 테이블에 엎드리다시피 한 채 물었다.

"그게 무슨 소리야? 밝히다니?"

"말 그대로야."

"이, 이런…… 아! 재수 없어!"

머루가 다시 몸을 일으키더니 두 손으로 머리를 쥐어뜯었다. 멀쩡하게 생긴 얼굴로 미친 짓이라니. 모윤은 쯧쯧 혀를 차며 고개를 저은 뒤, 잘라 낸 케이크를 입에 넣었다. 그런 모윤을 손가락으로 가리키며 머루가 불만 가득한 표정으로 외쳤다.

"길모윤, 너 같은 성격파탄자한테 옹녀까지 붙은 거냐고!"

"옹녀?"

"밝힌다며!"

머루가 심술 가득한 표정을 지으며 더욱 목소리를 높였다. 옹녀라……. 모윤은 풋, 하고 웃음을 터뜨리며 손을 내저었다.

"아니야, 그런 거."

"아니라니?"

"나이를 헛먹었는지 하는 짓이 좀 맹해. 그런 여자한테 옹녀라니."

모윤은 '권나희'를 떠올리며 피식거렸다. 뭐랄까. '권나희'는 어쩐지 아직 어린 10대 여자아이 같았다. 많이 쳐줘도 20대 초반? 물론 그럴 리 없다는 걸 알고 있지만 말이다. 다만 그녀가 하는 행동이나 분위기를 보다 보면 마치 자신이 가르치는 학생을 대하고 있는 기분이 들어 양심이 조금 찔린다고 해야 할까.

'어떻게 보면 당돌하기도 하고.'

그는 슬쩍 제 입술을 손가락으로 만지며 지난번의 일을 떠올렸다. 대응할 새도 없이 당했던 입맞춤이지만 그다지 불쾌한 기억은 아니었다. 아니, 오히려 유쾌했다고 해야 할까. 모윤은 자신의 입술에 닿았던 여자의 입술을 기억했다. 립글로스의 달콤한 향기보다 그 입술 자체의 보드라운 감촉이 더 선명한 기억으로 남았다.

"밝힌다며! 그러니까 옹녀지!"

"뽀뽀를 밝히는 거 같다고."

"뭐? 뭐가 어쩌고 어째? 내가 지금 무슨 말을 들은 거냐? 굉장히 젖비린내 나는 소리를 들은 것 같은데?"

"뽀뽀 말이야. 뽀뽀."

"키스가 아니고?"

머루는 황당하다는 표정을 짓다가 이내 키득거리며 웃기 시작했다.

"으하하. 이건 또 뭔 소리래……. 그러니까 소개팅에서 만난 스물일곱 살 아가씨께서 뽀뽀를 밝히신다, 그거야? 오, 맙소사. 요즘은 유치원 꼬맹이들도 흔하게 한다는 그 뽀뽀? 네가 뭔가 착각한 거 같은데? 뽀뽀, 그 이상을 원했는데 네가 둔해서 눈치 못 챘던 거 아니야?"

"야, 만난 지 얼마나 됐다고. 게다가 그렇게 경우 없는 여자도 아니야."

모윤이 머루의 말에 인상을 쓰고는 '권나희'를 두둔하는 말을 덧붙였다. 스스로 경우 바르다 말하던 그녀의 말간 얼굴이 떠오른 탓이다. 하지만 머루는 콧바람까지 뿜으며 모윤의 말에 반박하듯 말을 이었다.

"야! 그럼 우리 어머니는 경우가 없냐? 양쪽 집안의 반대를 무릅쓰고 아버지와 단둘이 부산으로 도망가서 무려 스물한 살에 배짱 좋게 나를 낳으셨는…… 으악!"

"아예 동네방네 소문을 내지 그러냐!"

머루의 뒤통수를 후려갈긴 그의 어머니가 슬쩍 모윤을 쳐다보고는 말을 이었다.

"모윤이 왔냐."

"예, 어머니. 안녕하셨어요."

"그래. 아버지는 좀 어떠셔?"

"많이 좋아지셨어요."

모윤이 싱긋 웃으며 대꾸하자 머루의 어머니가 흐뭇한 표정으로 웃더니 다시 머루를 흘겨보고는 입을 열었다.

"친구는 끼리끼리 어울린다는데, 어떻게 된 게 너랑 이 녀석은 이렇게 다른지."

"다르긴 뭐가 달라요! 아니, 어머니가 몰라서 그렇지. 이놈이 얼마나 악독하고 정떨어지는 놈인지…… 아얏! 어머니!"

"하여간 서른두 살이나 처먹어서 잘하는 짓이다. 그러니까 네가 지금까지 장가도 못 갔지!"

머루의 어머니가 매섭게 머루의 등을 때리며 타박했다. 모윤은 슬쩍 미소를 흘리며 태연한 얼굴로 남은 케이크를 먹었다.

강머루의 고통은 길모윤의 즐거움이니.

"그나저나 이사는 언제 해?"

머루는 어머니에게 맞은 등이 아픈지 인상을 쓰다가 뒤늦게 생각났다는 듯 다시 입을 열었다. 모윤이 포크를 내려놓으며 가벼운 어조로 대답했다.

"다음 주말에."

"그러고 나면 바로 새 학교로 출근하겠네?"

"응."

모윤은 머루의 질문에 고개를 끄덕이며 대꾸했다. 드디어 여학교에서 해방이다! 그렇게 생각하니 저절로 입꼬리가 올라갔다. 이번에 전근 가게 된 학교는 남녀공학이다. 물론 남'녀' 공학이니 여학생이 없는 건 아니지만…… 그래도 무시무시한 여학교보다는 낫지 않겠는가.

모윤은 매일 자신의 교무실 책상에 쌓이던 러브레터와 온갖 선물들을 떠올리고는 진저리를 쳤다. 친구들은 언젠가 여고생들에게 둘러싸인 복 터진 놈이라며 자신을 놀리기도 했지만, 막상 본인은 그 여고생들이 세상에서 가장 무서웠다.

"그나저나 다민이 잘 부탁한다."

"아아, 그 녀석. 그러고 보니 벌써 고등학생이구나?"

"벌써 고등학생이긴. 무려 고3이시다. 우리 가족 모두를 발가락으로 머슴처럼 부릴 수 있는 막강한 권한을 지닌 고3 수험생."

머루의 너스레를 듣던 모윤의 입에서 실소가 새어 나왔다. 머루의 어머니가 뒤늦게 낳은 아이가 바로 다민이였다. 초등학생 때 보고 못 봤는데, 같은 학교의 선생과 학생이라는 입장으로 다시 보게 되다니. 모윤이 픽 웃으며 머루를 향해 물었다.

"다민이는 내가 그 학교로 전근 가는 거 알아?"

"아니. 깜짝 놀라라고 안 알려 줬지."

머루가 싱글거리며 대꾸했다. 그러면 그렇지. 모윤은 나잇값 못하는 철부지 형을 둔 다민을 딱하게 여기며 혀를 찼다.

"그건 그렇고 진도는 어디까지 나갔냐? 뽀뽀 말고 그 이상 진도나간 거 없어?"

"뭐? 진도?"

"그 여자랑 말이야. 네 애인."

머루는 '애인'을 강조하며 모윤을 쳐다봤다. 고등학교 때부터 줄곧 모윤과 단짝이었지만 그가 여자에게 관심을 두는 걸 본 적이 없었던 터라 머루는 종종 의심을 하고는 했다. 그래서 혹시 고자가 아닌가 싶어 비뇨기과에 그를 데리고 가서 이왕 온 김에 너도 검진 한번 받아 보라며 억지로 진료실에 끌고 들어간 적도 있었다. 물론 모윤의 검진 결과는 아주 좋았다.

그리고 얼마 전에는 고자가 아니라면 동성애자인 건가 하는 생각에 사로잡혀 그와 술을 마시다 말고 '다 이해해. 남자가 남자 좋아하면 뭐 어떠냐. 안 그래? 이제 내 앞에서는 솔직해져도 돼, 인마. 친구 좋다는 게 뭐냐.' 하고 말을 꺼냈다가 머루는 모윤에게 정말 죽기 직전까지 두들겨 맞았다.

그래. 그렇게 두들겨 맞기까지 했으니 이 정도는 물어봐도 되는 거 아니겠냐고.

머루는 다시 모윤을 쳐다보며 말을 이었다.

"내가 그 정도는 알아도 된다고 생각하는데 말이지."

"뭐?"

모윤이 어이없다는 표정으로 눈을 치켜떴다. 머루는 냉큼 뒤로 슬쩍 몸을 물리며 손을 내저었다.

"아니면 말고."

비굴하다 해도 어쩔 수 없었다. 머루는 모윤의 주먹이 얼마나 매서웠는지 지금도 기억하고 있으니 말이다. 금세 태도를 바꾼 친구를 바라보던 모윤에게서 피식거리며 웃음이 새어 나오더니 다시 입이 열렸다.

"진도라고 할 것도 없어. 그냥……."

"그냥?"

"됐어. 내가 지금 너한테 무슨 소리를 하냐?"

모윤은 말을 잇다 말고 그대로 입을 다물었다. 그저 뽀뽀, 그것뿐이지만 더 이상 그것에 대해 이러쿵저러쿵 얘기하고 싶지 않았다. 유쾌했던 기억은 그저 자신만의 것으로 남겨 두고 싶은 마음이라고 해야 할까. 아무리 친한 친구라 해도 나누고 싶지 않은 기억이란 게 있으니 말이다. 그는 어깨를 으쓱이며 그저 웃었다.

"쳇. 말하기 싫다, 그거지? 치사한…… 아, 어서 오세요!"

머루는 투덜대다 말고 출입문이 열리자 냉큼 환하게 웃으며 문을 막 열고 들어온 젊은 여자들 셋을 향해 다가갔다.

그래. 치사해서 안 물어본다. 알게 뭐냐. 내 손님들이나 챙겨서 돈 많이 벌어야지. 머루는 모윤의 '애인'에 대한 관심을 상큼하게 끊어 버린 뒤, 손님들을 향해 싱긋 웃었다. 그리고 그런 친구의 모습을 돌아보던 모윤이 픽 웃고는 남은 케이크를 포장하기 위해 카운터 안쪽으로 들어갔다.

모윤은 케이크 상자를 달랑달랑 들고 비탈길을 오르다가 앞에 걸어가고 있는 중년 사내를 보았다. 몸의 한쪽이 불편한 듯 사내는 다리를 질질 끌면서 천천히 비탈길을 올라가고 있었다. 그 뒷모습을 바라보던 모윤의 표정이 흐려졌다. 하지만 그는 곧 밝게 웃으며 사내를 향해 목소리를 높였다.

"길동이 어머니, 운동하고 들어가십니까!"

"예끼, 이 녀석! 아부지를 또 그렇게 부른다!"

중년 사내가 익숙한 듯 뒤를 돌아보더니 모윤을 향해 다소 어눌한 발음으로 대꾸했다. 모윤이 부드럽게 눈을 휘며 웃고는 사내를 향해 다가갔다. 길동모, 모윤의 부친이자 '길동이 어머니'라는 별명으로 불리는 사내가 힐끔 모윤의 손에 들려 있는 케이크 상자를 보고 입을 열었다.

"머루네 가게에 다녀오는 길이냐?"

"예. 케이크 남은 거 가지고 왔어요. 집에 가서 같이 먹어요, 아버지."

"만날 남은 거나 가져오지. 아부지한테 제대로 된 걸 사 가지고 올 마음은 안 들더냐?"

동모는 퉁명스럽게 말하면서도 온화한 미소를 지으며 자신의 아들, 모윤을 쳐다보았다. 모윤이 싱글거리더니 다시 말을 이었다.

"어차피 케이크 하나 사 와도 둘이 다 먹지도 못하잖아요."

"그건 그렇지."

"그리고 아버지, 너무 늦은 시간에는 운동 다니지 마세요. 특히 찻길 건널 때는 신호 잘 보고 다니시고요."

모윤이 짐짓 걱정스러운 눈으로 동모를 쳐다보며 당부했다. 동모는 그런 모윤의 마음을 알기에 쓴웃음을 지으며 고개를 끄덕였다. 길 잘 보고 다니세요. 찻길 건널 때 항상 좌우 잘 살피시고요. 자신의 아들이 늘 입에 달고 살다시피 하는 잔소리였다.

자신의 아내는 고작 열두 살 된 아들을 남기고 죽었다. 중환자실에서 꼬박 석 달을 버텼지만, 결국 허사가 되고 말았다. 뺑소니 교통사고가 원인이었다.

우습지만, 그녀는 신호등을 지켰다.

파란불에 횡단보도를 건넜다.

그것이 죽음의 원인이 될 줄 누가 알았을까. 파란불에 신호를 지켜 길을 건너던 여인이 차에 치여 그토록 처참한 꼴이 되어 두 번 다시 눈을 뜨지 못하고 석 달을 버티다가 죽게 될 줄 누가 알았을까.

한 가정이 무너지는 것은 순식간이었다. 그나마 다시 무너졌던 몸과 마음을 추스르고 일어설 수 있었던 건, 바로 자신의 아들 덕분이었다.

"그나저나 요새 종종 어디를 나가는 거냐? 방학 때는 늘 집에서 빈둥대던 놈이."

동모는 과거의 기억을 털어 낼 겸 말을 돌렸다. 모윤은 잠시 멈칫했다가 이내 평온한 표정으로 대꾸했다.

"데이트요."

"뭐? 지금 내가 무슨 말을 들은 거지? 데이트라고? 모윤이 네가 데이트?"

"왜요. 저는 데이트하러 나가면 안 되나요?"

노총각으로 늙어 죽을 작정이냐고 구박하실 때는 언제고. 모윤이 시큰둥한 어조로 대답하며 걸음을 옮겼다. 그 순간, 동모가 걸음을 멈췄다.

"진짜 데이트했다고?"

"아들한테 속고만 사셨어요?"

동모의 물음에 모윤이 얼굴을 찡그리며 대답했다. 동모는 한쪽이 마비되어 잘 움직이지 않는 얼굴을 실룩이다가 이내 웃음을 터뜨렸다.

"그거 듣던 중 반가운 소리로구나. 그래, 어떤 아가씨인데?"

"머루랑 똑같은 질문을 하시네요."

그럼 조금 뒤에는 '옹녀' 발언까지 나오려나. 모윤은 속으로 중얼거리며 피식 웃은 뒤, 입을 열었다.

"그냥 재미있는 여자예요."

"재미있다고?"

"예. 같이 있으면 적어도 심심하지는 않더라고요."

모윤은 고개를 끄덕이며 대꾸했다. 동모가 모윤의 얼굴을 가만히 쳐다보다가 웃었다. 그리고 다시 걸음을 옮기며 말을 이었다.

"네 엄마도 그랬지."

57

"어머니도요?"

"응. 네 엄마랑 함께 있으면 한 시간이 1분보다도 짧게 느껴질 정도였거든."

동모의 목소리에 섞인 그리움을 눈치챈 모윤이 묵묵히 그의 말을 듣기만 했다. 솔직히 어머니에 대한 기억은 그다지 많지 않았다. 20년이나 지나 버렸으니 당연한 일이라고 해도 좋을까. 그러나 많지 않은 기억 속의 어머니는 늘 유쾌하고 다정했다.

'난 나중에 엄마랑 결혼할 거야!'

그래서 당차게 선언하듯 말했던 것인지도 모른다. 아버지를 라이벌 삼아서 말이다. 그때 어머니는 마치 소녀처럼 깔깔대며 웃었다. 모윤은 픽 웃다가 다시 자신의 아버지를 돌아보았다.

희끗희끗한 머리와 주름진 얼굴이 눈에 들어왔다. 3년 전에 뇌졸중으로 쓰러졌던 동모는 후유증이 남아서 한쪽 몸이 마비되었다. 그나마 재활 치료를 받아서 이렇듯 거동을 하기는 하지만, 여전히 언어와 보행에 있어서는 장애가 남아 있다. 모윤은 가슴속이 저릿해지는 통증을 느끼면서도 내색하지 않았다.

"너도 네 엄마 같은 여자 만나서 가정도 꾸리고 그래야 할 텐데……."

아버지의 어눌한 발음 속에 담긴 걱정과 애정에 모윤은 조용히 웃었다. 그리고 동모를 쳐다보며 입을 열었다.

"세상에 어머니 같은 여자가 또 있을까 싶어요."

"지금 만나는 여자, 재미있다며?"

"그렇다고 해서 어머니와 닮았다는 건 아니죠. 그냥, 가볍게 만나는 거예요."

모윤이 어깨를 으쓱이며 대꾸하고는 집 앞에 멈춰 서서 주위를 둘러보다가 말을 이었다.

"이 동네와도 이제 이별이네요."

"그러게 말이다. 네 녀석이 이 비탈길에서 뛰어놀던 게 바로 어제 같은데 말이지."

"서운하지 않으시겠어요?"

모윤은 과거를 더듬듯 미소를 머금은 동모를 돌아보며 물었다. 그러자 동모가 피식 웃으며 대답했다.

"서운할 게 뭐 있겠냐. 오히려 새로운 곳으로 이사를 간다고 생각하니까 두근거리고 설레어 잠도 안 올 지경인데."

전근 가게 될 학교 근처의 단독 주택으로 이사할 예정이다. 딱히 이사를 가야겠다고 생각했던 건 아닌데, 이 동네가 재개발되는 바람에 어쩔 수 없이 이사를 결정하게 되었다. 모윤은 다시 동네를 둘러보았다.

모든 게 사라질 것이다.

제 어린 시절의 추억도 전부 재개발이란 이름으로 사라지겠지.

모윤은 잠시 아쉬운 표정을 짓다가 피식 웃으며 동모를 향해 말했다.

"들어가요, 아버지. 저녁밥은 볶음밥 해 먹을까요? 김치 넣고."

"좋지."

동모가 껄껄 웃으며 유쾌하게 대꾸했다.

3

저 남자가 왜 저기에?

창문 밖에서 사내들의 목소리가 들렸다. 떠들썩한 소리에 서인은 침대에 누운 채 베개에 고개를 묻고 있다가 벌떡 일어나 앉았다.

으아아.

개학하기 전의 마지막 일요일인데!

"늦잠도 마음대로 못 자겠네."

서인은 구시렁대며 일부러 발을 쿵쿵 굴러 창가로 다가갔다. 솔직히 밖에서 들리는 소음이 아니더라도 애당초 늦잠은 그녀에게 불가능했다. 매일 일정한 시간에 맞아야 하는 주사도 그렇고, 제때 밥을 먹어야 저혈당이 오지 않으니 말이다. 서인은 그런 제 상태를 알면서도 괜히 투덜대며 창문을 가리고 있던 커튼을 슬쩍 열었다.

"어? 누가 이사 오나?"

서인의 눈에 금세 호기심이 어렸다. 얼마 전에 이사를 가 버린 옆집에 새로 누가 이사를 오는 것인지 이삿짐 차량이 대문 밖에 있었다. 그녀는 창문에 거의 달라붙듯 매달린 채 눈을 데구르르 굴렸다.

혼자일 때가 많은 서인은 이웃집에 대한 관심이 언제나 많았다. 물론 그 이웃집이 서인에게 별다른 관심이 없었다는 게 문제였지만 말이다. 그녀는 대문 밖으로 슬쩍 보이는 사람들의 머리를 쳐다보다가 굳게 결심한 표정으로 고개를 끄덕였다. 그리고 몸을 돌려 황급히 옷장을 열고 잠옷을 벗은 뒤, 반바지와 가벼운 티셔츠로 갈아입고 방을 나섰다.

　방에서 나오자마자 에어컨의 냉기가 서인의 몸을 휘감았다. 그녀는 슬쩍 몸을 떨면서 거실을 둘러보았다. 서인의 엄마, 권나경은 이미 외출한 듯했다. 고요하다 못해 적막하기까지 한 집 안의 서늘한 냉기에, 서인은 잠시 시무룩한 표정을 짓다가 이내 현관으로 향했다.

　현관문을 열자마자 뜨거운 공기가 피부에 닿았다. 늦여름의 더위가 아침부터 기승을 부릴 심산인 듯했다. 서인은 현관 밖으로 나가서 옆집과 마주하고 있는 담벼락으로 걸음을 옮겼다. 이삿짐업체 직원들이 옆집과 대문 밖의 이삿짐 차량 사이를 오가며 바쁘게 움직이고 있는 모습이 눈에 들어왔다. 옆집과의 담이 그다지 높지 않은 탓에 그 모든 광경이 서인의 눈에 고스란히 들어왔다.

　그리고 한 중년 사내와 눈이 마주쳤다.

　"어? 아, 안녕하세요."

　"반가워요. 옆집 사는 학생인가 보네."

　눈이 마주치자마자 서인이 얼떨결에 고개를 꾸벅 숙여 인사하자 중년 사내가 부드럽게 화답하며 웃었다. 우와! 상냥한 아저씨다! 서인은 자신에게 관심도 없고 인사도 받아 주지 않던 전(前) 이웃과는 반대되는 사내의 모습에 저도 모르게 입꼬리가 올라가는 것을 느끼며 냉큼 담벼락에 붙어 입을 열었다.

"이사 오시는 거예요?"

"예. 아침부터 소란스러워서 미안해요. 일요일인데 잠도 못 잤죠?"

"괜찮아요. 저 원래 늦잠 안 자요."

서인이 헤헤, 웃으며 담에 매달린 채 재잘거리듯 대꾸했다. 그녀는 자신의 부모 또래나 그보다 나이 많은 사람들에게 특히 약했다. 다른 여자와 바람이 나서 집을 나가 버린 아버지, 그리고 서인에게 늘 냉담하고 신경질적인 어머니에게서 받지 못한 애정을 갈구하듯 말이다. 하지만 사람들은 자신과 관련 없는 어린아이에게는 무관심하기 일쑤였기에, 서인은 그토록 갈구하던 애정을 어디에서도 받지 못하며 자랐다.

그나마 어린 시절에는 그녀의 외조부모가 있었지만, 그들이 모두 죽은 이후에는 서인이 의지할 만한 어른은 철없는 이모, 하나뿐이었다. 그런 서인에게 눈앞의 중년 사내는 그야말로 '심봤다!'를 외칠 만한 어른이었다.

사내는 어딘가 불편해 보였다. 한쪽 팔이 비정상적으로 흔들리는 것도, 말할 때마다 실룩거리는 한쪽 뺨도, 다소 어눌해 보이는 말투도, 모든 게 그랬다. 하지만 서인은 전혀 개의치 않는다는 듯 담에 기댄 채 중년 사내를 향해 계속 말을 이었다.

"다른 식구는 어디 있어요? 혹시 제 또래 자식 있으세요?"

"허허. 학생 또래요? 고등학생 같은데…… 맞아요?"

"예. 고3이에요."

"어이쿠, 우리 아들놈은 그보다 훨씬 나이가 많은데. 젊게 봐줘서 고마워요."

중년 사내가 서인을 귀엽다는 듯 바라보며 웃었다. 서인은 눈을 동그랗게 뜨고 다시 사내를 향해 말했다.

"진짜요? 아드님이 몇 살인데요? 아저씨, 되게 젊어 보이세요. 일찍 결혼하셨나 봐요."

"허허, 우리 아들은 서른 넘었어요. 나도 환갑 지난 지가 언젠데."

"우와. 완전 동안이세요!"

서인이 정말 놀랐다는 듯 우와, 하고 감탄을 연달아 하다가 뒤늦게 생각났다는 듯 입을 열었다.

"참! 저는 서인이에요. 우서인. 서인이라고 편하게 불러 주시고, 말씀 놓아 주세요."

"허허, 그래도 돼요?"

"예!"

"그럼 그러자, 서인아. 나는 길동모라고 한다."

"길동모요?"

"그래. 아들놈이 툭하면 길동이 어머니라고 놀리고는 하지."

중년 사내, 동모는 껄껄대며 자신의 별명을 비밀 얘기하듯 작게 말했다. 이사를 하자마자 이렇게 귀여운 이웃을 만나게 되니 뭔가 좋은 징조인 것만 같았다. 동모는 담 너머에서 자신을 향해 재잘거리며 웃는 서인을 쳐다보고는 빙긋 웃었다.

'모윤이 녀석은 왜 그렇게 여고생이라 하면 기겁하고 진저리를 쳤는지 모르겠네.'

이렇게 밝고 귀여운데 말이지. 그는 옆집에 고등학생 여자애가 산다는 걸 알게 되면 자신의 아들이 어떤 표정을 지을지 문득 궁금해졌다.

"참! 내 아들도 소개해 줄게."

"아드님이요?"

서인이 궁금하다는 표정으로 물었다. 동모는 고개를 끄덕인 뒤, 대문 쪽을 향해 목소리를 높였다.

"응. 이 녀석이 밖에 있나. 모윤아! 이리 좀 와 봐라! 여기 옆집 학생이랑 인사……."

……으응? 어디 갔지?

동모는 말을 채 잇지 못하고 눈만 끔뻑거렸다. 그와 동시에 대문을 열고 들어온 모윤이 성큼성큼 다가오며 입을 열었다.

"왜 부르셨어요? 이삿짐 빠진 거 있나 보느라고 바쁜데."

"아니, 여기 옆집 학생이랑 인사 나누라고 불렀는데 그새 어디로 가 버렸나 보다. 젊은 사람이라 그런가. 엄청 빠르네."

동모가 턱을 긁적이며 휑한 담벼락 위를 쳐다보았다. 바로 조금 전까지 자신과 대화를 나누고 있던 서인이 온데간데없이 사라진 뒤였다.

뭐지?

이게 뭐지?

서인은 담벼락 아래에 어설프게 몸을 숨긴 채 벌렁대는 가슴을 진정시키려고 심호흡을 하며 눈을 깜빡거렸다. 옆집에 이사를 온 동모에게서 나온 이름은 익숙한 것이었다. 모윤이라니. 길동모의 아들이라면 당연히 '길'모윤일 테고. 그녀의 예상이 맞다는 걸 증명이라도 하듯 대문을 열고 들어서던 남자는 바로 자신이 소개팅에서 만났던 '길모윤'이었다.

아니, 이제는 사귀게 된 사람이기도 하고.

길모윤이라니.

옆집에 이사를 온 사람이 저 남자라고?

서인이 자신도 모르게 나오려던 비명을 황급히 손바닥으로 눌러 삼킨 뒤, 입만 달싹이며 숨을 내쉬었다. 오, 맙소사. 그녀는 그대로 다리의 힘이 풀리는 바람에 털썩 주저앉고 말았다. 흙바닥에 주저앉는 바람에 바지가 지저분해졌을 테지만 그런 걸 신경 쓸 겨를이 없었다.

삐뽀삐뽀.

서인의 머리 위에서 비상등이 켜졌다. 모윤과 사귀기로 했으면서도 그녀는 혹시 들킬지도 모른다는 생각에 집까지 바래다주겠다던 그의 제안을 거절해야 했다. 남들 다 한다는 집 앞에서의 뽀뽀—서인은 연애를 드라마나 영화, 혹은 책을 통해서 배웠다—조차 포기한 채 지키려던 비밀인데, 그게 탄로 날 위기에 처한 것이다.

이웃집이라니!

바로 옆집에 산다니!

서인은 눈앞이 캄캄해져 손으로 이마를 짚은 채 한숨을 내쉬었다. 그리고 다시 호흡을 가다듬은 뒤 담벼락 위로 슬쩍 눈만 내놓아 보았다.

끔뻑. 끔뻑.

사람들이 바쁘게 이삿짐을 집 안으로 들이고 있는 모습이 보였다. 그리고 동모와 모윤, 이들 부자(父子)는 집 안으로 들어간 것인지 보이지 않았다. 서인은 조금 더 용기를 내서 담을 손으로 짚은 채 몸을 엉거주춤 일으켰다.

"……진짜다. 진짜 길모윤이다."

내 남자가 왜 저기에 있을까. 서인이 황망한 표정으로 담에 팔을 걸친 채 옆집의 테라스 쪽을 쳐다보며 중얼거렸다. 아무리 눈을 씻고 봐도 테라스에 서서 동모와 대화 중인 그의 '아들'은 길모윤이 확실했다.

자신과 소개팅을 했던 남자.

그리고 지금 자신의 남자 친구, 혹은 애인.

결정적으로 자신을 '스물일곱 살의 권나희'로 알고 있는 남자.

"흐아아."

서인은 다시 돌아서서 담에 기댄 채 주저앉았다. 이 상황을 어떻게 해결해야 할지 모르겠다. 그녀는 난감한 마음에 두 손으로 머리를 부여잡고 흐에에, 하고 괴상한 소리만 계속 뱉었다.

✻ ✻ ✻

하루가 어떻게 지나갔는지도 모르겠다. 서인은 초췌한 시선으로 창밖을 바라보았다. 어느새 밖이 어두워져 있었다. 드디어 악몽 같았던 하루가 지나갔구나. 서인이 터벅터벅 걸음을 옮겨 창가로 향했다. 그리고 그녀의 손이 조심스럽게 커튼을 열었다. 야트막한 담 너머로 옆집 거실의 창문에서 새어 나오는 불빛이 보였다.

울고 싶다, 진짜.

서인은 울상을 지으며 다시 커튼을 닫았다.

사귀는 남자가 옆집으로 이사를 왔다는데 기뻐하지 못하는 여자는 나밖에 없을 거야.

그녀는 구시렁대며 슬쩍 창문 쪽을 돌아보았다. 커튼 너머를 응시하는 서인의 눈가에 옅은 그늘이 드리웠다.

길모윤 씨는 좋겠다.

서인은 자신도 모르게 일그러지려는 얼굴을 손바닥으로 문지르며 주방으로 걸음을 옮겼다. 터벅터벅 걷는 발소리만이 적막한 거실을 울렸다. 그녀는 늘 하던 대로 밥솥을 열어 이미 딱딱하게 굳은 밥을 대충 퍼 담고 냉장고에서 밑반찬 몇 가지를 꺼냈다. 커다란 대리석 식탁에 밥과 반찬을 놓고 나니 휑한 느낌이 더욱 심해졌다.

"꽃이라도 사다가 꽂아 놓을까."

서인이 수저를 들고 자리에 앉으며 중얼거리다가 픽 웃고는 고개를 저었다. 자신이 하는 건 뭐든지 못마땅하게 여기는 엄마가 꽃을 그냥 놔둘 리 없다. 그녀는 얹힐 것 같은 밥을 꾸역꾸역 씹어 삼키다가 물을 마셨다.

그 순간, 초인종 소리가 들렸다.

"어? 누구지?"

서인의 엄마, 권나경이라면 초인종이 아니라 직접 열쇠로 문을 열고 들어왔을 것이다. 서인은 고개를 갸웃거리며 자리에서 일어났다. 식탁 의자가 뒤로 밀려나면서 듣기 싫은 마찰음을 냈다. 하지만 그녀는 아랑곳하지 않고 인터폰 쪽으로 걸어갔다.

늘 혼자 있는 집.

그 집의 초인종을 누군가가 눌렀다는 것만으로도, 서인은 금세 호기심을 드러냈다.

"누구세······."

서인은 무심코 인터폰 화면을 보며 묻다가 그대로 입을 다물고 말았다. 경악한 그녀의 귀로 모윤의 목소리가 또렷하게 들렸다.

— 옆집에 이사 온 사람입니다. 떡 드시라고 조금 가지고 왔어요.

푸르스름한 인터폰 화면 속에 있는 남자의 얼굴은 그야말로 공포, 그 자체였다. 적어도 서인에게는 말이다. 서인은 말을 잇지 못한 채 화면 속의 모윤을 쳐다보기만 했다. 그러자 모윤의 한쪽 눈썹이 슬쩍 치켜 올라가는 듯싶더니 그의 목소리가 다시 들렸다.

— 죄송합니다만 문 좀 잠깐 열어 주시겠어요? 떡만 전해 드리면 되는데요.

"……자, 잠깐만요!"

서인은 황급히 한쪽 손으로 코를 막은 뒤, 코맹맹이 소리로 대꾸하고 통화를 끊었다.

어떻게 하지?

어떻게 해?

서인이 황망한 얼굴로 잠시 두리번거리다가 서둘러 방으로 달려가듯 들어갔다.

"떡 주기 참 힘드네. 그러게, 아버지는 왜 굳이 이런 번거로운 일을 시켜서……."

요새 누가 이웃집에서 주는 떡 같은 걸 좋아한다고. 오히려 무슨 속셈으로 접근하나, 하고 경계하겠지. 모윤은 투덜대면서도 얌전히 대문 앞에 시루떡이 담긴 접시를 든 채 서서 옆집 사람이 나오기만을 기다렸다. 조금 전에 들은 목소리로 판단할 때 아마 자신의 아버지와 대화를 나눴다던 그 '여고생'인 것 같은데 말이다.

여고생이라니.

모윤은 그저 그 단어를 떠올린 것만으로도 머리가 지끈거리는 것 같아서 인상을 썼다. 누가 들으면 도끼병이니, 왕자병이니, 하며 빈정거리겠지만, 여고생들에게 직접 시달릴 대로 시달렸던 모윤으로서는 지극히 당연한 반응이었다.

"됐어. 설마 옆집 사는 애가 그런 부류는 아니겠지."

모윤은 고개를 흔들며 혼잣말을 중얼거리다가 대문 안쪽에서 들린 발소리에 다시 고개를 들었다. 자그마한 짐승이 다가오듯 타박타박 들리던 발소리가 대문 바로 너머에서 멈췄다. 그리고 후아, 후아, 하고 숨을 내쉬는 소리가 이어졌다.

뭐야?

모윤은 미간을 찌푸리며 한 걸음 뒤로 물러섰다. 뭔가 이 대문을 열고 나타날 존재에 대한 불안감이…….

"떡 주세요."

"예?"

그는 대문을 열고 나타난 존재를 보고 바보처럼 되묻고 말았다. 그리고 곧바로 그런 제 모습을 깨닫고 혀를 찼다.

"떡 주신다면서요. 주세요."

"……아, 예. 그런데…… 어디 아파요?"

"아니요."

"그런데 왜 그런 차림새로…….."

모윤은 말을 채 잇지 못하고 그냥 말끝을 흐렸다. 이 더운 여름에, 아무리 밤이라 조금 선선해졌다고 하지만, 그래도 여전히 더운 기운이 가시지 않은 계절에 이게 무슨 해괴망측한 모습인가 싶었다.

큼직한 선글라스와 핑크색 마스크라니.

"떡 주세요."

게다가 잔뜩 낮게 깔아서 말하는 목소리는 또 뭐고.

모윤은 기가 막혀서 눈앞의 '괴생명체'를 위아래로 훑듯이 쳐다보다가 고개를 갸웃거렸다. 그런데 뭔가 익숙한 느낌이 들었다. 아니, 아주 익숙한 건 아니지만…… 뭐랄까. 아주 가벼운 정도의 익숙함이라고 해야 할까. 하지만 그의 생각은 더 이상 이어지지 못했다.

"떡 이리 주세……."

"지금 뭘 하는 겁니까?"

모윤은 자신에게서 떡 접시를 낚아채려던 손을 쳐 내며 못마땅한 기색으로 입을 열었다. 뭐, 이런 애가 있나 싶었다. 이해 불가능한 차림새는 그렇다 치고, 떡 접시를 건네받는 게 아니라 낚아채는 건 어디서 배운 예의란 말인가. 그는 머리가 지끈거리려는 것을 참으며 눈앞의 '아이'를 향해 입을 열었다.

"너는 기본적인 예의도 몰라? 옆집에 새로 이사를 와서 그 인사차 떡을 가지고 찾아왔으면, 너 역시 그에 응대할 줄은 알아야지. 대체 이게 무슨 행동이야?"

"왜, 왜 갑자기 반말하세요!"

아이가 발끈하며 목소리를 높였다. 모윤은 떡 접시를 들지 않은 손으로 아이의 머리를 쥐어박으며 말을 이었다.

"존대할 가치가 있어야 존대를 하지. 하는 짓이 초딩보다도 유치한 녀석한테 내가 존대를 해 주랴?"

"……."

아이가 씩씩대면서도 더 이상 할 말이 없는지 입을 다물었다. 모윤은 다시 아이를 쳐다보았다. 솔직히 겉모습만 봐서는 아이라고 할 수는 없을 듯했다. 큼직한 선글라스와 핑크색 마스크가 괴이해서 그렇지, 아이의 스타일 자체는 20대 한창때인 아가씨를 연상시켰다. 그는 반바지 아래로 보이는 늘씬한 허벅지를 보다가 혀를 차며 재차 입을 열었다.

"게다가 반바지는 왜 이렇게 짧은 걸 입어? 애가 애답게 옷을 입어야지."

"애, 애라뇨? 저 이래 봬도 열아홉 살이거든요? 내년이면 스무 살, 성인이라고요."

"성인 좋아하네. 나이만 먹는다고 성인이 되는 줄…… 잠깐, 그
런데 너 말이야."

모윤은 피식거리며 대꾸하다가 뭔가가 귓가를 건드리는 느낌에
얼굴을 찡그렸다. 아이가 멈칫하며 경계하듯 뒤로 물러서더니 물
었다.

"뭐가요? 왜 그러는데요?"

"아니, 네 목소리가 낯익은 것 같아서……."

우리 어디서 본 적 있어? 모윤은 고개를 갸웃거리며 물었다. 그
러자 아이가 부르르 몸을 떨더니 고개를 마구 흔들며 기침을 하기
시작했다.

"그, 그럴, 엣취! 그럴 리가요! 에엣취! 잘못, 엣취! 들으
셨……."

아이는 기침을 하다가 손바닥으로 마스크를 쓴 입을 가리더니
코맹맹이 소리로 대꾸했다.

"저는 오늘 처음 뵙는데요."

"그런가?"

"예."

아이가 고개를 크게 위아래로 끄덕였다. 모윤은 가만히 아이를
쳐다보았다. 선글라스와 마스크에 가려진 얼굴이 문득 궁금하단
생각이 들었다. 하지만 그의 시선이 의미하는 바를 알아차린 탓일
까. 아이가 제 선글라스와 마스크를 꽉 손으로 누르더니 다른 손을
내밀었다.

"떡 주세요."

"그런데 목소리는 왜 그래?"

"감기 걸려서, 엣취!"

"조금 전에는 멀쩡했던 거 같은데."

"잘못 들으신, 엣취! 거예요."

아이는 다시 기침을 하며 내민 손을 위아래로 흔들었다. 마치 맡겨 놓았던 걸 내놓으라는 식의 행동에 모윤이 어이없다는 듯 피식 웃고는 떡 접시를 건넸다. 그러자 아이가 후다닥 떡 접시를 두 손으로 끌어안다시피 들고 꾸벅 인사를 했다.

"고맙습니다. 잘 먹을게요."

"어, 그래. 참! 네 이름이 우서인이라던가? 아버지가 그러셨는데."

"예? 예에, 서인이에요. 우서인."

아이가 제 이름을 강조하듯 두 번 말했다. 모윤은 그 모습에 괜히 웃음이 나와서 픽 웃다가 다시 말을 이었다.

"그래. 나는 길모……"

"예! 길모윤!"

"응?"

"아, 아까…… 들었어요. 거기, 아저씨의 아버지가 아저씨 부르는 거."

아이는 황급히 대꾸하고는 슬그머니 눈치를 살피듯 물었다.

"저, 그럼 가 봐도 돼요?"

"어? 아아, 그래."

"예, 그럼 떡 잘 먹을게요."

아이가 꾸벅 인사한 뒤에 돌아섰다. 그리고 엉거주춤 고개를 숙이며 대문을 닫았다. 모윤은 그때까지 얼떨떨한 표정을 짓고 있다가 대문이 닫히고 나서야 허탈하게 웃고 말았다.

지금 내가 대체 뭘 마주했던 거야.

"외계인이라도 만났던 거 같네."

그는 피식 웃으며 고개를 저었다. 하여간 여고생은 이해 불가능한 존재라는 생각을 거듭하면서.

* * *

"헐. 대박."

인주가 교통카드를 찍다가 서인을 돌아보았다. 서인은 어깨를 으쓱이며 제 교통카드를 꺼내 단말기에 찍은 뒤, 입을 열었다.

"대박이 아니라 쪽박이지. 난 들통 나면 끝장이라고."

"그래서? 아직 들킨 건 아니지?"

"응. 그런데 불안해. 오늘만 해도 교복 입고 나오다가 들킬 뻔했는걸."

서인은 아슬아슬했던 아침의 일을 떠올리며 몸을 부르르 떨었다. 하마터면 길모윤과 정면으로 맞닥뜨릴 뻔했으니 말이다. 그 남자가 차를 집 앞에 주차해 놓았을 줄 누가 알았냐고.

그 순간, 버스가 멈추고 문이 열렸다. 인주는 버스에서 내리자마자 뒤따라 내린 서인을 향해 말을 이었다.

"그럼 아예 지금 털어놓는 건 어때? 언제까지 불안해하며 살 수는 없잖아."

"그럴 수 없어."

"왜?"

"내가 사실대로 털어놓는 순간, 나는 그 사람한테 어린애가 될 게 분명해."

서인은 자신을 어린아이 대하듯 머리를 쥐어박았던 모윤을 떠올리며 시무룩한 표정을 지었다. 처음에는 그냥 잘생긴 외모에 반해서 가벼운 마음으로 무작정 들이댔다. 하지만 그와 몇 번을 만나면서 단순히 그의 외모만이 아니라 그의 모든 것에 가슴이 두근거리기 시작했다.

서늘한 얼굴 위로 슬쩍 미소가 스치는 걸 본 날은 하루 종일 바보처럼 웃음이 나왔다. 밥을 먹으러 가서 수저를 자신의 앞에 놓아주는 식의 사소한 배려라도 받으면 꿈에서까지 좋아서 벙긋벙긋 웃었다. 그렇게 그를 향한 마음이 조금씩 쌓여 가고 있었다.

그런데 그런 모윤의 앞에 자신이 사실은 스물일곱 먹은 권나희가 아니라 열아홉 먹은 우서인이라는 사실을 어떻게 밝힐 수 있을까.

서인은 덜컥 겁이 났다. 거짓말을 하고 속였다고 화를 낼 모윤을 상상하면 온몸이 얼어붙는 것 같았다. 그리고 그럴 때면 모윤의 얼굴 위로 엄마의 얼굴이 겹쳐졌다.

"절대 들키면 안 돼."

서인은 겹쳐진 얼굴을 털어 버리기 위해 고개를 마구 흔들며 다짐하듯 중얼거렸다. 그 모습을 지켜보던 인주가 흐음, 하고 콧소리를 내다가 생각났다는 듯 다시 입을 열었다.

"참! 오늘 문학 쌤 새로 온다더라. 너도 들었어?"

"문학? 원래 쌤은?"

"애 낳을 때 돼서 휴직했대."

인주는 서인의 물음에 대꾸하고는 배시시 웃으며 그녀를 향해 귓속말이라도 하듯 작게 속삭였다.

"그런데 새로 오는 쌤이 그렇게 잘생겼다더라."

"응?"

"미정이가 그저께였나? 하여간 며칠 전에 학교 갔다가 교장실에서 나오던 쌤을 봤는데, 눈 튀어나오는 줄 알았대."

"걔 원래 눈 튀어나오려고 하잖아. 왕눈이 고미정."

"어쨌든! 지금 그게 중요한 게 아니잖아."

인주는 서인의 말에 인상을 팍 쓰며 투덜대다가 흠칫 멈춰 섰다. 서인 역시 인주를 따라 멈춰 서고는 고개를 숙여 제 차림새를 확인했다. 버스에서 내린 뒤 수다를 떨며 걷다 보니 어느새 학교 앞이었다. 그리고 교문 앞에서는 학생 주임 선생님이 가느다란 회초리를 하나 들고 서서 날카로운 눈으로 등교하는 아이들의 복장을 확인하고 있었다. 방학 전과 똑같은 모습으로 말이다.

오케이.

명찰 있고.

스타킹은 까만색.

서인은 제 복장을 확인한 뒤에 고개를 끄덕였다. 인주 역시 복장 확인을 마쳤는지 자신만만한 표정으로 들어가자며 서인을 잡아끌었다.

그리고 2학기 개학을 알리는 전체 조회 시간이 되었다. 인주와 서인은 교실에 들어가 나란히 가방을 내려놓은 뒤, 운동장으로 나왔다. 다민과 우환이 먼저 운동장에 나와 있다가 인주와 서인을 향해 눈인사를 건넸다. 서인은 대충 인사를 주고받은 뒤, 하품을 하며 무심코 구령대를 쳐다보았다.

"……어?"

서인의 입에서 외마디 소리가 새어 나왔다. 그러나 바로 옆에 있던 인주는 금세 다른 아이들과 수다를 떠느라고 서인의 눈이 서서히 커지기 시작했다는 것을 알아차리지 못했다. 서인은 눈조차 깜빡이지 못한 채 구령대를 쳐다보았다. 아니, 더 정확히 말하자면 구령대의 뒤쪽에 가만히 서 있는 한 남자를.

저, 저 남자가 왜 저기에 있는 거야?

구령대에 서서 운동장을 응시하고 있는 남자는 분명, 길모윤이었다.

모윤의 서늘한 옆얼굴을 알아보지 못할 만큼 시력이 나쁘지는 않았다. 그는 빈틈이라고는 찾아볼 수 없을 정도로 단정한 복장을 한 채 앞만 바라보고 있었다. 여름 방학이 끝나고 2학기가 시작되었다고 하지만 여전히 더운 기운이 남아 있는 아침인데도, 전혀 더위를 느끼지 못한다는 듯 홀로 냉랭한 분위기를 유지하고 있었다.

그래서일까.

서인은 모윤에게서 좀처럼 시선을 뗄 수 없었다. 그 순간, 인주가 다시 서인에게 다가오더니 귓속말을 했다.

"저기 저 남자가 새로 온 문학 쌤이래. 진짜 잘생겼다, 그렇지? 멀리서 봐도 아주 빛이 번쩍번쩍한다, 야."

"……새로 온 문학 쌤?"

"응."

"저 남자가?"

길모윤 씨가? 서인은 경악한 얼굴로 구령대 위의 남자를 쳐다보다가 그대로 고개를 뒤로 젖혀 하늘을 올려다보았다.

날씨 조오오타.

진짜 서러울 만큼 날씨가 좋구나.

서인은 다시 고개를 떨군 뒤, 인주에게만 들릴 정도로 작게 중얼거렸다.

"저 남자가 그 남자야."

"뭐?"

"새로 왔다는 문학 쌤이…… 옆집에 이사 온 남자라고. 지금 나랑 사귀는 남자."

"뭐어?"

인주의 목소리가 순간적으로 높아졌다. 하지만 곧바로 자신의 목소리가 너무 높았다는 걸 깨달았는지 인주가 황급히 목소리를 낮추더니 서인을 향해 물었다.

"진짜? 저 쌤이랑 네가 소개팅했던 거야?"

"응."

"확실해? 얼굴 맞아?"

"맞아. 그리고 보니…… 소개팅 때 직업이 교사라고 했던 것도 같고……."

으헝헝. 서인은 두 손으로 머리를 감싸 쥐며 한숨을 내쉬었다. 그리고 고개를 퍼뜩 들려다가 다시 숙이고는 모로 돌려 인주를 바라보며 말했다.

"구령대에서 여기 잘 보일까?"

"응?"

"구령대에서 말이야. 내 얼굴, 설마 보일까?"

"그거야 모르지. 너도 알아본 마당에 저쪽에서도 보려면 보는 거 아닐까? 하기야 우리가 볼 때는 구령대에 시선이 집중되니까 볼 수 있었지만, 구령대에서 볼 때는 우리가 전부 새까만 개미 떼처럼 보일 테니 안 보일 수도 있겠다."

인주가 고개를 갸웃거리며 자신이 추측한 바를 말했다. 그러나 그것만으로는 서인의 불안감이 가시지 않았다. 서인은 두 손으로 앞머리를 끌어 내려 얼굴을 가려 보려는 시도를 하며 비장한 투로 입을 열었다.

"딱 몇 달만 숨어 지내야겠어."

"응?"

"들키지만 않으면 되는 거잖아. 무슨 수를 써서라도 수능 볼 때까지만 들키지 않으면 돼. 그 다음 일은 그때 가서 고민하면 되고."

서인은 다부진 표정을 지으며 입을 꾹 깨물었다.

✳ ✳ ✳

그러나 비장한 각오를 하면 뭘 할까.

서인은 계단을 내려가다 말고 아래층에서 올라오는 모윤을 발견하고 후다닥 계단을 뛰어 올라갔다. 그리고 냉큼 계단 바로 옆쪽에 있던 교사 휴게실로 들어갔다.

맙소사!

서인은 안으로 들어오자마자 자신이 '교사' 휴게실에 들어왔다는 사실을 깨닫고 다시 나가려 했다. 하지만 어느새 휴게실 앞까지 다가온 모윤으로 인해, 그녀는 나가기를 포기한 채 황급히 구석에 놓인 걸레를 들고 쭈그려 앉았다. 그와 동시에 문이 열리는 소리와 함께 누군가가 들어온 기척이 느껴졌다.

보지 않아도 뻔했다.

길모윤.

애들 사이에서는 '킬러 윤'이라 불리는 문학 담당 교사.

전근 온 첫날, 학교는 모윤으로 인해 한바탕 뒤집어졌었다. 여학생들은 구령대에 서 있다가 교장 선생님의 소개를 받고 간단히 인사를 한 모윤을 보며 환호했고, 마치 연예인이라도 온 듯 교무실 창문에 달라붙어 그를 훔쳐보느라 바빴다.

새하얀 얼굴에 날카로운 콧날, 길게 뻗은 눈매. 흠 하나 찾기 어려울 정도로 균형 잡힌 얼굴과 '진정한 슈트발'을 보여 주겠다는 듯 남성복 모델 같은 스타일까지, 모윤은 여학생들이 흔히 꿈꾸던 '첫사랑 선생님'의 모습을 고스란히 하고 있었다.

물론 그 환상은 며칠 가지 않아 깨지고 말았지만.

"거기 너."

서인은 걸레를 쥔 손에 힘을 주며 어깨를 움츠렸다. 뒤쪽에 다가온 모윤의 냉기에 몸이 저절로 떨릴 지경이었다. 아직 겨울이 되지도 않았는데 이 남자는 벌써부터 북풍 한기를 몰고 다니는 모양이다.

"걸레 들고 청승맞게 앉아 있는 너 말이야. 거기, 뒤통수만 내놓고 있는 너."

"……예에."

서인은 목에 힘을 주어 목소리를 나름대로 변조시킨답시고 걸걸하게 대답했다. 그 목소리에 흠칫 놀라기라도 한 것인지 모윤이 잠시 아무 말도 하지 않다가 다시 입을 열었다.

"학생이 교사 휴게실에서 뭘 하고 있는 거지?"

"처, 청소하는데요……."

제발 나한테서 관심 좀 꺼 주세요! 제발! 서인은 간절히 속으로 외치며 겉으로는 잔뜩 주눅 든 목소리로 대답했다. 그러자 모윤이 그녀의 등 뒤에서 한숨을 쉬더니 곧바로 버럭 언성을 높였다.

"청소를 왜 네가 해!"

"예?"

순간적으로 서인은 깜짝 놀라 뒤를 돌아볼 뻔했다. 간신히 정신을 차리고 돌아앉은 채 있자 등 뒤에서 계속 따가운 타박이 이어졌다.

"학생이 대체 교사 휴게실 청소는 왜 하는 건데? 이럴 시간 있으면 문제집 한 페이지라도 더 풀든가, 차라리 잠이라도 자!"

"그, 그렇지만……."

"그렇지만, 뭐?"

"아, 아니요……."

서인은 모윤의 말에 반박하려다가 그냥 입을 다물었다. 생각해 보니 그의 말이 옳은 것 같았다. 그녀는 머쓱한 마음에 머리를 긁적이다가 슬쩍 뒤를 돌아보았다. 모윤이 얼굴을 찡그린 채 꽉 조이고 있던 넥타이를 느슨하게 풀고 있었다.

아, 저 성질머리 봐라.

그러니 '킬러 윤'이라고 부르지.

서인은 모윤을 훔쳐보다가 혼자 배시시 웃었다. 그래도 모윤이 '킬러 윤'이라는 별명을 달고 있으면서도 아이들 사이에서 여전히 제법 인기가 있는 건 바로 이런 모습 때문이었다. 신경질적이고 까다로운 성격에 한번 터지면 마치 방언 터지듯 이어지는 잔소리라 해도, 그 속에 학생을 최우선으로 생각해 주는 마음이 담겨 있어서 말이다.

그 어떤 선생님도 학생이 교무실이나 교사 휴게실을 청소하는 걸 부당하다, 말한 적 없었다. 그리고 그런 곳을 청소하는 학생들도 어느 누구 하나 그걸 이상하다고 항의한 적 없었다. 모윤은 바로 그 점을 지적했다.

"당장 걸레 내려놓고 나가."

"예?"

"나가라고. 엉덩이라도 걷어차 줄까?"

"흐에엑! 나, 나가요! 나간다고요!"

서인은 모윤의 짜증 섞인 발언에 기겁해 걸레를 던지듯 내려놓은 뒤 고개를 푹 숙인 채 휴게실 밖으로 황급히 나갔다. 하지만 곧바로 교실로 돌아가지 않고 휴게실 안쪽을 몰래 훔쳐보았다. 모윤이 바닥에 있던 걸레를 들어 원래 있던 자리에 넣어 두는 모습이 그녀의 눈에 들어왔다. 서인은 제 볼이 빨갛게 달아오른 줄도 모르고 가만히 그 모습을 바라보기만 했다.

모윤이 자신의 옆집에 사는 것으로도 모자라 자신의 학교로 전근 온 선생님이라는 걸 알게 된 이후에도 그녀는 '권나희'가 되어 그와 데이트를 두 번 더 했다. 그리고 집에 데려다준다는 그의 제안을 두 번 다 거절했고.

"……그나마 수능이 코앞에 닥쳐서 다행이지."

서인은 한숨을 푹 내쉬며 중얼거렸다. 수능을 목전에 둔 3학년은 2학기에 접어들자 수업 대신 자율 학습을 하는 날이 거의 태반이었다. 아예 교실에 들어오지도 않고 교무실에서 '오늘은 자율 학습이다'라는 말만 반복해서 전달하는 선생님도 있을 정도였다.

그리고 모윤 역시 수업 대신 기출문제라든가 예상 문제, 요약 프린트 같은 것을 준비해서 나눠 준 뒤에 수업 시간 내내 교실 앞의 책상에 앉아 책을 읽다가 나가고는 했다. 그것이 다행이라면 다행이었다. 물론 본인은 그것에 대해 불만이 많아 보였지만 말이다.

어쩌겠는가. 고3을 둔 학부모들이 강력하게 요청하는데 아무리 '킬러 윤'이라 해도 그걸 거부할 수는 없겠지.

"그래도 수업을 한 번쯤은 들어 봤으면 좋겠는데."

서인은 휴게실을 힐끔거리다가 계단 쪽으로 몸을 틀며 혼잣말을 중얼거렸다. 졸업하기 전에 모윤의 수업을 들어 봤으면, 하는 바람이 생겼다. 저 남자는 어떤 식으로 수업을 할까. 설마 예전의 문학 선생님처럼 해설서를 고스란히 읽다가 오타까지 읽는 식의 실수를 하지는 않겠지? 서인은 풋, 하고 웃다가 다시 뒤를 돌아보았다.

그녀의 얼굴에 슬쩍 쓴웃음이 번졌다.

"문자 보내 볼까."

서인은 언제 쓴웃음을 지었나 싶게 뺨을 쓱쓱 문지르고는 휴대폰을 꺼내며 계단을 내려가기 시작했다. 그리고 바쁘게 손을 움직였다.

[지금 뭐 해요, 모윤 씨?]

서인이 보낸 메시지가 뾰로롱, 소리를 내며 계단 위로 날아갔다. 적어도 그녀가 상상할 때는 말이다. 그녀는 계단 중간쯤에 멈춰 서서 휴게실 쪽을 올려다보며 답장이 오기를 기다렸다.

띠링.

그가 보낸 메시지가 띠링, 소리를 내며 다시 계단을 굴러 내려왔다. 서인은 냉큼 모윤이 보낸 문자를 확인했다.

[수업 들어갈 준비를 하고 있습니다.]

아, 딱딱하다. 그래도 나름대로 사귀고 있는 사이인데 너무 격식 갖추는 거 아니야? 서인이 금세 뾰로통한 표정을 지으며 재차 모윤에게 문자를 보냈다.

뾰로롱.

[난 뭐 하고 있는지 안 궁금해요?]

띠링.

[별로 궁금하지는 않습니다만.]

뾰로롱.

[좀 궁금하면 안 돼요?]

띠링.

[궁금하지 않은 걸 나더러 어쩌라고요.]

"치사해."

서인은 휴게실 쪽을 흘겨보며 입을 삐죽였다. 그리고 심통 난 얼굴로 발을 쿵쿵 구르며 계단을 다시 내려갔다. 그리고 그녀가 계단의 맨 아랫단을 밟는 것과 동시에 띠링, 소리를 내며 메시지가 굴러 내려왔다.

[저녁에 볼까요?]

서인의 뺨이 순식간에 빨갛게 달아올랐다.

4

해피엔딩의 거짓말

복도에서 몇 명의 아이들이 키득거리며 장난을 치는 모습이 모윤의 눈에 들어왔다. 저 한심한 것들. 그는 인상을 쓰며 성큼성큼 그들을 향해 걸음을 옮겼다. 곧 수능을 보게 될 녀석들이 대체 뭘 하고 있는 건가 싶었다. 그리고 그 아이들 속에서 모윤은 조금 익숙한 얼굴을 보았다.

"강다민."

숨어! 그 순간, 어디선가 그런 소리가 들린 것도 같았다. 그리고 아이들 중 누군가가 후다닥 교실로 들어가는 게 보였지만 모윤은 시선조차 돌리지 않고 자신의 시야에 들어온 다민을 향해 손가락을 까딱였다. 그러자 자신의 친구와 닮은 얼굴을 한 다민이 어색한 표정을 지으며 슬금슬금 다가왔다.

"빨리 못 오냐."

"예? 아아…… 예."

모윤의 서늘한 말을 듣고 나서야 다민의 걸음이 빨라졌다. 그는 자신의 앞에 다가온 다민을 쳐다보았다. 자신과 눈높이가 비슷할 정도로 자란 녀석을 보고 있으려니 괜히 웃음이 나왔다. 그 어렸던 꼬맹이가 이렇게 자라다니.

그래 봤자 친구 동생이지만.

모윤은 가볍게 주먹으로 다민의 머리를 쥐어박았다.

"아! 아, 형…… 아니, 선생님!"

"고3이 공부는 안 하고 이러고 놀래?"

"지금 쉬는 시간이라 친구들이랑 잠깐……."

"고3이 쉬는 시간이 어디 있어. 수능 앞두고 막바지에 접어들면 숨 쉴 시간도 없이 공부해야 하는데."

"그건 억지죠."

다민이 억울하다는 표정을 지으며 모윤을 쳐다보다가 뒤쪽을 슬쩍 보더니 다시 그를 향해 입을 열었다.

"모윤 형."

"왜."

다민이 모윤을 '형'이라 부르자마자 모윤 역시 한결 편안한 표정으로 대꾸했다.

머루의 기대와는 달리 다민은 모윤을 보고도 별로 놀라지 않았다. 그저 어릴 때 알았던 형이 학교 교사로 왔다는 것에 대해 잠시 신기한 표정을 지었을 뿐. 오히려 귀찮게 됐다는 듯 투덜거리기까지 했다. 하기야 학교에서의 생활을 부모나 형에게 고스란히 일러바칠지도 모르는 '형의 친구'라는 존재는 달갑지 않겠지.

어쨌든 그런 이유로 다민은 모윤과 학교에서 마주쳐도 그다지 반기는 기색을 내보이지 않았다. 모윤 역시 딱히 친구의 동생이라는 이유로 다민을 챙길 생각은 하지 않았고. 그저 이렇게 가끔, 남들이 보지 않을 때 형과 동생으로 돌아가 대화 몇 마디를 나누는 게 전부였다.

"형, 여자 친구…… 있다면서?"

"뭐?"

다민의 물음에 모윤은 슬쩍 한쪽 눈썹을 추켜올리며 되물었다. 그러자 다민이 겸연쩍은 표정을 지으며 뒤를 힐끔거리다가 조심스럽게 모윤을 돌아보고 물었다.

"좋아해?"

"뭐라고? 왜, 머루가 너한테 시켰냐? 나한테 물어보라고?"

쓸데없는 데에 호기심은 많아 가지고. 모윤이 어이없다는 듯 투덜대며 중얼거렸다. 다민은 고개를 저으며 답답하다는 듯 얼굴을 찡그리더니 다시 말을 이었다.

"그게 아니라! ……좋아해서 사귀는 거야? 응?"

"강다민. 내가 지금 너한테 그런 걸 대답해야 할 의무라도 있어? 아무리 네가 내 친구의 동생이라고 해도 내 사생활까지 너한테 보고해야 하는 건 아니라고 보는데?"

"그건 알지만……."

다민이 입술을 꾹 깨물더니 다시 모윤을 쳐다보았다. 모윤은 자신을 쳐다보는 다민의 시선에 의아함을 느꼈다. 원망? 질투? 모윤이 황당한 마음에 입을 열려는 순간, 다민이 뒤로 물러서더니 꾸벅 인사를 하고 돌아서서 가 버렸다.

뭐야?

모윤은 제 친구들을 향해 달려간 다민의 뒷모습을 황당한 기색을 지우지 못한 채 쳐다보다가 미간을 찌푸렸다.

"야, 쌤 갔어!"

인주가 교실 뒷문에서 보초 서듯 복도를 훔쳐보다가 서인을 돌아보며 말했다. 서인은 교실 뒷문 바로 옆에 놓여 있는 빈 책상 아래에 숨어 있다가 꾸물거리며 기어 나왔다. 우환이 매점에서 사 온 크림빵을 먹으며 킬킬거렸다.

"대체 뭐하는 짓이냐. 무슨 007작전도 아니고. 킬러 윤 피해 다니기! 으하하."

"너는 닥치고 빵이나 드셔."

인주는 우환을 흘겨보며 타박하듯 말하고는 다시 서인을 쳐다보았다. 책상 아래에서 기어 나온 서인의 머리가 잔뜩 헝클어져 있었다. 인주는 딱하다는 듯 혀를 차고 입을 열었다.

"자수하라는 소리가 입 밖으로 막 나오려고 해."

"자수 안 해. 아니, 못 해."

"자수해서 광명 찾지?"

"싫어. 암흑 속에서 살 거야."

암흑 에너지를 찾아서. 서인은 언젠가 모윤이 읽고 있었던 책 제목을 중얼거리며 손가락으로 헝클어진 머리를 빗었다. 암흑 에너지? 그건 또 뭔 소리래, 하며 인주가 중얼거리는 순간, 뒷문으로 다민이 들어왔다. 그리고 곧바로 서인을 향해 말을 걸었다.

"우서인, 나랑 얘기 좀 해."

"응? 무슨 얘기?"

"잠깐 나와 봐."

다민이 재촉하듯 말했다. 우환은 다민과 서인을 번갈아 쳐다보다가 인주를 향해 농담처럼 말했다.

"저러니까 둘이 뭔가 썸 타는 거 같지 않냐?"

"지랄. 아, 몰라. 쉬는 시간 다 지나갔잖아. 나 오줌 마려워서 화장실 갔다 와야 돼."

인주가 고개를 절레절레 흔들더니 냉큼 교실 뒷문으로 나가 버렸다. 그리고 우환은 눈만 끔뻑이다가 얼굴이 시뻘개져서 목소리를 높였다.

"무, 무슨 계집애가 남자 앞에서 저러냐!"

서인은 우환의 목덜미까지 시뻘겋게 달아오른 걸 무심코 쳐다보다가 다민이 자신의 손목을 잡아끄는 바람에 다시 고개를 돌려 그를 쳐다보았다. 곧 수업이 시작될 터였다. 그래도 뭐, 어쩔 수 없나. 서인은 고개를 끄덕인 뒤, 순순히 다민과 함께 교실 밖으로 나갔다.

쉬는 시간이 거의 끝나 가는 터라 복도에는 아무도 없었다. 다민은 복도 끝에 있는 미술실 문을 열고 들어갔다. 서인 역시 다민의 뒤를 따라 미술실 안으로 발을 들여놓았다. 이름만 미술실이지, 거의 창고나 다를 바 없는 곳이었다.

그녀는 먼지 냄새가 풀풀 풍기는 미술실을 둘러보다가 다민을 쳐다보았다. 다민이 가만히 서인을 쳐다보다가 툭, 던지듯 입을 열었다.

"선생님이랑 계속 사귈 거야?"

"선생님? 아, 모윤 씨?"

"모윤 씨라니……. 너 정신 안 차릴래? 누가 들으면 어쩌려고."

배시시 웃더니 당돌하게 '모윤 씨' 운운하는 서인을 보며 다민이 기가 막혀서 타박하듯 말했다. 그러자 서인이 뚱한 표정을 지으며 입을 삐죽이더니 대꾸했다.

"누가 들으면 뭐 어때서? 내가 모윤 씨랑 사귀는 게 거짓도 아닌데."

"정확히 말하면 우서인이 아닌 '권나희'가 선생님이랑 사귀는 거잖아."

"……."

다민의 말을 들은 서인이 입을 꾹 다물었다. 다민은 서인의 얼굴에 스친 불안한 기색을 놓치지 않았다.

"들킬까 봐 매일 매 순간 불안해하며 어쩌려고 그래? 게다가 학교뿐만 아니라 집에서도 마찬가지잖아. 집에 들어갈 때도, 집에서 나올 때도, 항상 선생님한테 들키지 않으려고……."

"그래도 아직 안 들켰잖아."

서인이 다민의 말을 끊고 다시 말했다. 그녀는 다민을 쳐다보았다. 다민의 새하얀 얼굴에는 자신을 향한 걱정이 가득했다. 서인이 배시시 웃으며 입을 열었다.

"그냥 지금 이 순간에 집중하고 싶어."

"서인아."

"어차피 언젠가는 들킬 거라는 거 알아. 그리고 만약 운이 좋아서 들킨 뒤에도 그 사람이 나를 용서해 주고 계속 사귀어 준다고 해도…… 언젠가는 끝날 사이라는 것도."

세상에 영원한 건 없다. 자신의 부모 역시 사랑해서 결혼했다고 들었다. 반대하는 결혼이었다고 했다. 나이 차이가 제법 나는 터라 외할아버지와 외할머니가 많이 반대했다고 들었다. 그래도 결국 결혼을 했다.

그럼 해피엔딩이어야 하는 거잖아.

서인은 서글픈 생각이 들어 손바닥으로 얼굴을 문질렀다. 어릴 때 읽었던 동화책은 전부 거짓말이 쓰인 것이었다. '그래서 왕자와 공주는 행복하게 오래오래 잘 살았답니다.'라는 식으로 마무리 되는 동화책의 내용은 어린아이들에게 헛된 꿈을 품게 하는 것에 지나지 않았다.

차라리 거짓말을 쓰지 말지.

그럼 행복하게 오래오래 잘 산다는 말 같은 건 애당초 믿지 않았을 텐데.

서인은 초등학교 4학년 때 처음 당뇨병 진단을 받았다. 그리고 그날, 그녀의 부모는 밤새 심하게 다퉜다. 서로를 탓하며 소리를 지르는 부모를 훔쳐보던 서인은 당뇨병이 뭔지 제대로 알지도 못하던 어린아이였다. 하지만 분명한 건 자신으로 인해 부모가 싸웠다는 것이었다.

그래서 의사 선생님이 하라는 대로 열심히 했다. 매일 꼬박꼬박 아침마다 란투스라는 이름을 가진 생소한 주사를 맞았고, 밥을 먹기 전에 하루 세 번 노보래피드라는 이름을 가진, 역시 생소한 주사를 맞았다. 인슐린이 뭔지, 지속형 인슐린이 뭔지, 속효형 인슐린이 뭔지도 모르는 채 무서움을 참으며 매일 직접 주사를 놓았다.

그러면서 어린 서인은 기대했다. 자신의 부모가 더 이상 싸우지 않기를. 잘하고 있다고 칭찬해 주고 웃어 주기를. 다정하게 쓰다듬어 주기를.

그러나 서인의 기대는 짓밟혔다. 그로부터 1년 뒤, 그녀의 아버지가 다른 여자와 살림을 차려 집을 나가면서 한 번, 그리고 그 모든 걸 어린 서인의 탓으로 돌린 그녀의 어머니, 권나경이 서인을 모질게 매질하면서 한 번 더. 그렇게 두 번, 그녀가 품었던 기대는 그녀의 부모에게 짓밟히고 말았다.

그 과정을 통해 서인은 배웠다.

세상에 해피엔딩 따위는 없다는 것을.

"어차피 해피엔딩 같은 건 없으니까, 난 지금 내가 가질 수 있는 최선의 행복을 찾을 거야."

서인이 다민을 바라보며 단호하게 말했다. 다민은 그녀를 쳐다보다가 안타까운 표정으로 다시 입을 열려고 했다. 그러나 서인이 먼저 입을 열었다.

"그 사람이 내 옆집에 이사를 오고, 이 학교로 전근을 온 개떡 같은 우연이란 게 벌어지기는 했지만, 뭐 어때? 어떻게 보면 그런 거 같지 않아? 드라마나 로맨스 소설 속의 운명 같은 사랑 말이야."

"뭐? 운명 같은 사랑?"

다민은 서인의 엉뚱한 소리에 고개를 절레절레 흔든 뒤, 몸의 힘을 쭉 빼며 근처에 있던 의자에 걸터앉았다. 수업 시작을 알리는 종소리가 미술실 밖에서 들린 것도 같았다.

"교실로 안 가?"

서인이 몸을 돌리려다가 다민을 쳐다보고 물었다. 다민은 손을 내저으며 대꾸했다.

"너 먼저 들어가. 어차피 자율 학습일 텐데, 뭐."

"너 수업 안 들어오고 미술실에서 몰래 담배 피운다고 내가 거짓말이라도 하면 어쩌려고?"

"그럼 우서인이랑 같이 맞담배 피웠다고 하지."

서인의 협박 아닌 협박에 다민이 피식 웃으며 대꾸했다. 그러자 서인이 새초롬한 표정을 짓더니 퉁명스럽게 말했다.

"하여간 치사해."

"그래, 나 치사해."

다민은 서인의 말을 받아친 뒤, 그녀를 바라보았다. 네가 좋아, 우서인. 그래서 모윤 형한테 자꾸 질투가 나. 모윤 형이랑 너, 둘이 헤어졌으면 좋겠어. 다 들통 나서 끝나 버렸으면 좋겠어. 이런 생각을 하는 내가 진짜 치사해. 그는 한숨을 내쉰 뒤, 고개를 돌렸다. 그 순간, 서인의 목소리가 들렸다.

"인주가 그러는데, 웬만한 여자애들은 너한테 고백도 못 한다더라."

"또 무슨 헛소리야?"

다민이 고개를 모로 돌린 채 투덜대듯 말했다. 서인은 그런 다민을 물끄러미 쳐다보다가 씩 웃으며 대꾸했다.

"네 옆에만 가면 다들 오징어, 아니, 꼴뚜기로 변신한대. 그럼 나도 해산물 된 거야?"

"뭐?"

서인의 헛소리에 다민의 얼굴이 구겨졌다. 그리고 다시 고개를 돌려 서인을 쳐다보았다. 서인이 기다렸다는 듯 가만히 웃더니 입을 열었다.

"해산물이 되더라도 괜찮아. 왜 그런 줄 알아?"

"……."

"강다민은 내 친구잖아. 그러니까 나는 오징어든 꼴뚜기든, 하다못해 해삼이나 멍게로 변신해도 상관없어."

"우서인."

"그러니까 우리, 계속 친구 하는 거다?"

서인이 다민을 향해 간절한 어조로 말했다. 다민은 얼굴을 찡그리려다가 간신히 고개를 끄덕였다.

✳ ✳ ✳

숨어!

어디선가 들린 소리에 모윤은 혀를 찼다. 요즘 복도를 지나다닐 때마다 종종 귓가에 들리는 소리였다. 숨어! 나타났다! 처음에는 그 것이 자신을 향한 소리일 거라는 생각을 하지 않았다. 그러나 하루에 도 몇 번씩 듣게 되는 그 소리가 슬슬 신경에 거슬리기 시작했다.

이건 착각이 아니다.

모윤은 확신했다. 자신이 지나갈 때마다 후다닥 달아나는 누군 가의 존재, 그리고 마치 '늑대가 나타났다!' 하고 경고라도 하듯 숨으라며 외치는 주변 사람들. 그의 서늘한 얼굴 위로 슬쩍 미소가 스쳤다. 새로 생긴 '킬러 윤'이라는 별명에 딱 어울리는 미소였다.

재미있네.

그는 속으로 중얼거리다가 문득 '재미있는 권나희'를 떠올렸다. 그러고 보니 지난 주말에 영화를 보기로 했던 약속을 급한 볼일이 생기는 바람에 급히 취소했던 게 생각났다. 아, 모윤은 짧게 외마 디 소리를 뱉고는 자신의 맞은편에서 다가오다가 인사하는 학생을 향해 고개를 까딱거린 후, 휴대폰을 꺼냈다.

저번에 취소했던 영화는 이번 주말에……

문자를 보내려던 손을 멈춘 뒤, 모윤은 슬쩍 주변을 둘러보다가 통화 버튼을 눌렀다. 아직 점심시간이 끝나기 전이니 간단한 통화 정도는 가능하리라. 그는 신호음이 이어지는 소리를 들으며 복도 를 걸었다.

고등학교 3학년생들의 교실이 있어서일까. 다른 학년들의 교실 이 있는 복도보다는 조용했다. 그는 서둘러 아래층으로 내려가기 위해 걸음을 빨리했다. 그 순간, 그가 지나가던 교실 안쪽에서 여 자아이의 비명이 들렸다.

으아아! 전화 왔다!

어디선가 들어 본 듯한 목소리였다. 모윤은 걸음을 멈추고 고개를 갸웃거렸다. 여전히 그의 휴대폰 너머에서는 신호음만이 일정하게 이어지고 있었다. 전화를 안 받네. 그냥 문자로 보내 놓을까. 모윤이 전화를 끊으려는 순간, 상대방이 전화를 받았다.

— 예, 저, 전화받았어요.

작게 속삭이는 듯한 목소리에 모윤의 미간이 살짝 찌푸려졌다. 아무래도 통화를 하기 곤란한 상황인데 자신이 전화를 건 모양이었다. 모윤은 다시 걸음을 옮기며 입을 열었다.

"미안합니다. 통화하기 곤란하시면 다음에 다시……."

— 아니요! 전혀 곤란하지 않아요!

"아니요! 전혀 곤란하지 않아요!"

모윤의 발이 다시 멈췄다. 그리고 그의 몸이 방금 자신이 지나쳐 온 어느 교실 쪽으로 돌아갔다. 분명히 휴대폰 속의 목소리와 교실 안쪽에서 들린 목소리가 닮아 있었다. 아니, 목소리뿐만 아니라 그 내용까지도 똑같이 겹쳤다.

……마치 지금 자신이 통화하고 있는 '권나희'가 저 교실 안에 있기라도 한 것처럼.

물론 그럴 리야 없겠지만. 모윤은 교실 뒷문 앞까지 다가갔다가 자신이 무슨 엉뚱한 생각을 한 건가 싶어서 피식 웃으며 몸을 돌렸다.

"지난 주말 약속을 취소했던 게 생각나서요. 이번 주말에 괜찮으면 만나지 않을래요?"

— 이, 이번 주말이요?

야, 우리 학원에서 모의고……. 휴대폰 너머에서 누군가가 끼어든 듯한 소리가 섞였다. 모윤은 재차 걸음을 멈추고 천천히 뒤를 돌아보았다. 그리고 다시 자신이 지나쳐 왔던 교실로 향하려던 순간, 누군가가 안에서 나오다가 모윤을 보고 인사했다. 모윤은 인사를 받으며 슬쩍 교실 안을 들여다보았다.

다른 고3 교실과 다를 바 없었다.

공부하고 있는 애들, 엎드려 자고 있는 애들, 그리고 옹기종기 모여서 수다를 떨고 있는 애들.

수능을 코앞에 두고도 태평하구만. 모윤은 픽 웃으며 고개를 흔들고 돌아섰다.

대체 뭘 생각한 거야. 저런 애들 속에 '권나희'가 어디에 있다고. 아니, 고전 학술 연구소에서 근무하는 사람이 왜 이런 고등학교 교실에 있겠냐고.

"예, 이번 주말. 괜찮아요?"

모윤은 제 어이없는 생각을 털어 버리며 다시 '권나희'를 향해 물었다.

✳ ✳ ✳

"아, 배부르다."

서인은 배를 두드리며 흡족한 투로 중얼거리다가 옆에서 들린 웃음소리에 고개를 돌렸다. 모윤이 피식 웃더니 그녀를 향해 들고 있던 커피 하나를 건넸다.

"여기요, 아메리카노. 시럽 안 넣고."

"고마워요, 모윤 씨."

서인은 제 앞에 놓인 커피를 얼른 한 모금 마신 뒤, 인상을 썼다.

"으으, 쓰다……"

"쓴 걸 잘 먹지 못하는 것 같던데, 왜 굳이 시럽 안 넣은 아메리카노를 마셔요?"

"음…… 오래오래 건강하게 살려고요."

모윤의 질문을 받은 서인이 잠시 고민하는 듯 망설이다가 배시시 웃으며 대답했다. 그러면서도 그녀의 시선은 모윤의 앞에 놓인 달콤한 조각 케이크에 꽂혀 움직이려 하지 않았다. 그 시선을 알아차린 모윤이 제 앞에 있던 조각 케이크를 서인에게 건네며 입을 열었다.

"같이 먹어요."

"예? 아아, 아니에요."

"딱 먹고 싶은 얼굴이면서, 왜 그래요?"

모윤은 이상하다는 듯 고개를 갸웃거리며 물었다. 그러나 서인은 대꾸할 말을 찾지 못해 그저 어색하게 웃으며 씁쓸한 아메리카노만 다시 한 모금 마셨다.

먹고 싶기야 먹고 싶죠. 당연히.

다만…… 가지고 나온 인슐린 주사약이 더 이상 맞을 게 없다는 게 문제일 뿐.

넉넉히 남아 있는지 확인하지 않고 달랑 그거 하나만 가지고 나온 제 잘못이었다. 서인은 간신히 밥을 먹고 맞을 정도만 남아 있었던 노보래피드를 떠올리며 에휴, 하고 한숨을 내쉬었다.

종종 그럴 때가 있다. 깜빡 잊고 주사 용량이 얼마 남지 않았는데 그것만 챙겨 가지고 나와서 난감한 상황에 처할 경우, 말이다. 급할 경우에는 근처 내과 의원에라도 가서 처방을 받기도 하지만, 오늘처럼 이렇게 일요일이나 공휴일인 경우에는 그럴 수도 없으니 그저 인슐린 용량에 맞추어 식사량을 조절할 수밖에.

서인은 눈앞의 남자에게 이런 이야기를 시시콜콜 털어놓을 수 없다는 사실에 쓴웃음을 지었다. 하기야 꼭 이런 얘기가 아니더라도 이 남자에게는 털어놓을 수 없는 게 더 있다.

'예를 들면 내 이름이 권나희가 아니라 우서인이라든가.'

'또 예를 들면 내가 옆집에 살고 있다든가.'

'또 또 예를 들면 내가 모모 고등학교 3학년이라든가…….'

어헝. 이 중에서 가장 큰 문제는 아무래도 자신이 고등학교 3학년, 게다가 길모윤이 근무하는 학교의 학생이라는 점일 것이다. 그녀는 금세 침울해져 한숨이 나오려는 걸 애써 삼켰다. 그때 모윤의 목소리가 다시 들렸다.

"흠, 그럼 권나희 씨는 오래오래 건강하게 잘 사시고요. 저는 오래오래 못 살고 건강하게도 못……."

"농담이어도 그런 말씀 마세요!"

모윤의 웃음 섞인 말에 서인이 정색을 하며 그의 말을 끊었다. 모윤은 가볍게 던진 말에 발끈한 서인을 향해 시선을 던졌다. '권나희'가 언제 배시시 웃었던가 싶게 파랗게 질린 얼굴로 자신을 바라보고 있었다.

웃음이 유난히 많은 여자였다. 사소한 것에도 까르르 웃는 모습이 신기하기도 하고 재미있기도 해서 자꾸만 시선이 가는 여자였다. 그런 여자가 이렇게 정색을 할 줄이야. 모윤은 오히려 황당한 마음에 얼굴을 찡그렸다. 대체 자신이 무슨 말을 했다고 그러나 싶어 괜히 불퉁한 마음마저 들었다.

"제가 무슨 말을 했다고 그러십니까. 권나희 씨 오래오래 건강하게 잘 사시라고 한 것뿐인데."

"그 다음 말이요."

"예?"

"모윤 씨, 오래오래 못 살고…… 그런 말이요."

"아……. 그건 그냥 농담이잖아요."

모윤은 서인의 말에 당혹스러워하다가 픽 웃으며 말했다. 서인은 입술을 짓씹다가 한숨을 내쉰 뒤, 다시 입을 열었다.

"하지만 몸이 아픈 사람이 들을 때는 농담 같지 않아요. 아니, 농담이더라도 그런 농담은 듣기 싫어요."

"예?"

"사실은…… 소아 당뇨를 앓고 있어요."

서인은 주저하다가 어렵게 말을 꺼냈다. 이모 미안. 졸지에 당뇨 환자가 되어 버린 자신의 이모, 권나희를 향해 속으로 사과한 서인이 모윤을 쳐다보며 말을 이었다.

"다른 사람들한테는 말하지 않았거든요. 그러니까 비밀로 해 주셨으면 좋겠어요."

"아, 아아…… 예."

모윤은 서인의 말에 어쩔 줄 몰라 하며 난처한 표정을 지었다.

귀엽다, 이 아저씨.

서인은 서른두 살이나 된 남자가 고작 이런 비밀 얘기를 들었다고 난처한 표정을 짓는 게 신기해서 씩 웃었다.

보통 사람들은 자신의 병에 대해 들으면 혀를 차면서 어쩌다 그런 병에 걸렸냐, 하며 본인들이 어디서 주워들은 당뇨에 대한 잡다한 이야기를 늘어놓기 일쑤였다. 그리고 흔히 하는 말도 어느 정도 정해져 있었다. 단 걸 많이 먹어서 병에 걸린 거다. 식이 요법과 운동만 제대로 하면 낫는 병이다. 그러니까 전적으로 네 잘못이다.

"음…… 잘하고 있네요, 권나희 씨."

"예?"

"시럽 안 넣은 거. 그래서 그런 거잖아요. 아니에요?"

하지만 모윤은 다른 사람들과 달리 잘하고 있단 말과 함께 웃어주었다. 서늘하기만 하던 얼굴은 부드럽게 웃자마자 다정한 온기마저 느껴질 정도로 따스해 보였다. 서인은 멍하니 그를 쳐다보다가 갑자기 눈시울이 뜨거워져 황급히 고개를 모로 돌렸다.

잘하고 있단 칭찬을 듣고 싶었던 사람은 따로 있었다. 자신의 부모, 그들에게 단 한 마디라도 그런 말을 듣고 싶었다. 그런데 정작 듣고 싶었던 사람들은 자신을 외면했고, 우습게도 눈앞에 앉아 있는 이 서른둘 먹은 아저씨가 자신에게 말하고 있다.

잘하고 있다고.

서인은 치맛자락을 꽉 움켜쥔 채 속에서 튀어나오려는 충동을 억눌렀다. 전부 다 털어놓으면 어떨까. 그녀는 바랄 수 없는 꿈이라도 꾸듯 상상했다. 모든 걸 솔직하게 털어놓으면 모윤이 잠시 놀라워하다가 자신을 꼭 끌어안으며 이렇게 말할지도 모른다.

그래도 상관없어. 네가 열아홉 살이어도, 네가 내 제자여도 상관없어.

나는 널 사랑해. 우서인을 사랑해.

그리고 해피엔딩. 길모윤과 우서인은 오래오래 행복하게 잘 살았습니다. 땡.

"제가 잘하고 있는 걸까요?"

"그럼요. 저는 솔직히 이런 달콤한 디저트, 포기하기 힘들 것 같거든요. 권나희 씨 입장이라 해도."

······ '권나희' 씨 입장이라 해도. 서인은 모윤의 입에서 나오는 이모의 이름을 듣기 싫다고 생각했다. 좀 전의 상상 속 길모윤이

그랬듯 현실 속의 모윤에게서 자신의 이름이 나왔으면 하는 바람이 슬며시 고개를 들이밀었다.

"그럼 모윤 씨 많이 드세요. 단, 건강은 챙기시면서요."

서인이 눈을 휘며 웃고는 자신 쪽으로 밀려와 있던 조각 케이크 접시를 다시 모윤 쪽으로 밀었다. 어차피 해피엔딩 같은 건 없다. 그리고 자신의 상상이 현실로 될 가능성은 없다. 괜찮아. 서인은 속으로 중얼거렸다.

권나희면 어때.

처음부터 나는 그냥 대타였는데, 뭐.

[잘 들어갔습니까?]

모윤은 '권나희'에게 메시지를 보내 놓고 곧바로 후회했다. 군대도 아니고, 들어갔습니 '까'가 뭔지. 종종 그는 딱딱한 말투로 인해 다른 사람들의 오해를 받고는 했다. 딱히 그런 오해에 대해 해명할 필요를 느끼지 못했기에, 그리고 그런 식의 말투로 적당히 사람들과의 거리를 둘 수 있었기에 개의치 않아 하기는 했지만, 어쩐지 지금은 그녀에게 그런 식의 오해를 받고 싶지는 않았다.

[잘 들어갔죠?]

그래서 모윤은 다시 메시지를 보내 놓고 제 모습에 쑥스러워져 피식 웃었다. 젖은 머리를 대충 수건으로 닦은 뒤, 침대에 걸터앉은 채 담배를 피우려고 주머니를 뒤적이는데 문자 알람 소리가 울렸다.

[사채업자 같아요.]

응? 모윤은 '권나희'에게서 온 메시지를 받고 미간을 찡그렸다. 그 순간, 다시 그녀의 메시지가 이어졌다.

[잘 들어가지 않았다고 대답하면 쫓아올 기세?]

[그게 뭡니까. 누가 쫓아간다고. 저는 권나희 씨 집이 어딘지도 모르는데.]

"그건 그러네……. 명색이 사귀는 사이라면서 집조차 모르고."

주선해 준 사람에게 물어본다면 집 주소 정도는 알아낼 수 있겠지만. 굳이 그렇게 하면서까지 알고 싶지는 않다. 모윤은 메시지를 보낸 뒤, 휴대폰을 들지 않은 손으로 턱을 만지며 어깨를 으쓱였다.

그냥 별다른 생각 없이 시작된 사이였다. 가벼운 마음으로, 그러고 보니 여자를 만난 게 아주 오래전의 일이었구나 하는 생각과 함께. 그런데 왜 이렇게 가슴 한구석이 묵직해지는 것 같을까.

모윤은 '권나희'의 얼굴을 떠올려 보았다. 스물일곱이라는 나이에 어울리지 않게 쾌활하고 순수해 보이는 웃음이 꽤 매력적인 여자였다. 그냥 그렇다고만 생각했다.

"그런 병을 앓고 있다는 건 몰랐는데. 아니, 아파 보이지도 않고."

본인이 다른 사람들에게 비밀로 하고 있었다니까 모윤 자신도 알지 못했던 건 당연한 일이다. 그러나 그보다 더 신기한 건 그녀가 전혀 환자처럼 보이지 않았다는 점이다. 겨우 몇 번 만났으니 뭐라고 딱 평가를 내릴 수 없겠지만, 그렇다고 해도 그가 본 '권나희'는 그 누구보다도 건강하고 유쾌한 사람이었다.

……그런데 오늘은 왜 우울해 보였을까.

모윤은 '권나희'에게서 슬쩍 엿보이던 우울한 기색을 떠올리며 고개를 기울였다. 그 순간, 다시 휴대폰이 울렸다.

[바보.]

"이게 뭐야?"

모윤은 뜬금없이 온 메시지에 황당해서 눈을 비비고 다시 휴대폰 화면을 보았다. 그러나 '권나희'가 보낸 메시지가 맞았다.

바보.

"아니, 대체 내가 뭘 어쨌다고……."

그는 황당한 얼굴로 자신과 그녀가 주고받았던 메시지를 다시 거슬러 훑어보았다. 집이 어딘지도 모른다는 말에 대한 답장이 바로 그것이었다.

바보.

"알려 주지도 않았으면서 집이 어딘지 모른다는 이유로 바보라고?"

모윤은 피식 웃으며 고개를 절레절레 저었다. 하여간 처음 만났을 때도 그랬지만, 제멋대로다.

"그러면서 경우가 바르다고 했지?"

그는 어느새 담배 따위는 까맣게 잊고 '권나희'와의 메시지 주고받기에 푹 빠져 꽤 오랜 시간 내내 휴대폰을 놓지 못했다.

✵ ✵ ✵

서인은 가방을 멘 채 현관문 뒤에 숨어서 옆집과의 담 쪽으로 힐끗 시선을 던졌다. 동모가 운동을 하는 중인지 하나, 둘, 하는 구령 소리가 어눌한 발음으로 들렸다. 그녀의 눈이 슬쩍 아래로 처졌다.

동모의 몸은 한쪽이 불편했다. 그가 불편한 걸음으로 동네를 산책할 때마다 동네 사람들의 시선이 종종 그에게 모이고는 했다. 학교나 학원에 다녀오는 길에 본 것만 해도 여러 번이니, 본인은 그 시선이 얼마나 지긋지긋할까 싶은 생각이 들었다.

서인은 조심스럽게 담으로 다가가 빼꼼, 눈만 내놓은 채 옆집 마당을 둘러보았다. 모윤이 옆집 마당 어디에서도 보이지 않는 걸 확인한 뒤, 가만히 동모를 불렀다.

"아저씨! 동모 아저씨!"

"어? 서인이구나. 거기서 눈만 내놓고 뭐 해?"

"흐흐."

서인이 어색하게 웃으며 슬그머니 몸을 일으켰다. 야트막한 담 위로 쑤욱 올라온 서인을 보고는 동모가 껄껄 웃으며 다가왔다. 서인은 냉큼 고개를 꾸벅 숙여 인사했다.

"안녕하세요."

"응, 그래. 학교 가려고?"

"예."

동모가 서인이 메고 있는 가방을 힐끔 보고는 물었다. 서인은 순순히 고개를 끄덕이며 대답했다. 그녀는 옆집에 새로 이사 온 아저씨를 제법 좋아한다. 지금껏 한 번도 받아 본 적 없던 어른 남자의 애정 어린 시선과 다정한 말도 좋고, 자신만큼, 아니, 자신보다 더 아플 텐데도 느긋하고 여유로운 모습도 멋져 보여서 좋았다.

그리고 무엇보다도…….

"그러고 보니 우리 아들놈이랑 같은 학교 아니야? 조금 전에 모윤이 녀석이 나갔는데, 같이 차 타고 가면 좋았을 걸 그랬네. 내가 오늘 모윤이 오면 말해 놓을 테니까 내일부터는 모윤이랑 같이 차 타고 가."

"예? 아, 아니에요. 학교 선생님이랑 같은 차 타고 등교하면 좀…… 그렇잖아요."

어이쿠, 동모 아저씨. 그런 말씀은 거두어 주세요! 서인은 기겁하며 손사래를 쳤다. 그러면서도 그녀의 입가에는 미소가 그치지 않았다.

그랬다.

무엇보다도 서인이 동모를 좋아하는 데에는 모윤이 한몫 제대로 하고 있는 중이다. 길모윤의 아버지. 자신과 사귀고 있는 남자의 아버지. 서인은 혼자 배시시 웃다가 콧등을 찡그리고 다시 동모를 물끄러미 쳐다보았다.

희끗희끗한 머리 아래로 보이는 얼굴은 남자의 얼굴과 닮아 있었다. 당연하잖아. 아버지와 아들 사이인데. 서인은 괜히 민망해져서 속으로 스스로 타박하듯 중얼거리다가 불쑥 입을 열었다.

"아드님이랑 단둘이 사시는 거예요?"

다른 사람을 보지 못했던 것이 문득 생각났다. 서인의 물음에 동모가 쓴웃음을 짓더니 고개를 끄덕였다.

"집사람은 오래전에 죽었거든."

"아……."

서인은 예상치 못한 대답을 듣고 눈만 깜빡이다가 입을 다물었다. 동모는 그런 서인을 쳐다보다가 가만히 웃었다. 요즘 아이들 같지 않은 아이였다. 키도 크고 외모도 성숙해 보이지만, 너무 어리고 순수한 아이란 생각이 들었다. 그는 벙긋 웃으며 서인을 향해 말을 이었다.

"서인이 부모님은 늘 불안하시겠어."

"예?"

"이렇게 예쁜 딸, 물가에 내놓은 것 같아서."

"……아닌데."

"응?"

동모는 담 너머에 서 있던 서인이 작게 중얼거리는 소리에 되물었다. 그러자 우물쭈물 망설이던 서인이 겸연쩍은 표정을 지으며 고개를 절레절레 흔들었다.

"예쁜 딸 아니에요."

"왜 아니야? 이렇게 예쁜데. 그런데 부모님이 많이 바쁘신가 봐? 이사를 온 뒤에 직접 만나 뵙고 인사를 드리고 싶었는데 도통 그게 안 되네."

"……아빠는 따로 살아요."

"응?"

"그리고 엄마는…… 같이 살기는 하는데, 저도 보기가 힘들어요."

서인이 주눅 든 목소리로 작게 속삭이듯 말했다. 동모는 서인의 목소리에 깃든 슬픔과 체념을 느낄 수 있었다.

이런 어린아이에게는 어울릴 법한 감정이 아닌데.

그는 속으로 혀를 차며 서인을 쳐다보았다. 키만 커다란 여자아이가 금방이라도 눈물을 쏟을 듯한 표정을 짓고 있었다. 하지만 아이는 곧 언제 그랬나 싶을 정도로 환하게 웃더니 입을 열었다.

"아! 저 그만 학교 가 봐야겠어요. 이러다 지각하면 교문 앞에서 벌서야 돼요."

"어? 어어, 그래. 그럼 어서 가 봐. 찻길 조심하고."

"예, 다녀오겠습니다!"

서인이 꾸벅 인사하더니 담 쪽에서 멀어졌다. 그리고 대문이 열렸다가 닫히는 소리가 들렸다.

"……하기야 어린애라고 가슴속에 상처가 없을 리는 없겠지."

동모는 실룩거리는 한쪽 뺨을 문지르며 옆집을 힐끔 바라보고는 중얼거렸다.

5

발각

흐흐. 내 남자는 저러고 창밖만 보고 있어도 멋있구나. 멋져요, 모윤 씨!

서인은 언어 영역 문제집으로 얼굴의 절반 이상을 가린 채 슬그머니 교실 앞쪽 창가에 서서 밖을 내다보고 있는 모윤을 쳐다보며 소리 없이 웃었다. 인주가 문제집을 풀다 말고 서인을 보고는 고개를 흔들며 혀를 찼다. 그리고 서인이 한 것처럼 문제집을 책상 위에 세워 놓더니 몸을 움츠린 채 작은 소리로 소곤대며 말을 걸었다.

"저, 저 모지리 봐라. 아주 좋단다. 너 그나저나 이제 간이 배 밖으로 나왔다? 처음에는 들킬까 봐 벌벌 떨면서 아예 책상 밑으로 숨을 기세더니, 이제는 슬금슬금 얼굴도 내놓고 말이야."

"어차피 수업 시간 내내 저러고 있다가 가잖아. 지금껏 쭉 그랬는데, 뭐."

"하기야…… 진짜 수능 얼마 안 남았으니."

인주가 동의하듯 고개를 끄덕이며 대꾸하는 것을 들으면서 서인은 다시 문제집을 내려놓은 뒤 옆에 있던 다이어리를 펼쳤다. 수능일에 큼직하게 스티커를 붙여 놓은 그녀의 다이어리에는 막판 마무리 공부 계획이 야무지게 쓰여 있었다. 옆자리에서 그것을 힐끔 쳐다보던 인주가 앓는 소리를 내며 책상 위로 엎어졌다.

"진짜 수능만 끝나면 미친 듯 놀 거야."

"응."

"죽어라 놀 거라고."

"그렇게 해."

인주의 투정을 받아 주듯 서인이 시큰둥한 어조로 대꾸했다. 인주가 엎드린 채 고개를 돌려 그녀를 쳐다보며 물었다.

"서인이 넌?"

"난 미친 듯 데이트하고 죽어라 연애해야지."

서인이 손으로 브이 자를 그리며 개구지게 웃었다. 그리고 다시 펜을 쥔 채 무심코 고개를 들었다. 모윤이 여전히 같은 자세로 창가에 서 있었다. 그녀는 양쪽 엄지와 검지로 사각 프레임을 만들고 그 안에 모윤을 쏙, 집어넣었다.

이대로 저 남자를 담아 가지고 집에 걸어 놓으면 좋겠다.

서인은 이루어지지 않을 욕심을 부려 보다가 픽 웃으며 고개를 흔들었다.

"인주야."

"응?"

"수능 끝나고, 스무 살이 되면……."

"응?"

"……아니야."

"뭐야, 싱겁게."

인주가 투덜대더니 다시 공부에 집중하는지 입으로 작게 뭔가를 웅얼거렸다. 서인도 이미 수백 번은 외웠을 법한 암기 사항들이었다. 그녀는 희미하게 미소를 짓다가 고개를 들어 모윤을 쳐다보았다.

스무 살이 되면요.

어른이 되면요.

……권나희가 아닌, 우서인이랑 사귀어 줄 거예요?

서인은 묻지 못할 질문을 그저 속으로만 반복해 되뇌었다. 마음이란 게 차곡차곡 쌓이다가 어느 순간 뻥, 하고 터지듯 부풀어 버렸다. 그리고 그 마음은 열아홉 살의 어린 여자아이가 감당하기에는 너무 커다랬다.

'잡곡밥이 당뇨 환자한테 좋다던데. 어때요, 입맛에 맞아요?'

그녀는 지난 주말에 그와 함께 갔던 한정식집을 떠올렸다. 그리고 미리 주문이라도 한 듯이 한 상 가득했던 상차림도. 인스턴트 음식에 길들여진 노예 우서인으로서는 결코 입맛에 맞지 않을, 그야말로 건강식 자체였다. 하지만 정말 맛있게 먹었다. 밥을 두 공기나 먹고도 더 먹을 수 있었을 만큼. 쌉싸름한 나물과 쌈 채소, 두부 음식, 고작 그런 소박한 반찬들을 놓고도 그렇게 맛있게 먹을 수 있을 거라고는 상상도 하지 못했다.

그의 마음 씀씀이가 좋아서.

자신을 신경 써 준 그의 배려에 가슴이 뛰어서.

'몰래 주사 맞으러 화장실 갈 거 없어요. 그냥 여기서 편하게 맞아요. 그게 무슨 불법적인 주사도 아닌데.'

그리고 슬그머니 인슐린을 챙겨 화장실에 가려던 자신을 잡아 주었던 그가 정말 좋아서, 이제는 정말 어떻게 해야 할지 모르겠다. 서인이 자신도 모르게 입을 살짝 벌린 채 모윤을 쳐다보고 있는데, 인주가 금세 그녀를 쳐다보다가 중얼거렸다.

"우서인, 침 떨어진다."

"쓰읍."

서인은 반사적으로 손을 들어 입가를 닦다 말고 인주를 향해 눈을 흘겼다. 그러자 인주가 키득거리며 그대로 책상 위로 엎어졌다. 서인이 그런 인주의 머리를 꾹꾹 누르며 장난스럽게 말을 이었다.

"이 비열한 도인견! 네가 정녕 내 친구더냐! 한창 내 남자를 감상 중이었는데 그걸 방해⋯⋯."

"거기, 지금 떠든 녀석들."

그 순간, 냉랭한 목소리와 함께 교실에 정적이 감돌았다. 여기 저기서 몰래 휴대폰으로 게임을 하거나 수군거리던 애들 역시 동시에 벙어리라도 된 듯 입을 다물었다. 서인은 그대로 얼어붙은 듯 인주의 등 위에 엎드린 채 눈을 질끈 감았다. 인주 역시 많이 놀랐는지 숨조차 쉬지 못하고 파들파들 떨었다.

얼굴만큼이나 냉랭한 발걸음 소리가 가까워졌다. 서인과 인주는 동시에 흠칫 몸을 떨면서 고개를 서로에게 파묻기 위해 안간힘을 썼다.

"후우⋯⋯ 대체 고3이라는 애들이."

서인의 머리 위에서 남자의 한숨이 내려앉았다. 그리고 그 한숨이 미처 가시기도 전에 그의 입에서 타박하는 말이 쏟아졌다.

"너희가 지금 이렇게 한가하게 장난이나 치고 있을 입장이야? 장난이나 치고 놀 거면 학교에는 대체 왜 오는 건데? 놀고 싶으면 당장 여기서 나가. 내가 이렇게 장난치고 놀라고 너희한테 자율 학습 시간을 주는 건 줄 알아? 내년이면 너희도 스무 살이야. 더 이상 어린애가 아니라고."

모윤의 말이 아프게 파고들었다. 선생님들이 흔히 하는 잔소리인데, 그게 유난히 아팠다. 서인은 고개도 들지 못한 채 입술을 짓씹었다. 그와 자신간의 거리가 수백, 수천 배는 멀어진 것 같았다. 동등한 입장에서 마주 보고 앉아 밥을 먹고 커피를 마시던 '권나희'와 '길모윤'이 아니라, 한창 어리고 철없는 '우서인'과 '킬러윤'으로 바뀌어 버린 그 거리가 너무 아득했다.

"꼰대가 잔소리한다고 생각해? ……도인주, 대답해 보지?"

모윤은 인주의 교복 명찰을 확인하고 그녀의 이름을 불렀다. 인주가 화들짝 놀라 고개를 숙인 채 잘못했다며 웅얼거렸다. 그는 그 옆에서 고개를 들지 않고 있는 아이에게로 시선을 옮겼다. 긴 머리에 가려진 얼굴은 보이지 않았다. 그러나 어딘가 익숙한 느낌이 들었다.

"……?"

의아한 표정을 짓던 모윤이 조금 더 가까이 다가가려는 순간, 그의 뒤쪽에서 상황을 지켜보던 다민과 우환의 얼굴이 동시에 일그러졌다. 그리고 다민이 안 되겠다는 듯 벌떡 일어나 입을 열려는 순간, 모윤의 입이 먼저 열렸다.

"우서인."

"……!"

"우서인. 너, 나 알지?"

모윤은 서인의 명찰을 확인한 뒤, 피식 웃었다. 익숙한 느낌이 든다 했더니 옆집의 '괴생명체'였나 보다. 그렇지 않아도 며칠 전에 아버지에게서 옆집 애가 이 학교 학생이라는 말을 들은 기억이

났다. 그는 슬쩍 짓궂은 미소를 지었다가 곧바로 지운 뒤, 서늘한 목소리로 말했다.

"핑크색 마스크."

"……!"

"성실하게 살아. 정신줄 놓고 놀지 말고. 알았냐? 너, 내 시야 안에 들어와 있다는 거 명심해."

"……예에."

또 저런다. 모윤은 분명 목소리를 변조한 게 틀림없는 서인의 괴상한 음색에 한마디 하려다가 주변의 시선을 느끼고 그냥 입을 다물었다. 공부하느라 좀비가 되었어야 할 녀석들의 눈이 왜 이렇게 반짝거리는 건지. 그는 자신과 우서인을 호기심 어린 눈으로 쳐다보는 아이들을 돌아보며 다시 냉랭하게 말했다.

"공부 안 해? 그럼 어디, 나 밥값 좀 하게 해 줄래? 수업할까?"

"아, 아니요!"

"공부할게요!"

후다닥, 후다닥, 여기저기서 아이들이 다시 제자리로 돌아앉으며 부지런히 책을 펼치고 문제집을 푸는 시늉을 하기 시작했다. 모윤은 그런 아이들을 가만히 바라보다가 서인을 돌아보았다.

이웃사촌 얼굴 보기 힘드네.

모윤은 무심코 생각하다가 그런 제 모습이 우스워서 픽 웃고 말았다. 그리고 다시 교실 앞쪽으로 걸음을 옮겼다.

"나 완전 죽는 줄 알았어. 킬러 윤, 킬러 윤, 이름은 숱하게 불러 봤지만…… 야, 서인아. 네 남자한테서 느껴지는 거 없었냐?"

"뭐? 뜨거운 열정? 사랑의 시선?"

"지랄. 살기 말이야, 살기. 특히 너한테 말 걸 때 살기가 아주 팍팍 느껴지더라. 그런데 킬러 윤이 한 말이 뭐야? 핑크색 마스크?"

"……과거는 묻는 거다."

그리고 과자는 먹는 거고. 서인이 싱거운 소리를 중얼거리며 앞에 놓인 과자 봉지를 들어 남은 과자를 탈탈 털어 입에 넣었다. 다민이 그 모습을 보다가 못마땅한 얼굴로 타박하듯 잔소리를 했다.

"너 과자 그렇게 먹어도 돼? 그럼 안 되잖아."

"좀 전에 저혈당 증세 있었어."

서인은 콧등을 찡그리며 변명하듯 대꾸했다. 하지만 다민은 믿지 않는다는 표정으로 서인을 쳐다보다가 고개를 저었다. 그 모습을 지켜보던 우환이 과자 봉지 하나를 새로 뜯으며 입을 열었다.

"킬러 윤이랑 서인이가 사귀면 그건 좋겠다."

"뭐?"

인주가 우환이 뜯어 놓은 과자 봉지에 손을 넣으며 고개를 갸웃거렸다. 우환은 서인을 슬쩍 가리키며 말했다.

"쟤 저렇게 과자 먹을 때 킬러 윤이 눈물 쏙 빠지게 혼내면 두 번 다시 못 먹을 거 아냐."

"아, 그건 그러네. 야, 서인아. 너 가서 정체를 밝히고 그냥 대놓고 사귀는 게 낫겠어."

"……칫. 누구는 그러기 싫어서 이러고 있는 줄 알아?"

서인이 시무룩한 표정을 짓더니 벌떡 일어섰다. 다민이 서인을 바라보며 물었다.

"어디 가?"

"내 남자 보러."

"뭐?"

서인의 대꾸에 다민이 황당한 표정을 짓다가 일어서려 했다.

"놔둬. 아까 담임이 쟤 교무실로 오라고 했었어."

그 순간, 인주가 냉큼 끼어들며 손사래를 쳤다. 다민은 인주의 말을 듣고 나서야 다시 자리에 앉으며 서인을 향해 입을 열었다.

"너, 여기 학교야."

"누가 그걸 몰라?"

"함부로 '내 남자' 어쩌고 하는 말 좀 하지 마. 그리고 도인주, 현우환, 너희 둘도 마찬가지고. 그러다가 다른 애들이 들으면 어쩌려고 그래?"

졸지에 한꺼번에 혼나게 된 인주와 우환이 서로를 쳐다보며 입을 삐죽였다. 서인 역시 뚱한 표정을 짓더니 두 손을 확성기 모양으로 입가에 대고는 크게 외쳤다.

"내 남자! 내 남자! 내 남자! 내 남……."

"우서인!"

서인의 느닷없는 행동에 다민이 황급히 말리려고 일어서자, 서인이 냉큼 그를 향해 혀를 내밀더니 다시 말했다.

"흥칫뿡이다!"

"뭐?"

다민은 서인의 유치한 공격에 더 이상 말을 잇지 못하고 자리에 앉았다. 그사이에 서인이 운동장을 가로질러 본관으로 달려갔다.

"우서인, 쟤는 나이를 거꾸로 먹고 있나."

다민이 못 말린다는 듯 고개를 젓다가 다시 자신의 친구들을 쳐다보았다. 인주와 우환이 과자 봉지를 양쪽에서 잡아끌며 한창 싸우고 있는 모습이 눈에 들어왔다.

"하여간 내 주변에는 왜 이렇게 정상인 사람이 없는 거야."

집에 가면 철딱서니 없는 늙은 형이 있고. 다민은 혼잣말을 하다가 혀를 차며 어깨를 으쓱였다.

모윤은 교무실에 들어오자마자 제 자리에 가서 앉더니 2학년 수업 준비를 위해 책꽂이에서 교재를 꺼내 챙기기 시작했다. 옆자리에 앉아서 하품을 하던 교사가 그를 돌아보더니 장난스럽게 웃으며 입을 열었다.

"요즘은 선물이 안 오네? 길 선생 인기가 금방 식었나 봐."

"환영하는 바입니다."

모윤이 씩 웃으며 대꾸했다. 그러자 그의 맞은편에 앉아 커피를 홀짝이던 교사가 껄껄 웃더니 얼굴을 찡그리며 농담을 던졌다.

"예끼. 이 사람, 배부른 소리 하면 죄받아. 길 선생, 첫날 왔을 때 아침 조회 생각나요? 길 선생이 마이크 잡자마자 운동장에 싸하게 퍼지던 정적. 난 우리 애들이 그렇게 조용할 수도 있다는 걸 그때 처음 알았다니까."

"그럼 뭐하나. 요새는 애들이 길 선생이랑 마주치면 기겁해서 피해 다니던데? 그, 뭐라더라? 별명도 붙었던데?"

"아하. 킬러 윤 말이죠?"

"킬러 윤?"

동료 교사들의 수다를 들으며 모윤은 피식 웃다가 문득 생각났다는 듯 맞은편의 교사를 향해 입을 열었다.

"참, 선생님 반에 우서인이라고 있죠?"

"우서인? 서인이는 왜요? 그 애가 뭐, 사고라도 쳤어요? 애가 좀 엉뚱하기는 해도 착한데."

서인의 담임을 맡고 있는 교사가 고개를 갸웃거리며 의아한 표정을 지었다. 모윤은 고개를 저으며 다시 대꾸했다.

"아니요. 사고를 친 게 아니라…… 예, 조금 엉뚱한 구석이 있는 것 같아서요."

그는 어떻게 말을 해야 하나, 하고 잠시 난감해하다가 피식 웃으며 서인의 담임을 향해 동의하듯 말했다. 큼직한 선글라스에 핑크색 마스크가 너무 충격이었던 탓일까. 우서인, 하면 자동적으로 떠오르는 그 모습에 '엉뚱' 하다는 말을 붙여도 좋을 듯싶었다.

"허허. 그 애가 엉뚱하기는 해도 착하고 씩씩해요. 몸도 아픈 애가 그런 거 내색도 안 하고……."

"몸이 아프다고요?"

"예. 어릴 때부터 당뇨를 앓았다더라고요. 그, 인슐린인가, 그것도 매일 가지고 와서 맞고 그러던데. 요즘 애들, 그런 거에 예민하잖아요. 특히 여자앤데. 그런데도 애가 참 밝고 긍정적이야. 그 애가 여름에 인슐린 주사를 교실에 놔둘 수가 없다며 양호실에 갖다 놓아도 되냐 허락 받으러 왔을 때 처음 그 사실 듣고 깜짝 놀랐잖아. 전혀 아픈 애 같지 않아서요."

"……그렇군요."

모윤이 잠시 당황해하다가 이내 대답했다. 그리고 대화를 끝낸 뒤, 다시 수업 준비를 했다. 하지만 교재를 챙기는 그의 손과는 달리 머릿속은 복잡하기만 했다.

당뇨가 흔한 병이라고 하지만, 그래도 연이어 제 주변에서 당뇨 환자를 두 사람이나 알게 되니 마음이 좀 이상했다. 그리고 '권나희' 가 생각났다. 그 여자 역시 전혀 아파 보이지 않았다. 그리고 자신이 만났던 그 어떤 여자들보다도 밝고 쾌활하고 웃음 많은 여자였다. 그러나 그와 동시에 그녀가 제 병을 털어놓았던 날, 하얀 얼굴에 슬쩍 엿보이던 우울한 기색 역시 떠올랐다.

그러다 보니 옆집에 사는 엉뚱한 '괴생명체'가 다시 생각났다. 그리고 오전 수업 때 고개를 들지도 못한 채 야단을 맞았던 모습도 덩달아 떠올랐다.

서운했으려나.

모윤이 턱을 만지며 속으로 중얼거렸다. 괜히 마음이 불편해지는 것을 억지로 털어내며 그는 자리에서 일어섰다. 슬슬 쉬는 시간도 끝나가고 있으니 수업할 교실로 가 봐야 할 듯싶었다. 그는 자신의 자리에서 교재를 챙겨 들고 교무실 문으로 향했다. 하지만 그의 걸음은 곧 멈춰지고 말았다.

저건 또 뭐야?

분명 오늘 오전에 봤던 머리통이다. 모윤은 그렇게 생각했다. 솔직히 이 학교에 다니는 애들 머리통이 다 거기서 거기, 고만고만하게 생겼으니 다른 머리통일 가능성이 높겠지만, 그래도 모윤의 본능은 같은 머리통이라 말하고 있었다.

우서인.

옆집에 사는 괴생명체 내지는 외계인.

키도 커다란 애가 문에 매달린 채 들어오지는 않고 교무실 안을 두리번거리는 게 보였다. 도무지 얼굴 볼 틈을 안 주는군. 그는 제 앞에 보이는 서인의 정수리를 가만히 쳐다보다가 입을 열었다.

"뭐 하냐, 우서인?"

"……!"

히익. 여자아이 특유의 높은 음성이 들렸다. 그리고 교무실 문에 매달려 있던 서인이 고개를 더욱 숙이며 몸을 떨었다. 모윤은 그녀를 쳐다보다가 다시 물었다.

"우서인 맞지?"

"아, 아닌……."

"딱 핑크색 마스크 머리통인데."

모윤이 서인의 말을 끊고 거듭 말을 잇자 그녀에게서는 더 이상 아니란 대답이 나오지 않았다. 순진하네. 그는 피식 웃으며 그녀를 가만히 보았다. 더 정확히 말하자면 그녀의 정수리를. 그리고 우서인의 얼굴을 보고 싶단 생각이 들었다. 하지만 모윤은 서인에게 고개를 들어 보라는 말 대신 손을 뻗었다.

"들어가 봐. 담임 선생님 뵈러 온 거 아니야?"

"……아, 예에."

손으로 쓱쓱 그녀의 머리를 쓰다듬었다. 그러자 서인이 놀랐는지 바르르 몸을 떠는 게 모윤의 손바닥을 통해 전달됐다. 그 감촉이 모윤에게 묘한 느낌을 주었다. 가슴속 어딘가가 간지러운 것도 같았고, 뭔가 쑥스러운 감정도 들었다.

쑥스럽다니.

모윤은 제 감정에 어이가 없어서 고개를 흔들고 그대로 서인을 지나쳐 교무실 밖으로 나갔다. 그리고 뒤늦게 그녀를 돌아보았지만, 서인은 어느새 제 담임에게 간 것인지 보이지 않았다. 그것이 괜히 아쉬웠다.

"얼굴을 못 봐서 그런가."

모윤은 나직하게 중얼거리며 2학년 교실 쪽으로 발걸음을 옮겼다.

✳ ✳ ✳

"아무래도 오늘은 마가 낀 날인 게 분명해."

아까 교무실에서 모윤과 맞닥뜨렸을 땐 진짜 들키는 줄 알았다. 오전의 위기 상황에 이어서 오후의 위기 상황이라니. 서인은 제 머리 위에 삐뽀삐뽀 빨간 사이렌이라도 달아야 하나, 생각하며 가방을 고쳐 메고는 투덜거렸다. 그 모습을 돌아본 다민이 피식 웃으며 놀리듯 입을 열었다.

"우서인 인생에 마가 끼지 않은 날이 있기는 하냐?"

"야!"

다민의 말에 서인이 발끈해서 곧바로 그의 팔을 붙잡고는 마구 꼬집었다. 그 모습을 보던 우환이 고개를 절레절레 젓고는 혼잣말처럼 중얼거렸다.

"내가 몇 번을 말하지만, 누가 보면 쟤네 썸 타는 줄 알겠다니까."

"야, 어디 가서 그런 헛소리 하지 마. 그러다가 다민이, 킬러 윤한테 쥐도 새도 모르게 끄윽, 하는 수가 있어."

인주가 우환의 옆구리를 툭 치더니 제 목을 손으로 긋는 흉내를 내며 대꾸했다. 그러자 다민의 팔에 열심히 손톱 자국을 내던 서인이 퍼뜩 고개를 들더니 마구 끄덕였다.

"응, 그건 맞아. 우리 모윤 씨가 워낙 나한테 집착을 하다 보니까, 내 근처에 있는 남자들은 다 그냥 내버려 두지 않을 거야. 말그대로 집착남! 소유욕 쩌는 남주!"

"꺄아! 나 완전 그 취향인데!"

인주는 서인의 말에 동의한다는 듯 폴짝거리며 뛰었다. 그리고 둘이 손을 붙잡고 같이 폴짝거리는 걸 보던 다민이 서인에게 꼬집혔던 팔뚝을 문지르며 얼굴을 구겼다. 아, 진짜 어디 가서 쟤네랑 친구라고 하기 싫어진다. 그가 얼굴을 구기며 속으로 투덜거리는데 우환이 머리를 긁적이고는 다민에게 물었다.

"집착남? 소유욕 쩌는 남주? 야, 그런 건 솔직히 스토커나 뭐, 그런 미친놈 아니냐? 대체 여자들은 왜 그런 남자가 좋대? 안 그래? 너나 나처럼 착하고 다정다감한 남자의 매력을 모르고……."

"나까지 끼워 넣지는 마."

다민은 우환의 말에 낯이 뜨거워지는 걸 느끼며 슬그머니 그에게서 거리를 두고 옆으로 비켜섰다. 하여간 친구라는 애들이 왜 다들 저 모양인지, 다민이 고개를 절레절레 저으며 한탄했다. 그러면서도 내심 씁쓸한 마음이 드는 걸 막을 수가 없었다.

그렇게 좋을까.

다민은 모윤에 대한 얘기만 나오면 눈까지 초롱초롱 빛내는 서인을 보며 신경질적으로 머리를 쓸어 넘겼다. 그때, 서인이 인주와 폴짝거리며 뛰다 말고 다민을 돌아보더니 고개를 갸웃거렸다.

"다민아, 왜 그래? 설마 좀 전에 꼬집은 거 많이 아팠어? 응?"

서인이 냉큼 다가오더니 다민의 팔을 붙잡고는 교복 소매를 걷어 보자며 매달리기 시작했다. 다민은 갑자기 다가온 서인으로 인해 당황해 뒷걸음질을 쳤다.

"야, 됐어. 고작 꼬집힌 게 뭐 아프다고. 아, 괜찮다니까. 왜 남의 소매 단추는 풀어!"

다민이 서인의 손길에 기겁해 더욱 뒤로 물러서며 목소리를 높였다. 서인은 다민의 과격한 반응에 심통이 난 듯 볼을 부풀렸다. 그와 동시에 그녀의 머릿속에서는 한 편의 상황극이 펼쳐졌다.

시대 배경 : 조선 시대.

강다민 : 음전한 규수(남자와 손 한 번 잡아 본 적 없음), 은장도 수집하는 게 취미.

우서인 : 그런 규수의 옷고름 한 번 풀어 보겠다고 달려든 불한당.

'놓아라! 사대부 가문의 여인에게 이 무슨 짓이냐!'

날카롭게 쏘아붙이는 강다민. 예쁘장한 얼굴이라 여장을 해도 잘 어울린다.

'그러지 말고 좀 벗어 보시라니까 그러네. 흐흐흐.'

능글맞게 웃으며 다민의 옷고름을 풀려고 시도하는 우서인. 변태 같은 웃음이 잘 어울리……

잘 어울리기는 뭐가 잘 어울려!

서인은 상황극이 벌어진 머릿속 무대에 난입하여 두 손으로 마구 휘저어 흩어 버린 뒤, 불퉁한 표정을 지으며 입을 열었다.

"나도 됐거든! 우리 모윤 씨 팔뚝도 아닌데, 뭐!"

"응? 저 녀석들, 집에는 안 가고 뭘 하고 있는 건지. 하여간 쟤들 하는 짓 보면 고3인지 아닌지 헷갈린다니까요."

모윤은 함께 퇴근 준비를 마치고 1층 현관을 나오던 동료 교사의 말에 무심코 고개를 돌렸다. 교복을 입은 아이들이 모여서 장난을 치고 노는 모습이 눈에 들어왔다. 그가 아이들을 힐끗 쳐다봤다가 픽 웃으며 시선을 거두려는 순간, 동료 교사의 말이 이어졌다.

"특히 강다민이랑 우서인, 쟤들은 연애하는 건가. 툭하면 붙어 다니고……. 애들이 생긴 것부터 잘나서 그런지, 눈에 확 띄네. 안 그래요?"

"예? 우서인이요?"

모윤은 친구의 동생 이름을 듣자마자 흘려버린 뒤, 옆집 사는 '괴생명체'의 이름에 재차 주의를 기울이며 눈을 돌렸다. 그러고 보니 어울려 노는 아이들 중에서도 새하얀 얼굴에 곱상하게 생긴 녀석이 눈에 띄었다. 강다민. 머루의 동생이었다. 그럼, 나머지 애들 중에 우서인이 있다는 건데…….

괴생명체 핑크색 마스크가 대체 어떻게 생긴 녀석이야?

모윤은 슬그머니 호기심이 생겨서 눈을 가늘게 뜨고 아이들의 얼굴을 주의 깊게 살폈다. 오후에 교무실에서 서인의 담임을 통해 들었던 그녀의 병 때문일까. 괜히 마음이 더 쓰였다. 아직 어린아이인데 당뇨를 앓고 있다는 게 안쓰럽기도 했고. 권나희와 같은 병을 앓고 있어서인지, 이유 모를 동질감마저도 느껴지…….

그 순간, 아이들을 살피던 모윤의 시선이 얼어붙듯 고정되었다. 그런 모윤의 상태를 알 리 없는 동료 교사의 말이 이어졌다.

"서인이 저 녀석은 나중에 모델 같은 거 해도 어울리겠어요. 안 그래요? 애가 키도 크고 늘씬하고, 얼굴도 예쁘장하고."

"……우서인이 진짜로 저 애들 중에 있다는 거죠? 키가 큰 쪽이요?"

모윤이 시선을 떼지 못하고 굳은 얼굴로 질문했다. 그러자 동료 교사가 손가락으로 아이들 쪽을 가리키며 대꾸했다.

"예. 아, 길 선생은 서인이 못 봤나? 워낙 애가 예쁘고 눈에 띄는 타입이라 웬만하면 모를 수가 없는데? 더구나 같이 다니는 꼬맹이, 도인주가 워낙 조그맣잖아요."

그가 가리키는 곳에는 다민과 덩치 좋은 남학생 하나, 여학생이 둘 있었다. 여학생 중에 하나는 키가 작았고, 다른 하나는…… 키가 컸다.

그리고 키가 큰 여학생은…… '권나희'와 쌍둥이처럼 닮아 있었다. 아니, 똑같았다. 마치 동일인인 듯 말이다.

말도 안 돼.

어떻게 '권나희'와 '우서인'이 동일인이 될 수가 있어?

모윤은 제 상상에 스스로 어이없다는 듯 고개를 흔들었다. 그리고 다시 '우서인'을 본 순간, 그의 시선이 흔들렸다. 다민의 팔을 붙잡고 환하게 웃는 얼굴이 눈에 박히듯 들어왔다. 자신을 향해 환하게 웃어 주던, 바로 그 '권나희'의 웃는 얼굴이었다.

이게 말이 돼?

모윤의 얼굴이 일그러졌다.

도무지 말이 안 되는 상황이 그의 눈앞에 펼쳐져 있었다. 아무리 아니라고 부정하려 해도, 동료 교사가 말한 열아홉 살의 고3 '우서인'은 우습게도 교복을 입고 있는 스물일곱 살의 '권나희'라고 볼 수밖에 없었다.

세상에 도플갱어가 존재하지 않는 이상, 말이다.

* * *

집 앞에 차를 주차해 놓은 뒤, 모윤은 한참 동안 내리지 않았다. 서늘한 그의 시선은 그저 정면을 향해 고정되어 있었다. 주차해 놓은 차 앞쪽으로 길고양이 한 마리가 느긋한 걸음걸이로 지나가다가 멈춰 서더니 마치 자신을 쳐다보듯 고개를 모로 돌리고는 야옹, 하고 울었다. 그리고 그의 입매가 비틀리듯 올라갔다.

"재미있네."

모윤의 입에서 혼잣말처럼 중얼거림이 새어 나왔다. 그리고 그는 아무 일도 없었다는 듯 차에서 내렸다. 그 순간, 승용차 한 대가 그의 앞을 스치고 지나갔다. 한 걸음이라도 빨리 내디뎠더라면 차에 치였을 수도 있었다.

자신의 어머니와 마찬가지로, 죽을 수도 있었다.

모윤은 가슴 깊숙한 곳에서부터 치밀고 올라온 불쾌감을 누르며 자신의 앞을 스쳤던 차를 쳐다보았다. 자신의 차 앞에 주차된 차에서 중년 여자가 내렸다. 여자는 제법 눈에 띄는 미인이었다. 화려하면서도 우아했다. 그러면서도 날카로운 가시를 숨기고 있는 꽃 같았다. 그러나 여자에게서는 그 어떤 표정도 찾기 힘들었다. 마치 향기 없는 조화(造花)처럼.

그리고 중년 여자는 곧바로 자신의 옆집, 그러니까 우서인이 살고 있는 집으로 들어갔다. 잠겨 있던 대문을 여는 여자에게서는 일말의 주저도 보이지 않았다. 당연히 제집에 들어가듯.

그 맹랑한 아이의 가족인가.

모윤은 쾅, 하고 닫힌 대문을 힐끔 보다가 제집으로 발길을 돌렸다. 문득 서인과 방금 봤던 중년 여자가 모녀지간일지도 모르겠단 생각이 들었다.

모녀지간이라.

"그럼 그 핑크색 마스크가 저런 표정 없는 얼굴이라고?"

그건 좀 무섭네. 모윤이 피식 웃으며 중얼거리고는 대문을 열고 안으로 들어갔다. 마당 안에 놓인 평상 위에서 마늘을 까던 동모가 힐끔 모윤을 쳐다보고 입을 열었다.

"모윤이 왔냐."

"예, 아버지. 마늘 까세요?"

"응. 너도 깔래?"

"실컷 일하다 온 아들더러 마늘 까라고요? 하여간 우리 길동이 어머니는 인정사정 안 봐주신다니까."

모윤이 싱글거리며 동모를 향해 다가오더니 가방을 평상 위에 내려놓고 끄트머리에 대충 걸터앉았다. 그리고 마늘을 하나 집어 껍질을 까기 시작했다. 겉껍질을 까고 얇은 속껍질을 까는 모윤의 손가락은 길고 섬세했다. 동모는 그의 손을 힐끔 쳐다보다가 농담처럼 말했다.

"뉘 색시 손인지 참 곱네. 색시 데려갈 총각 하나만 데려오면 딱 좋겠는데."

모윤은 대답 대신 그저 짧게 웃었다. 아버지의 농담에 마땅히 대꾸할 말을 찾지 못한 것도 하나의 이유였다. 서늘한 얼굴 위로 스친 웃음은 어린 소년의 것처럼 맑았다. 동모는 제 아들의 맑은 웃음을 보다가 가슴속이 저릿해져 시선을 떨궜다.

오래전, 자신의 아내가 살아 있을 때 모윤은 지금보다 더 많이 웃던 아이였다. 지금의 서늘한 얼굴이 믿기지 않을 정도로 개구쟁이였다. 그랬던 아들이 제 어미를 잃은 뒤에 서서히 웃음을 잃어 갔고, 어느새 저 서늘한 표정이 원래 제 것이었다는 듯 자리를 잡았다.

……그러고 보니 요새 만난다던 아가씨가 재미있다고 했었지.

"만나는 아가씨, 아부지한테는 안 보여 줄 거냐?"

"예?"

"네가 만난다는 아가씨 말이야. 같이 있으면 심심하지 않다며. 나도 요즘 심심해 죽겠는데, 안 보여 줄래?"

동모가 불편한 한쪽 손으로 마늘을 붙잡고 다른 손으로 껍질을 까며 모윤을 쳐다보았다. 모윤의 얼굴이 순간적으로 굳었다가 풀어졌다. 그리고 그는 곧 아무렇지 않게 대꾸했다.

"소개할 만한 여자 아니에요."

"응?"

"어차피 잠깐 가볍게 만나려던 여자였어요."

그것도 이제 끝이겠지만. 모윤은 덧붙인 말에 제 스스로 상처라도 입은 듯 둔탁한 통증을 느꼈다. 순간적으로 흐려진 아들의 표정을 알아차린 동모가 마늘을 까던 것을 멈추고 그를 쳐다보았다. 모윤이 동모의 시선을 느끼고 혀를 찼다. 그리고 잠시 망설이다가 다시 입을 열었다.

"괜찮은 여자라고 생각했어요."

"그런데?"

"속았어요."

"왜? 보험 들라고 했나?"

"아니요."

"그럼 너더러 보증 서 달래?"

"아버지. 지금 저, 장난할 기분이 아니······."

"아니면 유부녀야?"

"아버지!"

모윤이 동모의 말에 미간을 찌푸리며 목소리를 높였다. 동모는 모윤의 표정을 살피다가 다시 마늘을 까며 말을 이었다.

"지금 네 얼굴을 보니 설령 네가 속았더라도 별로 걱정할 일은 아닌 것 같구나."

"그게 무슨 말씀이세요?"

"그냥 잠깐 가볍게 만나려던 여자는 아니었지?"

"예?"

동모의 말에 순간적으로 모윤의 표정이 흐트러졌다. 동모는 제 아들의 단정했던 얼굴이 흐려지는 것을 보며 웃었다.

자신의 아들이 아무래도 사랑에 **빠졌나** 보다.

본인 스스로는 아직 깨닫지 못하는 것 같지만.

125

자신 역시 그랬었다. 죽은 아내와 처음 연애를 하던 당시에 사소한 것에도 펄펄 뛰며 속았다고 난리를 쳤고, 밤새 잠도 못 자고 화를 내며 아침만 되면 당장 찾아가서 헤어지자고 말하겠노라, 그리 허세를 부리기도 했었다.

사랑을 하면 유치해지는 건 부전자전인 걸까.

동모는 뺨을 실룩이며 가만히 웃었다. 그러다 문득 생각났다는 듯 다른 말을 꺼냈다.

"옆집 서인이, 학교에서 종종 보니?"

"그건 왜요?"

잠시 흐트러졌던 모윤의 표정이 다시 차갑게 가라앉았다. 그러나 동모는 마늘을 까느라고 이번에는 아들의 표정을 보지 못했다. 그는 껍질을 깐 마늘을 그릇에 집어넣으며 대수롭지 않게 말을 이었다.

"네가 잘 살펴 줬으면 해서. 아직 어린앤데 상처가 많은 것 같아."

상처가 많다고? 그 당돌한 애가? 모윤이 조소하듯 소리 없이 입꼬리를 올렸다가 내린 뒤, 슬쩍 시선을 옆집으로 던졌다. ……하기야 상처가 있기는 있는 아이일 것이다. 어린 나이인데 그런 병을 앓고 있으니 말이다.

'그러고 보면 나한테 전부 속였던 건 아니네.'

모윤의 날카로웠던 눈매가 슬쩍 풀어졌다. 적어도 당뇨를 앓고 있다던 '권나희'의 말은 진실이었으니. 그는 담 너머로 보이는 옆집 지붕을 가만히 쳐다보았다. 지붕의 날카로운 모서리가 눈에 거슬렸다. 그리고 문득 조금 전에 보았던 중년 여자가 떠올랐다.

그 애의 엄마인 걸까.

모윤은 잠시 생각하다가 다시 입을 열었다.

"어린애는 아니죠. 몇 달만 지나면 스무 살이 될 텐데."

그래, 스무 살. 모윤은 속으로 되뇌듯 몇 번이고 중얼거려 보았다. 스무 살. 스무 살. 스물일곱의 권나희가 아닌, 스무 살이 될 우서인.

……아직은 열아홉 살의 우서인.

그의 얼굴이 창백해졌다.

✻ ✻ ✻

늘 하던 대로 출근 준비를 마쳤다. 모윤은 거울 속의 제 모습을 보며 넥타이를 바로잡았다. 넥타이를 너무 조여 매면 녹내장 위험이 있다는 기사를 본 적이 있다. 그래서 동모는 종종 모윤의 복장을 보며 타박하듯 잔소리를 늘어놓고는 한다. 그러나 모윤은 아버지의 잔소리 속에 숨은 걱정을 알면서도 넥타이를 조여 매는 습관을 버리지 못했다.

적어도 일을 하러 갈 때만큼은 완벽하고 싶으니, 말이다.

그는 다시 한 번 거울을 보다가 가방을 들었다. 그리고 방을 나서자마자 주방 쪽에서 동모의 목소리가 들렸다.

"출근하려고?"

"일어나셨어요, 아버지? 아침은 식탁에 차려 놓았어요."

모윤이 현관으로 향하다가 동모를 향해 말했다. 주방에서 나오던 동모가 겸연쩍은 듯 웃으며 입을 열었다.

"벌써 봤지. 미안하다, 모윤아. 내가 오늘 깜빡하고 알람 켜 놓는 걸 잊어서."

"괜찮아요. 그리고 일부러 아침마다 알람 맞춰 놓으실 필요 없어요. 그냥 늦잠도 주무시고 그러세요."

3년 전, 뇌졸중으로 쓰러진 아버지를 수술실에 들여보낸 뒤, 수술실 밖의 복도에서 내내 기다리면서 모윤이 느꼈던 감정 중 절반 이상을 차지한 것은 죄책감이었다. 어머니가 돌아가신 뒤, 홀로 자신을 키우면서 아버지의 몸이 서서히 망가졌을 거라는 생각이 그를 옥죄었다. 부모의 역할을 홀로 한다는 것이 얼마나 힘겨웠을까. 그는 왜 아버지의 건강을 진작 챙기지 못했나, 수백 번 후회했다. 그리고 두 번 다시 아버지를 그렇게 고생시키지는 않겠다고 다짐했다.

밥, 빨래, 청소, 그 모든 집안일이 처음에는 모윤의 몫이었다. 재활 치료를 받기 전의 동모는 거의 거동조차 하지 못했으니 말이다. 그나마 한 1년 전부터 재활 치료의 효과를 본 것인지 동모가 조금씩 거동을 할 수 있게 되었다. 그리고 그때부터 동모는 모윤의 집안일을 거들기 시작하다가 이제는 거의 도맡아 하는 수준까지 이르렀다. 그래도 모윤은 이렇게 틈날 때마다 동모의 일을 분담하고 있다.

서로가 서로를 위하기에.

모윤은 신발을 신으며 현관 앞까지 다가온 동모를 향해 다시 입을 열었다.

"아침에는 밖에 나가서 운동하시는 건 자제하세요, 아버지. 아침 기온이 꽤 떨어졌어요."

"그래. 너는 옷을 좀 더 두툼하게 입지."

"이 정도면 두툼해요."

"넥타이도 또 꽉 조여 맸구나. 하여간 말도 지지리 안 듣는 놈."

동모의 퉁명스러운 말에 모윤이 피식 웃고는 다녀오겠다며 인사한 뒤, 현관문을 열었다. 운전 조심하라는 동모의 말에 대꾸하며 마당으로 나온 모윤의 입가에 머물던 미소가 천천히 사라졌다. 그는 고개를 돌려 옆집을 바라보았다.

우서인.

모윤은 속으로 그녀의 이름을 한 번 중얼거려 본 뒤, 성큼성큼 마당을 가로질렀다. 그리고 대문을 열고 나가자마자 바로 앞에 주차해 놓았던 차에 타고 시동을 걸었다. 자신의 차 앞에 주차되어 있었던 옆집 차는 벌써 나가 버린 것인지 보이지 않았다. 모윤은 힐끔 옆집 쪽을 쳐다보다가 차를 출발시켰다.

그런데 이상한 일이지.

모윤은 핸들을 돌리려다가 문득 생각했다. 어떻게 단 한 번도, 옆집 애와 마주친 적이 없을까. 그는 곧바로 차를 세웠다. 그리고 룸미러를 통해 뒤쪽을 쳐다보았다. 옆집의 대문이 열리더니 까만 머리통 하나가 슬금슬금 나왔다.

교실에서, 그리고 교무실에서 봤던, 바로 그 머리통이었다.

모윤은 룸미러를 통해 가만히 서인을 쳐다보다가 시동을 끄고 차에서 내렸다. 그리고 다시 집 쪽으로 발길을 돌렸다. 교복을 입고 있는 '권나희'를 보게 될 거라고는 단 한 번도 상상해 본 적 없었는데. 어제에 이어, 오늘 또 상상조차 하지 못했던 그녀를 보게 되다니, 어이가 없었다.

"아, 기운 빠져. 저혈당인가? 어제 아침이랑 똑같이 노보래피드 7단위 맞았는데."

여자아이의 명랑한 목소리가 귓가에 맴돌았다. 꽉 조여 맸던 넥타이가 답답했다. 모윤은 넥타이 매듭에 손가락을 걸어 느슨하게 잡아당기며 그녀를 향해 걸음을 옮겼다.

'권나희'가 교복 재킷의 주머니를 뒤적이더니 사탕을 꺼내는 모습이 그의 눈에 들어왔다. 당뇨 환자는 사탕이나 주스가 필수라고 하던가. 모윤이 쓸데없는 생각을 하는 사이에 그의 발은 저절로 그녀의 앞에 가서 멈췄다.

그리고 사탕 포장지를 벗기던 작고 하얀 손이 바르르 떨었다. 모윤은 가만히 그녀의 앞을 가로막고 서서 작은 머리통을 내려다 보았다. 여자치고는 키가 꽤 큰 편이지만 그래도 모윤에 비해 한 뼘 조금 넘게 작았다. 게다가 사탕을 손에 쥔 채 고개를 숙이고 있으니, 그녀의 정수리가 고스란히 그의 눈에 들어왔다.

단정한 가르마가 괜히 가슴을 뛰게 했다. 모윤은 어색해지는 마음을 털어낼 겸 아무렇게나 입을 열었다.

"역시."

자신의 목소리를 들은 여자의 손이 부들부들 떨렸다. 그 손을 마주 잡아 주고 싶다는, 스스로 이해하기 힘든 충동이 일었다. 모윤은 더욱 냉정한 어조로 말을 이었다.

"권나희 씨, 아니, 뭐라고 불러야 하나……."

스물일곱 살의 여자가 아닌, 열아홉 살의 소녀를 어떻게 대해야 하는 걸까. 모윤은 허탈한 마음에 피식거리며 그녀를 쳐다보았다. 교복 위에 달려 있는 명찰이 눈에 아프게 박혔다. 그는 자신도 모르게 얼굴을 일그러뜨리며 명찰에 쓰여 있는 이름을 소리 내어 불렀다.

"우서인."

우스운 생각이지만, 눈앞의 여자에게는 권나희라는 이름보다 '우서인'이라는 이름이 더 잘 어울린다는 생각이 들었다. 우서인. 모윤은 한 번 더 속으로 그녀의 이름을 불러 보다가 손을 뻗었다. 그녀의 턱 끝에 손가락이 닿았다. 순간적으로 그대로 손을 오므릴 뻔했다. 하지만 그는 그 상태로 서인의 고개를 들게 했다.

'권나희'의 얼굴이 보였다.

기가 막히는군. 모윤은 제 스스로를 비웃으며 허탈하게 웃었다. 이 얼굴을 스물일곱 먹은 여자의 것으로 알다니. 모윤의 눈에 들어

온 서인은 딱 열아홉 살의 얼굴을 하고 있었다. 객관적으로 제 나이보다 성숙해 보이는 외모였지만, 그와 별개로 그녀의 시선은 앳된 어린아이처럼 말갛고 곧았다.

그는 자신이 너무 한심하게 느껴져 더욱 냉랭하게 입을 열었다.

"그래도 설마 했어. 아니겠지. 권나희 씨가 왜 학교에 있을까. 왜 교복을 입고 있을까. 내가 잘못 본 거겠지, 그렇게 믿으려고 했어."

서인의 말간 눈동자에 눈물이 고이는 것 같았다. 그녀는 모윤에게 턱이 잡힌 채 말을 더듬었다.

"모, 모윤 씨."

그녀의 목소리가 가슴속 깊숙이 파고들었다. 모윤은 치밀고 올라오려는 열기를 부정하듯 서인을 향해 비아냥거리는 투로 말했다.

"선생님이라고 불러야지. 안 그래? 우서인 학생?"

지금껏 나를 놀려서 즐거웠어? 모윤은 서인을 향해 물었다. 그리고 서인의 눈에 눈물이 그렁그렁 고이는 듯하더니 왈칵 쏟아지고 말았다. 사탕을 쥔 손이 바들바들 떨리는 것이 모윤의 눈에 들어왔다. 그는 한숨이 터져 나오려는 것을 꾹 참으며 그녀의 턱을 잡고 있던 손을 놓았다.

우스운 날이잖아.

모윤이 고개를 뒤로 젖힌 채 하늘을 바라보다가 생각했다.

6

개떡 같은 우연도 겹치면 운명이다

바들바들 떨던 서인의 손에서 툭, 하고 뭔가가 떨어졌다. 모윤은 반사적으로 시선을 내려 바닥에 떨어진 것을 확인했다. 그녀가 쥐고 있던 사탕이 데구르르 바닥을 굴렀다.

아, 그러고 보니 사탕을 먹으려던 중이었지?

모윤이 다시 고개를 들어 서인을 쳐다보았다. 그런데 서인이 뭔가 이상했다.

"우서인? 왜 그래? 어디 아파?"

서인은 고개를 저으며 허리를 구부렸다. 땀이 비 오듯 쏟아졌다. 눈앞이 어두컴컴해졌다가 여기저기서 번쩍거리는 섬광이 보였다. 저혈당 증세였다. 그녀는 황급히 교복 재킷 주머니 근처를 더듬었다.

사탕.

사탕이 필요한데.

아니, 이럴 때는 차라리 주스가 더 낫다. 사탕을 빨아 먹는 데에는 시간이 소요되기 때문이다. 서인이 다시 비틀거리며 몸을 돌렸다. 집에 들어가서 오렌지 주스라도 찾아 마셔야 할 것 같았다. 그러나 그녀는 후들거리는 다리를 지탱하지 못하고 그 자리에 주저앉고 말았다.

"우서인? 서인아! 대체 왜 그래? 혹시 저혈당이야? 응?"

"예에……. 주스 좀, 마셔야 할 것 같아요."

"병원에 가야 하는 거 아니야?"

"아니. 주스 마시면 돼요."

"알았어. 잠깐만 기다려!"

서인이 고개를 절레절레 흔들며 간신히 대꾸하자마자 모윤이 황급히 제집으로 뛰어 들어갔다. 서인은 식은땀을 흘리며 길바닥에 주저앉은 채 가쁜 숨을 몰아쉬었다. 이렇게 저혈당 증세가 나타나면 차라리 이대로 숨이 꼴깍 넘어갔으면, 싶을 만큼 힘이 들고 무기력해진다. 조금 전 모윤에게 들켰다는 사실에 숨이 막힐 것 같았던 감정조차 제 것이 아닌 듯 생경해지니 말이다. 그녀는 수전증 환자처럼 덜덜 떨리는 손으로 얼굴을 감쌌다. 식은땀으로 범벅이 된 얼굴이 차가웠다.

자고 싶어. 다 필요 없어.

서인은 멍해진 머리로 생각했다. 지금 자신이 집 앞의 길바닥에 주저앉아 있다는 사실조차 망각할 만큼, 그녀는 흐려진 판단력으로 그저 자고 싶다는 생각만 했다. 그리고 그녀가 그 생각을 실행에 옮기려고 몸을 옆으로 기울이는 순간, 누군가의 손이 서인의 몸을 감싸 안았다.

단단한 손이었다. 그리고 따뜻했다. 굳건히 저를 붙잡아 줄 수도 있을 것 같은, 그런 손이었다.

"마셔."

모윤은 서인을 감싸 안은 채 그녀의 입 근처에 주스 병을 대 주었다. 아버지가 놀란 표정을 짓는 것도 아랑곳하지 않고 냉장고에서 주스 병을 하나 꺼내 미친놈처럼 달려 나왔다. 그리고 막 쓰러지려던 서인을 끌어안으며 자신도 길바닥 위에 주저앉고 말았다. 모윤은 자신의 차림새가 전부 흐트러지고 엉망이 되었다는 사실조차 잊은 채 서인의 입가에 주스 병을 기울이며 다급히 외쳤다.

"우서인! 정신 좀 차리고 마셔 봐. 어?"

하지만 서인은 눈만 느릿느릿 껌뻑일 뿐 주스를 도통 마시려 하지 않았다. 마치 아무 소리도 들리지 않는 사람처럼. 모윤은 자신의 품에 안긴 서인의 몸이 축축하게 땀으로 젖어 있는 것을 깨달았다. 그리고 그녀의 체온이 터무니없이 낮다는 사실 역시.

그 순간, 모윤의 머리 대신 몸이 먼저 움직였다.

그는 서인의 입가에 기울이던 주스 병을 제 입으로 가져갔다. 그리고 그대로 주스 병을 기울여 주스를 입 안에 가득 물고 서인을 향해 고개를 숙였다.

뒤이은 모윤의 행동은 거침없었다. 그는 강제로 서인의 입술을 벌리고 그 안으로 제 입 안에 담고 있던 주스를 흘려 넣었다. 보드라운 입술의 감촉도, 가지런한 치열의 느낌도, 그 무엇 하나 모윤의 머릿속에 와 닿지 않았다.

지금 이 여자를 구해야 한다는 절박한 감정 외에는 아무것도 없었다.

저혈당이 어떤 것인지 알지 못한다. 겪어 본 적이 없으니 알 수 있을 리가 없다. 그러나 모윤은 서인과 함께 그 속에서 헤매고 있는 기분이 들었다.

제발.

모윤이 간절히 서인의 입술을 몇 번이고 벌려 주스를 흘려 넣었다. 의식을 잃은 것은 아니니 괜찮을 것이다. 그는 그렇게 생각하며 한 손으로 서인의 젖은 이마에 달라붙은 머리카락을 쓸어 넘겼다.

"서인아. 정신 좀 차려 봐. 응?"

"······모윤 씨."

꺼져 가듯 작게 속삭이는 소리로 제 이름을 부르던 여자의 눈이 점차 또렷해지기 시작했다. 그리고 잠시 후, 정신을 온전히 차린 서인의 눈이 동그랗게 커졌다.

어?

어라?

그녀는 자신이 모윤에게 안겨 있다는 것을 깨달았다. 그와 동시에 조금 전, 그가 자신에게 무엇을 했는지도 뒤늦게 머릿속에 입력되었다.

"어····· 방금, 그러니까······."

"이제 괜찮아?"

"예?"

"괜찮은 거냐고."

"아아····· 예. 괜찮아요."

서인은 모윤의 질문을 받고 얼떨결에 대꾸한 뒤, 차마 묻지 못할 말을 꾹꾹 눌러 삼키며 입을 달싹였다.

방금 저한테 키스한 거죠?

모윤 씨, 좀 전에 저한테 키스한 거 맞죠?

서인의 뺨이 순식간에 발그레 달아올랐다. 모윤은 서인을 쳐다보다가 황당한 표정을 지은 뒤, 그대로 몸을 일으켰다.

"좀 전까지 숨이 넘어갈 것처럼 굴더니······."

얼굴은 왜 빨개지는 거야? 모윤은 뒷말을 가까스로 삼키고 머쓱한 표정을 짓다가 손을 내밀었다. 그러자 서인이 멀뚱멀뚱 모윤의 손을 쳐다보다가 그를 올려다보았다.

"일어나. 학교 가야지. 너나 나나 둘 다 지각하게 생겼어. 알아?"

내 교직 생활에 오점을 남길 작정이야? 모윤이 투덜대듯 말하며 손을 흔들었다. 서인은 그제야 눈을 깜빡이더니 그를 향해 물었다.

"손 잡아도 돼요?"

"안 잡고 일어설 수 있으면 말고."

"아니요! 아직 어지러워서 손이 필요해요."

아아, 어지러워라. 서인이 부들부들 떠는 시늉을 하며 두 손으로 모윤의 손을 덥석 잡은 뒤 배시시 웃었다. 모윤이 기가 막힌다는 표정으로 그녀를 내려다보다가 손에 힘을 주어 끌어당겼다. 그러자 서인이 비틀거리면서도 순순히 일어섰다.

"너 뭐냐."

"서인이요."

"아니, 지금 너 말이야. 조금 전과는 완전히 다르잖아."

"저혈당이 원래 그래요. 도깨비 장난하듯이. 혈당 수치가 정상으로 올라오면 말짱해지거든요."

서인이 겸연쩍게 웃으며 대답했다. 모윤은 그녀의 말을 듣다가 무심코 서인의 교복 치마를 쳐다보았다. 교복 치마의 아랫단이 구겨져 올라가 있는 게 눈에 보였다. 그리고 치마 아래로 보이는 새하얀 다리에 눈이 시렸다. 그는 자신도 모르게 마른 입 안을 적시듯 침을 삼킨 뒤, 퉁명스러운 어조로 입을 열었다.

"치마 구겨졌잖아. 여자애가 칠칠치 못하긴."

"예? 아아……."

서인은 모윤의 말을 듣고서야 알았다는 듯 구겨진 치마 아랫단을 손으로 만졌다. 그는 잠시 그녀를 쳐다보다가 다시 턱짓을 했다.

"내 차 타고 가."

"예에? 아니에요. 먼저 가세요."

"지금 가면 지각 확정이야. 나 때문에 지각한 녀석 생기는 거 싫으니까 타고 가랄 때 타고 가."

"하지만 누가 보면 어떻게 해요. 모윤 씨 난처해지면……."

"선생님."

모윤은 서인의 말을 끊고 입을 열었다. 서인이 어리둥절한 표정으로 그를 쳐다보았다. 까맣고 말간 눈이 저를 응시하는 것을 보면서 그는 다시 한 번 입을 열었다.

"선. 생. 님. 이라고 불러야지. 안 그래, 우서인 학생?"

"……아, 그게."

서인의 얼굴이 금세 흐려졌다. 하지만 모윤은 애써 못 본 척 고개를 돌리며 말을 이었다.

"이러다가 진짜 늦겠어. 빨리 와."

"예? 아아, 예."

……선생님. 그녀에게서 아주 작은 소리로 선생님, 이란 호칭이 흘러나왔다. 모윤은 자신도 모르게 주먹을 꽉 쥐면서도 앞만 바라보며 걸음을 옮겼다.

✳ ✳ ✳

"다들 힘들겠지만 조금만 더 버티자. 수능만 끝나면 뭐든지 해도 괜찮아. 그렇다고 범법행위를 저지르라는 건 아니고."

담임의 썰렁한 농담에 교실 어디선가 하하하, 하고 어색하게 웃는 소리가 들렸다. 서인은 멍하니 교탁 뒤에 서 있는 담임 선생님을 쳐다보다가 고개를 돌려 창밖을 보았다. 어느새 어둑해진 하늘이 눈에 들어왔다. 한여름에는 이 시간이면 환한 대낮과도 같았는데, 어느새 서늘한 추위와 함께 어둠도 일찌감치 찾아들었다. 그녀는 멀거니 창밖을 내다보다가 담임 선생님의 종례와 함께 책상 위에 엎드렸다.

"서인아, 어디 아파? 너 오늘 하루 종일 이상하더라?"

옆에서 인주가 덩달아 엎드리더니 종알거리며 그녀를 콕콕 찔렀다. 서인은 엎드린 채 고개만 모로 돌려 인주를 쳐다보았다.

"나 들켰어."

"들키다니? 뭘? 헉……."

설마! 인주가 황급히 목소리를 죽이며 눈짓을 보냈다.

깜빡깜빡.

들켰다고?

깜빡깜빡.

그렇다니까.

서인이 역시 눈짓으로 대꾸한 뒤, 한숨을 내쉬며 몸을 일으켰다. 인주가 다시 몸을 일으키더니 서인의 어깨를 토닥였다.

"그래도 킬러 윤한테 죽지 않았으니 됐어."

"누가 알아. 오늘 밤에라도 당장 담을 넘어 들어와서 내 목을……."

끄윽. 서인이 제 목을 긋는 시늉을 하다 말고 얼굴을 붉혔다. 어느새 그녀의 머릿속에서는 밤에 몰래 창문을 열고 들어와 제 입술에 뜨거운 키스를 퍼 붓는 모윤의 모습이 그려진 탓이다.

으아아!

서인은 느닷없이 달아오른 제 뺨을 손바닥으로 두드리며 소리도 내지 못한 채 혼자 호들갑을 떨었다. 아침의 일, 아니, '모닝 키스'가 떠올라서였다.

"얘 왜 이래. 환자분, 약 드실 시간이에요."

인주가 목소리를 가느다랗게 꾸미며 장난을 쳤다. 그러나 서인의 귀에는 인주의 목소리조차 들어오지 않았다. 그리고 붉어졌던 뺨이 하얗게 변하더니 그녀가 안타깝다는 듯 외쳤다.

"아, 왜 그 느낌이 기억이 안 나는 거야! 이 나쁜 저혈당 같으니라고!"

그랬다. 서인은 뒤늦게 깨달았다. 분명 자신에게 주스를 먹이느라고 모윤이 입을 맞췄던 건 기억이 나는데, 그 느낌이 도무지 떠오르지 않았다. 저혈당으로 인해 혼미해졌던 정신과 둔해졌던 감각은 보란 듯이 모윤과의 첫 키스를 지워 버리는 만행을 저지른 것이다.

"이럴 수는 없어. 이건 나빠!"

서인이 다시 엎드리며 주먹으로 쾅쾅 책상을 두드렸다. 히잉. 첫 키스가 어떤 느낌이었는지 생각이 안 난다니. 나처럼 불행한 인간이 세상에 또 있을까. 모윤에게 먼저 들이대서 입을 맞췄던 적은 있지만, 그가 먼저 자신에게 입을 맞춘 건 이번이 처음이었는데 말이다.

게다가 그냥 입술과 입술이 맞닿고 끝난 게 아니라…….

"흐어엉."

"서인이 왜 저래?"

"몰라. 뭘 잘못 먹었나 봐."

다민과 인주가 대화하는 소리를 들으면서도 서인은 다시 빨갛게 달아오른 볼을 감당하지 못한 채 눈을 깜빡였다.

좋아해요.

마음이란 게 저도 모르는 사이에 차곡차곡 쌓여서 이제는 혼자 끌어안고 들지도 못할 만큼 무거워졌어요.

너무 무거워서 내다 버리지도 못하게 됐어요.

그러니까……

"그러니까 포기 못 해."

서인은 다부지게 중얼거리며 벌떡 일어났다. 그녀가 일어서면서 의자가 뒤로 밀렸다. 인주와 다민, 우환이 대화를 나누다 말고 그녀를 쳐다보았다. 그리고 서인이 냉큼 가방을 메고 몸을 돌려 교실 뒷문으로 향하는 것을 본 인주가 다급히 외쳤다.

"야, 서인아! 너 혼자 어디 가!"

서인은 대꾸할 새도 없이 교실을 빠져 나갔다. 등 뒤에서 뭐라고 친구들이 외치는 소리가 이어졌지만, 그녀는 듣지 못한 척 복도를 달음박질쳤다.

가슴이 마구 뛰었다.

숨이 턱까지 차오르기라도 한 것만 같았다.

가슴속 어딘가에 풍선이 들어 있는데 그게 점점 부풀어 뻥, 하고 터질 것만 같아서.

그래서……

서인은 복도를 마구 달리다가 천천히 속도를 줄였다. 그리고 휘청대며 몇 걸음을 더 걷다 말고 멈춰 섰다. 맞은편 복도에서 모윤이 걸어오고 있었다.

모윤 씨.

서인은 속으로 가만히 그를 불러 보았다. 그가 마치 자신의 부름을 알아듣기라도 한 듯 고개를 숙인 채 다가오다가 고개를 들었다.

눈이 마주쳤다고 생각했다.

그와 동시에 모윤의 얼굴이 살짝 찌푸려졌다. 그래도 참 잘생겼단 생각이 먼저 앞섰다. 서인은 말갛게 웃으며 천천히 다시 발을 뗐다. 그리고 모윤과 딱 한 발짝 거리를 두고 멈춰 서서 그를 올려다보았다.

"선생님."

서인의 입이 열렸다. 모윤은 가만히 그녀를 쳐다보기만 할 뿐 아무 대답도 하지 않았다. 상관없다는 듯 서인의 눈이 휘어졌다.

"옆집이란 우연. 그리고 같은 학교라는 우연. 그게 참 개떡 같은 우연이라고 생각했거든요."

"……개떡?"

모윤의 한쪽 눈썹이 슬쩍 올라가는 듯싶더니 그가 어이없다는 투로 물었다. 서인은 싱글거리며 고개를 끄덕였다.

옆을 스쳐 지나가던 아이 하나가 잠시 호기심 어린 눈으로 그들을 쳐다보다가 이내 안쓰럽다는 듯한 시선으로 서인을 보며 지나갔다. 아마 킬러 윤에게 뭔가 야단을 맞는 중이라 생각한 모양이다.

"예, 개떡."

그러나 두 사람의 대화 내용은 전혀 그렇지 않았다. 아마 누군가가 주의 깊게 들었더라면 대체 무슨 소리를 하는 건가 했을 터였다. 하지만 두 사람 모두 진지한 시선으로 서로를 바라볼 뿐이었다.

"그런데 그게 어떻게 보면 드라마나 로맨스 소설 속의 운명 같은 사랑이란 생각이 들더라고요."

"뭐?"

모윤은 픽 웃으며 어이없다는 표정으로 눈앞의 여자를 쳐다보았다. 아니, 이제는 여자아이라고 해야겠지만. 그는 괜히 입맛이 쓰단 생각을 하며 서인을 계속 바라보았다.

교복이 이렇게 잘 어울리는데.

왜 스물일곱 살 먹은 '권나희'인 줄 알았을까.

고작 드라마나 로맨스 소설 속의 운명 같은 사랑을 운운할 정도로 어린 녀석인데.

모윤은 허탈한 웃음이 나오려는 걸 간신히 삼키며 시선을 돌렸다. 그 순간, 서인의 목소리가 다시 들렸다.

"개떡 같은 우연도 겹치면 운명이에요."

"뭐라고?"

모윤이 다시 그녀를 쳐다보았다. 서인은 주위를 두리번거린 뒤, 복도에 아무도 없는 것을 확인하고 씩 웃으며 말했다.

"모윤 씨."

"너! 지금 여기가 어디라고!"

모윤은 서인의 말에 경악해 목소리를 높였다가 다시 낮췄다. 하지만 그녀는 아랑곳하지 않고 그를 향해 말을 이었다.

"모윤 씨가 불편하다면 앞으로는 선생님이라고 부를게요."

"우서인."

"그런데요, 선생님. 제 마음까지 뭐라 하지는 마세요. 이건 제 마음이지, 선생님 마음이 아니잖아요."

"……"

"선생님이 좋아요. 정말 많이 좋아요."

당돌하게 여겨질 정도로 솔직한 서인의 고백에 모윤은 목덜미가 뜨거워지는 느낌을 받았다. 그는 고개를 흔들며 한숨을 내쉰 뒤, 입을 열었다.

"말도 안 되는 소리 좀 하지 마. 지금 네가 무슨 소리를 하는 건지 알기나 해?"

"알아요. 선생님이랑 계속 사귀고 싶단 거예요."

"너 정말!"

모윤은 화를 버럭 내려다가 그녀의 눈에 맺힌 눈물을 보고 입을 다물었다.

"제가 미성년자인 게, 선생님이 가르치는 학교 학생인 게, 그런 게 제 잘못은 아니잖아요."

"……."

"제가 잘못해서 그렇게 된 게 아니잖아요."

서인의 목소리에 울음이 희미하게 섞였다. 모윤은 뭐라고 대꾸할 말을 찾지 못해 잠시 입만 달싹이다가 그냥 침묵했다. 그리고 물끄러미 그녀를 쳐다보던 모윤이 손을 뻗었다.

"어린애처럼 떼쓰지 마, 우서인."

모윤의 손이 부드럽게 서인의 머리를 헝클어뜨리고 지나갔다. 서인은 황급히 뒤를 돌아보았다. 하지만 모윤은 뒤돌아보지 않고 그녀를 스쳐 앞만 바라보며 걸음을 옮겼다.

선생님.

서인이 모윤의 뒷모습을 바라보다가 숨을 몰아쉬었다. 가슴이 쿵쾅쿵쾅 뛰었다. 마치 제 가슴속에 무슨 기계라도 들어 있는 것처럼.

＊ ＊ ＊

모윤은 조용히 밥을 먹다 말고 맞은편에서 느껴지는 따가운 시
선에 수저를 내려놓았다. 그리고 고개를 들어 자신의 아버지를 향
해 입을 열었다.

"하실 말씀 있으세요, 아버지?"

"……내가 도둑놈을 키웠냐."

"예?"

동모의 뜬금없는 소리에 모윤이 눈을 치켜떴다. 동모는 그런 아
들을 쳐다보다가 한숨을 내쉰 뒤, 다시 말을 이었다.

"아침에 내가 본 광경 말이다."

"……."

"그게 어떻게 된 건지 나한테 말해 줄 수 없는 거냐, 모윤아?"

동모는 다시 생각해도 믿기지 않는 광경을 떠올리며 조심스럽게
모윤에게 물었다. 출근한다고 집을 나섰던 아들이 다시 허겁지겁
뛰어 들어오더니 냉장고에서 주스 병 하나를 들고 나갔다. 대체 무
슨 일이라도 일어난 건가 싶어서 불편한 몸을 끌고 대문 밖으로
나갔을 때, 동모가 마주한 광경은 그의 예상을 벗어난 것이었다.

자신의 아들이 옆집 여자아이를 끌어안고 입을 맞추다니!

동모는 식은땀이 나는 것 같아서 손등으로 이마를 닦은 뒤, 모
윤을 쳐다봤다. 퇴근하고 돌아온 아들은 정신이 나가기라도 한 사
람 같았다. 자신이 건네는 말에 대꾸를 하면서도 머릿속으로는 다
른 생각을 하고, 눈으로는 다른 누군가를 보고 있는 것처럼 느껴졌
다. 그 원인이 어쩌면 아침에 자신이 봤던 광경과 연관이 있을지도

모른다는 생각이 들었다. 모윤은 가만히 식탁 어딘가를 응시하다가 한숨을 내쉬고는 입을 열었다.

"만나던 여자가……."

"응? 갑자기 네가 만나던 여자 얘기는 왜 꺼내는 거냐?"

"요즘 제가 만나던 여자가, ……우서인이었어요. 옆집 애요."

모윤은 목에 걸려 넘어오지 않으려던 서인의 이름을 간신히 뱉어냈다. 그리고 동모의 경악한 목소리가 이어졌다.

"그게 무슨 말이냐? 네가, 모윤이 네가 왜, 아니, 어떻게……. 야, 이놈아! 내가 진짜 도둑놈을 키웠던 거냐! 도대체 나이 차이가 몇 살이나 되는지. 아니, 그보다, 아직 성인도 되지 않은 애랑 뭘 어쩌고 어째?"

동모가 버럭 성을 내며 자리에서 일어섰다. 모윤은 어깨를 늘어뜨리며 오른손으로 관자놀이를 꾹 누르고는 얼굴을 찡그렸다. 머리가 지끈거리며 아팠다. 그는 관자놀이를 꾹꾹 누르다가 고개를 흔들고 다시 입을 열었다.

"저도 속았어요."

"뭐?"

"속았다고요. 옆집, 저 맹랑한 애한테."

모윤은 그 말만을 남기고 입을 꾹 다물었다.

'이 녀석, 제대로 심통이 났나 보네.'

동모는 모윤의 입매가 단단히 굳어져 있는 걸 보다가 허허, 하고 웃었다. 그러자 모윤이 제 아버지를 쳐다보고 원망스럽다는 듯 물었다.

"아버지는 지금 이게 우스우세요? 아들이 어린애한테 속았다는데요? 열아홉 살 먹은 어린애인 줄도 모르고 데이트한답시고 주말

145

마다 나가고 광대 짓을 했다고요!"

"그보다 더 비열한 짓을 하는 놈한테도 그런 표정은 지은 적이 없지 않냐."

"예?"

"그 몇 배로 갚아 주기는 했지만, 네가 지금처럼 그렇게 잔뜩 심통 난 얼굴을 하고 있지는 않았다고."

동모는 다정한 시선으로 모윤의 얼굴을 구석구석 세심하게 보았다. 어미를 일찍 잃은 아이는 금세 어른이 되어 버렸다. 그것이 두고두고 아쉬웠는데, 어릴 적에 심통을 부릴 때 짓던 표정을 이제 와서 다시 보게 될 줄이야.

"많이 좋아했었나 보구나."

"아버지! 그게 무슨 말씀……."

"좋아했으니까 그만큼 배신감도 느끼고 화가 났나 보지."

동모가 모윤의 말을 자르며 입을 열었다. 정말 상상도 하지 못했던 일이다. 옆집의 어린 여자아이와 자신의 아들 사이에 이런 식의 관계가 생기게 될 거라고, 어떻게 상상할 수 있었을까. 모윤이 입을 다문 채 시선을 다시 아래로 내리깔았다. 그의 속눈썹이 길게 드리워졌다. 날카로운 콧날과 긴 속눈썹이 새하얀 피부의 음영을 더욱 또렷하게 했다.

거 참, 누구 자식인지 아주 잘났네.

동모는 괜히 뿌듯한 마음이 들어 모윤을 쳐다보다가 눈을 굴렸다.

서른두 살 먹은 아들과 열아홉 살의 여자아이라.

열세 살 차이.

허허…….

아무리 잘생긴 아들놈이라고 해도 이 정도의 나이 차이는 극복이 되지 않을 듯싶다. 더구나 아직 스무 살도 되지 않은 어린아이를 두고 이런 생각을 하는 것 자체도 좀 그렇고.

"예끼, 이 녀석아. 어린애가 속인다고 그걸 속아?"

"작정하고 속이는 걸 어떻게 당해요? 게다가 걔가 좀, 성숙해 보이기는 하잖아요."

모윤이 억울하다는 듯 투덜댔다. 그러면서도 민망한지 그의 귓불과 목덜미가 붉게 달아올랐다. 그 모습이 한편으로는 신기했다. 동모는 늘 차분하고 침착하던 아들의 당황한 모습에 슬쩍 입꼬리가 올라가는 것을 느꼈다. 그리고 한편으로는 아쉬웠다.

서인이와 나이 차이가 조금만 적었더라면.

아니, 그보다 서인이가 미성년자만 아니었더라면.

그는 아쉬운 마음에 한숨이 나오려는 걸 삼키며 다시 모윤에게 물었다.

"그런데 아침에는 왜 그런 거야? 허둥대며 들어왔다가 나가기에 무슨 큰일이라도 났나 했더니, 동네 사람들 다 보라고 길에서 그, 크흠, 크흠, 그런 짓을 하다니. 누가 봤으면 정말 어쩌려고 그랬어?"

동모는 차마 '키스'라는 말을 할 수 없어서 헛기침을 두어 번 했다. 그나마 아침에 사람이 없었으니 다행이었다. 그렇지 않았다면 이사 오자마자 다시 이사를 갈 뻔했으니 말이다. 그뿐이겠는가. 막장 드라마에서도 나오지 않을 온갖 오명을 뒤집어쓴 채, 전근 갔던 학교마저도 그만뒀을지도 모르는 일이다. 생각을 정리하던 동모의 표정이 천천히 굳어졌다. 그리고 모윤 역시 언제 당황했던가 싶게 가라앉은 표정으로 동모를 쳐다보다가 입을 열었다.

"저혈당이 갑작스럽게 왔었어요."

"뭐?"

"서인이요. 당뇨를 앓고 있다고요."

"아니, 그 어린애가 어쩌다가……."

굳었던 동모의 얼굴 위로 안쓰러운 빛이 스쳤다. 자신은 불과 3년 전만 하더라도 건강한 몸을 가지고 있었다. 그러다가 갑작스럽게 뇌졸중으로 쓰러지고 반신불수 증세가 왔다. 그것이 고작 3년이었다. 그런데도 건강했던 세월은 까맣게 기억 속에서 지워지고 평생 아팠던 것처럼 그 기억만이 머릿속에 남아서 고통스럽고 괴로웠다. 그나마 이제 겨우 몸을 어느 정도 건사할 수 있게 되어 마음도 추스를 수 있었다.

그런데 겨우 열아홉 살의 아이가 당뇨를 앓고 있다니.

예순이 넘은 나이에도 버겁고 힘든 것이 몸의 병인데, 그 어린 아이는 어찌 그걸 감당하고 있나 싶었다. 동모가 쯧쯧, 혀를 차며 고개를 저었다. 모윤은 본인도 없는 자리에서 서인에 대한 이야기를 하는 게 어쩐지 불편해져서 간단히 마무리하려고 말을 이었다.

"그래서 그런 거예요. 주스를 먹여야 하는데, 애가 통 먹지를 못해서. 의식은 있는데 주스를 삼킬 생각을 하지 못해서. 그러다가 의식마저 잃으면 그때는 정말 감당이 안 되니까, 다급한 마음에 그랬던 거라고요."

모윤은 동모에게 말을 하면서 아침에 있었던 일을 떠올렸다. 정말 그뿐이었어? 모윤의 가슴속 어딘가에서 누군가의 목소리가 들렸다. 누군지 궁금해할 것 없이 제 목소리임을 바로 깨달았다. 만약 서인이 아니었더라면, 과연 자신이 그렇게까지 했을까. 모윤은 그 물음이 저를 향하고 있음을 애써 무시하며 동모를 향해 재차 다짐하듯 말했다.

"그뿐이었어요."

그래. 단지 그뿐이었다. 모윤이 속으로 거듭 중얼거리는데 초인종 소리가 들렸다. 동모가 어둑해진 창문을 보고 입을 열었다.

"늦은 시간에 누가 왔나?"

"제가 가 볼게요."

차라리 잘됐다 싶은 마음에 모윤이 냉큼 자리에서 일어서서 거실 쪽으로 몸을 틀어 걸음을 옮겼다. 그리고 무심코 인터폰 화면을 보며 입을 열려던 그의 표정이 순간적으로 흐트러졌다.

우서인.

분명히 우서인이었다.

큼직한 선글라스와 핑크색 마스크. 그는 인터폰 화면 속에서 또다시 보게 된 괴상한 차림새의 서인을 보면서도 쉽게 입을 열지 못했다.

"누가 왔니?"

주방에서 동모의 목소리가 들렸다. 모윤은 아버지의 목소리를 듣고 나서야 고개를 흔들고는 신경질적으로 머리를 헝클어뜨리며 입을 열었다.

"저, 잠깐만 대문 밖에 나갔다 올게요."

"응? 이 시간에?"

"잠깐이면 돼요. 설거지는 제가 할 테니까 놔두시고요."

모윤이 주방 쪽을 돌아보며 급히 말하고 현관으로 향했다. 그의 발걸음이 다소 조급해 보였다.

"후아…… 춥다."

149

어느새 선선해진 밤공기에 몸을 부르르 떤 서인이 양손을 반대편 겨드랑이 사이에 끼운 채 발을 동동 굴렀다. 큼직한 선글라스 안에 감춰진 커다란 눈이 초조한 듯 깜빡였다. 마스크를 쓴 채 숨을 내쉴 때마다 선글라스에 뿌옇게 김이 서렸다가 사라지기를 반복했다. 그리고 잠시 후 가까이 다가오는 발소리가 나더니 대문이 철컹거리며 열렸다.

"뭐야."

"……하하. 선생님, 되게 무뚝뚝해요. 대문 열고 나오자마자 목소리 쫙 깔고 '뭐야.'가 뭐예요."

뭐, 그래도 멋있기는 하지만요. 서인이 생글거리며 대문을 열고 나온 모윤을 향해 웃었다. 하지만 선글라스에 감춰진 그녀의 눈매는 설핏 일그러져 있었다.

선글라스를 끼고 오기를 잘했어.

서인은 속으로 중얼거리며 모윤의 냉랭한 얼굴을 쳐다보았다. 아무리 포기할 수 없단 각오로 그를 찾아왔다고 하지만, 그렇다고 해서 그의 냉대에 아무렇지 않은 건 아니니까. 그녀는 가슴속이 얼얼해지는 것을 내색하지 않으려고 일부러 더 웃으며 말을 이었다.

"저녁은 드셨어요? 저, 아직 안 먹었는데. 혹시 남는 밥 있어요?"

"없어. 있어도 너 줄 거는 없어."

"에이, 진짜 매정하다. 누가 킬러 윤 아니랄까 봐."

마스크에 숨겨진 서인의 입매가 파르르 떨렸다. 밥을 먹지 않았다는 건 사실이었다. 아예 주방 근처에는 들어가지도 못한 채 제방에서 있다가 몰래 나왔다. 엄마가 집에 일찍 들어온 탓이었다.

권나경은 서인과 마주치는 걸 거의 병적으로 싫어했다. 그래서자연스럽게 서인은 나경이 들어올 시간이 되면 제 방에 틀어박혀 그녀가 다음날 다시 나갈 때까지 시간을 보내고는 했다. 설령 방을 나가게 되더라도 가급적 제 어머니와 마주치지 않도록, 마치 도둑 고양이가 되기라도 한 듯, 서인은 타인의 집에 몰래 들어온 사람처럼 살금살금 다녀야 했다.

그러니 서인이 주방 근처에 얼씬도 하지 못한 건 어떻게 보면 당연한 일이었다. 그녀는 배를 슬슬 문지르며 중얼거렸다.

"밥 한 숟가락만 주시지."

"까분다. 집에 가서 먹어."

"집에 가면 밥 없는데요."

"그럼 직접 해 먹어. 열아홉 살이면 그 정도는 할 줄 알아야지. 어디서 어리광이야?"

모윤이 팔짱을 낀 채 문주에 기대어 서서 서인을 쳐다보며 대꾸했다. 그러자 서인의 어깨가 슬쩍 움츠러들었다. 그 모습에 가슴속 어딘가가 저릿해졌다.

말도 안 돼.

모윤은 움츠러든 그녀의 모습을 외면하려고 시선을 돌렸다. 그와 동시에 그의 앞에 서 있던 서인에게서 꼬르륵, 소리가 들렸다.

"아……."

그리고 서인이 당황한 듯 뒤로 한 걸음 물러서더니 머리를 긁적였다. 능청스럽게 밥을 달라던 것과 달리 배에서 난 소리에는 사춘기 소녀 나름의 수줍음이 발동한 모양이었다. 그녀는 어쩔 줄 몰라 하며 당황해하다가 다시 용기를 내어 입고 있던 점퍼 주머니에서 뭔가를 꺼내 모윤에게 내밀었다.

"아, 저기……. 사실은 이거 드리려고 왔어요."

"뭐?"

모윤 역시 당황한 마음을 숨기지 못한 채 허둥대다가 그녀가 내민 손을 보았다. 서인의 하얀 손 위에 있는 건 작은 조각 케이크였다. 투명한 사각 틀 안에 들어 있는 조각 케이크의 앙증맞은 모습이 이미 밥을 먹은 모윤의 입맛을 돌게 했다.

"얼그레이 무스랑 바나나코코넛으로 샀어요."

"이걸 왜……."

"케이크 좋아하시잖아요. 선생님, 우리 처음 만난 날에도 복숭아 쇼트 주문하시고 저한테 얼그레이도 좋아하신다며 반반 나눠 먹자고……."

서인은 종알대며 말하다가 그대로 말끝을 흐렸다. 자신에게는 그 무엇보다 달콤하고 행복했던 기억이지만, 모윤에게는 말 그대로 사기당했던 날로 기억될지도 모른다는 생각이 든 탓이다. 그녀가 고개를 숙이며 입을 열었다.

"죄송해요."

"……뭐가."

"선생님, 속였던 거요."

서인은 차마 고개를 들지 못한 채 사과했다. 어쨌든 그에게 거짓말을 하고 가짜 권나희가 되었던 건 잘못한 일이었다. 이모의 부탁을 받아 가볍게, 용돈을 받을 겸 해서 소개팅에 대타로 나가고는 했던 제 행동이 부끄러웠다.

"잘못했어요."

"……."

"가짜 권나희 행세했던 거."

"그럼 진짜 권나희는 너랑 무슨 관계였기에, 너를 대신 내보냈던 거야?"

"우리 이모요."

모윤의 질문을 받은 서인이 냉큼 대꾸했다. 이모? 모윤은 너무 쉽게 풀려 버린 '진짜 권나희의 정체'에 대해 허탈해져서 한숨을 내쉬었다. 이모와 조카가 쌍으로 나를 속였다, 그거지? 그는 첫인상부터 마음에 들지 않았던 중년 여자를 떠올렸다.

이모란 여자도 분명 비슷하게 생겼겠지.

하여간 마음에 안 드는 여자들이로군.

모윤은 본 적 없는 권나희에게 괜한 적의를 느끼며 얼굴을 찌푸렸다. 도대체 어린애를 본인의 소개팅 자리에 내보내는 여자의 머릿속이 어떤 구조로 되어 있는 건지 납득이 되지 않았다. 제 나이 또래, 서른쯤의 사내와 만나서 이 어린애가 무슨 봉변이라도 당하면 어쩌려고…….

아니, 잠깐.

만약 그게 처음이 아니었다면?

모윤이 생각을 잇다 말고 눈을 찡그리며 서인을 향해 물었다.

"너, 나랑 만났던 거 말고도 소개팅 대신 나간 적 있어?"

"예?"

서인이 고개를 숙이고 있다가 화들짝 놀라 고개를 들었다. 시커먼 선글라스 너머로 보이는 모윤의 얼굴이 험악했다. 그녀가 우물쭈물하는 사이에 대답을 짐작한 모윤이 기가 막힌다는 듯 버럭 언성을 높였다.

"넌 도대체 생각이 있는 애야, 없는 애야? 이모가 시키면 시키는 대로 뭐든지 한다는 거야? 어? 그러다가 못된 놈이라도 만나면 어쩌려고!"

"그런 적 없어요. 그냥 밥만 얻어먹고 잠깐 있다가 나오면 충분……."

"사내놈들이 단순히 밥 사 주려고 그런 자리에 나오겠어? 넌 열아홉이나 된 애가 그것도 몰라?"

여자를 소개받고 만나는 데에는 뻔한 이유가 자리를 잡고 있다. 단순히 소꿉장난 따위를 하자고 이성을 만나려는 게 아니다. 더구나 우서인은 열아홉 살의 어린아이답지 않게 성숙한 외모를 지니고 있었다. 그는 신경질적으로 머리를 헝클인 뒤, 그녀의 양쪽 어깨를 붙잡았다. 그리고 그녀를 강압적으로 밀었다.

"서, 선생님?"

서인이 등 뒤에 닿은 대문 기둥의 감촉에 놀란 듯 그를 쳐다보았다. 모윤은 아무 말 없이 그녀의 어깨를 잡고 있던 한 손을 들어 서인의 귓가에 가져갔다. 그리고 그의 손이 그녀의 귀에 닿았다. 그와 동시에 서인이 몸을 움츠리며 바르르 떨었다.

톡.

서인이 쓰고 있던 마스크가 벗겨졌다. 뒤이어 모윤의 손에 그녀의 선글라스가 벗겨졌다. 서인은 각오조차 하지 못한 채 갑자기 모윤과 시선을 마주하게 되어 당황한 얼굴로 눈만 깜빡였다. 모윤이 서늘한 시선으로 서인의 얼굴을 꼼꼼하게 훑는 듯싶더니 그녀의 턱을 붙잡아 슬쩍 들어 올렸다. 그리고 그의 얼굴이 점차 가까워졌다.

으, 으아아! 키스하려나 보다!

서인이 눈을 휘둥그렇게 떴다가 질끈 감았다. 하지만 모윤은 서인과 입술이 닿을 듯 말 듯한 거리에서 가만히 그녀를 응시하다가 피식 웃었다. 그의 웃음소리에 서인이 슬며시 눈을 떴다.

"이럴 때 눈을 감으면 어쩌자는 거야. 어딜 넘보는 거냐고 급소라도 차야지."

"예? 그, 급소라면……."

서인의 눈이 슬그머니 모윤의 얼굴에서 쭈욱 아래로 내려갔다. 그리고 그녀의 시선이 그의 허리 아래로 향하려던 순간, 큼직한 손이 다시 그녀의 고개를 들어 올렸다.

"하여간 발랑 까졌지, 우서인. 지금 어딜 보려는 거야."

모윤이 어이없다는 표정으로 그녀를 쳐다보다가 웃었다. 그리고 다시 서인을 쳐다보다가 엄포를 놓듯 말했다.

"이모 대신 소개팅 나가는 짓은 두 번 다시 하지 마."

"……예?"

"그러다 너 진짜 질질 짜고 난리 칠 일 생겨. 겁도 없이 그런 자리 나가다가 못된 놈 만나면."

솔직히 서인은 예쁜 축에 속한다. 그리고 성숙해 보이면서도 은근히 앳된 분위기가 엿보인다. 제 나이는 생각도 못 하고 무조건 어린애라면 정신을 못 차리는 변변찮은 사내가 한둘이던가. 그런 점에서 요 발랑 까진 우서인은 수컷에게는 군침 돌게 만드는 먹잇감이리라.

"소개팅 또 나가기만 해 봐. 아주 눈물 쏙 빠지게 혼쭐을 낼 테니."

"선생님이 제 남자 친구도 아니면서……. 그래도 제가 걱정되기는 한 거죠? 그럼 저랑 사귀어요, 선생님. 사귀면 절대 한눈 안 팔고, 이모가 용돈 많이 준다고 그래도 소개팅 같은 데 얼씬도 안 할게요. 예?"

서인이 구시렁대다 말고 싱글거리더니 냉큼 모윤을 향해 말했다. 모윤은 서인을 쳐다보다가 피식 웃었다. 화를 내려다가도 기가 막혀서 웃게 만드는 것도 능력이라면 능력이다. 그가 고개를 흔들며 웃는데, 또 다시 잊고 있던 소리가 들렸다.

꼬르륵.

꼬르륵.

내게 밥을 넣어라! 하고 간절히 외치듯 그녀의 배가 연달아 두 번이나 요동을 쳤다. 그리고 서인의 얼굴이 새빨개진 것은 어찌 보면 당연한 일이었다. 그녀를 쳐다보던 모윤이 돌아서며 입을 열었다.

"들어와."

"예, 예에?"

"밥 달라며."

서인의 빨갛게 달아오른 얼굴을 보며 모윤이 턱짓으로 집 안쪽을 가리켰다. 그리고 마당을 걸으며 등 뒤의 서인에게 한마디 덧붙였다.

"셋 셀 동안 안 오면 밥 안 줘. 하나, 둘, 세……."

"가요! 같이 가요, 선생님!"

어리둥절한 표정을 짓던 서인이 뒤늦게 정신을 차리고 후다닥 모윤의 뒤를 따라갔다. 미처 주지 못했던 조각 케이크 상자가 그녀의 손에서 달랑달랑 흔들렸다. 그리고 앞서 가던 모윤의 입꼬리가 슬쩍 올라갔다.

7

같이 밥 먹는 사이, 식구

동모와 모윤은 말없이 바로 맞은편에 앉아서 밥을 먹고 있는 서인을 쳐다보았다. 서인은 남의 집에 와서 밥을 먹고 있다는 자각조차 없는 듯 제집에서 먹는 것처럼 편하게 이것저것 반찬을 집어서 밥 위에 올려 야무지게 먹고 있는 중이었다. 그 모습을 가만히 보던 동모가 허허, 하고 웃었다.

"물도 좀 마셔 가면서 먹어, 서인아. 많이 배고팠나 보네."

"헤헤. 예, 동모 아저씨."

서인이 동모의 말을 따르듯 옆에 놓인 물컵을 들었다. 모윤은 서인이 물을 꿀꺽꿀꺽 마시는 것을 쳐다보다가 식탁 위에 올려놓았던 마스크와 선글라스를 가리키며 입을 열었다.

"그나저나 이 해괴한 것들은 대체 왜 쓰고 다니는 거야? 저번에는 나한테 들키지 않으려고 그랬다 치고, 오늘은 왜 쓴 건데?"

"동네 사람들이 볼까 봐요."

"뭐? 뭘 봐?"

"소문이라도 나면 어떡해요."

"무슨 소문?"

모윤은 서인의 말을 전혀 이해하지 못해 미간을 찡그렸다. 서인이 데굴데굴 눈을 굴리다가 배시시 웃으며 말을 이었다.

"선생님이랑 저랑 애인 사이인 거요."

"뭐라고? 야, 너랑 나랑 무슨……."

"애인 맞잖아요. 저랑 주말마다 데이트도 했으면서."

"그건 네가 '권나희'였을 때였……. 휴우, 됐다. 내가 괜한 말을 꺼냈지."

모윤이 체념하듯 투덜대며 고개를 저었다. 서인이 샐쭉한 표정을 지으며 입을 삐죽이더니 다시 밥그릇을 들고 남은 밥을 한꺼번에 입으로 밀어 넣었다. 모윤은 그런 서인을 쳐다보다가 불퉁한 어조로 물었다.

"집에서 밥도 안 주냐?"

"예?"

"집에서 밥도 못 얻어먹고 다니는 거냐고. 누가 보면 집에서 너굶기는 줄 알겠다."

"……아, 그래요?"

서인의 얼굴이 갑자기 흐려졌다. 그리고 그녀는 황급히 수저를 내려놓은 뒤, 두 손을 식탁 아래로 숨겼다. 그녀의 반응을 본 모윤의 눈이 가늘어졌다. 동모 역시 뭔가 이상하다고 느꼈는지 서둘러 말을 돌렸다.

"잘 먹으니까 보기만 좋네. 아! 그러고 보니 아까 조각 케이크도 있었지! 잠깐만 기다리렴. 포크 가지고 올 테니. 그런데 학생이 무슨 돈이 있다고 그런 걸 사 가지고 와? 다음부터는 그냥 빈손으로 와야 한다, 서인아. 알았지?"

동모가 말을 이으며 일어서서 수저통 쪽으로 걸음을 옮겼다. 모윤은 동모의 뒷모습을 잠시 쳐다보다가 서인을 향해 말했다.

"케이크 살 돈은 있으면서 밥은 왜 안 먹고 돌아다녀?"

"……."

"왜? 당뇨 때문에 케이크 같은 건 자제하는 거야?"

"예? 아, 아니요. 그게 아니라……."

서인은 망설이며 말을 질질 끌다가 동모가 다시 식탁으로 돌아오는 걸 보며 입을 다물었다. 그리고 동모가 건넨 포크를 공손히 두 손으로 받아 들고 식탁 가운데에 자리를 잡은 케이크 두 조각을 물끄러미 쳐다보았다. 달콤해 보이는 얼그레이 무스와 바나나 코코넛이 식탁 위에 예쁜 모습을 뽐내고 있었다. 그녀는 입술을 깨물었다가 다시 입을 열었다.

"엄마가 집에 있으니까요."

"뭐?"

"엄마가…… 집에 있어서 주방에 들어갈 수가 없었어요."

서인은 눈시울이 뜨거워지려는 걸 꾹 참으며 억지로 웃어 보였다. 하지만 금세 눈물이 쏟아질 듯 그렁그렁 고인 눈으로 웃는 표정을 지어내기보다는 차라리 속 시원하게 우는 편이 나았을 것이다. 모윤은 제대로 울지도 못하면서 웃으려고 파들파들 떠는 서인에게서 시선을 뗄 수 없었다. 동모 역시 무거워진 시선으로 묵묵히 그녀를 쳐다보기만 했다.

도대체 이 어린 여자아이가 무슨 말을 하는 것인지, 두 남자는 이해할 수 없었다. 엄마가 집에 있는데 왜 밥을 먹지 못한 것인지, 왜 주방에 들어갈 수가 없었다는 것인지, 그들로서는 도무지 이해하기 힘들었다.

모윤과 동모의 표정이 의미하는 바를 알아차린 서인이 머쓱한 마음을 감추려고 손등으로 눈을 비볐다. 그리고 손등 위에 눈물이 묻어난 것을 옷 위에 문질러 닦으며 말을 이었다. 될 수 있으면 아무렇지 않은 척. 별것 아니라는 것처럼, 그렇게.

"엄마는 저랑 마주치면 화를 많이 내요. 그래서 가급적 엄마랑 마주치지 않으려고 하거든요. 엄마가 저 때문에 소리 지르고 아파하는 건 보기 싫으니까."

"……."

서인의 덤덤한 목소리에 모윤은 말을 잇지 못했다. 동모 역시 불편한 표정을 지으며 입을 꾹 다물었다. 서인은 고개를 숙인 채 허벅지 위에 놓인 두 손을 꽉 주먹 쥐었다.

"아빠가 다른 여자랑 바람이 나서 집을 나갔어요. 제가 초등학교 5학년 때요. 그 전해에 당뇨병 진단을 처음 받았고요. 병원에서 당뇨라는 말을 듣고 돌아온 날, 아빠랑 엄마가 엄청 싸웠었어요. 아빠는 엄마 때문이라고 했고, 엄마는 아빠 때문이라고 했어요. 그냥, 두 분 다 저 때문이라고, 제가 나빠서 병에 걸린 거라고 했으면 차라리 좋았을 텐데 그랬어요."

"뭐가 너 때문이라고……."

고개를 숙이고 있던 서인의 입가에 스친 서글픈 미소에 모윤이 못마땅한 어조로 입을 열었다. 하지만 서인이 고개를 다시 들더니 먼저 말을 이었다.

"선생님이 저번에 잘하고 있다고 칭찬해 줘서 정말 기뻤어요."

"뭐?"

뜬금없는 서인의 말에 모윤이 어리둥절한 표정을 지었다. 그 모습을 본 서인에게서 맑은 웃음소리가 새어 나오더니 다시 밝은 목소리가 이어졌다.

"커피에 시럽 안 넣었다고, 칭찬해 주셨잖아요. 잘하고 있다고."

"아……."

모윤은 어렴풋하게 떠오르는 '권나희'와의 기억에 외마디 대꾸를 한 뒤, 입을 다물었다. 사소한 말이었다. 그렇게 신경을 써서 한 말도 아니었다. 그런데 우서인은 자신이 굉장한 뭔가를 해 주었다는 듯 환하게 웃고 있었다.

조금 전의 눈물 따위는 잊었다는 듯.

……너는 대체 어떻게 산 것일까.

서인의 이야기로 짐작해 볼 때, 그녀의 가정 환경은 그다지 행복하지는 않았을 것이다. 아버지의 불륜과 가출, 그리고 어머니의 학대 내지는 냉대로 보이는 태도, 그런 것들이 아직 어린 여자아이에게 얼마나 크고 깊은 상처가 되었을지 함부로 짐작조차 할 수 없었다.

집 안에 어머니가 있다는 이유만으로 주방 근처에 얼씬도 하지 못하고, 배가 고픈데도 밥조차 먹지 못하던 서인의 모습이 눈앞에 선하게 그려지는 것도 같았다.

모윤은 가슴 가득 한숨이 차오르는 것을 뱉어내는 대신 그대로 삼키고 식탁 위에 놓인 포크를 들었다. 그리고 얼그레이 무스를 살짝 잘라 먹으며 서인에게 말했다.

"맛있네. 너도 먹어. 그리고 아버지도 드세요."

"어? 어어, 그래야지. 서인아, 너도 어서 먹어라. 사 가지고 온 사람이 먼저 맛을 봐야 하는데…… 허허, 모윤이 이 녀석이 워낙 단 것을 좋아해서."

동모가 허허, 하고 웃으며 서인을 향해 어서 먹으라고 손짓을 했다. 서인이 포크를 들어 바나나코코넛 케이크를 작게 잘라 먹는 것을 본 뒤에, 모윤은 다시 입을 열었다.

"이번 주 일요일에 시간 비워 놔."

"예?"

"나랑 어디 좀 가자."

"예에?"

서인은 입술 위에 크림이 묻은 줄도 모르고 눈을 껌뻑거렸다. 빨간 입술에 묻은 하얀 크림이 모윤의 눈에 괜히 거슬렸다. 그는 자신도 모르게 얼굴을 구기며 퉁명스러운 투로 다시 대꾸했다.

"바보처럼 예에, 하지 말고 그냥 알았다고 대답이나 해. 그리고 입…… 입술에 묻은 것 좀 닦고. 어린애냐? 칠칠치 못하게 묻히고 먹게."

"예…… 아!"

서인은 얼떨결에 대답하다 말고 손으로 입술을 문질렀다. 모윤이 기겁해서 벌떡 일어나며 목소리를 높였다.

"크림을 손으로 문질러 닦으면 어떻게 해! 그 손으로 다른 데 만지면 전부 더러워질 텐데! 당장 화장실 가서 손 씻고 나와!"

히잉. 서인이 입꼬리를 아래로 내리며 마치 강아지가 낑낑거리듯 작게 소리를 내더니 얌전히 자리에서 일어섰다. 그리고 몸을 돌리려다가 다시 모윤에게 말을 걸었다.

"그런데요, 선생님."

"왜?"

"화장실이 어디에 있어요?"

서인은 크림이 묻은 손을 앞으로 내민 상태로 배시시 웃으며 모윤을 향해 물었다.

옷을 벗고 샤워부스로 들어가려던 모윤의 눈이 거울 한쪽 구석에 고정되었다. 더 정확히 말하자면, 거울에 난 손자국이 그의 눈에 들어왔다고 해야 했다. 모윤은 몸을 틀어 그쪽으로 더 가까이 다가갔다. 그리고 조심스럽게 거울에 난 자국을 관찰하듯 보았다.

분명, 자신이 퇴근한 뒤에 들어왔을 때는 보지 못했던 자국이다.

그는 잠시 손자국이 난 부분을 노려보듯 쳐다보다가 거울을 향해 몸을 숙였다.

"하아……."

그리고 살짝 입김을 불어 보았다. 그의 입김이 닿은 거울이 뿌옇게 흐려졌다. 그리고 거울에 난 손자국은 반대로 선명해졌다.

좋아해요.

좋아해요, 모윤 씨.

정말 많이 좋아해요, 선생님.

"……손을 씻고 나오랬더니 남의 집 화장실에 낙서나 하고 말이야."

모윤은 서인이 남기고 간 거울 위의 자국을 쳐다보며 나직하게 중얼거렸다. 여자아이 특유의 동글동글하면서 귀여운 필체가 유난히 눈에 밟혔다. 그는 입김이 사라지면서 다시 희미해지는 손자국을 쳐다보다가 한 번 더 거울 위로 입김을 불었다.

좋아해요.

"어린애가 써 놓고 도망간 낙서에 뭘 어쩌자는 건데."

모윤이 신경질적으로 머리를 긁적인 뒤, 돌아서서 샤워부스로 향했다. 그리고 샤워기 아래에 서서 쏟아지는 물줄기에 몸을 내맡긴 채 잠시 호흡을 가다듬었다. 뜨끈한 열기가 귓불과 목덜미에서 일어났다.

좋아해요, 모윤 씨.

"선생님이라고 부르겠다더니 뒤에서 당돌하게 내 이름을 막 부른다, 그거야?"

모윤은 젖은 머리를 좌우로 흔들어대다가 물을 잠갔다. 샤워기에서 쏟아지던 물줄기가 딱 그치고 샤워부스 안에는 뿌연 수증기만이 남았다. 그는 수도꼭지에 손을 얹은 채 고개를 숙였다.

툭.

툭.

젖은 머리에서 물이 떨어졌다. 모윤은 수도꼭지에 얹고 있던 손을 꽉 움켜쥐었다. 귓불과 목덜미에서 느껴지던 열기가 어느새 전신으로 퍼진 것인지 온몸이 홧홧했다.

정말 많이 좋아해요, 선생님.

서인의 목소리가 들린 것도 같았다. 환청이라는 걸 모르지 않으면서도 모윤은 황급히 고개를 들어 주위를 둘러보았다. 뿌예진 샤워부스 너머로 욕실 문이 덩그러니 보였다. 그는 다시 물을 틀었다. 뜨거운 물줄기가 기다리고 있었다는 듯 쏟아졌다.

문득 케이크의 크림이 묻어 있던 서인의 입술이 떠올랐다. 그리고 덩달아 아침에 있었던 일도 선명히 기억났다. 다급한 마음에 주스를 먹으려고 했던 행동이었기에 그 순간에는 아무 생각도 들지 않았는데, 이제 와서 돌이켜 보니 그때의 느낌을 온몸이 전부 기억하고 있는 것처럼 생생했다. 그녀의 입술 안쪽이 얼마나 보드랍고 따끈따끈했는지. 끌어안고 있던 그 어린 몸이 얼마나 말랑말랑하면서도 손바닥에 달라붙듯 착 감겨 왔는지.

"미쳤어."

모윤은 제 뺨을 때리며 고개를 흔들었다. 그리고 황급히 수도꼭지의 방향을 틀었다. 순식간에 뜨겁던 물이 얼음물처럼 차가운 물이 되어 쏟아지기 시작했다. 한여름에도 차가운 물로 샤워를 하는 걸 즐기지 않던 그였지만, 지금만큼은 차가운 물이 필요했다.

정신 차려.

그는 이를 악문 채 차가운 물줄기 아래에 몸을 맡겼다. 발갛게 달아오른 목덜미가 간신히 식을 기미를 보이는 듯했다. 이제 겨우 열아홉 살의 여자아이를 상대로 두근거리는 꼴을 보일 수는 없었다. 더구나 그 여자아이는 자신이 근무하는 학교의 학생이었다. 처음에 그 사실을 몰랐다고 해서 그게 면죄부가 될 수 있는 건 아니었다.

"하하……."

모윤의 입에서 허탈한 웃음이 새어 나왔다. 어쩌면 자신은 '권나희'에게 제법 관심이 많았던 건지도 모르겠단 깨달음이 뒤늦게 찾아왔다.

이제는 너무 늦었지만, 말이다.

＊ ＊ ＊

일요일.

서인은 침대에 엎드린 채 탁상 달력에 동그라미를 여러 개 그리고 그 위에 별도 다섯 개나 달아 놓은 뒤, 턱을 괴고 배시시 웃었다.

일요일.

마치 노래라도 부르듯 그녀의 입에서 거듭 일요일이란 말이 흘러나왔다.

'이번 주 일요일에 시간 비워 놔.'

예! 일요일 통째로 비워 놓겠습니다!

'나랑 어디 좀 가자.'

예! 어디든 같이 가겠습니다!

서인은 거수경례를 하듯 비장한 표정으로 오른손 끝을 제 오른쪽 눈썹 근처에 붙였다. 그리고 두 손으로 머리를 감싸며 몸을 버둥거렸다.

"으아아. 일요일까지 어떻게 기다리지?"

서인은 후아, 하고 심호흡을 하며 벌떡 일어나 앉았다. 침대 매트리스가 출렁거리며 흔들렸다. 그녀는 침대 위에 놔두었던 탁상 달력을 집어 들었다. 좀 전에 표시해 놓은 일요일이 눈에 들어왔다. 눈에 들어오지 않을 수가 없었다. 다양한 펜과 색연필을 동원해 표시해 놓은 날짜이니 말이다.

일요일.

그녀는 침대 아래로 내려와 책상으로 다가갔다. 책상 위에 있던 휴대폰을 들어 모윤의 전화번호를 찾았다.

[ㅁㅜ유ㄴ씨]

"헉. 아, 잘못 보냈다."

서인이 급하게 문자를 보내려다가 얼굴을 찡그렸다. 모윤 씨라고 부르면 안 되는데 깜빡 잊고 또 모윤 씨라고 불렀다. 게다가 서두르는 바람에 오타까지 난무하는 걸 수정도 못하고 전송해 버렸으니…….

[지금 나랑 싸우자는 거냐? 신종 욕이야?]

모윤에게서 답장이 날아왔다. 결투 신청에 대한 답장과도 비슷해 보이는 내용이었다. 서인이 울상을 지으며 바쁘게 손을 움직였다.

[욕이 아니라 선생님 이름 부른 건데요.]

[선생님이라고 부르겠다며. 참! 그러고 보니 너 우리 집 욕실에다가도 내 이름 막 써 놨더라?]

"흐어어. 아니, 그건 또 어떻게 아셨대?"

서인은 깜짝 놀라 휴대폰을 떨어뜨릴 뻔하다가 간신히 손에 쥔 채 바닥에 책상다리를 하고 앉았다. 화장실에 들어간 김에 몰래 남겨 놓고 왔던 제 마음을 고스란히 들킨 기분에 얼굴이 뜨뜻해졌다. 에잇, 민망할 거 없어. 어차피 내 마음을 숨기고 있었던 것도 아닌데 뭐 어때. 그녀는 스스로 그렇게 되뇌면서도 빨갛게 달아오른 얼굴을 식히려고 손으로 부채질을 하며 숨을 몰아쉬었다. 그러던 서인의 입이 서서히 앞으로 쑥 튀어나왔다. 그녀는 아랫입술을 내민 채 불퉁한 얼굴로 모윤에게 메시지를 보냈다.

[이름 써 놓은 건 보시고, 다른 건 못 보셨어요?]

답장이 없었다.

"치사해."

서인은 끈질기게 휴대폰을 노려보다가 충동적으로 그에게 전화를 걸었다. 신호음이 계속 이어졌다.

"소리샘 말고 모윤쌤을 보내 주십쇼. 예?"

그녀는 연결이 되지 않아 소리샘으로…… 어쩌고 하는 여자의 기계음을 듣다 말고 하소연하듯 중얼거렸다. 그리고 뚱한 얼굴로 손을 움직였다.

[못 보셨으면 다시.]

[좋아해요.]

[진짜 많이 좋아해요.]

[선생님 좋아해요.]

[저랑 계속 사귀어요.]

[싫다고 하면 확!]

[학교에 소문낼 거예요. 선생님이랑 저, 소개팅했다고!]

연달아 메시지를 보낸 뒤, 서인은 휴대폰을 손에 쥔 채 무릎걸음으로 침대로 향했다. 그리고 침대 위에 턱을 괸 채 휴대폰을 두 손으로 쥐고 가만히 새까만 화면을 쳐다보았다. 화면 위로 손자국이 지저분하게 나 있는 게 보였다. 그것을 보는 순간, 서인의 기분이 가라앉았다.

초라한 제 모습을 보는 것 같아서.

초라한 제 마음을 보는 것 같아서.

모윤에게 억지를 부리는 것 같은 마음에 서인이 침울한 표정을 지으며 제 소매로 화면을 쓱쓱 문질러 닦았다. 그 순간 갑자기 화면이 켜지더니 요란하게 벨소리가 울리기 시작했다.

"아, 깜짝이야! 어?"

모윤의 전화였다. 그녀는 화면 위에 떠 있는 그의 이름을 쳐다보다가 언제 침울했던가 싶게 환한 얼굴로 전화를 받았다.

"예, 선생님!"

— 기껏 데려와서 밥 먹였더니 협박이나 하고.

"협박이요?"

— 그래, 협박.

서인은 순간적으로 모윤이 화가 났나 싶어 숨을 죽였다. 그러나 대꾸하는 그의 목소리에 섞인 웃음소리를 듣고 곧바로 긴장을 풀며 웃었다.

"저 그런 사람 아니에요. 협박 같은 거 하고 그러는 나쁜 사람 아니라고요."

— 사기는 쳐도 협박은 안 하신다?

"예."

서인이 냉큼 대답하며 고개를 끄덕였다. 모윤의 콧방귀 뀌는 소리가 휴대폰으로 전해지더니 그의 목소리가 이어졌다.

— 그럼 나한테 보낸 문자는 뭐야? 뭐? 학교에 소문낸다고?

"그, 그거야…… 선생님이 치사하게."

— 치사하게에에? 그게 지금 선생님한테 할 말버릇이냐?

모윤의 타박을 듣던 서인이 샐쭉한 표정을 지었다. 그리고 침대 위로 올라가 앉더니 무릎걸음으로 움직여 창가 근처에 다가갔다. 침대 머리맡 위에 있는 창문에 제 얼굴이 비쳤다. 열아홉이라고 하기에는 성숙해 보이는 외모였다.

얼굴뿐만 아니라 나이도 먹었으면 좋았을 텐데.

서인은 늘 탓하던 제 '노안' 대신 어린 나이를 아쉬워하며 창문에 손가락으로 낙서를 했다.

길모윤♡우서인

바깥 공기가 차가워진 탓에 뿌예진 유리에 그녀가 남긴 낙서가 선명하게 남았다. 서인은 자신이 그린 하트 안을 손가락으로 쓱쓱 문질러 채운 뒤, 휴대폰에 대고 입을 열었다.

"지금 사진 하나 보낼게요, 선생님."

— 뭐? 무슨 사진?

"제 나체 사진이요. 그거 걸리면 선생님은 그날로 끝이에요."

— 야! 우서인!

모윤의 목소리가 당혹감에 젖은 채 커졌다. 하지만 서인은 짓궂은 표정으로 카메라 어플을 작동시킨 뒤, 자신의 낙서를 찍었다. 그리고 잔뜩 당황해하고 있을 모윤에게 방금 찍은 사진을 전송했다.

길모윤 ♥ 우서인

"제 사진 어때요? 끝내주죠?"

— 후우……. 내가 지금 너랑 뭘 하고 있는 건지 모르겠다.

"……연애?"

— 까불지 말고!

"……."

서인이 은근한 어조로 말을 꺼내자마자 모윤이 쌀쌀맞게 받아쳤다. 서인은 심통 난 얼굴로 잠시 입을 다물고 있다가 다시 말을 이었다.

"쫄쫄 굶고 있던 애한테 밥 주셨잖아요. 그것만으로도 선생님, 무지 착한 일 많이 하신 거예요."

— 우서인.

"예."

— 밥 제때 챙겨 먹어.

"……."

― 집에서 밥 먹기 곤란한 상황이면 우리 집에 와서 밥 먹고.

"어, 진짜요?"

― 남자들만 사는 집에 네가 드나드는 게 좀 안 좋게 보이려나?

"아니요! 전혀 안 그래요!"

서인은 고개를 설레설레 저었다. 그녀의 입꼬리가 저절로 올라가고 싱글벙글 웃음이 떠나려 하지 않았다.

"그리고 무슨 남자들만 사는 집이라고요."

― 그럼 아버지나 내가 남자가 아닌, 여자냐?

"에이. 그냥 남자랑은 다르죠."

서인이 창문 너머로 보이는 옆집의 불빛을 보며 대꾸했다. 이상하지? 그녀는 스스로 되물었다. 똑같은 불빛일 텐데도 왜 옆집의 불빛은 저렇듯 따스해 보이는 걸까. 서인이 가만히 창문에 손바닥을 대고 옆집을 바라보다가 중얼거리듯 말했다.

"같이 밥 먹었으니까 식구죠."

― 뭐?

"식구요, 식구. 먹을 식(食), 입 구(口). 같이 밥 먹는 입을 식구라고 한다면서요. 그러니까 식구죠, 우리."

― 하여간 어디서 들은 걸 가져다 붙이기는.

모윤이 피식거리며 웃는 소리가 들렸다. 서인은 그 목소리에 눈을 살짝 감았다가 뜨며 소리 없이 입을 달싹였다.

좋아해요.

진짜 많이.

지금보다 나이를 먹으면 조금 더 많은 말들을 배우게 될까. 그래서 지금 이 마음을 고스란히 표현할 수 있을 만큼의 어휘력을 가지게 될까. 서인은 창문에 대고 있던 손으로 제 **뺨**을 문질렀다. 냉기가 묻어 온 터라 **뺨**이 차가워져 얼얼했다.

"선생님."

— 왜.

"저, 이제 곧 수능 봐요."

— 그걸 아는 애가 공부는 안 하고 뭘 하는 거야?

"공부하고 있어요!"

— 공부하기는.

"진짠데!"

— 너 은근히 말이 짧다?

모윤의 날카로운 음성에 서인의 어깨가 움츠러들었다. 그녀는 우물쭈물 머뭇거리다가 어깨를 축 늘어뜨리며 대답했다.

"사귀는 사이에 뭘 그렇게 깐깐하게 따져요."

— 사귀긴 누가 사귄다는 거야?

"저랑 사귀던 중이었잖아요."

— 그건 네가 '권나희'인 줄 알았을 때였지!

"이제 몇 달만 지나면 한 살 먹어요. 스무 살 된다고요. 수능만 끝나면 금방이에요."

서인은 애원하는 어조로 말했다. 그러나 모윤에게서는 그녀의 말을 긍정하는 답이 돌아오지 않았다. 그녀는 창문에 달라붙은 채 옆집의 불빛을 보며 계속 말을 이었다.

"어른이 될 거예요. 저도 어른이 될 거라고요."

— 어른이 되겠다는 게, 지금 어른인 건 아니지.

"그렇지만!"

— 그리고.

모윤의 목소리가 더욱 차가워졌다. 서인은 휴대폰을 쥔 손에 힘을 주며 침을 삼켰다.

— 난 제자랑 연애 안 해.

헛소리 그만하고 자라. 모윤이 덧붙이듯 말한 뒤, 전화를 끊었다. 하지만 서인은 그 뒤에도 한동안 휴대폰을 내려놓지 못한 채 창밖만 바라보았다. 눈물이 왈칵 쏟아질 것 같아서 도저히 움직일 수 없었다.

난 제자랑 연애 안 해.

모윤은 자신이 했던 말을 되새기다가 자조하며 고개를 저었다. 그의 손에 들려 있던 휴대폰이 바닥으로 툭, 떨어졌다. 하지만 그는 휴대폰을 주울 생각도 하지 못한 채 창틀에 걸터앉아 옆집을 바라보았다.

옆집과의 사이에 있는 야트막한 담 너머로 어느 방인가가 보였다. 커튼으로 가려진 탓인지 불빛이 흐릿했다.

혹시 네 방이 아닐까.

모윤이 무심코 생각하다가 신경질적으로 제 머리를 헝클어뜨렸다. 그리고 허리를 숙여 휴대폰을 주운 뒤, 익숙한 번호로 전화를 걸었다.

— 밤중에 웬일이냐? 난 또 아리따운 여인이 밤이 외로워 전화를 걸었나 했더니 시커먼 사내놈 전화일 줄이야.

"싱거운 소리 들으려고 전화한 거 아니야."

모윤은 머루의 헛소리를 흘려들으며 말을 이었다.

"일요일에 누구 좀 데려갈 건데, 많이 달지 않으면서 먹을 만한 게 있을까?"

케이크나 뭐, 비슷한 종류로. 모윤이 덧붙여 말하면서 창문 위에 손가락으로 낙서를 끼적였다.

우서인, 괴생명체, 개떡, 운명, 수능, 27, 19, 32, 32-19, …….

— 누구? 혹시 애인 데려오려고?

"……아니."

— 그럼 누구를 데려온다는 건데? 사귄다던 여자는 보여 주지도 않고.

머루가 구시렁대는 소리를 듣던 모윤이 미간을 찌푸린 채 관자놀이 부근을 문지르다가 대꾸했다.

"우리 학교 학생. 옆집 사는 애. 개떡 같은 우연으로 점철된 녀석."

— 응? 그게 무슨 소리야?

"그리고…… 나한테 사기 친 애."

모윤은 한숨을 내쉬며 창문의 얼룩을 쳐다보았다. 32-19, 자신이 해 놓은 낙서를 보던 모윤의 입에서 실소가 새어 나왔다. 열세 살의 나이 차이. 그래서 그게 뭐? 뭘 바라는 건데? 그는 복잡한 머릿속을 털어내듯 고개를 흔들며 머루를 향해 말을 이었다.

"나랑 사귀던 여자가 사기 쳤어."

— 뭐? 사기? 돈이라도 빌려줬냐? 너 그런 놈 아니잖아! 대체 무슨…… 아니, 게다가 사기 친 사람을 일요일에 우리 가게로 데려오겠다고? 왜? 같이 두들겨 패자고? 야, 아무리 그래도 여자한테 손을 댈 수는 없…….

"스물일곱 먹은 줄 알았던 여자가 열아홉 먹은 애였어. 옆집 사는 애. 게다가 이번에 전근 간 학교 학생."

— 뭐, 뭐라고? 그게 무슨 말도 안 되는 얘기냐? 너 꿈꾸냐? 자

다가 꿈꿔서 나한테 전화한 거야?

그러게. 꿈이었다면 이해라도 되지. 모윤이 피식거리며 마른세수를 한 뒤, 다시 머루에게 당부하듯 말했다.

"어쨌든 내가 말한 대로 달지 않으면서 적당히 먹을 만한 것 좀 준비해 줘. 당뇨가 있는 애라 그래."

— 어? 당뇨?

머루가 놀란 듯 목소리를 높였다가 이내 혀를 차며 말을 이었다.

— 어린애가 어쩌다가……. 알았어. 달지 않으면서 맛있는 걸로 만들어 놓을게. 그런데 걔는 왜 데리고 온다는 거야? 너한테 사기까지 쳤다면서. 설마 계속 사귀려고? 네 제자랑? 어린애랑?

"……그럴 리 있겠냐. 그냥 옆집 애라서."

모윤이 목에 뭔가가 걸린 것 같은 느낌을 애써 무시하며 대꾸했다. 그리고 머루와 괜한 잡담 몇 마디를 더 나누다가 전화를 끊었다.

"후우……."

모윤은 창문을 내다보다가 다시 제 손에 들려 있는 휴대폰을 보았다. 그리고 조금 전에 서인이 보냈던 메시지를 보았다. 당돌할 정도로 제게 엄포를 놓던 그녀의 메시지에 피식 웃음이 새어 나왔다. 그는 피식거리며 그녀가 보낸 메시지를 계속 넘겨 보다가 손을 멈췄다.

길모윤 ♥ 우서인

뿌예진 유리에 써 놓은 낙서였다. 욕실에 있었던 손자국과 마찬가지였다. 유리창이 맑아지면 사라질, 그런 낙서에 지나지 않았다.

너와 나 역시 그렇겠지.

솔직히 따지고 보면 서인과 자신이 엄청 오래된 연인 사이였던 것도 아니고, 첫눈에 반해서 열렬하게 사랑하던 사이였던 것도 아니니, 얼마든지 아무 사이도 아니었던 것처럼 되돌릴 수도 있을 것이다. 특히 서른두 살이나 된 자신은, 더욱 그럴 수 있을 것이다.

"그래……. 어린애가 떼쓰는 걸 무조건 들어줄 수는 없는 거잖아."

모윤이 혼잣말처럼 중얼거리다가 다시 한숨을 내쉬었다. 왜 그런지 가슴이 답답하고 꽉 막혀 있는 것만 같았다.

※ ※ ※

삐약삐약삐약삐약삐약.

늘 그랬듯 시계 알람이 요란하게 울리기 시작했다.

"흐응……."

서인은 침대에 엎드려 자다가 손만 뻗어서 머리맡에 있던 노란 병아리의 부리를 잡아당겼다. 그녀의 이모, 권나희가 일본에 갔다가 사다 준 알람 시계였다.

꽤애애애애애액.

부리를 잡힌 노란 병아리가 괴성을 질렀다. 일어나지 않으면 점점 더 고약한 소리를 지르는 것이 병아리 알람 시계의 특징이었다. 서인이 두 손으로 귀를 틀어막은 채 엉거주춤 몸을 움직여 엉덩이만 위로 들어올렸다. 그리고 그 상태에서 잠시 엎드리고 있던 서인이 고개를 들어 노란 병아리의 부리를 한 번 더 잡아당겼다. 그러자 소리가 뚝, 끊기고 조용해졌다.

"이모는 사다 줘도 꼭 이상한 걸 사다 주더라."

하여간 내 인생에 있어서 악의 축이라니까. 서인은 투덜대며 그대로 일어나 침대 위에 무릎을 꿇고 앉았다. 그리고 두 손을 모아 기도하는 시늉을 하며 입을 열었다.

"선생님이랑 사귀게 해 주세요."

오늘부터 기도 들어갑니다. 서인이 고개를 꾸벅 숙이며 절까지 한 뒤에 눈을 뜨고는 배시시 웃었다. 그리고 침대 아래로 내려갔다. 잠을 험하게 자는 바람에 허벅지까지 올라갔던 원피스 형태의 잠옷이 다시 발목까지 스르륵 흘러내렸다. 그녀는 터벅터벅 걸음을 옮겨 문손잡이를 돌렸다.

"어……."

욕실로 향하려던 서인이 방 앞에서 굳어 버린 듯 멍하니 섰다. 주방에서 누군가가 나오는 기척이 느껴졌다. 뒤늦게 그녀가 정신을 차리고 방으로 되돌아가려는 순간, 주방에서 나온 이와 눈이 마주쳤다.

"어, 엄마. 안녕히 주무셨……."

"내가 아침부터 네 얼굴을 봐야 하니?"

서인의 말을 무시하듯 자르며 권나경은 신경질적으로 물었다. 나경의 냉랭한 태도에 저절로 움츠러든 서인이 고개를 숙인 채 아무 대답도 하지 못했다. 나경은 나이트가운을 입은 채 헝클어진 머리를 손으로 쓸어내리다가 한심하다는 듯 혀를 차며 돌아섰다. 제 앞에서 돌아서는 나경을 쳐다보지도 못한 채 서인은 입술을 꾹 깨물고 바닥만 응시했다.

그리고 쾅, 소리와 함께 안방 문이 닫혔다.

서인은 그 뒤에도 한참 동안 그 자리에 서서 움직이지 못했다. 그녀를 다시 움직이게 한 것은 휴대폰의 알람 소리였다. 매일 아침마다 정해진 시간에 란투스를 맞기 위해서 서인이 설정해 놓은 알

람이었다. 그녀는 휴대폰에서 울리는 알람 소리에 정신을 차리고
는 허둥대며 방으로 돌아갔다.

"……하아."

서인이 알람을 끈 뒤에 휴대폰을 두 손에 쥐고 고개를 푹 숙였
다. 그녀의 손이 부들부들 떨렸다.

엄마가 이 시간에 주방에 있을 줄 몰랐어요.

일부러 엄마한테 얼굴 보이려고 나간 거 아닌데.

엄마가 나 보는 거 싫어하는 걸 아니까…… 잘 아니까.

그녀의 눈에 눈물이 핑 돌았다. 그리고 가득 고였던 눈물이 뺨
을 타고 흘러내렸다. 서인은 휴대폰을 쥐고 있다가 한 손으로 젖은
뺨을 닦았다. 매번 겪는 일이지만 그렇다고 해서 익숙해지는 건 아
니다. 엄마의 냉대를 받을 때마다 가슴이 너무 아파서, 숨조차 쉴
수가 없다.

서인은 문득 지난밤의 포근했던 저녁 식사를 떠올렸다.

'같이 밥 먹었으니까 식구죠.'

'식구요, 식구. 먹을 식, 입 구. 같이 밥 먹는 입을 식구라고
한다면서요. 그러니까 식구죠, 우리.'

모윤에게 너스레를 떨던 제 목소리가 귓가에 왕왕대며 들렸다.
서인은 허탈하게 웃다가 고개를 저었다.

나는 왜 아빠랑 엄마와는 식구가 될 수 없는 걸까.

내가 아파서? 당뇨에 걸려서? 모든 게 나 때문이었을까?

서인은 휴대폰을 쥔 채 다시 문손잡이를 돌렸다. 이번에는 곧바
로 거실에 나가지 않고 고개만 내밀어 주위를 둘러보았다. 아무런

기척도 느껴지지 않는 거실은 적막했다. 차라리 적막한 것이 나았다. 적어도 조금 전과 같은 상황보다는 말이다.

그녀는 조심스럽게 발을 떼었다. 그리고 곧바로 주방으로 들어가서 냉장고 문을 열고는 왼쪽 선반의 제일 밑에 넣어 둔 인슐린 주사를 꺼냈다. 서인은 차가운 주사를 손에 꽉 쥔 채 방으로 돌아가려다가 그냥 냉장고 앞에 주저앉고 말았다.

조금, 지친다.

서인이 소리 내지 않고 입만 달싹였다. 이왕이면 매일 기분 좋게 살려고, 그래서 가끔은 정말 생각 없이 까불기도 하지만, 그래도 종종 이렇게 기분이 가라앉을 때가 있다. 그리고 그럴 때마다 몸도 영향을 받는 것인지 손가락 하나 까딱거리기 싫어지기도 하고.

"아, 안 돼. 주사는 꼬박꼬박 맞아야지."

그래도 모윤 씨는 나더러 잘하고 있다고 했잖아. 서인이 작은 소리로 종알거리며 양손으로 뺨을 가볍게 두드린 뒤, 몸을 일으켰다. 자꾸 무겁다, 가라앉는다, 그러다 보면 정말 더 무거워지고, 더 가라앉게 되니 말이다.

이렇게라도 스스로 아무렇지 않은 척 일어서야 한다.

'집에서 밥 먹기 곤란한 상황이면 우리 집에 와서 밥 먹고.'

모윤이 전화로 했던 말이 문득 떠올랐다. 서인은 주사를 쥔 채 눈을 깜빡이다가 슬쩍 주방을 돌아보았다. 차가운 대리석 식탁이 덩그러니 놓여 있는 게 보였다. 늘 혼자 앉아서 먹던 자리인데도 어쩐지 굉장히 추워 보였다.

식구.

그녀는 옆집의 식탁을 떠올렸다. 뭉툭해 보이는 나무 식탁이 촌스러워 보였다. 하지만 촌스러워서 더 좋았다. 혼자 밥을 먹는 게 아니라 맞은편에 앉아 자신을 바라봐 주는 사람이 있다는 게 좋았다. 밥을 먹으며 같이 사소한 대화라도 나눌 수 있다는 게 정말 좋았다.

길모윤, 그 남자가 좋으면서도 한편으로는 부러웠다.

단둘이 사는 건 똑같은데, 자신과는 너무 다르니까. 그게 내심 부럽고 샘도 나고…….

서인은 입술을 깨물고 뭔가를 결심한 듯 고개를 끄덕였다.

"그래. 처음이 어렵지 두 번째부터는……. 게다가 선생님도 곤란하면 와서 밥 먹으라고 했잖아."

곤란하지. 아주 곤란해. 서인이 슬쩍 안방 쪽을 쳐다보았다. 아무렇지 않게 꾸민 얼굴이지만 흔들리는 시선까지 감출 수는 없었다. 그러나 그녀는 곧 입꼬리를 올리며 인슐린 주사를 든 채 방으로 급히 들어갔다.

밥을 얻어먹으러 가려면 일단 주사 맞고 세수부터 해야 하니 말이다. 적어도 꼬질꼬질한 얼굴로 밥 달라고 할 수는 없으니까. 밥을 얻어먹는 데에도 염치란 게 있는 법이다.

8

옆집 빈대는 예쁘다

"오늘 아침은 뭐냐?"

동모는 불편한 다리를 바닥에 끌며 방에서 나오자마자 주방에 있던 모윤을 향해 물었다. 모윤이 냉장고에서 계란 두 개를 꺼내며 대꾸했다.

"계란 넣은 라면이요."

"그거 아주 좋구나. 어제 아침에도 계란 넣은 라면이었지?"

"아니요, 어제는 오리알. 그제는 타조알."

"아, 맞다. 그랬지."

진지한 얼굴로 농담을 하는 아들을 보며 동모는 웃지도 않고 맞장구를 치다가 눈을 찡그리고는 혀를 찼다.

"그나저나 옷이라도 입지 그러냐? 지금이 한여름도 아닌데."

"더워요."

모윤은 반바지만 입고 상반신은 나체인 상태로 라면 두 봉지를 꺼내 들면서 대답했다. 모윤을 쳐다보던 동모가 쯧쯧, 혀를 차며 고개를 저었다.

"라면 끓이는 데에 쓰라고 저 복근이 생긴 게 아닐 텐데……."

자신의 아들이라서가 아니라 정말 객관적으로 봐도 모윤은 참 잘났다 싶은 남자였다. 자신이 여자로 태어났더라면 한 번쯤은 욕심을 냈을 법할 만큼, 말이다. 그렇게 잘난 아들이, 복근마저도 참 잘난 내 아들이 아침밥을 준비한답시고 라면 봉지나 뜯고 있으니……. 밖에서는 빈틈없이 단정한 녀석과 동일 인물이라고 누가 믿을까.

"저, 저 지지리 궁상."

동모가 한숨을 내쉬며 모윤을 향해 손을 내밀었다.

"이리 내놔. 내가 끓일 테니까."

"됐어요. 제가 할 테니까……."

모윤이 고개를 저으며 동모에게 말을 하는 동시에 초인종이 울렸다. 동모는 모윤을 향해 턱짓을 하며 입을 열었다.

"나가서 누군지 확인이나 해 봐. 아침부터 누가 왔나."

"예."

모윤은 동모의 말에 어쩔 수 없다는 듯 어깨를 으쓱이고는 그대로 몸을 돌렸다.

"인마, 셔츠라도 입고 나가……. 그래, 너 몸 좋다. 그 좋은 몸, 여자 앞에서나 자랑할 것이지. 아부지 앞에서 자랑하기는."

동모가 모윤을 향해 목소리를 높이다가 이내 현관문이 닫히는 소리를 듣고는 포기했다는 듯 혼잣말을 중얼거렸다.

집 안에서 자신의 아버지가 노총각 아들 걱정에 여념이 없다는 사실을 알지 못하는 모윤은 느긋한 걸음으로 마당을 가로질러 대문 쪽으로 걸어갔다. 아침부터 대체 누구야? 장난으로 초인종 누르고 튄 거라면 가만히 안 놔둘 줄 알아. 모윤이 속으로 살벌한 생각을 하며 대문 가까이 다가가 입을 열었다.

"누구세요."

그러나 대문 밖에서는 아무 소리도 들리지 않았다. 뭐야? 정말 누가 장난을 친 거야? 모윤의 미간이 찌푸려졌다. 그는 뒷머리를 긁으며 대문을 벌컥 열었다.

"누구냐고…… 뭐, 뭐야?"

모윤은 짜증스러운 목소리로 말을 하려다 말고 기겁해서 대문을 잡은 채 뒤로 한 걸음 물러섰다. 그리고 휘둥그레진 눈으로 대문 앞에 서 있던 사람을 쳐다보았다. 그와 동시에 대문 앞에 서 있던 서인 역시 눈을 동그랗게 뜬 채 모윤을 쳐다보다가 얼굴을 붉혔다.

으아아. 내 남자의 벌거벗은 몸을 보게 되다니!

오늘 아무래도 대박 운이 터졌나 보다!

서인의 붉게 달아오른 얼굴을 본 모윤이 뒤늦게 그 이유를 알아차리고 혀를 차며 얼굴을 구겼다. 그는 어색한 마음에 헛기침을 하다가 서인의 시선이 제 맨가슴에 꽂혀 있는 걸 보고 기겁하며 손을 뻗었다.

"어어? 아, 왜 가려요!"

서인은 갑자기 그의 커다란 손바닥이 다가오더니 제 눈을 가리자 당황해하며 두 손으로 모윤의 팔을 붙잡았다. 탄탄한 남자의 팔이 이상한 느낌을 주었다. 그녀는 더욱 당황해서 다시 손을 떼고 뒤로 물러섰다.

가슴이 미친 듯 뛰었다.

"우씨……."

"우씨이이?"

모윤이 서인의 말꼬리를 잡으며 한쪽 눈썹을 쓱, 올렸다. 서인은 어깨를 움츠리며 시선을 내리깔고는 공손한 투로 입을 열었다.

"선생님, 좋은 아침이에요."

"좋은 아침은 무슨……. 아침부터 남의 집 초인종은 왜 눌러?"

모윤은 자꾸만 어색해지는 제 상태를 부정하기라도 하듯 더욱 퉁명스러운 목소리로 물었다. 그의 목덜미가 시뻘겋게 달아올라 있었다. 거실에서 인터폰 화면으로 얼굴부터 확인을 했어야 하는 건데 별생각 없이 나온 게 문제였다. 아니, 애당초 아버지가 옷을 입으라고 했을 때 그 말을 들었어야 했다. 모윤은 뒤늦은 후회와 쑥스러움으로 얼굴을 일그러뜨렸다. 그러나 서인은 시선을 내리깔고 있어서 모윤이 쑥스러워하고 있다는 걸 알지 못한 채 배시시 웃고는 대꾸했다.

"밥 얻어먹으러 왔어요."

"뭐?"

모윤의 황당하다는 듯한 목소리에 서인이 고개를 들었다. 고개를 들자마자 또다시 보인 남자의 맨가슴에 얼굴이 화끈거리는 걸 애써 감추며, 그녀는 살짝 시선을 들어 허공을 향한 채 말을 이었다.

"집에서 밥 먹기 곤란하면 오라면서요. 설마 어제 하신 말씀을 벌써 잊으신 거예요? 흐억! 선생님, 치매…… 아얏!"

"지금 누구더러 치매 운운하는 거야?"

모윤은 기가 막혀서 서인의 이마를 손가락으로 튕기듯 때리고는 그녀를 쳐다보았다. 서인이 샐쭉한 표정을 지으며 이마를 문지르더니 모윤을 향해 아랫입술을 내밀었다. 그는 피식 웃으며 몸을 돌렸다.

"어? 선생님! 들어가시게요?"

"당연하지."

아, 진짜 치사해! 서인은 한 입으로 두 말 한 모윤의 뒤통수를 향해 눈을 흘겼다. 그 순간, 모윤이 휙 고개를 돌려 뒤를 돌아보았다. 서인이 깜짝 놀라 두 손으로 눈을 가렸다.

"저, 아무것도 안 했어요."

"눈 쫙 찢어져서 나 노려보던 거 빼고 아무것도 안 했겠지. 들어와."

"예?"

"밥 달라며. 안 들어오면 밥 안 준다?"

모윤이 시큰둥한 어조로 말한 뒤, 다시 성큼성큼 마당을 가로질렀다. 서인은 눈만 동그랗게 뜬 채 멍하니 그를 쳐다보다가 뒤늦게 안으로 들어서며 외쳤다.

"같이 가요, 선생님!"

"대문이나 제대로 닫아."

"예!"

서인은 냉큼 대꾸하고 팔랑팔랑 머리를 흩날리며 모윤의 뒤를 따랐다.

모윤은 서인을 주방으로 밀어 넣은 뒤, 황급히 자신의 방으로 들어와 셔츠부터 입었다. 한여름도 아닌데 반바지 하나만 입고 있었던 제 모습이 민망했다. 마치 노출증 변태라도 된 것처럼 말이다. 그는 두 손으로 얼굴을 쓸어내리다가 거울 속 제 모습을 힐끗 보았다. 그리고 그의 표정이 그대로 구겨졌다.

"이 꼴로 쟤랑 마주하고 있었던 거야?"

모윤의 오른쪽 머리가 살짝 뻗쳐 있었다. 그는 얼굴을 찌푸리며 거울에 가까이 제 모습을 비춰 보고는 뻗친 머리를 손바닥으로 누르기도 하고, 손가락을 넣어 빗기도 했다.

"모윤아, 밥 안 먹냐? 방에서 혼자 뭘 하고 있는 거야?"

그 순간, 방문 밖에서 동모의 목소리가 들려왔다. 그 바람에 모윤은 마치 벼락이라도 맞은 사람처럼 몸을 떨다가 자신이 뭘 하고 있었는지 깨달았다.

이건 마치 좋아하는 여자애 앞에서 잘 보이고 싶어 하는 애송이 꼴이잖아.

"하하……. 기가 막히네."

모윤이 스스로 허탈하다는 듯 실소하다가 재차 거울 속 자신을 바라보았다. 서른두 살의 사내가 저를 보고 있었다. 풋풋한 사랑 따위에 설레거나 가슴 떨려 할 어린애가 아니란 말이다.

정신 차려라, 길모윤. 도대체 어린애를 상대로 뭘 어쩌자는 거야. 더구나 제자랑 연애 안 한다며. 쟤는 스물일곱 살 권나희가 아니야. 열아홉 살 우서인이라고!

그는 자기 자신에게 짜증을 내며 머리를 헝클어뜨렸다. 그때 노크 소리가 들리더니 방문이 열렸다. 그리고 모윤의 짜증에 어느 정도 일조한 서인이 천연덕스럽게 문손잡이를 잡고 입을 열었다.

"라면 다 불어요, 선생님."

"알았어. 그런데 너는……."

"예?"

모윤이 말을 잇다가 그냥 입을 다물자 서인이 고개를 갸웃거리며 눈을 깜빡였다. 그 천진한 모습에 모윤은 한숨을 내쉰 뒤, 손을 내저었다.

"나갈 테니까 가서 먼저 먹어."

"선생님은요?"

"난 라면 불어 터진 거 좋아해."

거짓말이다. 모윤은 꼬들꼬들한 면을 좋아했다. 그러나 그의 말을 그대로 믿은 서인이 알았다며 다시 문을 닫고 나갔다. 모윤은 닫힌 방문을 쳐다보다가 피식 웃었다.

"나를 좋아한다던 녀석이 아무렇지 않게 방문을 벌컥 열어? 겁도 없이……."

좋아하는 남자의 방문을 열면서도 서인은 아무렇지 않은 얼굴을 하고 있었다. 마치 여동생이라도 된 듯 말이다. 그 모습이 어이없으면서도 우습고, 또 한편으로는 아쉬웠다.

아쉽다니.

모윤은 제 생각에 기가 막혀서 혀를 차고는 방문을 열었다. 식탁을 사이에 두고 마주 앉아 있던 동모와 서인이 저마다 모윤을 향해 손짓을 했다.

"빨리 와, 이 녀석아. 항상 제시간에 밥 먹던 녀석이 오늘따라 왜 이렇게 늑장을 부려?"

"이리 오세요. 라면이 완전 우동 됐어요!"

서인이 제 옆자리를 손으로 두드렸다. 모윤은 픽 웃으며 그녀의 옆자리가 아닌, 동모의 옆자리에 가서 앉았다. 그 모습을 본 서인이 입을 삐죽이며 그를 흘겨보고는 금세 생글생글 웃으며 라면이 담긴 그릇을 가리키면서 말을 이었다.

"선생님 그릇에 계란 통째로 들어갔어요."

"라면 끓일 때 계란을 풀어서 넣어야 한다는 것도 몰라?"

모윤은 몽글몽글한 계란 건더기가 아닌, 거의 '알' 수준인 계란

덩어리를 발견하고는 기가 막힌다는 듯 말했다. 그러자 뿌듯한 얼굴로 그를 쳐다보던 서인이 샐쭉한 표정을 지으며 뭐라고 혼자 작게 구시렁댔다. 그 모습을 바라보던 동모가 웃음을 터뜨렸다.

직접 라면을 끓이겠다며 가스레인지 앞에서 꼬박 지키고 서 있던 서인의 모습이 떠오른 탓이다. 게다가 선생님한테 줄 거라면서 계란을 넣더니 휘휘 젓지도 않고 고스란히 익혀 냈던 그 천진한 모습까지도 덩달아 따라왔다.

그놈의 나이 차이만 아니면. 아니, 나이 차이가 아니더라도 같은 학교 교사와 학생이라는 입장 때문에 문제가 되려나. 동모는 괜히 아쉬운 마음이 들어 서인과 모윤을 번갈아 쳐다보다가 실룩거리는 뺨을 손바닥으로 쓸었다.

어느 부모가 그렇지 않을까 싶지만 동모에게 모윤은 언제나 안쓰럽고 안타까운 자식이었다. 열두 살 어린 나이에 어미를 잃은 아이의 마음이 어떠했을까. 그로부터 20년이 지난 지금까지도 동모에게 모윤은 언제나 그때의 열두 살 어린아이였다.

그런 만큼, 모윤이 누군가를 만나서 마음을 내 주고 행복하게 가정을 꾸렸으면 하는 바람을 가지고 있었다. 자신이 아내와 함께하면서 느꼈던 그 포근한 행복을, 아들은 더 오래 누리며 살아가기를 바랐다.

동모는 다시 시선을 돌려 모윤을 쳐다보았다. 모윤은 라면을 먹으면서 서인을 향해 뭔가 잔소리를 하는 중이었다. 수능 운운하는 얘기를 하는 걸 보니 아무래도 교사로서의 제 직분을 자각한 모양이다. 그는 슬쩍 웃으며 이번에는 서인을 쳐다보았다. 서인이 얼굴을 찡그린 채 묵묵히 모윤의 잔소리를 듣고 있다가 볼멘소리로 대꾸했다.

"저는 개만도 못한 게 분명해요."

"뭐? 여기서 개 얘기가 왜 나와?"

모윤이 말하다 말고 물을 마시며 눈을 치켜떴다. 서인은 힐끗 그를 쳐다보고는 입을 삐죽이다가 말했다.

"밥 먹을 땐 개도 안 건드린다는데……."

"뭐라고? 야, 내가 지금 나 좋으라고 말하는 거야? 우서인, 너 위해서 하는 말이잖아. 누군 잔소리하는 게 좋아서 하는 줄 아나."

"어? 선생님, 저 신경 써 주시는 거예요?"

그럼 더 하셔도 되고요……. 서인이 냉큼 모윤의 말을 받아치더니 배시시 웃으며 중얼거렸다. 그 넉살에 기가 막혔는지, 모윤이 잠시 말을 잇지 못한 채 입만 달싹이다가 고개를 흔들었다. 하여간 얘한테는 뭔가 당해 낼 재간이 없다. 그는 자리에서 일어섰다. 그러자 서인과 동모의 시선이 동시에 그를 따라붙었다.

"저 먼저 일어날게요…… 우서인, 너."

모윤이 동모에게 말을 하다가 서인을 향해 시선을 던졌다. 서인이 말똥말똥 눈을 뜨고 그를 쳐다보았다. 다 먹고 난 빈 그릇이 그녀의 앞에 놓여 있었다. 깨끗하게 싹싹 잘 비웠네. 모윤은 괜히 제 배가 부른 것 같은 기분을 느끼면서도 내색하지 않고 입을 열었다.

"너도 학교 갈 준비해야지. 너나 나나 평소보다 늦었는데."

"예? 아아…… 아! 예."

맞다. 깜빡 잊고 있었다. 서인은 제 본분조차 까맣게 망각한 채 모윤과 동모와의 아침 식사에 푹 빠져 있다가 꿈에서 깨어난 사람처럼 눈을 깜빡거렸다. 그리고 아쉬운 마음에 느릿느릿 자리에서 일어섰다. 동모가 빈 그릇을 챙겨 일어서려는 걸 보고 황급히 손을 내저었다.

"제가 할게요, 아저씨!"

"됐어. 어서 학교 갈 준비해야지."

"그렇지만……."

서인은 동모의 불편한 한쪽 팔을 보며 주저했다. 그녀의 시선이 어디에 고정되어 있는지 알아차린 동모가 껄껄 웃으며 불편한 팔로 그릇을 끌어안아 담고는 눈을 찡긋거렸다.

"아저씨가 이 정도 능력은 되거든. 그러니 괜히 마음 쓰지 말고 어서 가 봐, 서인아."

"……예."

동모의 어눌한 발음은 종종 알아듣기 힘들 때도 있다. 하지만 서인은 그 속에 숨겨진 강인한 정신과 따스한 마음을 알기에, 동모가 건네는 말 한마디가 참 소중하고 좋았다.

마치 아버지처럼.

그녀는 눈물이 맺히려는 걸 숨기며 환하게 웃은 뒤, 입을 열었다.

"그럼 가 볼게요, 아저씨. 아침 잘 먹었습니다!"

"그래. 언제든 밥 먹고 싶으면 또 오고."

"예!"

서인이 냉큼 대답하고는 동모와 모윤을 향해 꾸벅 인사하고 돌아섰다.

모윤은 현관을 막 나서는 서인의 뒷모습을 가만히 쳐다보다가 손으로 입가를 어루만진 뒤, 욕실로 향했다. 동모가 모윤을 힐끔 쳐다봤다가 시선을 옮겨 현관을 응시했다.

"……흐음."

동모의 입에서 의미를 알 수 없는 소리가 새어 나왔다.

* * *

"하아…… 수시 합격한 애들은 좋겠다."

인주가 모의고사 문제집을 끌어안은 채 장렬하게 전사하며 유언을 남기듯 비장하게 중얼거렸다. 그리고 제 옆에 앉아 멍하니 뭔가를 생각하고 있던 서인의 옆구리를 쿡, 찌르며 말을 이었다.

"야, 우서인아. 넌 아무렇지도 않아?"

"뭐가?"

"수능이 진짜 얼마 안 남았잖아. 스트레스 안 받아? 난 하루에도 몇 번씩 기분이 오르내리던데."

"별로."

서인이 시큰둥한 표정으로 대꾸했다. 인주는 서인을 흘겨보더니 입을 삐죽였다.

"너 재수 없어."

"훗."

이러면 더 재수 없지? 서인이 짐짓 뻐기는 표정을 지으며 덧붙였다. 그러자 그들의 맞은편에 앉아 있던 우환에게서 웃음이 터져 나왔다.

"쟤들은 어떻게 된 게 철도 안 드냐? 다민아, 진짜 유치하지 않아?"

"피장파장. 누가 누구더러 뭐라는 건지."

"뭐?"

우환의 말에 피식거리며 대꾸하던 다민이 들고 있던 펜으로 서인과 인주의 머리를 가볍게 때렸다.

"아얏!"

"아파!"

동시에 서인과 인주가 항의하며 그를 쳐다보았다. 다민은 단정한 얼굴로 그들을 바라보다가 검지를 들어 입술 위에 댔다.

"쉿."

"……뭐, 어때. 우리끼린데."

인주가 억울하다는 듯 웅얼거렸다. 교내의 스터디룸에 옹기종기 넷이서 모여 있었던 터라, 그들의 행동은 교실에서보다 자유로웠다. 그러나 그 자유가 방종으로 엇나가지 않도록 자제시키는 이가 바로 강다민이었다. 다민은 펼쳐 놓은 교재로 다시 시선을 옮기며 나직한 어조로 입을 열었다.

"우리끼리라고 해도 조심할 건 조심하고, 지킬 건 지켜야지. 수다 떨려고 스터디룸 빌린 거 아니거든?"

"……네에."

"네에에."

인주와 서인이 한꺼번에 대답했다. 다민은 철없는 친구들을 쳐다보다가 피식 웃고는 기지개를 켜며 고개를 뒤로 젖혔다. 서인이 다민을 물끄러미 쳐다보다가 입을 열었다.

"커피 뽑아 올까?"

"난 율무차!"

다민의 옆에 앉아 있던 우환이 냉큼 대꾸했다. 인주가 우환을 쳐다보다가 혼잣말처럼 중얼거렸다.

"율무차가 정력을 떨어뜨린다던데."

"야! 뭐, 뭐가 어쩌고 어째? 도인주, 너는 어떻게 된 여자애가 그, 그런 말을……"

인주의 중얼거림을 들은 우환은 사색이 되어 말까지 더듬었다. 다민은 고개를 저으며 서인을 향해 눈짓을 했다. 같이 나가자는 신호였다. 서인은 고개를 끄덕인 뒤, 말씨름을 시작한 인주와 우환을 두고 일어섰다.

"나는 밀크 커피!"

"나는 무조건 율무차!"

지금껏 율무차 먹었어도 아무 문제 없었거든? 우환이 눈을 부릅뜬 채 인주를 쳐다보며 다부진 표정을 지었다. 서인은 멀뚱히 우환을 쳐다보고 있다가 다민의 재촉을 받고 밖으로 나갔다.

복도는 어두웠다. 이미 모든 아이들이 하교한 뒤의 학교는 적막하기까지 했다. 다민과 서인은 자판기가 있는 계단 모퉁이 쪽으로 걸음을 옮겼다. 서인이 문득 궁금하다는 듯 다민에게 물었다.

"율무차가 진짜 정력을 떨어뜨려?"

"뭐?"

다민이 자판기 앞에 다다르자마자 들린 서인의 물음에 황당한 표정을 지으며 그녀를 돌아보았다. 자판기 위에 달린 작은 등에 비친 서인의 얼굴은 진지했다. 정말, 그냥 순수하게 궁금한 것이었다.

"나 참……. 그래서 애 있는 데서는 말조심을 해야 한다니까."

"내가 애야? 너랑 동갑인데?"

"말이 그렇다는 거야."

다민은 밀크 커피 버튼을 누르며 대꾸했다. 서인은 뚱한 표정으로 가만히 입을 다물고 있다가 다시 물었다.

"그런데 정말 율무차가 정력을 떨어뜨리는 거야?"

"그런 말은 좀……. 대체 그게 왜 궁금한데?"

"사실이면, 우리 모윤 씨는 못 먹게 해야지."

다민이 붉게 달아오른 얼굴을 감추며 짜증스러운 투로 묻자마자 서인이 배시시 웃으며 대답했다. 그 천연덕스럽고 당돌한 발언에 다민은 말을 잇지 못하다가 고개를 절레절레 흔들었다.

"하여간 너희랑 있으면 나까지 이상해질 거 같다니까."

다민은 우환이 주문한 율무차 버튼을 누르고 한숨을 내쉰 뒤, 말을 이었다.

"근거 없는 낭설이야."

"그래?"

"그래. 너는 뭐 마실 거야?"

"나도 당연히 커피…… 으앗!"

"커피 좋아하네. 넌 우유나 먹어, 우서인."

서인이 기다렸다는 듯 다민의 질문에 대꾸하는 찰나, 그녀와 다민 사이로 새하얀 손이 불쑥 들어와 우유 버튼을 눌렀다. 그리고 그들의 뒤에서 남자의 차분한 목소리가 이어졌다. 서인은 화들짝 놀라 몸을 휙 돌려 뒤를 돌아보았다. 모윤이 피곤한 표정으로 그들의 뒤에 서 있었다. 서인이 금세 반색하며 그를 불렀다.

"선생님! 아직 퇴근 안 하셨어요?"

"선생니이임? 좀 전에는 남의 이름 멋대로 부르더니?"

모윤이 빈정거리듯 대꾸하고는 서인의 옆에 있던 다민을 쳐다보았다. 다민이 고개를 까딱여 인사했다. 모윤은 그의 인사를 받으며 손가락으로 다민과 서인을 가리켰다.

"둘이 친한가 보네?"

'권나희'의 정체를 알게 되었던 날에도 느꼈지만 다민과 서인은 꽤나 친해 보였다. 물론 둘이 같은 반이라는 건 알고 있지만 같은 반 친구라는 걸 넘어서, 지난번에 동료 교사가 했던 말처럼 둘이 연애라도 하는 건가 싶을 정도였다. 게다가 아무도 없는 학교에 둘이 남아 있는 것을 보니 왜 그런지 기분이 묘했다.

뭐랄까. 속된 말로 그림이 된다고 해야 하나.

모윤은 그런 제 생각에 어이가 없어서 피식 웃었다. 하지만 모윤의 생각처럼, 다민과 서인은 제법 잘 어울렸다. 단정하고 곱상하게 생긴 다민과 성숙해 보이면서도 예쁘장한 서인은 교복 모델로 CF를 찍어도 손색이 없을 듯했다.

더구나 요즘처럼 이성 교제가 흔하디흔한 세상에서는…….

모윤은 무심코 이어지던 생각에 갑자기 입맛이 쓴 것을 느끼며 미간을 찌푸렸다. 뭔가 불쾌했다. 하지만 그는 자신이 느낀 불쾌한 기분의 원인을 찾으려 하지 않고 애써 무시했다. 그 순간, 다민이 보란 듯이 고개를 끄덕이며 대꾸했다.

"예, 친해요. 서인이랑 중학교 때부터 단짝이었어요, 선생님."

"……."

기분 탓일까. 모윤은 다민의 말에서 은근히 '선생님'이란 호칭에 힘이 들어간 것 같단 생각을 했다. 그는 피식 웃으며 가벼운 투로 다민의 말을 받았다.

"어차피 다른 사람도 없는데 편하게 말해."

"……."

"왜? 싫어?"

"싫은 건 아니지만…….."

다민이 슬그머니 말끝을 흐리더니 서인을 돌아보았다. 그리고 잠시 난처해하는 얼굴로 그녀를 쳐다보다가 말했다.

"우리 형 친구야."

"응?"

"길모윤 선생님. 우리 형 친구라고."

"진짜?"

멀뚱멀뚱 그들이 대화하는 모습을 바라보던 서인이 다민의 말을 듣고는 눈을 동그랗게 뜬 채 고개를 돌려 모윤을 쳐다보았다. 모윤이 어깨를 으쓱이더니 툭, 말을 던졌다.

"왜 그렇게 쳐다봐?"

"역시 우리는 운명이었나 봐요."

"뭐?"

서인의 대답에 모윤이 황당한 얼굴로 쳐다보았다. 다민 역시 어이없다는 듯 그녀를 쳐다봤지만, 서인은 아랑곳하지 않고 말을 이었다.

"저는 다민이랑 친구. 선생님은 다민이 형님이랑 친구. 이것만 봐도 또 운명이잖아요."

"아, 그 개떡 이론?"

모윤은 피식 웃으며 서인에게 대꾸하고는 턱짓으로 자판기를 가리켰다.

"우유 다 식었겠다."

"아! 맞다!"

인주랑 우환이가 기다릴 텐데! 서인이 호들갑스럽게 자판기로 몸을 돌렸다. 그녀를 잠시 쳐다보던 모윤이 다민을 향해 물었다.

"친구들이랑 남아 있는 거야?"

"응. 스터디룸에 모여서 공부하느라고."

"……그래."

"그럼 우리 가 볼게, 형."

다민이 서인에게서 우환과 인주에게 가져다줄 것까지 받아서 양손에 나눠 들고 몸을 돌렸다. 서인 역시 어정쩡한 자세로 인사를 하고 몸을 돌리려는데, 모윤의 목소리가 들렸다.

"우서인은 잠깐 나 좀 보고 가."

"예?"

서인이 갑작스러운 모윤의 말에 당황한 듯 어리둥절한 표정을 지었다. 하지만 더 당황한 쪽은 모윤이였다.

내가 왜 그랬지?

모윤은 속으로 자신에게 물어보았다. 왜 갑자기 서인을 불러 세웠는지, 스스로 납득이 되지 않았다. 하지만 그는 평온한 표정을 가장한 채 말을 이었다.

"얘기할 게 있어서 그러니까 상담실로 따라와."

"예……."

너 먼저 들어가, 다민아. 서인이 고개를 갸웃거리면서도 다민을 향해 말했다. 다민은 가만히 모윤을 쳐다보다가 서인에게로 시선을 옮긴 뒤, 고개를 끄덕였다. 그리고 스터디룸이 있는 쪽으로 몸을 돌렸다.

모윤 역시 반대 방향으로 몸을 돌렸다. 그의 뒤를 따라오는 작은 발소리가 들렸다. 어두운 복도를 걷고 있어서일까. 앞을 바라보고 있는 시각은 슬쩍 물러나고, 등 뒤에서 따라오는 이의 발걸음 소리를 듣는 청각만이 예민하게 반응하는 듯싶었다.

"저기, 선생님."

"왜."

아무도 없는 복도에 그들의 목소리만이 울렸다. 그것이 또한 이상한 감각을 자아냈다. 모윤은 상담실 앞에 서서 고개를 돌렸다.

자신을 따라온 서인이 말간 눈으로 물끄러미 바라보고 있었다. 그는 황급히 시선을 내리깔고 상담실 문을 열었다. 그러자 서인이 냉큼 상담실 안으로 들어갔다.

"……아."

서인이 상담실 의자에 앉으려다 말고 엉거주춤한 자세로 외마디 말을 뱉었다. 모윤은 혼란스러운 제 자신을 추스를 새도 없이 서인을 쳐다보았다. 서인이 그와 눈이 마주치자 생긋 웃더니 입을 열었다.

"제 우유까지 다민이한테 줘 버려서요."

"새로 뽑아다 줄까?"

"아니요."

서인은 고개를 설레설레 저은 뒤, 의자를 빼고 앉았다. 모윤은 자신을 빤히 올려다보는 시선에 갈증이 일어서 상담실 구석에 있던 소형 냉장고 문을 열었다. 그러자 서인이 고개를 쭉 빼고 냉장고 쪽을 보더니 우와, 하며 말을 이었다.

"상담실에는 냉장고도 있네요. 그 안에 맛있는 거 있어요?"

"물밖에 없어. 물 줄까?"

"에이…… 실망이야. 싫어요."

서인은 금세 흥미를 잃었다는 듯 대꾸하고는 고개를 이리저리 돌리며 상담실 구경을 했다. 그러는 사이에 모윤은 들고 있던 가방을 탁자 위에 내려놓고 그녀의 맞은편 의자에 앉았다. 그리고 꽉 조이던 넥타이 매듭을 슬쩍 느슨하게 풀었다.

"선생님, 그렇게 하니까 진짜 멋있어요."

"뭐?"

모윤은 서인의 말에 무심코 그녀를 쳐다보았다. 서인이 눈을 반짝이며 볼까지 붉힌 채 자신을 바라보고 있었다. 설마······. 그는 넥타이 매듭을 풀던 손이 갑자기 어색해져서 그대로 아래로 내렸다.

"흐응······ 멋있는데."

서인은 아쉽다는 듯 투덜거렸다. 모윤이 그 모습을 애써 보지 못한 척 시선을 내리고 있는데, 다시 그녀의 목소리가 이어졌다.

"그런데 선생님, 왜 따라오라고 하신 거예요?"

"어?"

"얘기하실 거 있다고 하셨잖아요. 뭔데요?"

어쩐지 빨리 얘기할 거 하고 보내 달라는 듯 재촉하는 서인의 목소리에, 모윤은 갑자기 기분이 상해서 미간을 찌푸렸다.

"나 좋아한다던 거, 전부 거짓말인가 보다?"

"예? 거짓말이라니요! 아니거든요?"

"그런데 왜 그렇게 급해?"

모윤이 퉁명스러운 투로 물었다. 서인은 모윤의 말에 잠시 멍한 표정을 짓다가 이내 씩 웃더니 몸을 앞으로 기울이며 물었다.

"선생님, 지금 질투했죠?"

"뭐라고? 질투?"

"예. 질투."

서인은 고개를 끄덕이며 확신하듯 웃었다. 모윤이 말도 안 된다는 표정을 짓더니 헛기침을 했다. 그의 목덜미에 희미하게 붉은 기운이 돌았다. 그녀는 그것을 보고도 짐짓 보지 못한 척 눈을 내리깔았다. 가슴이 주체할 수 없을 만큼 뛰었다. 가볍게 농담이나 장난조차 할 수 없을 정도로.

"······질투라고?"

모윤이 피식 웃으며 생전 처음 배운 단어를 되뇌듯 중얼거리다가 맞은편에 앉은 채 슬쩍 고개를 숙이고 있는 서인을 바라보았다.

처음 만났던 날처럼.

테이블을 사이에 놓고 마주 보고 앉았던 날처럼.

그의 눈빛이 흔들리는 듯싶더니 이내 눈꺼풀 안으로 숨어 버렸다. 그리고 잠시 시간이 지난 후, 모윤의 입이 열렸다.

"질투 아닌데."

어쩌면 질투인지도 모르지.

모윤은 제 입으로 나온 말과 가슴속에서 나온 말이 서로 다르다는 걸 무시하며, 거듭 말했다.

"착각도 적당히 해, 우서인. 그만 가라. 친구들 기다리겠다."

"선생님."

"그냥, 공부 열심히 하라는 말…… 그래, 그 말을 하려고 따라오라고 한 거야."

모윤이 피곤한 기색이 짙은 얼굴을 두 손으로 쓸어내리며 말을 이었다. 서인은 입술을 꾹 깨문 채 모윤을 노려보다가 그대로 벌떡 일어났다.

"거짓말."

그녀는 그 말만을 남겨 놓은 채 돌아서서 상담실 문을 열고 나갔다. 그리고 쾅, 요란한 소리와 함께 문이 닫혔다.

서인은 가방을 멘 채 터벅터벅 걸음을 옮겼다. 마음이 무거워서 그런지 발걸음도 무거웠다. 그녀는 운동화 바닥을 질질 끌며 걷다가 걸음을 멈추고 고개를 돌렸다. 옆집 대문이 바로 눈앞에 보였다.

"거짓말쟁이."

서인이 심통 난 목소리로 중얼거렸다. 그리고 곧바로 시무룩한 얼굴로 걸음을 옮겼다. 아니, 걸음을 옮기려 했다. 하지만 그녀는 발을 떼지도 못한 채 대문 옆에 기대어 서 있다가 자신을 돌아본 모윤을 발견하고 얼어붙었다.

"공부하다 이제 와?"

"······예."

서인은 모윤의 물음에 간신히 대꾸한 뒤, 제집으로 들어가기 위해 발을 떼었다. 그의 목소리가 다시 이어졌다.

"아무리 그래도 어두워지기 전에는 가급적 집에 들어가. 날도 일찍 저무는데, 여자애가 어두워진 뒤에 돌아다니는 거 아니야."

"······."

뭔가가 속에서 울컥거렸다. 서인은 답답함을 느끼며 다시 멈춰 섰다. 그리고 가만히 땅바닥만 응시하고 있다가 고개를 들어 모윤을 쳐다보았다. 모윤은 하늘빛 니트 하나를 걸친 차림새였다. 단정한 얼굴과 어쩐지 잘 어울린단 생각이 들었다. 답답한 와중에도 그런 생각이 드는 게 좀 웃긴 것도 같아서, 서인이 픽 웃었다. 그녀는 모윤을 똑바로 응시하며 물었다.

"아까 질투한 거죠?"

"······."

학교 상담실에서 했던 질문을 또다시 받은 모윤은 말문이 막힌 사람처럼 대답하지 못했다. 그의 눈앞에 서인과 다민이 나란히 서 있던 모습이 다시 한 번 아른거렸다. 그것이 의미하는 바가 무엇인지는 명확했다.

그래.

모윤은 한 손으로 제 얼굴을 가리며 실소했다. 이 나이 먹어서, 어린애들을 보며 질투했다.

그래서? 그 대답을 듣고 싶은 거야?

"선생님이 질투해 준 거면 좋겠어요. 그럼 오늘은 밥 안 먹고 자도 배부를 것 같아."

"……은근히 자꾸 말이 짧아진다?"

"꼭 그런 것만 예민하게 잡아내고."

서인이 입을 삐죽이며 투덜대고는 개구쟁이처럼 웃으며 모윤에게 달리다시피 다가가 그의 허리를 끌어안았다. 모윤은 미처 막을 틈도 없이 달려든 서인을 밀어내지도 못하고 어정쩡하게 몸을 뒤로 물렸다. 하지만 이미 모윤의 허리를 끌어안은 서인은 작정했다는 듯 그의 가슴팍에 뺨을 대고 말했다.

"발랑 까졌다고 흉을 보셔도 어쩔 수 없어요."

"우서인."

"선생님이 정말 좋아요."

"……."

"진짜 많이 좋아요. 선생님이 아까 질투했다고 생각하니까 정말 좋았어요. 그런데 아니라고 하니까, 그만큼 많이 슬펐어요."

"……."

모윤은 제 허리를 끌어안고 있는 서인을 가만히 내려다보다가 손을 들어 이마를 짚었다. 그리고 조금 머뭇거리던 손이 그녀의 어깨 위로 닿을락 말락 내려갔다.

꼬르륵.

하지만 모윤의 손이 서인의 어깨에 닿기 직전에 그녀의 배에서 소리가 났다. 모윤은 황급히 아무 일도 없었던 듯 그녀를 밀어낸 뒤, 몸을 돌렸다. 서인이 자신에게 등을 보이고 돌아선 모윤을 쳐다보는데, 그의 목소리가 들렸다.

"밥 먹고 싶으면 따라와."

"……예?"

"싫으면 말고."

"아, 아니요! 안 싫어요!"

서인이 고개를 설레설레 저은 뒤, 모윤의 뒤를 따라갔다. 그는 제 뒤를 따라오는 작은 발소리를 들으며 대문을 밀었다. 상담실로 향하던 복도에서와 마찬가지로.

그래. 질투했다.

옆집 빈대 옆에 붙어 있는 녀석에게.

모윤은 뒤를 돌아보고 서인을 향해 말했다.

"야, 우빈대. 빨리 따라와. 밥 안 준다?"

"아! 치사하게! 마당까지 들어왔으면 당연히 줘야죠! 게다가 우빈대는 또 뭐래요? 문학 선생님이면서, 막 그렇게 이상한 말을 써도 되는 거예요?"

서인이 흘러내린 가방끈을 추스르다가 투덜대며 발걸음을 재촉했다. 마당을 가로지르는 모윤과 서인의 머리 위로 달빛이 부드럽게 내려앉았다.

9

비난은 온전히 나의 것

흠. 이것도 아니야.

서인은 거울 속의 자신을 보다가 얼굴을 찡그렸다. 그러더니 입고 있던 니트를 냉큼 벗어 버렸다. 가느다란 팔과 적당히 봉긋한 가슴, 잘록한 허리가 거울에 비쳤다. 그녀는 그 상태 그대로 거울을 보며 이리저리 움직였다.

이 정도면 그래도 꽤 괜찮은 거 아닌가.

서인이 민망함을 무릅쓰고 본인의 몸매를 상당히 높게 평가하다가 브래지어 컵 아랫부분에 손을 대 보고는 중얼거렸다.

"가슴이 조금만 더 컸어야 하나……."

남자들은 가슴 큰 여자를 좋아한다던데. 서인이 어디선가 봤던 것 같은 속설을 떠올리며 아쉽다는 듯 입을 삐죽였다. 그녀는 살짝 돌아서서 이번에는 제 엉덩이를 거울에 비춰 보며 고개를 갸웃거렸다.

엉덩이도 조금 더 펑퍼짐해야 하는 거 아닌가…….

서인의 엉뚱한 생각이 이리저리 이어지려는 찰나, 휴대폰 문자 알람이 울렸다.

[대문 앞.]

"흐어억!"

서인은 엉뚱한 생각이고 뭐고 더 이상 잇지 못하고는 황급히 침대 위에 던져 놓았던 아이보리색 니트에 짧은 치마를 입고 방 밖으로 나갔다. 그리고 현관으로 나가려던 찰나, 안방에서 나온 나경과 맞닥뜨리고 말았다.

"어, 엄마……."

"……."

나경은 아침부터 와인을 마시고 있었는지 조금은 흐트러진 모습으로 서인을 쳐다보았다. 항상 마주하면 나경은 신경질부터 내며 서인을 외면했는데, 오늘은 웬일인지 그녀에게서 시선을 떼지 않았다. 서인은 나경의 태도에 당황해하며 고개를 떨궜다. 그 순간, 나경의 목소리가 들렸다.

"예쁘네."

"……예?"

서인의 눈이 휘둥그레졌다. 그러나 나경은 언제 그런 말을 했던가 싶게 싸늘한 시선으로 그녀를 응시하더니 다시 비틀거리며 안방으로 들어갔다. 거실에 홀로 남은 서인만이 당황한 기색을 지우지도 못한 채 잠시 그 자리에 서 있었다.

엄마가…… 나더러 예쁘다고 한 거 맞지?

그녀의 눈에 눈물이 가득 고였다. 그와 동시에 입술도 파르르 떨렸다. 서인은 저도 모르게 눈물이 떨어지려는 걸 황급히 손등으로 닦은 뒤, 입꼬리를 올렸다. 그리고 두 주먹을 야무지게 쥔 채 속으로 외쳤다.

아싸!

서인은 싱글벙글 웃으며 몸을 돌렸다. 뭔가 오늘은 좋은 일이 있을 것 같은 예감이 들었다. 모윤과의 데이트(?)가 있는 날이니 당연히 그럴 거라 생각했지만, 뜻하지 않게 이렇듯 예쁘단 말까지 엄마에게 들었으니 말이다. 그녀는 헤헤, 하고 웃으며 현관에서 신발을 신으려다가 아, 하고 제 머리를 쥐어박았다.

인슐린 챙기는 걸 깜빡했다.

그와 어디에 가는 건지 몰라도, 어쨌든 밥은 먹을 테니 말이다. 서인은 다시 몸을 돌려 주방으로 향했다. 대문 앞에서 기다리고 있을 모윤 때문에 그녀의 발걸음은 바빴다. 하지만 주방 앞에 다다른 순간, 그녀는 그 자리에 붙박이기라도 한 듯 멈춰 서고 말았다.

나쁜 새끼.

개자식.

안방에서 울음과 함께 섞여서 새어 나오는 목소리에 발목을 잡히기라도 한 것처럼, 순식간에 다리가 무거워졌다. 서인은 입가에 가득 번져 있던 웃음기를 지우고 억지로 발을 옮겼다. 그리고 터벅터벅 냉장고로 향했다. 냉장고 문을 열고 노보래피드를 꺼내 든 손이 하얗게 질려 있었다.

난 정말 쟤가 싫어.

당신을 닮았어.

끔찍해.

서인은 안방에서 새어 나오는 나경의 말을 묵묵히 들으며 현관으로 향했다. 그리고 신발을 신고 현관문을 열었다.

모윤은 자신의 자동차 보닛 위에 가방을 내려놓은 채 하늘을 올려다보다가 힐끗 서인의 집 쪽을 쳐다보았다. 굳게 닫혀 있는 대문은 여전히 열릴 생각을 하지 않았다.

"내가 보낸 문자를 씹기라고 했나……."

분명히 '대문 앞'이라고 보낸 게 조금 전의 일인데 말이다. 그는 미간을 찌푸리며 다시 하늘을 바라보기 위해 고개를 뒤로 젖혔다. 그 순간, 철컹거리며 대문이 열리는 소리가 들렸다. 모윤은 황급히 고개를 돌리며 타박하듯 입을 열었다.

"우서인, 약속이란 건 지키라고 있는 거야. 어기라고 있는 게 아니라고. 알아들어?"

"……죄송해요."

서인은 잔뜩 가라앉은 목소리로 사과하며 고개를 숙였다. 어, 이게 아닌데. 모윤은 순간적으로 예상치 못한 서인의 모습에 당황하며 눈을 깜빡였다. 평소 같았다면 이 정도의 타박 정도야 생글생글 웃으면서 말대답 꼬박꼬박 하며 넘어갈 터였다. 그는 손으로 턱을 만지며 서인을 가만히 쳐다보았다.

어제, 아니, 오늘 아침까지만 하더라도 잔뜩 들떠 있던 애였다. 아침에 일어나자마자 받았던 문자만 봐도 그랬다.

[쌤! 오늘은 일요일! 데이뚜하는 날이에욧! 꺄아! ＞.◁]

잔뜩 흥분한 게 그냥 문자만 봐도 저절로 느껴질 정도였다. 그런데 불과 두어 시간 만에 완전히 다른 사람이 되어 버리기라도 한 듯한 상황이라니. 모윤이 슬쩍 서인의 눈치를 살피다가 입을 열었다.

"아침밥은 먹었어?"

"예? 아아, 예에……."

서인이 모윤을 쳐다보더니 작은 소리로 대답했다. 그는 왜 그런지 못마땅한 기분이 들어서 얼굴을 찡그리며 다시 그녀를 향해 말했다.

"예쁘네."

"……예?"

"예쁘다고."

서인이 마치 듣지 말아야 할 말을 들은 사람처럼 눈을 크게 뜨고 쳐다봤다. 모윤은 그런 서인의 시선을 마주하며 재차 확인시키듯 대꾸했다. 보통 여자들은 예쁘다는 말을 좋아하니까. 그는 그런 가벼운 마음으로, 그리고 실제로 서인이 예쁘기는 하다는 생각을 하면서 말했다.

그런데 어째서일까.

서인의 눈에 눈물이 가득 고이는 듯싶더니 그대로 뚝뚝 떨어지기 시작했다. 마치 예쁘다는 말 대신 욕이라도 한 바가지 들은 사람처럼, 말이다. 모윤은 당황해서 어쩔 줄 몰라 하다가 머릿속에 손가락을 넣어 마구 긁적인 뒤, 입을 열었다.

"내가 뭐, 잘못했어?"

"……."

"우서인, 대답 좀 해 봐. 내가…… 선생님이 뭘 잘못한 게 있냐고. 그런 게 있으면 말로 할 것이지, 보자마자 다짜고짜 울기부터 하면 어쩌자는 거야?"

서인은 대답 대신 고개를 마구 흔들었다. 좀 전에 나경에게 들었던 말을 똑같이 모윤에게서 듣게 될 거라고는 생각하지 못했던 탓인지, 그녀의 감정이 마치 폭풍이라도 얻어맞은 파도처럼 마구 출렁거렸다. 그래서 서인은 스스로 자제할 새도 없이 모윤을 꽉 끌어안았다.

"우서……."

모윤은 갑작스러운 서인의 행동에 한 걸음 뒤로 물러섰다가 그대로 자신을 끌어안은 채 소리 없이 흐느끼는 서인을 내려다보았다. 셔츠의 앞부분이 젖어 드는 것을 느끼면서도 주저하던 그가 마침내 손을 위로 올렸다.

닿을 듯 말 듯, 모윤의 손이 서인의 머리 위에서 맴돌았다. 동네 주민들 중 누가 볼 수도 있는 골목에서 이러고 있는 게 자신이나 서인에게 얼마나 위험한 행동인지, 모윤은 잘 알고 있었다. 그러나 그는 서인을 떠미는 대신, 조심스럽게 힘을 주어 그녀의 머리를 쓰다듬었다.

소리도 내지 못하고 우는 아이를 차마 밀어낼 수 없었다.

아니, 사실은 핑계일지도 모른다. 모윤은 자기 자신을 비웃으며 서인의 머리를 가만히 쓰다듬다가 입을 열었다.

"주사 챙겨 왔어?"

"예? 예에, 그런데요. 그런데 우리 어디 가요?"

서인이 흐느끼다 말고 젖은 눈가를 닦지도 않은 채 고개를 들어 그를 올려다보았다. 모윤은 속눈썹까지 촉촉하게 젖은 서인을 바라보다가 갑자기 속에서 열기가 치미는 것 같아서 뒤늦게 그녀를 밀어냈다. 하지만 서인은 서운하지 않은 듯 뒤로 물러서더니 슬그머니 얼굴을 붉혔다. 그녀 스스로도 자신이 누구의 품에 안겨 있었는지 깨달은 모양이었다. 모윤이 어색한 마음을 추스르며 아무렇지 않은 어조로 대답했다.

"친구가 하는 빵집."

"예?"

"일단 차에 타."

모윤이 서둘러 몸을 돌리며 주머니에서 차 키를 꺼냈다. 열기가 올라온 것인지 얼굴이 뜨끈뜨끈했다.

＊ ＊ ＊

"어……."

서인은 제 앞에 얼굴을 들이댄 빵집 주인 남자를 빤히 쳐다보며 눈만 깜빡였다. 그녀의 머릿속이 혼란스러워졌다.

강다민이다!

다민이가 왜 여기에 있지?

아니, 게다가 다민이가 왜 이렇게 갑자기 폭삭 늙어 버린 거야?

다민아! 대체 못 본 하루 사이에 너한테 무슨 일이 있었기에!

다민과 닮은 남자의 얼굴을 계속 바라보고 있는 서인을 힐끗 쳐다보던 모윤이 그녀의 혼란을 단번에 해결해 주었다.

"강다민의 친형이야. 내 친구."

"……예?"

"뭐? 아니, 이 아가씨가 우리 다민이를 알아?"

서인과 머루가 동시에 모윤을 쳐다보았다. 모윤이 잡지를 뒤적이다가 어깨를 으쓱이며 대꾸했다.

"강다민 친구 우서인. 강다민 형 강머루."

"……다민이 형님?"

서인이 깜짝 놀랐다는 듯 빵집 주인, 강머루를 돌아보았다. 머루 역시 뜻밖의 인연에 잠시 황당하다는 표정을 짓다가 이내 서인을 쳐다보며 웃었다.

"다민이 형님이라니. 그게 뭐야. 오빠라고 불러. 머루 오빠, 하고."

참! 말은 편하게 놔도 되지? 머루가 냉큼 서인에게 눈을 찡긋거리며 물었다. 서인은 얼떨떨한 얼굴로 고개를 끄덕이다가 개구지게 웃었다.

"예, 머루 오빠. 그런데 다민이랑 진짜 닮았어요. 좀 전에는 다민이가 왜 여기에 있나, 하고 놀랐다니까요."

그리고 왜 폭삭 늙었나 하기도 하고요. 서인은 뒷말은 굳이 입 밖으로 꺼내지 않았다. 아무래도 '노안'에 시달려 봤던 서인이니, 늙어 보인다거나 하는 게 얼마나 스트레스를 주는 일인지 잘 알고 있어서였다.

"하하. 그래? 우리 막내랑 내가 좀, 닮았다는 말을 많이 듣기는 해. 나이 차이가 많이 나는데도, 사람들이 종종 헷갈려 하더라고."

머루가 서인의 말에 싱글벙글 웃더니 뿌듯한 얼굴로 대꾸했다. 저, 저 모자란 놈. 모윤은 한심하다는 시선을 친구에게 던지다 말고 얼굴을 찡그렸다.

그나저나 오빠라니.

"그리고 우서인, 너 말이야."

"예?"

"아저씨라고 불러."

"예?"

서인이 모윤의 말을 듣고도 이해하지 못해 눈만 깜빡였다. 모윤은 머루를 턱짓으로 가리키며 말을 이었다.

"너보다 열세 살이나 많은 놈한테 오빠 소리가 나오냐. 아저씨라고 불러."

본인이 머루와 동갑이라는 사실을 망각한 채 모윤은 못마땅한 표정으로 혀를 찼다. 대체 나이 먹은 남자한테 오빠란 호칭이 어울리느냐 말이다. 그런 모윤을 쳐다보던 서인의 표정이 이상해지는 것과 동시에 머루에게서 웃음이 터져 나왔다.

"하하! 아, 내가 미쳐."

머루가 킬킬대며 웃다가 손을 내저은 뒤, 다시 입을 열었다.

"잠깐만 기다려. 이 '아저씨'가 특별히 우서인 양을 위해서 만들어 놓은 게 있으니까."

누구의 간절한 부탁으로 말이지. 머루는 일부러 들으란 듯이 모윤을 힐끔 쳐다보며 덧붙여 말했다. 그러나 모윤은 마치 자신과는 아무 상관도 없다는 듯 냉랭한 얼굴로 그의 시선을 받아칠 뿐이었다.

저거, 저거…… 아주 제대로 질투하는구만.

머루는 기가 막혀서 혀를 끌끌 차며 모윤을 쳐다보다가 고개를 저은 뒤, 안쪽으로 들어갔다. 그리고 서인이 그때까지도 어리둥절한 표정을 짓고 있다가 모윤을 쳐다보았다. 모윤이 서인과 눈이 마주치자마자 물었다.

"왜?"

"아저씨라고 불러 드려요?"

"뭐라고? 갑자기 무슨 소리야?"

"저기, 머루 아저씨랑 친구라면서요."

서인이 안쪽에서 바쁘게 뭔가를 하고 있는 머루를 가리키며 대꾸했다. 모윤은 얼굴을 구기며 혀를 찼다. 뒤늦게 자신이 얼마나 치졸한 짓을 저질렀는지 자각한 탓이다. 그는 얼굴이 화끈거리는 것을 짐짓 모르는 척 감춘 채 입을 열었다.

"선생님."

"예?"

"선생님이란 멀쩡한 호칭 놔두고 웬 아저씨 타령이야?"

모윤은 괜히 투덜대며 서인을 타박하고는 마침 다시 뭔가를 쟁반 가득 담아서 가지고 돌아온 머루에게 시선을 던졌다. 서인 역시 샐쭉한 표정을 짓다가 머루가 테이블 위에 내려놓은 것을 호기심 어린 눈으로 보았다.

"쿠키예요?"

"응. 일단 이것 좀 먹고 있어. 어이, 길 선생은 나 좀 잠깐 보지?"

머루가 서인에게 웃으며 대답하고는 모윤을 향해 안쪽으로 들어오라는 듯 눈짓을 보냈다. 모윤은 피식 웃으며 자리에서 일어났다. 그리고 쿠키를 막 집어서 먹으려던 서인을 향해 말했다.

"먹고 있어."

"어디 가세요?"

"잠깐, 저기 안쪽에."

"예, 다녀오세요."

서인은 모윤의 말을 듣자마자 고개를 끄덕였다. 모윤의 한쪽 눈썹이 쓰윽, 올라갔다. 아쉽다는 기색이 보이지 않는 게 어쩐지 못마땅했다. 그러나 그는 별다른 내색을 하지 않고 머루가 들어간 곳으로 몸을 돌렸다.

"지극정성 쏟을 만하네. 애가 귀엽던데?"

모윤이 안쪽으로 들어가자마자 머루가 기다렸다는 듯 싱글거리며 말을 걸었다. 모윤은 힐끗 머루를 쳐다보더니 서늘한 얼굴로 물었다.

"케이크 만들어 놓은 거나 내놔."

"어이구, 빨리 갖다 주고 싶으세요?"

머루가 키득거리며 짓궂은 표정으로 놀리더니 이내 선반 위에서 케이크를 하나 꺼내 뒤쪽에 있던 탁자 위에 조심스럽게 내려놓았다. 아무런 장식도 없이 새하얀 케이크가 마치 눈덩어리처럼 보였다. 모윤이 진지한 얼굴로 케이크를 쳐다보다가 머루를 향해 물었다.

"우유야?"

"응. 설탕 덜 넣은 대신, 우유를 듬뿍 넣었지. 우유 맛이 진해서 꽤 고소할걸?"

모윤의 질문에 대답하는 얼굴이 꽤 뿌듯해 보였다. 모윤은 머루를 잠시 쳐다보다가 입꼬리를 올리고는 케이크를 다시 쳐다보았다. 그 모습이 진지한 탓에 머루는 더 이상 농담을 건네지 않고 슬쩍 뒤로 물러섰다.

모윤의 섬세한 손길이 한 번씩 지나갈 때마다 새하얗던 케이크 위에 소복소복 눈이 내리더니 작은 집 하나가 금세 우뚝 솟았다. 그 앞에는 마당이 펼쳐졌고, 한쪽 구석에는 초콜릿 강아지 한 마리가 꼬리를 세운 채 혀를 내밀었다.

저, 저놈 봐라.

지금까지 나한테 보여 줬던 건 전부 건성이었구나.

머루는 제 눈앞에서 펼쳐지는 마술과도 같은 광경에 입을 쩍 벌리고 있다가 모윤이 손을 떼고 구부리고 있던 허리를 펴자마자 달려들었다.

"모윤아!"

"아, 징그럽게 왜 이래?"

모윤이 자신에게 금방이라도 안길 듯 달려든 머루를 피해 몸을 물리며 짜증을 냈다. 그러거나 말거나 머루는 눈을 빛내며 큰 소리로 외쳤다.

"안 되겠다! 선생 때려치워라. 너 같은 인재가 학교에서 썩는 꼴을, 나는 눈 뜨고 있는 동안에는 볼 수가 없어."

"그럼 낮잠이라도 자."

모윤은 머루의 말을 흘려들으며 싱거운 대답을 뱉은 뒤, 자신이 꾸민 케이크를 다시 한 번 꼼꼼하게 바라보았다.

좋아하려나?

그는 턱을 매만지며 케이크를 쳐다보다가 두 손으로 그 아래의 판을 받쳐 들었다. 그리고 나가기 위해 몸을 돌리는데, 머루가 언제 장난을 했던가 싶게 진지한 얼굴로 물었다.

"너한테 사기 쳤다던 애가 쟤야?"

"응."

사기라니. 제 입으로 말해 놓고도 뭔가 어울리지 않는단 생각이 들었다. 모윤이 피식 웃으며 고개를 끄덕이자 머루가 한숨을 내쉬더니 다시 그를 향해 입을 열었다.

"많이 좋아하냐?"

"뭐?"

"나이에 상관없이 많이 좋아하나 본데. 괜찮겠어? 학교 제자잖아."

"무슨 헛소리야?"

모윤이 머루의 말에 실소하며 고개를 저었다. 하지만 머루는 그를 쳐다보다가 불쑥 말했다.

"너 말이야. 쟤한테 아주 푹 빠진 것 같다고."

"뭐?"

"네가 누군가에게 이렇게 정성스럽게 뭔가를 해 주는 거, 처음 봤어. 그 케이크를 보고 솔직히 말해 봐. 쟤한테 진짜 아무 마음도 없어? 아무 마음도 없는데 굳이 데려와서, 직접 케이크를 장식까지 해 가면서 갖다 줘?"

"……아픈 애라 그래. 혈당 올라가는 거 고민 덜 하면서 편하게 먹어 보게 하려고. 내가 명색이 쟤 다니는 학교 선생인데, 그 정도

215

는 신경 써도 되는 거잖아."

모윤은 목구멍에 뭔가가 걸린 것만 같은 느낌을 애써 무시하며 가까스로 말을 뱉었다. 그리고 머루의 말이 이어지기 전, 급히 케이크를 들고 밖으로 나갔다.

서인이 턱을 괸 채 전면 유리 밖의 풍경을 바라보고 있는 모습이 눈에 들어왔다. 가을 햇살이 들어오는 자리에 앉아 있는 그녀는 마치 수채화 속의 인물처럼 풍경에 녹아 있는 듯했다. 그는 제 품에 안겨서 흐느껴 울던 서인을 떠올렸다. 수채화 물감이 물에 녹아 퍼지듯 그녀의 슬픔이 햇살에 퍼져 가는 것도 같았다.

"뭘 보고 있어?"

모윤은 아무렇지 않게 성큼성큼 다가가 테이블 위에 케이크를 내려놓으며 입을 열었다. 그러자 서인이 마치 꿈에서 깨기라도 한 표정으로 커다란 눈을 깜빡이더니 테이블 위의 케이크를 보고 입을 달싹였다. 동그랗게 뜬 눈이 더욱 커지는 것만 봐도 그녀가 꽤 많이 놀랐다는 걸 짐작할 수 있었다. 그는 의자를 빼서 앉으며 짐짓 시큰둥한 표정을 지었다.

별것 아니라는 듯.

"먹어. 많이 달지 않을 거야. 설탕 덜 넣고 우유를 더 많이 넣었대."

"이, 이게 케이크라고요?"

서인은 놀란 어린아이처럼 눈을 휘둥그렇게 뜬 채 모윤을 향해 물었다. 그리고 모윤의 대답을 듣기도 전에 다시 고개를 숙여 케이크를 보더니 우와, 하고 감탄했다.

"정말 예뻐요……. 이걸 어떻게 먹어."

"어떻게 먹긴. 포크로 잘라서……."

"아, 안 돼요!"

모윤이 냉큼 포크를 들어 케이크 위를 자르려는 순간, 서인이 날카롭게 외치며 그의 손을 두 손으로 꼭 붙들었다. 순식간에 그들 사이에 어색한 분위기가 감돌았다. 서인은 자신의 손에 잡힌 남자의 손이 굉장히 따뜻하다는 생각을 했다. 그리고 그의 손목 근처에서 맥박이 뛰는 게 그녀의 손가락을 통해 전해졌다. 덩달아 서인의 가슴이 똑같은 리듬으로 뛰기 시작했다.

"잠깐만 그렇게 있어 봐! 나, 케이크 사진 좀 찍고!"

그때, 머루의 목소리가 들렸다. 서인과 모윤이 동시에 소리가 난 쪽으로 고개를 돌렸다. 어느새 휴대폰을 들고 온 머루가 케이크 앞에 다가오더니 사진을 찍기 시작했다. 그와 동시에 서인이 파르르 떨며 잡고 있던 모윤의 손을 놓았다. 하지만 모윤은 조금 전과 같은 행동을 하는 대신, 포크를 내려놓은 채 작게 숨을 내쉬었다. 그리고 테이블 아래로 손을 내린 뒤, 다른 손으로 제 손목을 쓸었다.

팔딱팔딱 뛰던 맥박이 여전히 진정할 줄 모르고 미친 듯 뛰고 있었다. 모윤은 제 상태를 깨닫고 입 안이 바싹 마르는 것을 느꼈다.

그래, 인정한다.

모윤은 자신이 서인에게 끌리고 있다는 것을 받아들였다. 그러나 받아들이는 것은 전적으로 그의 속마음일 뿐, 그것으로 인해 다른 변화가 있을 리 없었다. 그는 차분하게 가라앉은 얼굴로 서인을 쳐다보았다. 서인이 살짝 상기된 얼굴로 수줍게 시선을 내리깔고 있었다. 천연덕스럽게 자신을 향해 무작정 감정을 내보이던 모습과는 사뭇 달랐다.

하지만 어떤 모습이든지, 그녀가 자신에게 보이는 감정은 한결같았다. 모윤은 괜히 입 안이 껄끄러운 느낌에 미간을 찡그렸다.

그때 미간에 닿는 보드라운 감촉과 함께 목소리가 들렸다.

"자꾸 인상 쓰지 마세요. 그러다 늙으면 아예 주름이 자리 잡는다고요. 이렇게."

서인이 손가락으로 모윤의 미간을 꾹 누르며 다른 손으로 제 미간에 주름을 잡아 보이며 인상을 쓰는 시늉을 했다. 수줍어하던 기색은 어느새 온데간데없이 사라진 상태였다. 그저 보고만 있어도 좋다는 듯 반짝이는 눈동자가 새겨지듯 그의 눈 속에 파고들었다. 모윤은 다시 시선을 돌리며 입을 열었다.

"어쨌든 먹어 봐. 너 이거 먹이려고 데리고 온 거니까."

"……예?"

"당분 같은 거 부담 덜 느끼면서 먹으라고. 물론, 아예 걱정 없이 먹을 수 있는 건 아니겠지만."

모윤이 어색한 표정으로 자신의 목덜미를 쓸며 말을 이었다. 서인은 잠시 아무 말도 잇지 못한 채 그를 쳐다보다가 천천히 케이크로 시선을 움직였다.

새하얀 눈이 내린 풍경, 그 위에 아담한 집 한 채와 작은 강아지 한 마리가 있는 마당이 눈에 들어왔다. 그녀는 손가락으로 강아지를 조심스럽게 만지며 모윤을 향해 물었다.

"이거 초콜릿으로 만든 거예요?"

"응."

"헤헤…… 되게 귀여워요."

서인이 눈이 거의 감겨서 보이지 않을 정도로 눈웃음을 치며 대꾸했다. 그 순간, 머루가 카운터 쪽에서 목소리를 높였다.

"그거 다크 초콜릿이라 별로 달지 않을 거야."

"어? 그래요?"

"응. 모윤이가 특별히 신경 써 달라고 해서, 이 '오빠'가 신경 좀 썼지."

머루는 일부러 모윤에게 들으란 듯 '오빠' 소리를 강조하며 눈을 찡긋거렸다. 모윤은 머루를 힐끔 쳐다보다가 고개를 절레절레 저은 뒤, 서인을 향해 말했다.

"정신 나간 놈이랑 더 이상 대화하지 마. 상대해 주다 보면 자기가 정상인 줄 아니까."

"예?"

서인은 눈을 잠시 깜빡이다가 이내 까르르 웃음을 터뜨렸다. 그리고 모윤을 향해 웃으면서 말을 이었다.

"그런데 선생님은 머루 오빠, 아니, 머루 아저씨랑 친구라면서요. 그럼 선생님도 정신 나간 놈이에요?"

"뭐?"

모윤이 얼굴을 구기며 서인을 쳐다보았다. 서인은 생글생글 웃으며 포크를 들어 모윤에게 건넸다.

"선생님, 드세요."

"……됐어. 너나 먹어."

"같이 먹으면 훨씬 더 맛있을 거 같아서 그래요."

"……."

서인의 말에 모윤이 잠시 망설이다가 포크로 케이크 모서리 부분을 잘라 먹었다. 그 모습을 보던 서인이 방긋 웃더니 기다렸다는 듯 포크를 들어 케이크를 큼직하게 잘랐다. 모윤은 제 앞에 앉아서 케이크 삼매경에 빠져 있는 서인을 물끄러미 바라보았다.

예쁘다며 이걸 어떻게 먹냐고 하던 게 무색할 정도로, 그녀는 케이크를 정말 맛있게 먹고 있었다. 그 모습을 가만히 보고 있는데, 서인이 갑자기 울상을 짓더니 모윤을 쳐다보았다.

"어떡해요?"

"잘 먹다가 무슨 소리야?"

"이 강아지."

"강아지가 뭐, 문제 있어?"

모윤의 물음에 서인이 고개를 흔들었다. 그리고 다시 앙증맞게 생긴 초콜릿 강아지를 가리키며 대꾸했다.

"이건 좀, 먹기가 잔인해서……."

"잔인하기는. 그래 봤자 초콜릿인데."

모윤이 시큰둥한 투로 대꾸하자 서인의 표정이 일그러졌다. 마치 몹쓸 사람이라도 봤다는 듯한 표정에 그의 미간이 찌푸려지려는 순간, 머루가 타르트를 가지고 나와 테이블에 놓으며 끼어들었다.

"얘가 이렇다니까. 직접 만들어 놓고도 아무 감흥을 못 느끼는 인간이야."

아, 신이시여. 차라리 제게 저 능력을 주실 것이지. 저딴 놈한테 주실 건 뭐랍니까. 머루가 너스레를 떠는 걸 쳐다보던 서인이 고개를 갸웃거리며 물었다.

"직접 만들다니요?"

"이거. 모윤이가 직접 장식한 거야. 물론 케이크 자체는 내가 만들었지만."

좀 전에 자리 비웠던 게 그래서 그런 거야. 이거 꾸미려고. 머루가 덧붙여 설명하듯 말했다. 서인은 놀란 얼굴로 모윤을 쳐다보았다. 모윤이 뭔가 쑥스러운 듯한 표정으로 입 주변을 만지더니 입을 열었다.

"왜? 나는 이런 거 하면 안 되냐?"

"아니, 아니요……. 아, 아! 진작 얘기해 주시죠!"

서인이 울상을 짓더니 목소리를 높였다. 모윤은 예상치 못한 서인의 반응에 당황했다. 감탄한다거나 하는 식의 반응을 생각했지, 이렇게 버럭 화를 낼 거라고 어떻게 상상할 수 있었겠는가. 그런 모윤의 마음을 아는지 모르는지, 서인은 히잉, 소리를 내며 어깨를 축 늘어뜨리고 조금 전까지 자신이 먹었던 케이크를 쳐다보았다.

한바탕 지진이 일어난 듯했다.

아담하기 그지없던 집은 이미 반쪽이 날아간 상태였고, 마당은 굴삭기가 이리저리 돌아다닌 것인지 파헤쳐져 황량하기만 했다. 그나마 남아 있는 것이라고는 차마 먹을 수 없었던 초콜릿 강아지뿐. 서인이 원망스러운 눈으로 다시 모윤을 흘겨보았다.

못됐다, 진짜.

미리 알았더라면 절대 이렇게 먹어 치우지 않았을 텐데.

서인이 아쉬운 마음에 한숨을 내쉬었다. 모윤은 서인이 왜 그러는지 이해하지 못하고 억울한 마음에 퉁명스럽게 말을 꺼냈다.

"대체 뭐가 불만이야?"

기껏 일요일에 시간까지 비워서 데리고 왔더니. 서운한 마음을 내색하지 않으려고 하지만 자꾸 불퉁한 목소리가 나오는 것까지 막을 수는 없었다. 서인이 모윤을 쳐다보고는 입을 삐죽였다.

"선생님이 해 준 거라는 걸 알았으면 안 먹었어요."

"뭐? 내가 한 건 먹기 싫다, 그거야?"

모윤이 눈을 치켜뜨며 물었다. 서인은 답답한 마음에 고개를 붕붕 저은 뒤, 대꾸했다.

"선생님이 저를 위해서 직접 만들어 주신 건데 두고두고 봤어야지요. 이렇게 먹어 치울 게 아니라……."

진짜 아까워서 눈물 나려고 하잖아요. 서인은 진심으로 속상하다는 듯 울상을 지었다. 그 모습을 바라보던 모윤의 얼굴이 붉어졌다.

그러니까 심통 난 얼굴을 한 이유가…….

그는 머쓱한 표정을 짓다가 입을 열었다.

"다 먹었으면 일어나자."

"예?"

서인이 울상을 짓다 말고 어리둥절한 표정으로 모윤을 보았다. 그리고 눈을 두어 번 깜빡이다가 배시시 웃으며 입을 열었다.

"이제 영화 보러 가요?"

"영화는 무슨……. 집에 가자."

"예에? 혹시, 선생님 집이요? 밥 얻어먹으러 가던 집을 왜 갑자기…… 설마!"

서인은 말을 하다 말고 두 손으로 엑스 자를 그려 보이며 슬쩍 몸을 뒤로 빼더니 눈을 게슴츠레 뜨고 말했다.

"역시 남자는 늑대란 말이 딱 맞네요. 음흉해."

"뭐?"

모윤이 기가 막힌다는 표정으로 서인을 쳐다보다가 고개를 저은 뒤, 말을 이었다.

"헛소리 하지 말고 일어나. 남은 건 포장해 가지고 가서 먹든지."

"어? 진짜 가려고요?"

모윤이 몸을 일으키자 서인이 덩달아 일어나며 당황한 표정을 지었다. 그러나 모윤은 아랑곳하지 않고 다시 서인을 향해 입을 열었다.

"너는 네 집으로, 나는 내 집으로 가자는 말이야."

"예에에? 무슨 데이트가 이래요!"

서인이 억울하다는 듯 입을 삐죽이며 항의했다. 고작 쿠키랑 케이크 먹으려고 일요일을 기다렸던 게 아닌데! 물론, 쿠키랑 케이크가 좀, 많이 맛있기는 했지만…… 그래도!

"네 본분 정도는 기억해야지, 우서인."

"본분이라니요?"

"수능 앞둔 고3, 이름만 들어도 무시무시한 수험생."

"……."

치사해. 서인은 모윤의 수능 공격 앞에 대꾸할 말을 찾지 못하고 샐쭉한 표정을 지었다. 그러다가 팔짱을 끼더니 모윤을 향해 입을 열었다.

"그럼 수능 끝나면 저랑 하루 종일 데이트한다고 약속해 주세요."

"뭐?"

"수능 끝나면 그래도 되잖아요."

서인의 대답에 황당해진 모윤이 헛웃음을 터뜨리며 물었다.

"내가 왜 너랑 데이트를 해야 하는데?"

"선생님이랑 저랑 사귀니까요."

"사귀기는 누가…… 너, 다른 사람이 듣기라도 하면 어쩌려고 함부로 그런 말을 해?"

모윤은 천연덕스럽게 내뱉은 서인의 말에 기겁해서 주위를 둘러본 뒤, 타박하듯 말했다. 서인이 불퉁한 표정을 짓더니 머루를 돌아보며 말했다.

"날씨도 좋은 가을날, 집에서 뒹굴거리지도 못하게 끌고 나왔으면요. 데이트 맞죠?"

"응? 아아…… 그, 그런가?"

머루는 갑자기 자신에게 모인 두 쌍의 시선에 식은땀이 흐르는 것을 느꼈다. 그런 머루의 상태를 모른다는 듯 서인은 또랑또랑한 눈으로 그를 쳐다보며 말을 이었다.

"그리고 데이트하는 사이면, 사귀는 거 맞죠?"

"……으음, 그럴지도."

눈빛으로 나를 죽일 셈이냐! 저런 걸 죽마고우라고 두고 있으니. 머루는 자신의 대답을 듣자마자 눈을 부라리는 모윤을 외면하며 어색하게 웃었다. 모윤은 제 친구를 한심하다는 듯 쳐다보다가 서인을 향해 말했다.

"헛소리 충분히 했지? 그럼 가자. 강머루, 이것 좀 포장해 줘. 아, 그리고 우리 아버지 드릴 빵 좀 담아 봐라."

"네, 네, 고객님아."

머루가 투덜대며 남은 케이크를 들고 카운터 뒤쪽으로 향했다. 모윤은 머루의 뒷모습을 잠시 쳐다보다가 다가온 서인에게로 시선을 돌렸다. 실망한 듯이 축 늘어져 있는 모습이 안쓰럽기도 한 반면에 우습기도 하고, 귀엽기도 했다.

……귀엽다니.

그는 제 생각에 민망해져서 턱을 만지다가 불쑥 충동적으로 말했다.

"좋아."

"예?"

"수능 전부 다 1등급 나오면, 하루 종일 데이트하자."

"예에?"

"하나라도 1등급 아니면 내 얼굴 볼 생각도 하지 말고."

"그, 그런 게 어디 있어요! 1등급이 뭐, 길바닥에 널린 것도 아닌데!"

게다가 전부 다 1등급을 받으라니. 나랑 데이트하기 싫다는 걸 이렇게 돌려 말한다, 그거잖아. 서인은 속으로 구시렁대며 모윤을 노려보았다. 모윤은 피식 웃으며 부드러운 어조로 말했다.

"길바닥에 널린 게 아니니까 해 볼 만하지 않아?"

"……약속하는 거예요? 하루 종일 데이트하기로."

"그래. 1등급만 나오면."

모윤은 고개를 끄덕이며 순순히 대답했다. 솔직히 달성하기 힘든 목표일 터였다. 그저, 조금이라도 이 아이에게 동기 부여가 되어 수능 성적을 조금이라도 올릴 수 있으면 충분할 것이다. 그는 머루가 가지고 나온 케이크 상자와 빵 봉지를 받아 들고 카드를 내밀었다. 그러자 머루가 손사래를 치며 대꾸했다.

"야, 됐어. 케이크는 우리 다민이 친구한테 준 거고, 빵도 네 아버지한테 드린 거야. 돈 안 받아."

"내가 먹는 건 꼬박꼬박 받아 챙기더니."

모윤은 머루를 쳐다보며 피식거리고는 어깨를 으쓱였다. 그리고 서인을 힐끔 쳐다보았다. 서인이 뭔가 생각하고 있는 듯 진지한 얼굴을 하고 있더니 입을 달싹였다. 뭐라고 혼자 중얼거리는 거지? 모윤이 의아한 표정으로 슬쩍 귀를 기울였다.

1등급.

1등급.

1등급.

서인은 그것이 마치 마법 주문이라도 되는 듯 계속 중얼거렸다. 피식 웃던 모윤의 시선이 부드럽게 휘어졌다. 그리고 그런 모윤을 쳐다보던 머루가 고개를 갸웃거렸다.

이거 아무래도 수상한데.

머루는 얼굴을 찡그렸다가 이내 픽 웃으며 고개를 저었다. 그래봤자 도둑놈밖에 더 되겠나, 싶었다.

* * *

“다 왔어. 내려…….”

모윤은 차를 주차한 뒤에 옆을 돌아봤다가 그대로 말끝을 흐렸다. 계속 종알대던 입이 조용해졌다 싶더니, 어느새 잠든 모양이었다. 그는 케이크 상자를 소중한 보물이라도 되는 듯 끌어안은 채 쌕쌕 숨을 내쉬며 자고 있는 서인을 물끄러미 바라보았다.

머루의 빵집에서 나와 차를 출발시키기 전에, 서인은 차에 타자마자 주사를 맞았다. 모윤이 쳐다보자 서인이 쑥스럽다는 듯 웃었다.

‘빵집에 다른 사람들이 있어서요.’

다른 사람들 시선 따위는 아랑곳하지 않고 데이트니 사귀는 사이니 하던 배짱은 어디로 간 것인지, 그녀는 인슐린 주사를 맞을 때만큼은 차 안에서도 괜히 차 옆으로 지나가는 사람들을 의식했다.

그 모습에 어쩐지 가슴 한구석이 시렸다.

그러나 모윤은 아무 말도 하지 않은 채 서인이 주사를 다 맞을 때까지 시선을 돌려 차창 밖만 응시했다. 가느다란 팔 여기저기에 남아 있는 푸르스름한 멍 자국이 무엇을 뜻하는지 알 것 같았다. 하루에도 몇 번씩 주사를 맞으니, 흔적이 남지 않을 수 없었던 것이리라.

모윤은 눈에 선한 멍 자국을 떠올리다가 한숨을 내쉬고는 서인의 어깨를 살짝 흔들었다.

"우서인, 일어나. 집에 다 왔어."

"으응……."

서인이 잠투정이라도 하듯 의자 뒤에 대고 머리를 비비더니 느릿느릿 눈을 떴다. 분명히 익숙한 풍경인데 어쩐지 낯선 기분이 들었다. 뭐지? 그녀가 의아한 표정을 짓다 말고 제 품에 안겨 있는 사각 틀의 감촉에 고개를 숙였다.

케이크 상자가 보였다.

아, 맞다. 케이크.

서인은 뒤늦게 자신이 어디에 있는 것인지 깨닫고 황급히 고개를 반대로 돌렸다. 운전석에 앉아 있는 모윤이 그녀의 눈에 들어왔다. 그녀는 얼굴이 빨개져서 고개를 꾸벅 숙이며 생각나는 대로 입을 열었다.

"안녕히 주무셨…… 아."

미쳤어! 서인은 제 입을 꿰매 버리고 싶단 충동과 더불어 땅 속으로 굴을 파고 들어가고 싶단 창피함으로 고개를 푹 숙였다. 그 순간, 모윤에게서 웃음이 터져 나왔다.

"안녕히 주무시지는 못했는데. 안녕히 주무시는 누구를 모시고 오느라고."

웃음 섞인 남자의 목소리에 서인이 슬그머니 고개를 들었다. 서늘하던 모윤의 입가에 편안한 웃음이 실려 있는 게 보였다. 이 한 몸 불살라 내 남자를 웃게 했으니까 이 정도 창피함이야…….

"내리자."

모윤이 금세 언제 웃었던가 싶게 차분한 얼굴로 말했다. 서인은

227

우물쭈물하다가 고개를 끄덕이고는 새빨개진 얼굴로 케이크 상자를 안은 채 차에서 내렸다. 운전석 쪽에서 내린 모윤이 다가온 서인을 향해 입을 열었다.

"들어가 봐."

"⋯⋯진짜요?"

서인은 뭔가 아쉬운 마음에 케이크 상자를 만지작거리며 모윤의 눈치를 살폈다. 모윤이 뭘 더 바라는 것이냐는 식으로 어깨를 으쓱거렸다.

내가 왜 잠을 잤을까!

서인은 곤하게 잠을 잤던 자신을 탓하며 입을 삐죽였다. 차 안의 좁은 공간에서 단둘이 있는데, 어떻게 나란 애는 잠을 쿨쿨 잘 수가 있었던 거냐고! 이 바보! 멍청이! 잠탱이! 서인은 속으로 마구 구시렁대다가 제 품에 있던 케이크 상자를 보았다.

모윤이 만들어 준 케이크였다.

그것을 떠올리니 배시시 웃음이 저절로 나왔다. 서인은 다시 고개를 들어 모윤을 쳐다보았다. 퉁명스럽고 냉랭하면서도 다정한 남자였다. 제 몸 상태까지도 신경 써 주는 마음에 가슴속이 뭉클해졌다.

"선생님."

"왜?"

"나중에 케이크 또 만들어 주시면 안 돼요?"

서인은 케이크 상자를 안고 있는 팔에 힘을 주며 모윤에게 간절한 표정으로 부탁했다. 모윤이 슬쩍 한쪽 눈썹을 올리더니 시큰둥한 투로 말했다.

"마음 내키면."

"어, 진짜요?"

"'마음 내키면'이라고 했지, 꼭 만들어 준다고 한 게 아니거든?"

"그래도요. 언젠가 마음 내킬 때가 한 번은 오지 않겠어요?"

서인이 헤헤, 하고 웃으며 대꾸했다. 모윤은 서인을 물끄러미 쳐다보다가 그녀의 머리를 쓰다듬었다.

"그래. 언젠가 한 번은 올지도 모르지."

서인에게는 웃는 얼굴이 훨씬 잘 어울렸다. 모윤은 자신에게 안긴 채 흐느껴 울던 그녀를 떠올렸다. 감당하기 힘들 정도로 통통 튀는 성격인 것 같으면서도 속에 끌어안고 있는 상처가 많은 것일까. 그는 가만히 그녀의 머리를 쓰다듬다가 이내 피식 웃으며 마구 헤집듯 손을 움직였다.

"아, 선생님! 제 머리 다 헝클어졌잖아요!"

서인이 항의하듯 목소리를 높이다가 그대로 까르르 웃었다. 부스스하게 헝클어진 머리 아래로, 웃음이 가득한 눈이 보였다.

"선생님."

"왜."

"이제 인정하시지 그러세요?"

"뭘 인정하라는 건데?"

"저한테 반했다는 거요."

서인은 모윤을 쳐다보며 당당히 대답했다. 그 순간, 모윤의 가슴 속에서 뭔가가 철렁, 하며 내려앉았다. 그녀의 새까만 눈동자가 제 속을 전부 들여다보고 있는 것만 같아서 순간적으로 놀란 탓이다.

하지만, 그렇다고 해서 뭐가 달라질까.

"그만 들어가 봐. 이제 공부해야지."

"공부, 공부, 공부…… 누가 선생님 아니랄까 봐."

서인이 혼잣말처럼 구시렁대며 입을 삐죽였다. 그러면서도 순순히 알았다는 듯 케이크 상자를 안은 채 몸을 돌렸다. 모윤은 서인의 뒷모습을 가만히 지켜보다가 그녀가 대문 안으로 들어가는 것을 보고는 돌아섰다. 하지만 그가 막 발을 내디디려는 순간, 뒤에서 다가오는 발소리가 들리더니 모윤의 등에 포근한 뭔가가 매달려 왔다.

"선생님."

"……."

"진짜 좋아해요."

"우서인."

"한 번만 기회를 주시면 안 돼요? 선생님 제자가 아니라, 처음 봤던 때처럼…… 그냥, 여자로 봐 주시면 안 돼요?"

"우서인, 너 대체 무슨 소리를 하는 거야?"

모윤이 자신의 허리를 끌어안고 있던 서인의 팔을 풀고는 그녀를 향해 돌아섰다. 서인의 손에 들린 케이크 상자가 흔들렸다. 그는 케이크 상자에 시선을 두고 있다가 다시 그녀를 쳐다보았다. 서인의 간절한 시선과 마주하자 갈증이 일었다. 그러나 그는 주먹을 꽉 쥔 채 냉랭한 목소리로 말을 이었다.

"내가 말했지. 제자랑 연애 안 한다고."

"제자 아니었잖아요. 우리, 처음 만났을 때는 선생님과 제자, 그런 사이가 아니었잖아요."

"그럼 사기꾼과 피해자 사이였다고 할까?"

모윤이 빈정거리듯 묻자마자 서인의 입이 다물어졌다. 그리고 서인의 어깨가 움츠러들었다. 모윤은 자신도 모르게 그녀를 향해 뻗어 나가려는 팔을 억지로 붙든 채 말을 이었다.

"어차피 똑같은 얘기밖에 해 줄 말이 없어."

"……저도 마찬가지예요."

서인이 입술을 꾹 깨물더니 움츠러들었던 어깨를 다시 펴면서 말했다.

"저는 선생님이 좋아요. 어린애의 철없는 행동이라고 여기실지 모르지만, 나이가 어리다고 해서 마음까지 어리지는 않아요. 적어도, 좋아하는 마음까지 어린 건 아니라고요."

"……."

"선생님이 좋아요. 선생님 앞에서는 가슴이 걷잡을 수 없이 뛰어요. 하루하루, 선생님 생각을 하다 보면 금세 날이 저물어요. 선생님이 좋아서 어떻게 해야 할지 모르겠는데, 그래서 무작정 들이대고 또 들이대는데……."

"똑같이 닮았어."

그 순간, 서인의 뒤쪽에서 여자의 싸늘한 목소리가 들렸다. 그리고 서인은 마치 벼락이라도 맞은 듯 몸을 떨었다. 모윤은 서인에게서 시선을 움직여 그녀의 뒤편에 있는 여자를 쳐다보았다. 언젠가 본 적 있는 중년 여자였다. 아마도 서인의 어머니일 것이라 생각했던, 바로 그 여자였다.

"너는 어쩜, 네 아빠를 그렇게 닮았니?"

여자, 나경은 대문 안쪽에서 걸어 나오며 서인을 향해 말을 걸었다. 서인은 몸을 움찔거리다가 머뭇머뭇 뒤를 돌아보고는 입을 열었다.

"어, 엄마, 집에 계셨……."

짜악. 살과 살이 맞부딪치며 마치 공기가 찢기기라도 하듯 날카로운 소리가 울렸다. 그리고 서인은 말을 채 잇지도 못하고 고개가 모로 돌아간 채 굳어 버렸다. 그녀의 하얀 얼굴 위로 불그스름한 손자국이 남았다. 모윤이 그 모습에 황급히 입을 열려는 순간, 나경의 입이 먼저 열렸다.

"정말 징그럽다."

"……."

"그 부도덕하고 불결한 부분까지 아주 쏙 빼닮았구나."

나경이 서인을 향해 원망을 토하듯 말했다. 서인은 귓속까지 얼얼해졌던 통증조차 잊은 사람처럼 핏기 없는 표정으로 땅바닥만 응시했다.

부도덕. 불결.

그것은 마치 연극의 대사처럼 과장된 희극의 느낌을 주었다. 혹은 어설픈 비극을 흉내라도 내려는 듯한 어조로 가볍게 그녀의 가슴속에 생채기를 냈다. 그러나 가볍다고 해서 그것에 베인 상처가 깊지 않은 것은 아니었다. 더구나 다른 사람도 아닌, 자신을 낳아 준 이에게서 듣는 말은 더욱 비수처럼 꽂힐 수밖에 없었다.

서인이 새파랗게 질린 채 발을 옮기려다가 균형을 잃고 비틀거렸다. 자칫 넘어질 뻔한 것을 그녀의 뒤에서 모윤이 붙잡아 주었다. 그 모습을 보던 나경이 혀를 차며 계속 독설을 이었다.

"그래, 핏줄이란 게 정말 무섭다. 네 아빠처럼 너도 사람 유혹하는 능력이 되나 보다? 게다가 뭐? 선생님? 아무리 네가 네 아빠 자식이라고 하지만, 이런 점까지 닮아야 하니? 발정 난 암캐도 아니……."

"그만하십시오!"

그 순간, 모윤의 양손이 서인의 양쪽 귀를 덮었다. 그리고 모윤이 목소리를 높이며 나경의 말을 끊었다. 해야 할 말이 있고, 해서는 안 될 말이 있는 법이다. 게다가 엄마라는 사람이라면 더욱 해서는 안 될 말이 있다. 자신의 손바닥으로 서인의 울음이 느껴졌다. 바들바들 떠는 그녀가 속으로 얼마나 울음을 토해 내고 있을지 눈으로 굳이 보지 않아도 알 것 같았다.

젠장.

모윤은 이를 악물고 제 앞에 서 있는 서인을 바라보았다. 키만 큰 아이. 외모만 성숙해 보이는 아이. 이런 아이한테 자신은……

"부도덕하고 불결하다면, 그건 우서인이 아니라 제가 그렇습니다."

"뭐라고요?"

나경이 모윤의 말에 어이없다는 듯한 표정으로 물었다. 서인 역시 놀란 듯 몸을 흠칫거리더니 뒤를 돌아보려고 했다. 어차피 손바닥으로 귀를 덮는다고 해서 듣지 못할 리 없었다. 그러니 지금 자신이 하는 말은 고스란히 서인에게 전해질 거라는 걸 모르지 않았다. 그래서 모윤은 나경을 쳐다보면서도 서인에게 들으라는 듯 말을 이었다.

"처음 봤을 때부터 자꾸만 시선이 갔습니다. 이 애가 저보다 한참 어리고, 더구나 제 학교 제자라는 걸 알게 된 이후로도 자꾸만 시선이 가는 걸 멈출 수가 없더군요. 그래서 더욱 외면했고, 그 감정을 정면으로 마주하려 하지 않았습니다. 이 애가 제게 말갛게 웃으며 마음을 보일 때도 그에 답하지 못하고 비겁하게 뒤로 물러서려 했습니다. 하지만, 이 자리에서 인정하지요. 우서인이 혼자 품고 있는 마음이 아니라 저 또한 같은 마음이라는 걸."

모윤은 스스로 받아들일 수 없던, 또한 겉으로 드러낼 수 없던 감정을 모조리 털어놓았다. 허탈했지만, 한편으로는 후련했다.

"이 애가, 우서인이…… 저한테는 제자이기에 앞서서 여자로 보인단 말입니다."

조금 전, 제자와는 연애하지 않는다던 제 말을 스스로 부정하면서도, 모윤은 더 이상 주저하지 않았다. 오히려 그는 담담한 표정으로 서인의 귀를 손으로 덮은 채 거듭 확인시키듯 말했다.

　"그러니까 비난을 하시겠다면, ……서인이가 아니라 제게 하십시오."

　모윤은 느릿느릿 눈을 감았다가 떴다. 그의 눈빛은 흔들림 없이 올곧았다. 지금껏 부정했던 감정을 인정하고 그것을 드러낸 이상, 뒤로 물러선다거나 번복할 마음은 없었다. 그는 나경을 향해 재차 말을 이었다.

　"제가 서인이를 사랑합니다. 서인이를, 감히 마음에 담았습니다."

　서인이 자신을 바라보는 시선에, 우쭐대는 남자가 되었다. 그녀에게 남자로 보이는 제 모습이 좋았다. 선생으로만 여겨지고 싶지 않았다.

　그래, 사실은 그게 본심이었다.

　그런 이유로 제 친구의 어린 동생과 서인이 함께 있을 때도 질투가 났다. 어린아이를 상대로 치졸하다 싶었지만, 이미 제 가슴에 품은 서인과 완벽하게 어울리는 모습 앞에서는 그저 속 좁고 유치한 남자일 수밖에 없었다.

　모윤이 웃음이 나오려는 걸 참으며 나경을 쳐다보다가 여전히 제 앞에 바들바들 떨며 서 있는 서인을 보았다. 그는 그녀의 귀를 덮고 있던 손바닥을 내리고 입을 열었다.

　"우서인."

　서인이 그의 목소리에 즉각 반응을 보이더니 뒤를 돌아보았다. 그녀의 새까만 눈동자가 젖어 있는 것만 같았다. 그는 그녀와 시선을 마주하고 있다가 손을 내밀었다.

"손 내놔."

"……예?"

"손 내놓으라고."

맡겨 놓은 물건이라도 찾는 사람처럼 너무 당당하게 요구하는 모윤의 태도에, 서인은 얼떨결에 그가 명령한 대로 손을 내밀었다. 그러자 모윤이 입꼬리를 슬쩍 올리는 듯싶더니 냉큼 그녀의 손을 낚아채듯 붙잡고 잡아당겼다.

"서, 선생님?"

"들어가자."

"예?"

"밥 줄게."

모윤의 말에 서인이 눈만 끔뻑거리다가 그에게 이끌려 자신의 집이 아닌, 그의 집으로 걸음을 옮겼다. 하지만 몇 걸음 옮기다가 멈춰 서고는 다시 뒤를 돌아보았다. 나경이 쳐다보고 있었다.

엄마.

서인은 나경의 서늘한 시선에 움츠러들었다. 그러나 그런 그녀의 손을 잡고 끌어당기는 힘에, 그녀는 다시 앞을 볼 수밖에 없었다.

"너, 생각보다 아무렇지 않다?"

"예? 뭐가……."

아. 아아. 서인은 뒤늦게 좀 전의 상황을 깨닫고 눈을 빠르게 깜빡였다. 그러고 보니 잠시 잊고 있었다. 모윤이 방금 뭐라고 말을 했었는지, 말이다.

"선생님?"

"이제야 우서인답네. 따라와."

모윤이 피식 웃더니 맞잡은 손에 힘을 주었다. 서인은 다시 걸음을 옮기기 시작하며 제 손을 잡고 있는 모윤의 큼직한 손을 보았다. 두 번 다시 놓지 않을 것만 같은, 강인한 손이었다. 흔들림 없이 붙잡아 줄 것만 같은, 그런 손이었다.

선생님.

모윤 씨.

서인은 등 뒤에서 자신을 쳐다보고 있을 나경을 떠올리다가 고개를 흔들었다. 미안해요, 엄마. 그녀는 울음이 나오려는 것을 꾹 참으며 모윤을 따라 그의 집 대문 안으로 들어섰다. 벌써 몇 번이나 드나들었던 탓에 그의 집 안마당은 익숙하고 친근했는데도 오늘따라 감정이 북받쳐 올라왔다.

대문이 닫혔다. 그리고 서인은 마당 한가운데에 멈춰 서서 고개를 숙였다. 모윤이 다시 뒤를 돌아 그녀를 바라보았다. 서인의 눈에서 눈물이 쉼 없이 떨어지고 있는 게 그의 눈에 들어왔다.

"……너무 좋아서요."

"그래?"

"예. 정말 너무 좋아서, 그래서 눈물이 나오는 거예요."

서인이 고개를 들지도 못한 채 대답했다. 모윤은 가만히 그녀를 바라보다가 천천히 서인의 손을 놓고 그대로 그녀를 끌어안았다. 서인의 몸이 모윤의 품에 들어왔다. 모윤은 그녀를 힘주어 끌어안은 채 입을 꾹 다물었다.

비난은 온전히 내 것이다.

그와 그녀가 사람들의 눈에 어떻게 비칠지, 충분히 짐작할 수 있었다. 그녀의 가족에게조차 부도덕하고 불결하게 여겨지는 사이일 테니, 타인의 눈에는 오죽 그럴까.

그렇지만 이제는 어쩔 수 없다.

그토록 인정하지 않으려고, 드러내지 않으려고 했지만, 결국 이렇게 되었으니 말이다. 어떻게 보면 충동적인 행동이었다. 하지만 후회는 하지 않는다. 서인이 홀로 그 독설들을 감당하게 내버려 둘 수 없었다.

따지고 보면 자신 또한 같은 마음이었다.

아니, 그보다 더 내밀한 감정이었는지도 모른다. 이 어린아이는 상상도 하지 못할, 그런 욕구가 내재된 감정 말이다.

"선생님."

"왜?"

"모윤 씨."

"……까분다."

모윤은 그녀를 품에 안은 채 자신의 턱으로 그녀의 정수리를 콩, 하고 쥐어박듯 부딪치며 중얼거렸다. 서인에게서 작은 웃음소리가 들렸다. 우는 것보다는 웃는 게 훨씬 잘 어울렸다. 그는 서인을 끌어안은 팔에 더욱 힘을 주었다.

10

어린 연인

"기다리고 있어. 밥 줄게."

모윤은 서인을 제 침대 위에 앉히고는 그 말만을 남기고 다시 방 밖으로 나가 버렸다. 서인은 잠시 멍하니 침대에 앉아 방문 쪽을 쳐다보고 있다가 느릿느릿 시선을 움직여 주위를 둘러보았다.

그의 분위기처럼 방 역시 단정하고 깔끔했다. 툭하면 여기저기 어질러 놓기 일쑤인 서인과는 사뭇 딴판이었다. 아니, 완전히 정반대라고 해야 할까.

"……무균실 같아."

서인은 혼잣말을 중얼거리다가 문득 손가락 끝에 닿은 보드라운 촉감에 고개를 숙였다. 침대 시트가 눈에 들어왔다. 마름모 문양이 그려져 있는 이불은 각이 잡힌 채 침대 한쪽에 포개져 있었다. 가만히 그것을 바라보던 서인의 뺨이 천천히 붉어졌다.

'그러고 보니, 나 지금 선생님 침대 위에 앉아 있는 거잖아!'

우와아아아아아아! 서인은 소리도 내지 못한 채 붕어처럼 입만 벙긋거리며 환호했다. 그리고 두 손으로 뺨을 감싼 채 고개를 마구 좌우로 돌리다가 웃음을 터뜨리고 말았다. 하지만 그녀의 웃음 짓던 얼굴은 곧 일그러졌다.

선생님이 나 때문에…….

'부도덕하고 불결하다면, 그건 우서인이 아니라 제가 그렇습니다.'

아닌데. 그런 게 아닌데. 서인은 눈물을 글썽이며 침울한 표정으로 고개를 푹 숙인 채 입술을 짓씹었다. 매달린 건 자신이었지, 그가 아니었다. 그러나 그는 전적으로 본인의 탓인 듯 그렇게 말했다. 그것이 얼마나 위험한 행동일지, 서인은 감히 상상도 할 수 없었다. 하지만 자칫 잘못하면 그의 인생을 망가뜨리게 될지도 모른다는 자각은 있었다.

아직 성인이 되지 않은 자신과는 다르게, 그는 어른이니까.

어른은 무엇이든지 스스로 책임을 져야 하니까.

서인은 몸을 떨며 두 손을 엇갈려 제 어깨를 감쌌다. 그런 것을 분명히 알고 있는데도 가슴 한구석에서는 기뻐했다. 그의 말 한마디에 온몸이 짜릿했다.

'이 애가, 우서인이…… 저한테는 제자이기에 앞서서 여자로 보인단 말입니다.'

그것은 위험하면서도 달콤한 말이었다. 모윤에게서 결코 듣게 될 거라고 상상하지 못했던 말이기도 했다.

선생님.

모윤 씨.

서인은 속으로 가만히 그를 불러 보다가 다시 고개를 들었다. 가지런히 꽂혀 있는 교재들이 보였다. 교사용 교재인 듯했다. 그리고 그 옆으로 꽂혀 있는 소설책들과 시집들이 그녀의 눈에 들어왔다. 서인은 가만히 일어나 책장으로 향했다.

이름을 들어 본 듯한 책들도 몇 권 있었지만, 대부분은 그녀가 들어 본 적 없는 제목을 달고 있었다.

"……선생님 애인 되려면 책 좀 많이 읽어야겠다."

서인이 책장의 책들을 구경하다 말고 혼잣말을 중얼거렸다. 그 순간, 그녀의 등 뒤에서 모윤의 목소리가 이어졌다.

"그건 그렇지. 난 나랑 대화 안 통하는 여자는 질색이라서. 아무리 예쁘고 몸매 좋아도."

혹은 어려도. 모윤이 일부러 들으란 듯이 덧붙여 말한 것에 서인이 샐쭉한 표정을 짓더니 그를 돌아보며 입을 열었다.

"나이가 얼마나 중요한데요. 선생님 환갑 때, 저는…… 음, 그러니까 몇 살이더라……."

서인이 당차게 말을 잇다가 그대로 말끝을 흐리며 눈을 굴렸다. 그 모습을 바라보던 모윤이 피식 웃고는 그녀의 머리에 꿀밤을 먹이며 말했다.

"야, 이 녀석아. 수능 본다는 애가 간단한 뺄셈을 못 해?"

"아, 아파요! 그리고 못 한 거 아니거든요?"

"그럼?"

"갑자기 암산하려니까 머리에서 쥐가 나서……."

서인은 대꾸하다 말고 어색하게 웃으며 꿀밤을 맞은 자리를 손바닥으로 문질렀다. 그리고 다시 그를 향해 입을 삐죽이더니 말을 이었다.

"선생님 환갑잔치하실 때, 저는 쉰도 되지 않은 한창 청춘이라고요."

"그래서 그게 억울할 것 같아?"

"누가 억울하다고 했나요. 그냥, 나이가 많이 중요하다는 거죠."

서인이 모윤의 말에 대꾸하고는 눈을 깜빡였다. 모윤은 서인을 쳐다보다가 가볍게 웃고는 말을 이었다.

"그런데 너무 앞서나가는 거 아니야? 환갑이니 뭐니 하는 건……."

"저는 선생님이랑 평생, 늙어 죽을 때까지 함께할 건데요?"

"뭐? 느, 늙어 죽을 때까지?"

모윤은 서인의 당찬 발언에 말문이 막혀 잠시 입만 벙긋거리다가 가까스로 한숨을 내쉰 뒤, 고개를 저었다.

뭔가 앞으로 꽤 어려울 것 같다는 예감이 들었다.

다른 사람으로 인해서 어려운 게 아니라, 자신의 당돌하고 어린 연인에게 맞춰 따라가지 못할 것 같아서 말이다. 그는 피식거리며 고개를 젓다 말고 다시 장난스러운 눈으로 서인을 향해 물었다.

"할아버지 되면 머리도 빠지고 주름 자글자글할 텐데?"

"그래도 선생님은 멋질 거예요."

서인이 배시시 웃으며 냉큼 대꾸했다. 모윤은 서인의 머리를 헝클어뜨리듯 쓰다듬은 뒤, 말을 이었다.

"밥이나 먹으러 가자. 아버지가 우리 왜 이렇게 안 나오나, 기다리시겠다."

"아! 맞다! 동모 아저씨!"

서인은 다시 몸을 돌려 모윤을 보더니 물었다.

"동모 아저씨한테도 말씀드렸어요? 우리 진짜 사귄다고요?"

"……드려야지."

"선생님, 무르기 없기예요!"

"걱정 마."

모윤은 서인의 새까만 눈을 쳐다보다가 대꾸했다. 그러자 서인이 개구지게 웃더니 그의 목을 끌어안고는 입술을 내밀었다.

"그럼 기념하는 뜻으로 뽀뽀 한 번 찌이인하게! 어! 선생님!"

"까불지?"

하지만 서인의 당찬 시도는 모윤의 손짓 한 번에 무산되고 말았다. 모윤은 서인의 이마를 검지 하나로 가볍게 밀어내며 말을 이었다.

"너 성인 될 때까지는 어림도 없어."

"그런 게 어디 있어요!"

"여기 있잖아."

모윤이 서인의 항의를 가볍게 누르며 대답하고는 방문 쪽으로 걸음을 옮겼다. 그의 입꼬리가 하늘 높은 줄 모르고 올라가고 있었다. 그러나 그의 뒤에서 구시렁대던 서인에게 보일 리 없었다.

"……뭐?"

동모는 밥을 먹다 말고 수저를 떨어뜨렸다. 서인이 황급히 일어서서 수저를 새것으로 가지고 돌아와 그의 자리에 놓았다. 그러나 동모는 그런 서인의 행동이 눈에 들어오지 않는다는 듯 맞은편에 앉아 있는 모윤을 쳐다보기만 했다. 모윤은 자신을 바라보는 동모를 향해 평온한 어조로 사소한 이야기를 건네듯 거듭 말했다.

"서인이와 교제하겠습니다, 아버지."

"교제라니? 설마……."

동모의 입가가 실룩였다. 얼굴의 반쪽이 마비된 탓에 표정이 다양하지 못했지만, 그가 충분히 경악했다는 것을 알 수 있었다. 모윤은 어쩔 줄 몰라 하며 동모의 옆에 서 있던 서인을 향해 손짓했다.

"이리 와, 앉아. 밥 마저 먹어야지."

"……예."

서인이 슬그머니 동모의 눈치를 살피다가 작게 대꾸하고는 모윤의 옆자리에 다시 앉았다. 동모는 뒤늦게 서인을 쳐다보고는 시선을 돌려 자신의 밥그릇 옆에 가지런히 놓인 새 수저를 보았다. 방금 서인이 가져다 놓은 것이었다. 동모가 그것을 물끄러미 바라보다가 고개를 저었다.

"안 될 말이다. 있을 수 없는 일이야."

이제 겨우 열아홉 살인 아이였다. 꿈도 많고 하고 싶은 것도 많을 나이였다. 지금까지의 삶보다 앞으로의 삶이 더욱 다채롭게 펼쳐질 아이였다. 그런 아이에게 열세 살이나 많은 남자는 독(毒)이 될 터였다. 아무리 자신의 눈에 세상에서 가장 멋지고 잘난 아들이라고 하지만, 그렇다고 해도 서인에게 모윤은 해악에 지나지 않았다.

"절대 안 된다."

동모의 어눌한 발음과는 달리, 그의 의지는 선명하고 굳건했다. 그는 불편한 팔을 식탁 위에 올린 채 모윤을 향해 재차 말했다.

"안 돼."

"동모 아저씨, 저기……."

서인이 동모와 모윤을 번갈아 쳐다보다가 난처한 표정으로, 조

243

금은 서운한 기색을 감추지 못한 채 입을 열었다. 그러나 모윤이 손을 내저으며 그녀의 말을 끊었다.

"서인이, 너는 가만히 있어."

그의 말이 떨어지기 무섭게 서인이 넵, 하며 입을 다물었다. 모윤은 힐끗 그녀를 돌아보며 피식 웃었다가 다시 시선을 돌려 동모를 쳐다보고는 말을 이었다.

"제가 도둑놈이라서요?"

"그걸 아는 놈이 일을 저질러?"

동모가 못마땅한 기색으로 모윤을 흘기며 나무랐다. 모윤이 잠시 무표정을 고수하고 있다가 입을 열었다.

"얘가 미성년자로 태어난 게 저희 잘못은 아니잖아요."

"뭐라고?"

"저도 고민 많이 했어요. 그리고 제 감정, 별것 아니라고 무시하고 부정하기도 해 봤어요. 서인이한테 어린애처럼 떼쓰지 말라고 타박하기도 했고, 상처 많이 줬어요."

모윤의 말을 듣던 서인의 눈이 흔들렸다. 그의 말을 듣다 보니 자신이 했던 말이 떠올랐다.

'제가 미성년자인 게, 선생님이 가르치는 학교 학생인 게, 그런 게 제 잘못은 아니잖아요.'

'제가 잘못해서 그렇게 된 게 아니잖아요.'

그 말을 기억하고 있었던 것일까. 그녀는 옆에 앉은 모윤을 바라보다가 그의 허벅지 위에 있는 손을 보았다. 잔뜩 긴장하고 있는 것인지, 그가 주먹을 꽉 쥐고 있는 것이 보였다.

선생님도 긴장하는구나.

서인은 새삼 신기한 기분에 그의 손을 물끄러미 바라보았다. 그

와중에도 모윤은 동모를 향해 계속 말을 이었다.

"그리고 안 된다고 하셔도 어쩔 수 없어요. 저는 이미 결정했고, 아버지께 알려 드린 것뿐이에요."

"모윤이, 이 녀석!"

동모가 버럭 목소리를 높였다. 그 바람에 깜짝 놀란 서인이 모윤의 손을 보다가 흠칫 고개를 돌려 동모를 쳐다보았다. 동모가 노여운 기색으로 모윤을 쳐다보다가 자리에서 일어섰다.

"아저······."

서인이 깜짝 놀라 동모를 부르려 하자, 모윤이 손을 내밀어 그녀의 손을 잡더니 고개를 저었다. 서인은 눈물이 그렁그렁 고인 채 고개를 숙였다. 모든 게 자신의 탓인 것만 같아서 모윤을 볼 면목이 없었다. 자신이 억지를 부려 화목하던 부자지간을 갈라놓은 것만 같아서 마음이 무거웠다.

"우서인, 울어?"

"······안 울어요."

"우는데?"

모윤은 서인의 손을 잡고 있던 제 손등으로 눈물이 방울방울 떨어지는 것을 보며 되물었다. 하지만 서인은 계속 고개를 설레설레 저으며 우겼다.

"우는 거 아니에요."

"코까지 훌쩍이면서 우는 게 아니라고?"

"그냥 코가 막혀서 그래요."

코를 훌쩍이며 눈물을 뚝뚝 떨어뜨리면서도 우는 게 아니란다. 모윤은 그런 서인의 모습을 쳐다보고 있다가 정면을 바라보며 말을 이었다.

"이 정도는 각오했어야지. 내가 꽤 비싼 남자거든. 설마 이 정도도 각오 안 하고 개떡이니 운명이니 하며 나한테 무작정 들이댄 건 아니지?"

그가 다시 서인을 쳐다보며 물었다. 서인은 다른 손으로 눈을 비빈 뒤, 고개를 들어 모윤을 쳐다보았다.

"거짓말쟁이."

"뭐?"

입을 삐죽이더니 기껏 한다는 말이 거짓말쟁이라니. 모윤의 한쪽 눈썹이 쓰윽, 올라갔다. 그러나 서인은 아랑곳하지 않고 그를 노려보다가 말을 이었다.

"저한테 반한 거 맞으면서, 지금껏 아니라고 박박 우겼잖아요."

"뭐?"

"데이트하고 싶었으면서 괜히 아닌 척 빵집에서도 툴툴거리고."

"또, 또 말 짧아지지?"

모윤이 기가 막힌다는 듯 서인을 쳐다보다가 그녀의 코를 붙잡아 아프지 않게 흔들었다. 그러자 서인이 그의 팔을 붙잡더니 애절한 표정으로 눈을 깜빡였다.

"선생님."

"왜?"

"저 예뻐요?"

"……."

모윤은 바로 대답하지 못했다. 서인이 샐쭉한 표정을 짓고는 아랫입술을 내밀었다. 하여간 내 남자는 참 솔직하지 못하다. 그녀가 잠시 새초롬한 표정을 짓고 있다가 뭔가를 생각하고는 배시시 웃으며 다시 입을 열었다.

"저랑 뽀뽀하고 싶죠?"

"뭐?"

"이제 조금만 있으면 어차피 성인 되는데, 그냥 지금 진하게 한 번 하죠? 예? 첫 키스도 이미 했는데."

"뭐, 뭐야? 야, 누가 첫 키스를……."

모윤이 황당한 표정으로 말을 잇다가 그대로 입을 다물었다. 서인이 저혈당에 빠졌을 때의 일이 떠오른 탓이었다.

첫 키스.

모윤은 제 앞의 어린 여자아이를 다시 바라보았다. 서인에게는 그것이 첫 키스였겠지만, 따지고 보면 자신에게는 그렇지 않다는 것이 새삼 떠올랐다. 서른두 살의 남자에게 첫 키스가 왜 없었겠는가. 그는 희미한 기억을 떠올리다가 인상을 쓰고 말았다. 대학에 입학하자마자 선배들의 강요로 끌려갔던 개강 파티에서, 어느 여자 선배와 게임 벌칙으로 해야 했던 '첫 키스'의 악몽이 떠오른 탓이다. 그는 다시 생각해도 저절로 이가 갈리는 기억에 잠시 숨을 몰아쉬다가 서인을 향해 경고조로 말했다.

"우서인, 나랑 하나만 약속하자."

"예? 무슨 약속이요?"

"개강 파티는 무조건 불참하기로."

"예? 개강 파티요? 그게 뭔데요?"

서인이 어리둥절한 표정으로 눈을 깜빡이며 고개를 갸웃거렸다.

모윤은 안방 문 앞에 서서 심호흡을 한 뒤, 노크를 했다. 방 안에서 들어오란 목소리가 들렸다. 그는 방문을 열고 안으로 들어갔다. 동모가 악력기를 들고 운동을 하다 말고 모윤을 쳐다보고는 앉으라며 눈짓을 보냈다. 모윤은 안방 한가운데에 책상다리를 하고 앉았다. 동모 역시 악력기를 작은 탁자 위에 내려놓은 뒤, 불편한 걸음으로 다가와 자리를 잡았다.

"……서인이는 갔냐."

"예."

모윤의 대답을 들은 동모가 한숨을 깊이 내쉬었다. 그리고 자신의 아들을 응시했다. 늘 빈틈이라고는 찾아볼 수 없었던 모윤은 평소처럼 차분한 얼굴로 자신의 시선을 마주하고 있었다. 마치 아무 일도 없었다는 듯 말이다.

"지금껏 말썽 부린 적 없던 놈이 아주 거하게 사고를 치는구나."

동모의 말을 듣던 모윤의 입꼬리가 슬쩍 올라갔다. 그 모습에 울컥한 동모가 목소리를 높였다.

"이 녀석아, 지금 웃음이 나와? 잘 웃지도 않는 놈이 이럴 땐 왜 웃는 거야!"

"그럼 눈물도 안 나오는데 억지로 짜야 하나요, 길동이 어머니?"

"예끼! 그놈의 길동이 모친 소리, 아주 귀에 덕지덕지 눌러 붙겠다."

동모는 금세 한풀 꺾인 듯 투덜대며 대꾸하고는 잠시 입을 다물고 있다가 다시 말했다.

"아닌 건 아닌 거다, 모윤아."

"아닌지 여부는 일단 시도해 봐야 아는 거잖아요."

"해 보지 않아도 아는 것도 있어. 예를 들면 열세 살 어린 여자애와 사귀겠다고 선포한 노총각의 경우라든가……."

"아버지!"

모윤이 동모의 말에 발끈해서 목소리를 높였다. 동모는 모윤을 가만히 쳐다보다가 고개를 저었다.

"너보다 서인이가 걱정되어서 그래."

"……"

"알게 된 지 얼마 지나지 않았지만, 참 마음씨 곱고 예쁜 애야. 흔히 그러지? 요새 애들답지 않다, 하고 말이야. 그런 말하면 '꼰대' 소리 들을까 봐 안 하려고 했는데…… 서인이는 딱 그런 애인 것 같아. 요새 애들답지 않게 순수하고 맑고 씩씩하고."

동모가 슬쩍 웃으며 말을 잇다가 다시 염려 섞인 눈으로 모윤을 바라보며 말을 계속했다.

"스무 살도 안 된 아이를 욕심내는 건, 아니다 싶어."

"……"

"그 아이의 인생에 너 같은 녀석이 끼어들면 도움이 되지 않을 것 같구나. 꿈도 많이 꿔 보고, 이것저것 다양한 경험도 해 보고, 그렇게 제 인생을 다양한 색깔로 꾸미며 살아갈 아이한테, 너처럼 단조롭고 심심한 노총각이라니. 아무리 내가 네 아부지라고 해도 양심상 그건 허락 못 할 일이야."

농담처럼 웃음 섞인 동모의 말은 부드러우면서도 단호했다. 모윤은 가만히 책상다리를 하고 앉은 채 방바닥만 응시했다. 동모 역시 입을 다문 채 아들이 다시 입을 열기를 기다렸다. 잠시 시간이 흐른 뒤, 모윤이 바닥을 응시하던 시선을 들어 동모를 쳐다보았다. 쉽게 꺾이지 않을 듯 올곧은 시선이었다.

"함께하면 돼요."

"뭐?"

"서인이랑 뭐든지 함께하겠습니다. 꿈도 함께 꿀 거고요. 그 애가 하고 싶어 하는 것이라면 함께 다양한 경험을 해 볼 거예요. 그 애가 다채로운 모습으로 스스로의 삶을 꾸며 나갈 수 있도록 저 또한 그렇게 살아갈 겁니다."

"……모윤아."

웃음을 머금고 있던 동모의 얼굴이 굳었다. 모윤은 그런 아버지를 물끄러미 바라보다가 자세를 고쳐 무릎을 꿇고 앉더니 고개를 숙이며 말을 이었다.

"함께하고 싶습니다, 아버지. 서인이와 함께할 수 있도록 허락해 주세요."

"그 어린애를 사랑한다는 거냐."

"사랑이라는 말을 운운하기에는, 솔직히 그 애와 알고 지낸 시간이 너무 짧은지도 모르겠어요. 하지만 적어도 지금까지 만났던 여자들과는 다르다는 건, 말씀드릴 수 있습니다."

"……."

"안 된다고 생각했어요. 그 애가 '권나희'가 아닌, '우서인'인 이상 안 될 일이라고 여겼어요. 그런데 이미 늦었나 봅니다. 자꾸만 그 애가 눈에 들어와요. 조금 더 그 애를 챙겨 주고 싶고, 조금 더 그 애와 함께하고 싶어요. 그 애가 상처받지 않도록 옆에서 단단히 붙잡아 주고 싶습니다."

모윤은 진지하게 제 속내를 꺼내 보였다. 동모는 그런 모윤을 쳐다보다가 한숨이 나오려는 걸 삼켰다. 왜 하필이면 그렇게 나이 차이가 많이 나는 이에게 마음을 주게 되었나, 안타까웠다. 일찌감치 어미를 잃고 고슴도치처럼 가시를 세우고 살아왔던 아들 녀석이 좋다는데, 눈 딱 감고 허락하고 싶은 마음이 왜 들지 않겠는가.

그러나 서인과 모윤의 관계는 아무리 생각해도 동모로서는 받아들이기 힘들었다.

더구나 바로 옆집에 살게 된 인연으로 봐 왔던 서인을 생각하면, 더욱 그랬다. 동모 아저씨, 하며 저를 따르던 어린아이에게 몹쓸 짓이라도 하는 것 같으니 말이다. 동모는 고개를 저은 뒤, 모윤에게 손을 내저었다.

"이대로는 너랑 내가 각자 자기가 하고 싶은 말만 하겠구나. 생각을 좀 더 해 보자. 너도, 그리고 나도."

"……쉬세요, 아버지."

모윤이 몸을 일으키더니 돌아서서 나갔다. 동모는 모윤의 뒷모습을 가만히 쳐다보다가 혀를 찼다.

"생각해 보겠다고, 그런 빈말조차 하지 않는구만."

누구를 닮아 저렇게 고집불통인지. 동모는 혼잣말을 중얼대며 고개를 흔들었다.

✳ ✳ ✳

서인은 문제집을 풀다 말고 힐끔 휴대폰을 쳐다보았다. 그리고 마치 한 마리 거미라도 되듯 손가락을 쫙 벌린 채 슬금슬금 휴대폰으로 손을 움직이다가 그 앞에서 멈췄다.

'나로 인해서 네 수능 결과가 나쁘게 나온다면, 우리 사이도 그날로 끝날 줄 알아.'

모윤이 대문 밖까지 따라 나와서 했던 엄포를 떠올리며, 서인은 샐쭉한 표정을 지었다. 누가 선생님 아니랄까 봐.

"으휴. 찔러도 피 한 방울 안 나오겠다. 역시 킬러 윤."

서인은 투덜대다가 이내 배시시 웃고는 다시 문제집으로 눈을 돌렸다. 모윤의 엄포가 무서워서가 아니라 그에게 잘 보이고 싶은 마음 때문에라도 공부를 더 열심히 할 작정이다. 지금 자신이 그에게 보여 줄 만한 건 그저 수능 성적뿐이니 말이다.

……선생님은 연애 많이 해 봤겠지?

서인이 문제집을 풀다가 펜을 입에 문 채 고개를 갸웃거렸다. 공부를 더 열심히 할 작정이라던 건 불과 10분을 넘기지 못했다. 그녀는 입에 물고 있던 펜을 내려놓고 휴대폰으로 손을 뻗으며 말했다.

"그래. 차라리 궁금한 건 해결한 뒤에 공부하자!"

나름대로 제 행동을 합리화한 뒤에 서인은 휴대폰의 연락처를 뒤졌다. 그리고 모윤의 이름을 찾아내 그에게 메시지를 보내려다가 충동적으로 통화 버튼을 눌렀다.

으아아. 떨린다.

서인은 신호음이 가는 것을 들으며 창밖으로 시선을 던졌다. 어느새 낮이 짧아지고 밤이 길어진 탓에 아직 늦은 시간이 아닌데도 밖은 어둑해져 있었다. 거울처럼 제 모습을 비추는 유리창을 물끄러미 응시하고 있는데, 모윤이 전화를 받았다.

— 응.

"치잇…… 응이 뭐예요. 촌스러워."

서인이 입을 삐죽이며 투덜댔다. 그러면서도 양쪽 볼이 빨갛게 달아올라 있었다. 그저 그의 목소리를 듣는 것만으로도 좋다는 듯 그녀의 입꼬리가 하늘 높은 줄 모르고 올라갔다.

— 그 촌스러운 남자 좋다던 건 누군데?

"······흐흐. 사실, 그건 그래요. 제 취향이 촌스럽고 무뚝뚝한 남자였나 봐요."

모윤의 말에 냉큼 수긍하며 서인이 고개를 끄덕였다. 그리고 창밖을 응시하다가 눈을 굴리고는 입을 열었다.

"그러고 보니까, 지금 불 켜져 있는 저 방이 선생님 방 아니에요?"

— 뭐?

"담 옆의 방이요. 불 켜져 있는 방, 거기가 선생님 방이죠?"

서인은 모윤의 집 구조를 머릿속으로 그려 보며 거듭 물었다. 모윤의 나직한 웃음소리가 들렸다.

아, 역시 내 남자는 웃음소리마저도 환상적이야!

그녀는 모윤의 웃음소리에 부르르 몸을 떨었다. 웃음소리가 이렇게 멋지다니. 어디에 담아 놓고 계속 들었으면 좋겠다. 다음에 녹음기 켜 놓고 웃어 달라고 졸라 볼까? 서인이 엉뚱한 생각을 이어 가는데, 모윤의 목소리가 들렸다.

"네 방이 어딘데? 네 방에서 내 방이 보여?"

"넵. 어딘지 맞혀 보세요!"

서인이 부랴부랴 방문 옆의 스위치가 있는 곳으로 달려가더니 스위치를 껐다가 켜는 동작을 반복했다.

— 스위치 갖고 그만 놀아. 네 방, 어딘지 알았으니까.

히힛. 서인은 모윤의 웃음 섞인 대답에 작게 웃은 뒤, 스위치를 끈 상태로 바닥에 주저앉았다. 그리고 다리를 가슴께까지 끌어당긴 뒤, 무릎 사이에 턱을 괸 채 입을 열었다.

"동모 아저씨한테 많이 혼나셨어요?"

— 누가 누구를 걱정하는 거야.

모윤이 부드러운 어조로 말했다. 서인은 휴대폰을 귀에 붙인 채 눈을 감았다.

— 너야말로 어머니한테 혼나지 않았어?

"엄마 지금 집에 없어요."

서인은 눈을 감은 채 대꾸하고는 곧바로 말을 이었다.

"선생님."

— 왜?

"그냥 막 아무 얘기나 계속 해 주시면 안 돼요?"

— 뭐? 우서인, 너는 내가 무슨 이야기꾼이라도 되는 줄 알아?

"목소리 듣고 싶어서 그래요. 선생님 목소리 대박 좋아서."

서인이 다시 눈을 뜨고는 볼멘소리로 대꾸했다. 그리고 생각났다는 듯 말을 이었다.

"그리고 왜 자꾸 우서인, 우서인, 그러세요?"

— 그럼 우서인을 우서인이라고 하지, 우서인을 뭐라고 해야 하는데?

"서인아, 하셔야지요. 아니면 서인 씨, 하셔도 좋고요."

서인은 짐짓 목소리를 낮게 깔며 모윤의 목소리를 흉내까지 내면서 대답했다. 그러자 모윤이 당황한 것인지 아무 대꾸도 하지 않았다. 그러다가 뒤늦게 피식 웃더니 말했다.

— 하여간 발랑 까졌어.

"요새 애들이 다 그렇죠, 뭐."

서인이 뚱한 표정으로 대답했다. 곧바로 휴대폰 너머에서 모윤의 웃음소리가 터져 나왔다.

— 아버지가 방금 네가 한 말 들으셨으면 후회하셨겠다.

"예? 동모 아저씨가요? 왜요?"

— 네가 요새 애들답지 않다고 하셨거든.

"음…… 칭찬이죠?"

서인이 잠시 고민하다가 물었다. 모윤은 웃음으로 대답을 대신하고는 다시 말을 걸었다.

— 그런데 불은 왜 끄고 있어? 방 밖으로 나간 거야?

"아니요. 그냥 깜깜한 게 좋아서요."

서인은 어두운 방 안을 둘러보며 대답했다. 어릴 때부터 늘 혼자였던 그녀는 종종 이렇게 방의 불을 전부 꺼 놓고 시간을 보내고는 했었다. 엄마에게 야단을 맞은 뒤, 문의 틈새로 들어오는 불빛만 하염없이 바라보던 날도 있었다. 차마 불을 켜는 것조차 죄악처럼 여겨지던 날들이 있었다. 그녀는 휴대폰을 든 채 다른 손으로 바닥에 무의미한 낙서를 끼적거렸다. 비행선, 외계인, 뿔 달린 킬러 윤, 케이크, ……아, 맞다. 케이크.

"선생님, 지금 담 쪽으로 오실래요?"

— 담?

"예. 저도 지금 나갈게요."

어차피 모윤이 볼 수 있는 것도 아닌데도 열심히 고개를 끄덕이며 서인이 대답했다.

— 뭘 하려고……. 옷이나 따뜻하게 입고 나와.

모윤이 구시렁거리듯 투덜대더니 이내 다정한 목소리로 말했다. 그 목소리에 배시시 웃은 서인이 모윤과의 통화를 마친 후, 서둘러 침대 머리맡에 놓아두었던 케이크 상자를 들고 방 밖으로 나갔다. 전화를 걸었던 본래 목적—모윤의 과거 연애사에 대해 물어보려던 것—은 까맣게 잊은 채.

어느새 겨울이 다가온 탓인지 저녁 공기가 차가웠다. 모윤은 두 손을 바지 주머니에 찔러 넣은 채 담 너머를 힐끗 보았다. 옆집과의 경계인 담이 야트막한 터라 가만히 서서 봐도 옆집의 모습이 어느 정도 눈에 들어왔다.

"선생님!"

저렇게 현관문을 열고 나오자마자 폴짝거리며 달려오는 서인의 모습도, 말이다. 모윤은 서인을 쳐다보다가 뒤늦게 그녀의 손에 들려 있는 상자를 보았다. 머루네 빵집 마크가 그려진 케이크 상자였다.

"그건 왜 가지고 나와?"

"같이 먹으려고요!"

서인이 모윤의 질문에 냉큼 대답하더니 상자를 열어 케이크를 꺼내고는 담 위에 올려놓았다. 그리고 모윤을 향해 손짓하며 재촉했다.

"빨리 오세요, 선생님!"

"나 참……."

모윤이 어이없다는 표정으로 잠시 그녀를 쳐다보다가 어깨를 으쓱인 뒤, 어슬렁거리며 담 가까이 다가갔다. 서인이 개구쟁이처럼 웃더니 입을 열었다.

"드세요."

"……먹으라고?"

모윤의 한쪽 눈썹이 비틀리듯 올라갔다. 하지만 서인은 뭘 당연한 것을 묻느냐는 듯 고개를 끄덕였다.

"예."

"우리가 원시인이냐?"

"예?"

"맨손으로 먹냐고."

"아······."

서인은 모윤의 말을 듣고 나서야 케이크만 챙겨 가지고 나왔다는 걸 깨닫고 입을 벌렸다. 하지만 그녀는 곧 어깨를 으쓱이더니 손으로 케이크를 자르듯 들고 모윤에게 내밀었다.

"그럼 선생님은 제가 드리는 거 받아 드시면 되겠네요. 아, 하세요."

"뭐?"

"아, 하시라고요."

잘됐다! 나 연애하면 이것도 꼭 해 보고 싶었는데! 서인이 까르르 웃으며 크림 묻은 손을 모윤의 앞에서 흔들었다. 모윤이 얼굴을 찡그리며 그녀의 손목을 잡았다.

"뭘 하는 거야, 대체······."

"으앗!"

서인의 손에 들려 있던 케이크가 아래로 떨어졌다. 그리고 모윤의 가슴팍부터 시작해서 아래로 생크림 자국이 선명하게 남았다. 서인은 제 실수에 스스로 놀란 듯 눈도 깜빡이지 못한 채 모윤을 쳐다보았다. 모윤은 서인을 보고는 피식 웃음이 나오려는 걸 가까스로 삼켰다. 담을 사이에 두고 잔뜩 겁먹은 어린아이처럼 눈을 동그랗게 뜨고 있는 모습에, 가슴속 어딘가가 간지러웠다. 그는 일부러 냉랭한 표정을 가장한 채 손가락을 까딱거렸다.

"이리 가까이 와."

"······서, 선생님."

"빨리."

"잘못했······."

서인이 울상을 지으면서도 어쩔 도리 없다는 듯 그의 말대로 담 가까이 다가갔다. 그리고 사과를 하려고 입을 연 순간, 모윤이 가볍게 담을 뛰어오르더니 그대로 서인의 이마 위에 입술을 댔다.

"……!"

서인은 제 이마에 닿은 보드라운 온기에 손가락 하나 움직일 수 없었다. 그저 바로 눈앞에 시선을 고정하고 있을 뿐이었다. 그러자 눈에 모윤의 셔츠 위로 흘러내린 크림 자국이 보였다. 조금 전, 자신이 실수를 저지르는 바람에 생긴 자국이었다. 서인은 오로지 자신이 볼 것은 그것뿐이라는 듯 눈에 힘을 준 채 크림 자국만 노려보았다. 하지만 그런 서인을 비웃기라도 하겠다는 듯 자꾸만 그녀의 눈이 위로 올라가려고 했다.

안 돼! 보지 마!

서인이 간절하게 애원하듯 속으로 외쳤지만, 그녀의 눈은 아랑곳하지 않고 콧방귀를 뀌며 슬금슬금 위쪽을 보기 시작했다.

모윤의 목 가운데에 볼록 튀어나와 있는 사과 조각이 먼저 눈에 들어왔다. 아담이 사과를 먹다가 목에 걸린 거라던가? 서인은 어디선가 주워들었던 썰렁한 유머를 떠올리며 그의 목젖을 쳐다보고는 침을 꼴깍 삼켰다.

내 남자는 목젖도 잘생겼구나.

서인의 입꼬리가 슬슬 풀리기 시작했다. 그녀는 금세 생글거리며 과감하게 더 위로 시선을 옮겼다. 그리고 모윤과 눈이 마주쳤다.

"어?"

"……혼자 뭘 실실거리고 웃어?"

모윤이 어느새 입술을 떼고는 담 위에 걸터앉은 채 퉁명스럽게 서인을 향해 말했다. 서인은 뭔가 아쉬운 마음에 얼굴을 찡그렸다.

"이왕 해 주실 거면 통 크게 입술에 해 주시지."

"또 까불지, 응?"

모윤은 서인을 향해 피식 웃으며 대꾸하고는 자신의 셔츠를 가리키며 말을 이었다.

"네가 이걸 보고도 그런 소리가 나와?"

"……."

서인은 입을 다물고는 손을 들었다. 크림으로 범벅이 된 손가락을 쳐다보다가 냉큼 입에 넣고 빨았다. 모윤이 그 모습에 한마디 타박을 하려다가 얼굴을 구겼다. 그리고 옆에 놓인 케이크를 쳐다보았다. 먹다 남은 케이크는 볼썽사납다 싶을 만큼 엉망이었다. 하지만 그것을 같이 먹고 싶어 한 서인의 마음을 모른 척할 수 없었다. 모윤은 가만히 케이크를 쳐다보다가 손가락으로 크림 부분을 찔러 보고는 입으로 가져갔다.

머루가 신경을 써서 만든 크림이라서 우유 맛이 진했다. 그가 무심코 한 번 더 크림을 찍어 먹으려고 케이크로 손을 뻗는데, 앞에서 서인이 중얼거리는 소리가 들렸다.

"와아, 모윤 씨, 진짜 야해요."

"……뭐, 뭐라고?"

모윤은 서인의 말에 기가 막혀서 입만 벙긋거렸다. 그 모습을 바라보던 서인이 씩 웃더니 모윤의 목에 팔을 둘렀다.

"야, 우서……!"

서인에게서 달착지근한 향기가 났다. 케이크에서 묻어나온 향기일지도 몰랐다. 그러나 그런 인위적인 향기라기보다는 자연스럽게 몸에서 나는 향기 같았다. 그는 입을 달싹이다가 그대로 다물었다. 보드라운 볼이 제 목덜미를 스쳤다. 가느다란 팔이 제 목을 감고 있었다. 모윤의 팔이 의지와는 상관없이 움찔거렸다. 그는 잠시 주저하다가 팔을 들어 서인의 등을 감쌌다.

담 위에 올라가 앉아 있는 바람에 서인과 끌어안고 있는 모윤의 자세는 구부정할 수밖에 없었다. 지금 제 모습을 누군가가 본다면 우스꽝스럽다고 여기겠단 생각이 들었다.

아무러면 어때.

모윤은 피식 웃으며 서인의 등을 끌어안은 채 입을 열었다.

"우서인."

"예."

"만약 우리 사이가 문제가 된다면, 그래서 누군가가 네게 다그치기라도 한다면…… 그때는 무조건 나 때문이라고 해."

"예?"

서인이 가만히 모윤을 끌어안고 있다가 놀란 듯 몸을 움직였다. 하지만 모윤은 그녀를 놔주지 않고 팔에 힘을 준 채 말을 이었다.

"내가 너를 꼬여 낸 거라고 해. 아니, 내가 강제로 너한테 개인적으로 만나자고 했다고, 그렇게 말해."

"서, 선생님!"

"물론 그럴 일은 없어야겠지만."

그래도 혹시 모르니까. 모윤은 서인을 끌어안고 있던 팔을 아래로 내렸다. 서인이 냉큼 그에게서 몸을 떼고는 모윤을 쳐다보았다. 그녀의 눈이 두려움으로 흔들렸다. 모윤은 그런 서인의 반응에 짓궂은 미소를 머금고는 그녀의 이마를 손가락으로 딱, 때렸다.

"그냥 만약의 경우를 말하는 거야."

"그런 거 싫어요. 그리고 만약 그렇게 된다면, 선생님 혼자 뒤집어쓰게 안 해요."

"서인아."

"칫. 우서인, 우서인, 하시더니 이럴 때는 서인아, 하고 부르고."

선생님 못됐어요. 서인이 입을 삐죽이며 투덜거리고는 담 쪽으로 몸을 돌리더니 모윤과 케이크 사이에 걸터앉았다. 그리고 뒤늦게 생각난 듯 그의 뒷머리 쪽을 보더니 하하, 하고 웃었다.

"선생님 머리에도 크림 묻었어요."

"네 옷에는 내 침 묻었을 텐데, 뭘."

"어? 그러고 보니 선생님 머리에 침도 묻었겠다."

모윤의 태평한 말에 기분이 좋아졌는지 서인이 배시시 웃더니 대꾸했다. 그리고 다시 진지한 얼굴로 그를 쳐다보더니 다부진 표정으로 말했다.

"학교에서는 알은척하지 않을 거예요."

"뭐?"

"그러니까 괜히 서운하다고 하지 마세요."

서인의 말에 모윤의 표정이 이상해졌다. 자신보다 훨씬 어린 여자가 자신을 지켜 주겠다는 게 우습기도 하고, 한편으로는 사랑스럽기도 했다.

……사랑스럽다니.

모윤은 자신의 가슴을 두드리는 낯선 감정에 뭘 어떻게 해야 좋을지 가늠조차 할 수 없었다. 그저 서인을 바라보기만 할 뿐이었다. 그러다가 문득 충동적으로 속에 있던 말이 튀어나왔다.

"너 왜 이렇게 늦게 태어났냐."

"예?"

"……됐다."

말해 놓고 나니까 바보가 된 기분이었다. 모윤은 쑥스러운 기분에 더욱 퉁명스럽게 대꾸하고는 가만히 앞을 바라보았다. 그리고 보니 서인의 집을 본 것은 처음인 듯싶다. 옆집이라 해도 굳이 담 너머로 힐끔거리며 구경할 것은 아니었으니 말이다.

서인의 집은 고요하고, 쓸쓸했다. 자신의 집처럼 마당이라 하는 것보다는 정원이라 부르는 게 어울릴 법했지만, 온갖 정원수가 심어져 있음에도 불구하고 어쩐지 쓸쓸한 느낌이 물씬 풍겼다.

이곳에서 서인은 무슨 생각을 하며 살았을까.

그녀의 어머니가 있을 때에는 주방에 가서 밥조차 먹지 못할 정도였다면, 그녀에게 이곳은 집이 아니라 감옥처럼 느껴지지 않았을까.

정원수, 유실수가 모양 좋게 심어져 있는, 화려한 감옥.

"모윤 씨."

"자꾸 까불래?"

서인의 부르는 소리에 모윤이 정면을 바라보며 입을 열었다. 뒤이어 그녀가 작게 웃는 듯싶더니 그의 어깨 위로 살짝 무게가 실렸다. 서인은 모윤의 어깨에 머리를 기댄 채 입을 열었다.

"그러게요. 저, 진작 태어날 걸 그랬죠."

"……."

어두워서 다행이었다. 모윤은 제 속내를 서인에게 들켜 버린 것만 같아서 얼굴이 뜨거웠다. 그가 민망한 마음을 내색하지 않으려고 애써 시선을 앞에 고정하고 있는데, 서인의 장난기 어린 말이 이어졌다.

"그런데 선생님, 저 지금도 그렇게 어리지 않거든요. 물론 선생님 눈에는 한참 어리게 보이겠지만요. 조선 시대였으면 벌써 애를 두셋 정도는 낳았을 거라고요."

"뭐? 애를 두셋 정도는 낳아?"

모윤은 기가 막혀서 자신도 모르게 서인을 향해 고개를 돌렸다. 서인이 개구지게 웃으며 그를 쳐다보다가 고개를 끄덕였다.

"그럼요! 연달아 쌍둥이를 낳았으면 네다섯 정도도 가능하죠."

"……너는 창피하지 않아?"

"뭐가요?"

"이런 얘기."

"이게 뭐가 창피해요?"

서인은 고개를 갸웃거리며 모윤에게 물었다. 모윤은 고개를 절레절레 저은 뒤, 그녀의 머리를 마구 헝클어뜨리듯 쓰다듬었다. 보들보들한 머리카락의 감촉에 기분이 들떴다. 그는 제 어린 연인을 바라보았다. 서인 역시 모윤을 쳐다보다가 입을 열었다.

"몇 달만 지나면요."

"……"

"저도 어른이 될 거예요."

"……그래."

모윤은 목소리가 잠겨 나오려는 것을 간신히 뱉어 내듯 대답했다. 그는 숨을 고르듯 심호흡을 한 뒤, 피식 웃고 말았다. 어른이 된다는 말을 겁도 없이 하는 그녀의 모습에 자꾸만 웃음이 나왔다.

"빨리빨리 자라라, 우서인."

모윤이 혼잣말처럼 나직한 목소리로 중얼거렸다.

11

데이트의 조건

2학년 문학 수업을 끝내고 교무실로 향하던 중이었다. 모윤은 복도를 걷다 말고 맞은편에서 다가오는 이를 발견하고는 걸음을 멈췄다. 맞은편에서 오던 서인 역시 모윤을 보고는 멈칫했다. 하지만 그녀는 곧 아무렇지 않게 다시 걸음을 옮겼다. 그리고 모윤과 가까워지자 꾸벅 고개를 숙여 인사했다.

모윤은 서인의 인사를 얼떨결에 받고는 자신도 모르게 뒤를 돌아보았다. 멀어져 가고 있는 서인의 뒷모습이 보였다. 문득 그의 시선이 그녀의 종아리 위로 살짝 올라간 치마 끝단에 닿았다.

저, 저 칠칠치 못한 우서인.

치마의 아랫단이 풀려서 실이 아래로 흘러내려 있었다. 모윤은 혀를 차고는 다시 돌아서서 복도를 걸으며 휴대폰을 꺼냈다.

[너 치맛단 풀렸어.]

메시지를 보내자마자 답장이 도착했다.

[어홍. 〉.〈 음흉해요!]

"뭐, 뭐가 음흉……."

모윤은 서인의 답장에 기가 막혀서 말을 잇지 못하다가 피식 웃었다. 직접 얼굴을 맞댈 상황에서는 알은척하지 않겠다던 말대로 새침하게 지나가 버리더니 휴대폰 메시지로는 또 이렇게 제멋대로 까부는 것이다. 그는 자신도 모르게 입가에 미소를 머금은 채 다시 서인을 향해 메시지를 보냈다.

[자꾸 까불면 오늘 저녁밥 안 준다?]

[대빵 치사해요! 밥 가지고 협박하다니!]

"대빵……. 내가 문학 선생이라는 걸 아예 잊고 사나."

모윤은 고개를 절레절레 흔들며 휴대폰 위로 바쁘게 손을 움직였다.

[점심은 먹었어?]

[넵! 두 그릇 먹었어요. 배 띵띵.]

[내일 예비 소집이지?]

[흐억. 예에에에에. ㅠ_ㅠ]

"약한 척하기는. 수능 전날 배 띵띵해지도록 밥 두 그릇 먹었다고 자랑한 녀석이."

모윤은 혼잣말을 중얼거리다가 계단 앞 복도에 서서 다시 서인에게 메시지를 보냈다.

[또 얘기하기는 하겠지만, 내일 옷 두툼하게 잘 챙겨 입어. 목도리도 하고 마스크도 쓰고.]

마스크……. 모윤은 가만히 웃었다. 갑자기 서인의 '핑크색 마스크'가 떠오른 탓이었다. 그 순간, 누군가가 다가오더니 모윤에게 말을 걸었다.

"길 선생, 요즘 연애하나 봐?"

"아, 박 선생님……."

2학년 물리 담당인 중년 사내가 신기하다는 듯 모윤을 쳐다보며 말을 이었다.

"길 선생이 잘생기기는 했어도 워낙 사람이 차가워 보여서 말이야. 난 길 선생이 연애 같은 건 아예 관심도 없을 줄 알았거든. 그런데 요즘 아주 입가에 웃음이 매달려 떨어질 생각을 안 하더라고. 연애하는 거 맞지?"

"하하……. 예."

모윤이 어색하게 웃으면서도 순순히 대답했다. 그러면서 조심스럽게 휴대폰을 손으로 감싸듯 쥐었다. 서인이 답장을 한 것인지 그의 손안에 있던 휴대폰이 부르르 몸을 떨었다. 하지만 모윤은 아무렇지 않게 휴대폰을 주머니에 넣은 뒤, 손을 빼내고는 중년 사내를 향해 입을 열었다.

"참, 그러고 보니 오늘 교무회의에서 교감 선생님께서 말씀하신 거 말인데요……."

이 나이 먹어서 비밀 연애를 하게 될 줄이야. 모윤은 주머니 속에서 부르르, 부르르, 계속 떨어 대는 휴대폰의 진동을 느끼며 혀를 찼다.

* * *

"저 곰손."

다민은 서인이 바느질하는 걸 보다가 한심하다는 듯 고개를 저었다. 하지만 서인은 아랑곳하지 않고 공그르기를 끝낸 뒤에 매듭을 두 번 짓고는 앙, 하며 치아로 실을 끊었다. 다민이 그 모습에 기겁해서 타박하듯 말했다.

"이로 실 끊지 말라고 했잖아! 그게 치아 건강에 얼마나 나쁜지 몰라?"

"괜찮아."

"괜찮기는! 나중에 할머니 돼서 후회하지 말고 미리 조심해."

하여간 말도 안 들어. 다민은 못마땅한 얼굴로 퉁명스럽게 대꾸했다. 그 모습을 지켜보던 우환이 인주를 툭 치더니 작은 소리로 속삭이듯 입을 열었다.

"나중에 강다민이랑 결혼할 여자가 불쌍하지 않냐? 잔소리 대마왕."

"그래도 잘생겼잖아."

인주가 가벼운 어조로 대꾸했다. 우환이 인상을 쓰더니 심통 난 얼굴로 혼잣말을 중얼거렸다.

"하여간 어디를 가나 이놈의 외모 지상주의……."

"훗."

갑자기 서인이 제 치맛단을 똑바로 펴다 말고 웃었다. 우환이 여전히 심통 난 얼굴로 서인을 쳐다보았다. 서인은 우환을 잠시 쳐다보다가 인주와 다민에게 시선을 돌린 뒤, 어깨를 으쓱였다.

"아니, 뭐. 내 남자가 바로 그 외모 지상주의의 가장 큰 수혜자가 아닐까 싶어서."

잘생겨도 너어무 잘생겼어! 서인은 두 손을 뺨에 댄 채 호들갑을 떨었다. 인주가 그 모습을 보다가 혀를 차더니 투덜댔다.

"모레 수능 볼 애가 저러고 있대요. 쳇, 그래. 잘생긴 남친 둬서 좋겠다, 우서인. 나는 공부나 하련다. 수능 점수 1점에 내 남자의 외모가 바뀐다!"

인주는 부르르 몸을 떨며 결연한 표정을 짓더니 제 옆자리에 있던 우환의 뒤통수를 앞으로 밀었다.

"현우환, 너도 공부해. 그래야 네 마누라 외모가 바뀐다. 치사해도 어쩔 수 없어."

"아, 뭐야! 지금 공부한다고 뭐가 달라지냐?"

우환이 넓은 스터디룸 책상에 엎드리더니 커다란 덩치에 어울리지 않게 징징대기 시작했다.

"난 재수할 거야. 이미 포기했어. 해탈했다고. 1년 열심히 해서 서울대 가면 돼."

"수능 보기도 전에 재수한다는 놈이 퍽이나 서울대 가겠다. 빨리 한 문제라도 더 머릿속에 집어넣어."

다민이 냉랭한 투로 말하며 우환을 억지로 일으켰다. 그리고 서인을 향해서도 잔소리를 이었다.

"너도 지금 바느질할 때야? 그리고 선생님…… 아니, 네 남자친구 생각은 수능 끝나고 나서 해도 안 늦어. 정신 차리고 공부해."

"나도 안다, 뭐."

서인이 볼멘소리로 대꾸하고는 펜을 잡았다. 다민의 잔소리를 듣기는 했지만, 서인이 그 정도로 공부를 게을리 한 것은 아니었다. 그녀의 앞에 놓인 두툼한 오답 노트만 봐도 그랬다. 수십 번은 봤을 법한 스프링 노트는 모서리가 전부 닳아서 누더기와 다를 바가 없었다. 다민 역시 서인이 해 왔던 노력을 알기 때문에 더 이상 잔소리를 하지 않고 입을 다물었다.

……정신을 차려야 할 사람은 다민, 본인인지도 모른다.

그는 유치한 제 모습에 민망해져서 얼굴을 찡그렸다. 서인과 모윤이 사귀기로 했다는 말을 들은 뒤로 그는 종종 심술이 나는 것을 이런 식의 잔소리로 풀고 있는 중이다. 물론 서인을 비롯해 자신의 친구들은 눈치 채지 못한 것 같지만 말이다. 다민이 한숨을 삼키고는 신경질적인 손놀림으로 조금 전까지 보던 요약 노트의 페이지를 넘겼다.

3학년 교실이 있는 복도는 적막하기까지 했다. 아무래도 모레가 수능일이니 일찌감치 집이나 독서실로 간 아이들이 많아서일 것이다. 모윤은 복도를 걷다 말고 그 끝에 위치하고 있는 스터디룸을 보았다. 서인은 친구들과 함께 학교에 남아서 공부를 할 거라고 했다. 그는 작게 헛기침을 했다.

그냥, 선생 입장에서 애들이 공부 열심히 하고 있나, 보려는 것뿐이야.

모윤은 그렇게 제 행동을 애써 합리화시키기 위해 노력하며 손에 들려 있는 비닐봉지를 힐끔 내려다보았다. 학교 앞 분식점에서 애들이 좋아할 만한 것들을 몇 가지 사 가지고 온 길이다. 하지만 쉽게 발걸음이 떨어지지 않아서 몇 번이고 계단 중간쯤에 멈춰 서서 망설였다. 떡볶이가 거의 불어 터졌으리란 생각이 그나마 모윤을 움직이게 했다.

스터디룸의 문을 조심스럽게 열어 보았다. 서인의 모습이 제일 먼저 눈에 들어왔다. 흘러내린 앞머리를 고무줄로 묶은 것이 이리저리 흔들리고 있었다.

'공부한다더니 졸고 있어?'

모윤은 피식 웃다가 그녀의 주위를 둘러보았다. 다른 아이들이라고 해서 별반 다르지는 않았다. 어느새 훌쩍 커 버린 머루의 동생은 마치 자고 있지 않다는 듯 바른 자세로 눈만 감고 있었고, 또 다른 여자아이는 아예 책상 위에 엎드린 채 자고 있었다. 그리고 커다란 덩치의 남자아이는 고개가 뒤로 젖혀졌다가 앞으로 숙이기를 반복하며 자는 중이었다.

이걸 어쩌나.

모윤이 난감한 표정으로 턱을 긁적였다. 평소의 자신이었더라면 곧바로 소리를 질러 아이들을 깨웠을 테지만, 이곳에 들른 제 의도가 다소 불순한 탓에 —물론 절대 그렇지 않다고 계속 우기는 중이다— 어쩐지 아이들을 깨우는 게 망설여졌다. 그는 잠시 망설이다가 들고 있던 비닐봉지를 책상 한쪽에 내려놓고 나가기 위해 조금 더 가까이 다가갔다. 그 순간, 우환이 앞뒤로 고개를 까딱이며 졸다가 균형을 잃고 뒤로 넘어갔다.

"으, 으아앗!"

다행히 우환의 등 뒤에 벽이 있었던 탓에 바닥으로 나뒹구는 불상사는 면할 수 있었다. 수능을 바로 코앞에 두고 졸다가 머리라도 깨졌더라면 그게 무슨 망신이겠는가. 우환은 가슴을 쓸어내리며 휴우, 하고 숨을 내쉬다 말고 기겁해서 목소리를 높였다.

"키, 킬러 윤…… 흐업!"

우환은 자신도 모르게 제 입 밖으로 튀어나온 모윤의 별명에 손바닥으로 뒤늦게 입을 틀어막았다. 모윤은 냉랭한 얼굴로 우환을 쳐다보다가 검지를 들어 그의 손바닥을 가리키며 입을 열었다.

"코까지 막고 죽을 작정이냐? 손 내려."

"흐, 흐어어어……."

모윤의 말이 떨어지기 무섭게 우환이 냉큼 손을 내리고는 벌떡 일어났다. 마치 군대에서 이병이 사단장이라도 만난 것처럼, 그는 덜덜 떨면서도 바짝 군기가 들어간 자세로 모윤을 쳐다봤다. 하지만 모윤은 그런 우환을 보고도 시큰둥한 표정을 짓더니 턱짓으로 나머지 아이들을 가리켰다.

"얘네 다 깨워."

"예!"

우환이 모윤의 말을 듣자마자 부랴부랴 제 옆의 인주부터 마구 흔들어 깨웠다. 바로 옆에서 우환이 그 난리를 쳤는데도 듣지 못하고 자던 인주가 주황색 귀마개를 빼내며 얼굴을 찡그렸다.

"아, 왜 자는데 깨워…… 헉."

킬러 윤이다! 인주의 손에 들려 있던 귀마개 두 개가 또르르, 바닥에 떨어져 굴렀다. 뭐지? 왜 자고 일어났는데 악몽 속인 거야? 인주가 데굴데굴 눈을 굴리며 우환을 향해 눈짓으로 물었다.

뭐야? 킬러 윤이 왜 여기에 있어?

내가 그걸 어떻게 알아? 나도 몰라.

둘이 시선을 주고받으며 대화에 여념이 없는 사이에 단정한 자세로 졸고 있던 다민이 어느새 깨어나서 모윤을 쳐다보고는 고개를 살짝 숙여 인사했다. 모윤은 픽 웃으며 다민의 인사를 받고는 입을 열었다.

"우서인도 깨워."

"……예."

다민이 모윤의 말에 고개를 끄덕인 뒤, 서인의 어깨를 살짝 잡고 흔들었다. 그러자 서인이 뭔가를 먹는 꿈이라도 꾸는 건지 입맛을 다시더니 끼잉, 하는 소리와 함께 느릿느릿 눈을 떴다.

"배고픈데……."

서인이 눈을 비비며 아랫입술을 내밀더니 시무룩한 표정을 지었다. 꿈에서 막 진수성찬을 앞에 두고 먹으려던 찰나였는데, 너무 아쉬웠다. 그녀가 거듭 입맛을 다시며 무심코 시선을 돌리다가 그 대로 눈을 동그랗게 뜨고 말았다.

어?

어어?

"……서, 선생님?"

흐읍! 여기는 학교인데! 알은체하면 안 되는데! 모윤이 느닷없이 제 눈앞에 나타난 바람에 알은척하지 않겠다던 다짐을 깨 버린 서 인이 당황해하며 주위를 두리번거렸다. 인주와 우환, 그리고 다민 이 자신을 한심하다는 듯 쳐다보고 있었다.

아, 알은체해도 되겠구나.

얘들은 어차피 다 알고 있으니…….

"모윤 씨, 저 보고 싶어서 오신 거죠!"

서인이 씩 웃으며 벌떡 일어나 모윤에게 달려들려고 했다. 하지 만 모윤이 먼저 뒤로 몸을 물리고는 책상 위에 올려 둔 비닐봉지 를 턱짓으로 가리키며 입을 열었다.

"헛소리하지 말고 그거나 먹어. 그리고 공부도 안 하면서 의자 에 앉아 뭘 하는 짓들이냐? 한 글자라도 더 봐야 할 시간에 졸기 나 하고 있으니……. 너희들이 그러고도 고3이야? 내일모레 수능 보는 녀석들 맞아?"

모윤이 날카롭게 서인을 비롯한 아이들에게 쏘아붙였다. 서인은 엉거주춤 서 있다가 슬그머니 제자리로 돌아갔다. 그리고 책상 위 에 있던 비닐봉지를 끌어다가 제 앞에 놓은 뒤, 코를 벌름거렸다.

뭐지? 이 환상적인 냄새는?

위장이 미친 듯 부르짖게 만드는 이 냄새의 정체는?

"우와! 떡볶이! 순대! 튀기이이임!"

서인이 환호하며 봉지를 거의 찢듯이 벌렸다. 그러자 인주와 우환 역시 코를 킁킁대더니 몸을 일으켰다. 모윤은 마치 자신이 맹수 우리에 생닭 몇 마리를 던져 넣은 사육사가 된 기분이 들어서 자신도 모르게 입꼬리가 파들거리는 걸 손으로 문질러 감췄다. 다민이 그런 모윤을 힐끔 쳐다보다가 작은 목소리로 입을 열었다.

"모윤 형."

"왜?"

모윤이 시선을 옮겨 다민을 쳐다보았다. 다민은 가만히 눈을 돌려 제 친구들을 쳐다보다가 말을 이었다.

"서인이랑 사귄다면서?"

"응."

"너무하는 거 아니야?"

"뭐?"

"형이랑 서인이 나이 차이만 해도……."

"강다민."

모윤은 다민의 말을 끊었다. 그리고 다민의 단정한 얼굴을 물끄러미 쳐다보았다. 아직 앳된 기운이 가시지 않은 사내아이의 얼굴에는 숨기지 못한 질투심이 드러나 있었다. 친구와 닮아 있는 얼굴을 마주하고 있다 보니 조금은 우습단 생각이 들었다.

어린 연인을 얻은 대가라고 해야 하나.

모윤은 설레설레 고개를 흔들고는 말을 이었다.

"그건 네가 상관할 문제가 아닌데."

"하지만 난 서인이의 친구로서……."

"아무리 친구라고 해도, 연인 사이에 끼어드는 건 아니지. 그 정도 매너도 없어?"

"……."

모윤의 말에 대꾸하지 못하고 다민이 입을 꾹 다물었다. 그리고
주위가 고요해졌다. 비닐봉지를 부스럭대는 소리가 잠시 들리더니
이내 찰싹 손등을 때리는 소리가 이어졌다. 모윤은 힐끔 시선을 돌
렸다. 서인이 눈을 동그랗게 뜬 채 자신과 다민을 번갈아 쳐다보고
있었다.

"우서인."

"……예?"

"기껏 먹으라고 사다 줬더니 뭘 하고 있어? 안 먹어? 너희도 안
먹을 거야? 그냥 갖다 버려?"

모윤은 냉랭한 어조로 말을 이으며 당장에라도 사 가지고 왔던
분식을 전부 내다 버릴 듯 몸을 움직였다. 그러자 인주에게 손등을
얻어맞고 엄살을 떨던 우환이 황급히 두 팔로 비닐봉지를 끌어안
으며 외쳤다.

"쌤! 사다 주고 다시 뺏는 건 진짜 치사빵꾸거든요?"

"……."

치사빵꾸……. 모윤은 두통이 이는 것을 느끼며 말문이 막혀서
입을 다물었다. 도대체 열아홉이나 먹은 것들이 하는 말들이 왜 이
모양인지 모르겠다. 서인의 입에서 종종 튀어나오던 괴상한 단어
들도 전부 친구를 잘못 사귄 탓이려나. 그가 이마를 짚고는 한숨을
내쉰 뒤, 손을 내저으며 다시 입을 열었다.

"어쨌든 먹고, 공부해라. 수능 보기 직전까지 한 글자라도 더
머릿속에 욱여넣는다는 각오로 공부해. 수능 끝나고 다 잊어버려
도 상관없으니까, 시험 보는 동안까지만 욱여넣었다가 빼서 쓰면

돼. 알았어?"

"그게 뭐예요. 되게 무식한 공부법이잖아요."

서인이 오징어 튀김을 하나 들고 모윤에게 다가오며 징징거렸다. 모윤은 그런 서인의 이마를 가볍게 손가락으로 튕기듯 때린 뒤, 말을 이었다.

"공부는 원래 무식하게 하는 거야."

"그게 뭐래요……."

서인은 모윤의 말을 이해할 수 없다는 듯 입을 삐죽이다가 금세 씩 웃더니 들고 있던 오징어 튀김을 그의 앞에 들었다.

"아, 하세요."

"……뭐?"

"아, 하세요. 저 이거 꼭 해 보고 싶었어요! 내 남자한테 간식 먹여 주기!"

서인이 장난스럽게 웃으며 오징어 튀김을 살랑살랑 흔들어 보였다. 모윤은 기가 막혀서 서인을 쳐다보다가 그 뒤편에서 눈을 반짝이는 아이들을 보고는 고개를 흔들었다.

"야, 됐어. 학교에서는 알은척하지 않는다더니 대체……."

모윤이 말을 잇는 와중에 벌어진 입 사이로 오징어 튀김이 쏙 들어왔다. 그는 당황한 나머지 말도 하지 못한 채 오징어 튀김을 절반 정도 입에 물고 서인을 쳐다보았다. 서인이 깔깔대며 웃고는 그를 쳐다보다가 말했다.

"선생님, 약속 지키셔야 돼요."

"……약속이라니?"

모윤은 입에 물려 있던 오징어 튀김을 씹으며 미간을 찌푸렸다. 서인이 수줍게 미소를 짓고는 대답했다.

"수능 전 영역 1등급 받으면 하루 종일 데이트하기로 했던 거요."

"자신 있나 보네?"

"사랑의 힘으로 제가 수능 만점자가 될지도 모르잖아요? 흐흐. 그럼 인터뷰하면서 공개적으로 전국에 선생님이랑 사귄다고 스캔들 터뜨려야지!"

서인이 너스레를 떨며 어깨를 으쓱였다. 모윤은 피식 웃고는 가만히 그녀를 쳐다보다가 고개를 끄덕였다.

"그래, 수능 만점까지 받으면 네 마음대로 해 봐."

"어? 진짜요? 선생님, 진짜 제 마음대로 해요?"

애들아, 너희도 들었지? 너희가 증인이야! 서인이 호들갑스럽게 뒤를 돌아보더니 제 친구들을 향해 말했다. 그러자 인주와 우환이 동시에 고개를 끄덕이며 비장한 표정을 지었다. 그리고 다민 역시 불만 섞인 얼굴로 어쩔 수 없다는 듯 고개를 끄덕였다. 서인은 다시 의기양양한 표정으로 모윤을 쳐다보았다. 모윤이 슬쩍 입꼬리를 올리더니 재차 입을 열었다.

"그 대신."

"예?"

"반대로 1등급 하나라도 못 받으면, 데이트는 꿈도 꾸지 마."

"아, 선생님! 그건 너무 가혹하잖아요!"

모윤의 말이 끝나자마자 서인이 항의했다. 하지만 그는 가볍게 그녀의 항의를 흘려듣고는 손을 내저었다.

"그만 가 봐야겠어. 너희도 공부하다가 너무 늦지 않게 집에 가라. 공부도 중요하지만, 막판 컨디션 관리도 중요하니까."

모윤은 스터디룸의 문을 열고 밖으로 나가려다가 잠시 주저하더니 뒤를 돌아보았다. 서인뿐만 아니라 나머지 아이들도 또랑또랑 눈을 뜬 채 자신을 쳐다보고 있었다. 전근을 온 지 얼마 되지 않은 탓에, 게다가 3학년이라 수업조차 한 적 없었지만, 그래도 자신의 제자들이었다.

"지금껏 잘 버텼어. 딱 이틀만 더 버텨라."

그는 그 말을 남기고 밖으로 나갔다. 허황된 소리였다. 이틀만 버티면 뭔가 다른 세상이 펼쳐지는 게 아니다. 앞으로도 저 아이들에게는 끊임없이 버티고, 또 버려야 할 시간들이 찾아올 것이다. 하지만 모윤은 아이들에게 굳이 그런 말을 하고 싶지는 않았다. 값싼 감성에 기인한 것이라 해도 말이다.

무엇보다도 서인에게, 그냥 그렇게 말해 주고 싶었다.

밝게 웃고 능청스럽게 장난도 치고 까불기도 잘하지만, 그녀의 가슴속에 얼마나 많은 상처가 새겨져 있는지 알지 못한다. 더구나 부모로 인한 상처이니, 그것은 다른 것보다도 더 깊고 아팠을 것이다. 그럼에도 불구하고 언제나 행복하다는 듯 웃는다. 모윤은 스터디룸을 돌아보았다. '킬러 윤'이라는 별명답지 않게 모윤의 시선은 따스하고 다정했다.

* * *

어김없이 지독한 한파가 몰아닥쳤다. 매년 있는 일인데도, 뉴스에서는 호들갑스럽게 수능 한파 운운하며 떠들어 대고 있었다. 다른 해에는 아무리 그래 봤자 별다른 관심을 두지 않았는데, 올해만큼은 모윤에게 있어서도 한파는 예민한 문제가 되었다.

"어이쿠, 추워…… 이것 좀 들어요, 길 선생."

같이 나온 교사가 코를 훌쩍이며 종이컵과 군것질거리를 내밀었다. 2학년생들이 선배들 응원을 한답시고 일찌감치 나와서 옹기종기 모여 있는 곳에 다녀오는 듯싶더니 먹을거리를 받아 가지고 온 모양이다. 모윤은 감사하다고 인사를 한 뒤, 종이컵을 받아 들고 초코 바와 사탕 몇 개를 코트 주머니에 넣었다. 아이들을 응원한다는 명목으로 나오기는 했지만, 함께 나온 교사들 중 어느 누구도 딱히 큰 관심이 있어 보이지는 않았다.

하기야 매년 형식적으로 나오는 것이니 그럴 법도 하지만……. 모윤은 호호, 불며 커피를 한 모금 마시다가 승용차에서 내리는 학생을 발견하고 입을 열었다.

"우리 학교 학생이네요, 교복 보니까."

여학생 하나가 승용차 안에서 부모와 뭔가 대화를 나누는 듯싶더니 '아자!' 하고 외치며 돌아섰다. 그리고 교문으로 달음박질을 치다 말고 모윤과 눈이 마주치자마자 흠칫 놀라 멈춰 서더니 주춤 거리며 느릿느릿 다가왔다.

"지퍼 채워."

"……예?"

"패딩 지퍼 말이야. 이 날씨에 그렇게 미친 사람처럼 풀어 헤치고 다닐래? 꽃 하나 머리에 달아 줘?"

여학생이 입고 있는 패딩이 풀어 헤쳐져 안쪽의 교복 재킷이 고스란히 보였다. 모윤은 못마땅한 얼굴로 그 점을 지적했다. 여학생은 몸을 움츠리더니 지퍼를 채우기 위해 고개를 숙였다. 하지만 수능을 보러 들어가야 한다는 긴장감 탓인지 —'킬러 윤'의 앞에 서서 생긴 긴장감일 수도 있지만— 지퍼가 생각대로 쉽게 채워지지 않았다.

"어, 어…… 이게 왜 안 되지……."

여학생은 당황해하며 슬쩍 모윤의 눈치를 살폈다. 금방이라도 '킬러 윤'의 독설이 머리 위로 쏟아질 것만 같았다. 아니나 다를 까. 모윤이 성큼 앞으로 다가오더니 손을 뻗었다. 때리려나 보다! 여학생은 자신도 모르게 눈을 질끈 감았다. 하지만 그녀가 상상했 던 것은 전혀 이루어지지 않았다.

"됐어. 들어가 봐. 컴퓨터용 사인펜은 챙겼지?"

"……어, 예?"

모윤의 심드렁한 목소리에 여학생이 눈을 떴다. 어느새 입고 있 던 패딩의 지퍼가 목 윗부분까지 채워져 있었다. 설마…… 킬러 윤이? 여학생의 눈이 휘둥그레졌다. 하지만 모윤은 시큰둥한 표정 으로 그녀를 쳐다보다가 한쪽 눈썹을 올리며 물었다.

"안 들어가? 시험 안 봐?"

"아, 맞다! 시험!"

"수능 볼 녀석이 정신을 어디에 빼놓고 있는 거야. 정신 차리고 어서 들어가."

여학생이 모윤에게 홀린 듯 넋을 놓고 있다가 화들짝 놀라는 것 을 보며, 모윤은 기가 막힌다는 듯 고개를 흔들었다. 하여간 요새 애들은 왜 다들 저 모양인지. 그는 조금 전의 여학생이 시험 시간 내내 자신을 떠올리며 얼굴을 붉히느라 시험을 망치게 될 거라는 건 생각도 하지 못한 채 무심한 눈으로 앞을 응시했다.

얘는 왜 이렇게 안 와.

이럴 줄 알았으면, 그냥 내가 차 태워 가지고 올 걸 그랬나.

사람들의 시선 때문에 서인이 곤란해질 것을 걱정해서 먼저 왔 던 게 후회되었다. 모윤은 힐끗 시계를 확인한 뒤, 조금은 초조한 표정으로 서인이 오기만을 기다렸다. 그 순간, 서인이 교문 옆쪽으로 쭉 이어진 길을 따라 허겁지겁 뛰어오는 모습이 보였다.

저, 저 녀석!

모윤이 얼굴을 찡그리며 혀를 찼다. 그 와중에 서인이 교문 앞까지 뛰어오더니 허리를 구부린 채 숨을 몰아쉬었다. 흘러내린 머리카락이 젖어 있는 걸 보니 머리를 감은 뒤에 제대로 말리지도 않은 듯했다.

감기라도 걸리면 어쩌려고!

모윤은 버럭 성을 내고 싶은 걸 꾹 참으며 그녀를 쳐다보았다. 서인이 숨을 고르며 다시 허리를 펴다가 모윤과 눈이 마주치고는 입을 벌렸다. 그리고 황급히 시선을 피하며 그의 옆쪽으로 걸음을 옮겨 학교 안으로 들어가려는 찰나, 모윤의 목소리가 들렸다.

"컴퓨터용 사인펜 챙겼어?"

"예? ……아아, 예."

서인은 슬쩍 주변의 눈치를 살폈다. 다른 선생들이나 아이들이 자신과 모윤에 대해 별로 관심을 두지 않는다는 걸 확인한 뒤에야 한결 편안해진 얼굴로 대답했다. 그는 서인의 젖은 머리를 보다가 혀를 차고는 말을 이었다.

"머리는 말리고 왔어야지."

"하하…… 늦잠을 자서요."

서인이 머쓱한 표정으로 제 젖은 머리를 만지작거렸다. 그녀의 얼굴 위로 씁쓸한 빛이 잠시 스쳤다가 사라졌다. 모윤은 서인이 슬쩍 시선을 돌렸다가 이내 부러운 표정을 짓는 것을 보았다. 그녀가 바라보고 있는 곳에는 어느 학부모와 수능을 보러 온 학생이 서 있었다. 뺨도 쓰다듬어 주고 어깨도 두드려 주는 부모의 손길을,

정작 본인은 귀찮아하는 듯했다.

……그 손길을 받아 본 적 없어서 부러워하는 아이도 있는데 말이다.

함께 살고 있다고 해도 그녀의 어머니가 딱히 수능일이라고 해서 뭔가를 챙겨 주었다거나 격려를 해 주지는 않았을 것이란 데에 생각이 닿았다. 모윤은 잠시 시선을 내리깔고 있다가 다시 입을 열었다.

"인슐린은 챙겼어?"

"예? 당연하죠."

서인이 시선을 돌려 모윤을 쳐다보고는 밝게 웃으며 대답했다. 모윤은 그런 서인을 쳐다보다가 하나 더 생각이 난 것을 물었다.

"초콜릿이나 사탕 같은 건?"

"예?"

"저혈당 나면 먹을 건 챙겼냐고."

"……아."

서인은 눈을 끔뻑거리며 입을 벌렸다. 급히 나오는 바람에 포도당 캔디를 챙겨 가지고 온다는 걸 깜빡 잊었다. 그녀의 표정이 난감해지는 것을 본 모윤이 한숨을 내쉬고는 자신의 코트 주머니에서 뭔가를 꺼내 그녀에게 건넸다.

"필요하면 먹어."

"……예?"

모윤의 손에 들려 있는 것은 초코 바와 사탕 몇 개였다. 좀 전에 동료 교사에게서 받아서 무심코 주머니에 넣어 두었던 것이다. 받아 놓기를 잘했구나 싶었다. 그런데 서인이 얼떨떨한 표정을 짓기만 할 뿐, 제 손에 들려 있는 것을 받아 갈 생각을 하지 않았다.

"눈으로 보라고 주는 거 아니거든?"

모윤이 서인의 손을 잡아당기고는 그녀의 손바닥 위에 초코 바와 사탕을 올려 주었다. 서인은 가만히 자신의 손바닥을 바라보다가 꾹 오므려 쥐더니 싱긋 웃었다.

"고맙습니다, 선생님."

"……시험 침착하게 잘 보고."

"예."

"그리고."

모윤은 말을 이으려다가 주위를 둘러보았다. 아무도 자신들을 보고 있지 않다는 걸 확인한 뒤, 그가 나직한 목소리로 말을 이었다.

"시험 끝나면 다른 곳으로 뛸 생각하지 말고, 우리 집으로 와. 저녁밥 해 줄게."

"……예."

서인은 갑자기 눈시울이 뜨거워져서 고개를 숙인 채 대답했다. 모윤이 그런 서인의 어깨를 가볍게 두드려 준 뒤에 턱짓을 했다.

"들어가 봐."

서인은 모윤의 말에 소리를 내서 대답하지 못하고 그냥 고개만 꾸벅 숙여 인사했다. 그리고 학교 안으로 들어갔다. 모윤은 그녀의 뒷모습을 가만히 바라보았다. 초코 바와 사탕을 꽉 움켜쥔 채 들어가는 모습을 물끄러미 보고 있는데 어느새 교사 하나가 다가와 말을 걸었다.

"길모윤 선생님, 의외로 애들한테 상냥하시네요."

"예?"

"지금 서인이한테 간식거리 챙겨 주신 것도 그렇고……. 저 녀석 당뇨라서 일부러 신경 써 주신 거죠? 그리고 좀 전에 효경이 패딩 지퍼 채워 주신 것도 그렇고요. 아까 효경이, 그 녀석은 시험을 제정신으로 볼 수나 있을지 모르겠어요. 얼굴이 빨갛게 달아올라서 들어가던데."

"과한 말씀이십니다."

모윤이 피식 웃으며 고개를 저었다. 딱히 애들한테 신경 써 준 것도 없는데, 입에 발린 말 같은 걸 듣고 좋아할 만큼 어리석지는 않다. 그는 언제 그랬나 싶게 서늘한 얼굴로 다시 앞만 바라보았다.

✳ ✳ ✳

발목에 쇠사슬이라도 차고 있는 기분이었다. 서인은 발을 질질 끌며 한쪽 어깨 아래로 흘러내린 가방 끈을 고쳐 메며 한숨을 내쉬었다. 나름대로 공부를 열심히 한다고 했는데, 아무래도 과탐 1등급은 무리일 듯싶다. 물론 성적표가 나와 봐야 알겠지만, 그냥 느낌이라는 게 있으니 말이다.

'전 영역 1등급 미션 실패!' 라고 LED 전광판이 여기저기에서 깜빡거리는 것만 같았다. 학교 1층 현관을 나설 때에도 'FAIL!' 하며 전광판이 번쩍이는 듯싶더니 운동장 양쪽의 축구 골대에도 '과탐 망!' 이 찬란한 빛을 뿜으며 번쩍거리는 환상이 시야를 어지럽혔다.

서인은 시무룩한 얼굴로 운동장 모래 바닥만 내려다보며 걸음을 옮겼다. 벌써 다른 아이들은 시험이 끝났다고 신이 나서 학교를 빠져나간 뒤였기에, 운동장을 가로질러 걷고 있는 사람은 오직 그녀뿐이었다.

"에휴……. 하루 종일 데이트는 이대로 물 건너갔나."

서인이 한숨을 내쉬며 혼잣말을 중얼거렸다. 그 순간, 바로 옆에서 남자의 목소리가 들렸다.

"그러게 말이다. 물 건너갔으려나."

"흐앗! 아, 선생님! 갑자기 기척도 없이 나타나면 어떻게 해요!"

서인이 목소리를 높이며 어느새 옆에 다가와 있던 모윤을 향해 항의했다. 모윤은 슬쩍 미간을 찌푸리고는 입을 열었다.

"그럼 너 놀라지 말라고 미리 예고라도 할까? 나 100미터 뒤에 있다. 나 50미터 뒤에 있다. 나 30미터 뒤에……."

"누가 그렇게 예고까지 하라고 했나요……. 그런데 그런 거 있으면 좋겠어요."

"뭐?"

"서로 얼마만큼 멀리 떨어져 있나, 거리를 알 수 있는 능력이요. 아, 아니다. 차라리 언제든지 뿅, 하고 바로 옆에 나타날 수 있는 능력이 있으면 좋겠어요. 방금 선생님이 제 옆에 오신 것처럼."

"누구를 지금 초능력자로 만드냐?"

모윤이 힐끔 서인을 쳐다보며 퉁명스럽게 물었다. 서인은 모윤의 퉁명스러운 말에 입을 삐죽이다가 이내 그를 쳐다보다 말고 눈을 비볐다. 모윤은 그런 서인의 행동에 미간을 찡그리더니 타박하듯 말했다.

"눈을 그렇게 막 비비면 어떡해? 그러다가 각막에 상처라도 나면 어쩌려고. 가뜩이나 하루 종일 실내에서 시험 보느라고 눈 건조해졌을 텐데."

"히잉…… 그나저나 선생님이 왜 여기에 있으세요? 설마 여기서 하루 종일 있던 건 아니실 테고……. 제가 시험 끝나고 다른

284

데로 튈까 봐 잡으러 오신 거예요? 우와, 치사해. 사람을 그렇게 못 믿고. 선생님이 저녁밥 해 주신다고 그래서 애당초 튈 생각도 안 했는데."

모윤의 잔소리에 흠칫 어깨를 움츠렸던 서인이 냉큼 말을 돌리며 구시렁거렸다. 혼나지 않으려고 일부러 말을 돌린 게 뻔히 보였다. 모윤은 픽 웃으며 그녀의 말을 받아 대꾸했다.

"내가 널 어떻게 믿고 집에서 기다리냐? 이때다 하고 밤늦게까지 놀다가 들어올지도 모르는데."

사실, 그럴 리 없다는 건 모윤이 더 잘 알았다. 서인에 대해 많은 걸 아는 건 아니지만 적어도 자신과 저녁밥을 함께 먹기 위해서라도 곧바로 제집으로 오리라는 건 예상할 수 있었다. 그러니 그녀를 잡으러 온 건 결코 아니었다.

아니, 그 말 자체가 틀렸다고 해야 할까.

모윤은 아침에 입실 시간이 지난 뒤에도 교문 앞에 있었다. 근처에 문을 연 식당에서 아침이나 먹고 헤어지자던 동료 교사에게 적당히 핑계를 대서 거절한 뒤에 말이다. 선배들 응원을 하러 왔던 2학년생들도 떠나고, 교문 앞에는 그와 몇몇 학부모들만이 남아 있었다.

아는 얼굴들은 없었다. 그리고 교문 앞에 있던 학부모들은 각자 제 자식들 걱정에 여념이 없어서 자신에게는 관심조차 두지 않았다. 어쩌면 그들처럼 수능을 보러 들어간 학생의 가족이라 여겼는지도 모르겠다.

모윤은 지독한 한파 속에서 하루 종일 서서 그녀를 기다렸다. 학교 후문 쪽의 골목에 주차해 놓은 자동차에 들어가 쉬어도 될 것이었지만, 그러고 싶지 않았다.

그는 서인이 메고 있던 가방을 빼앗듯 잡아당겼다.

"가방 이리 내놔."

"어? 제 가방은 왜요! 가방에 이상한 거 안 들었는데!"

서인이 기겁해서 몸을 돌리며 제 가방을 지키겠다는 듯 눈을 부릅떴다. 모윤은 기가 막혀서 잠시 말을 잇지 못하다가 얼굴을 찡그리며 입을 열었다.

"……내가 지금, 네 가방 검사하려고 이러는 걸로 보여?"

"그럼 아니에요?"

고등학교에 올라와서는 그런 적이 없지만, 중학교 2학년 때의 담임 선생님은 종종 반 아이들의 가방을 검사하고는 했었다. 서인이 가방 안에 들어 있는 생리대를 떠올리고는 다부진 표정으로 각오를 다졌다.

절대! 이 가방을 넘겨 줄 수 없소이다!

차라리 내 목을 베고 지나가……

"나 참…… 내가 지금, 네 선생님으로 여기에 있는 거야?"

"예?"

"그렇게 사귀자고 난리를 치더니."

내가 대체 이런 어린애랑 뭘 하겠다고. 모윤은 한숨과 함께 혼잣말을 중얼거리고는 다시 손을 까딱이며 말했다.

"가방 이리 줘. 어쨌든 내가 네 애인…… 입장에서 가방 정도는 들어 줄 수 있는 거 아니냐?"

애인, 이라는 말이 입 안에서 어색하게 굴렀다. 모윤은 어색한 표정을 감추며 서인에게서 가방을 받아들었다. 가방은 제법 묵직했다. 가방의 무게만큼 서인이 오늘 느꼈을 중압감 또한 무거웠으리라. 그래서였다. 하루 종일 교문 앞에 서서 기다렸던 건. 그녀가 느끼고 있을 중압감을 조금이나마 나눠 짊어지고 싶어서. 시험 보느라 힘들 텐데, 저 혼자 차 안에 들어가 편히 쉬고 있을 수가 없어서. 그는 추위 속에서 굳어 버린 어깨가 뻐근한 통증을 호소하는 걸 느끼면서도 겉으로는 아무렇지 않은 투로 입을 열었다.

"애썼다."

"……예?"

"1등급 안 받아도 데이트하자."

"예에?"

서인의 눈이 동그랗게 뜨였다. 모윤은 픽 웃으며 그녀의 이마를 가볍게 때린 뒤, 덧붙여 말했다.

"너 졸업한 뒤에."

"그런 게 어디 있어요!"

서인이 푸욱, 하고 콧김을 뿜으며 달려들 것처럼 항의했다. 하지만 모윤은 어깨를 으쓱인 것으로 대답을 대신하고는 걸음을 옮겼다. 서인은 그의 옆을 따라서 걷다가 문득 생각났다는 듯 입을 열었다.

"참! 아침에 주셨던 거 잘 먹었어요."

"그래?"

"그 초코 바랑 사탕 아니었으면 하루 종일 혈당 때문에 난리를 칠 뻔했어요."

다른 때보다 자꾸 혈당이 떨어지더라고요. 시험 보느라고 머리를 써서 그런 걸까요? 서인의 재잘대는 목소리가 듣기 좋았다. 모윤은 한쪽 어깨에 서인의 가방을 멘 채 걸음을 걷다가 힐끔 그녀를 돌아보았다. 서인의 옆얼굴이 살짝 상기되어 있어서인지, 평소보다 더 앳되어 보였다.

이런 아이를 처음에는 스물일곱으로 알았으니.

그는 스스로 민망해져서 픽 웃으며 뺨을 문질렀다. 그리고 터져 나오려는 한숨을 삼켰다.

이런 어린애를 대체 어느 세월에 키워서 잡아먹을까.

모윤은 교육자답지 못한 생각이란 걸 알면서도 자꾸만 욕심을 내게 되는 제 모습에 쓴웃음을 지었다. 이럴 거면서 뭘 그렇게 부정했던 건가 싶어서 허탈한 마음마저 들었다.

그는 속으로 구시렁거리다가 서인을 향해 말했다.

"우서인."

"예?"

"아니다, 아무것도."

"뭐예요. 선생님, 싱겁잖아요."

서인이 고개를 갸웃거리다가 까르르 웃었다. 모윤은 해맑게 웃는 서인을 쳐다보다가 피식 웃고 말았다.

그러게.

……이래 봬도 연애란 걸 시작했는데, 참 싱겁네.

어린 연인을 둔 죄라고 해야 할까. 모윤이 속으로 한탄하듯 중얼거렸다.

그저 바라는 건, 어서 빨리 시간이 지나는 것뿐.

12

스무 살은 천하무적이 아니다

"서인아!"

서인은 등 뒤에서 급히 달려오는 발소리에 걸음을 멈추고 뒤를 돌아보았다. 같은 교양 강의를 듣는 동기 하나가 허겁지겁 뛰어왔다. 그녀는 씩 웃으며 그가 다가오기를 기다렸다가 입을 열었다.

"뭘 그렇게 급히 달려와? 아직 강의 시작하려면 30분 정도 여유 있는데."

"하하, 그냥……."

우서인이 앞에 가는 걸 보고 허둥지둥 달려왔다는 얘기를 하는 게 민망한 탓에 서인의 같은 과 동기는 말을 얼버무렸다. 그리고 곧 홀린 듯 그녀를 쳐다보았다.

오늘도 예쁘네.

그는 자신도 모르게 튀어나오려던 말을 삼키고 괜히 다른 말을 꺼냈다.

"참, 그런데 너 지하철 타고 다니지 않아?"

"지하철 타는데, 왜?"

"아니, 마을버스 안에서 못 본 것 같은데 네가 보이길래."

과 동기는 붉어진 얼굴을 모로 돌리며 아무렇지 않은 투로 대꾸했다. 그러면서도 서인을 향한 귀는 쫑긋 세운 상태였다. 그녀는 그의 상태를 모르는 듯 태연하게 말했다.

"난 걸어서 왔거든."

"걸어서? 지하철 역에서 학교까지 제법 거리가 멀잖아."

"그래도 날씨가 좋아서."

서인이 싱긋 웃으며 검지로 하늘을 가리켰다. 커헉. 내 심장. 과 동기가 가슴을 부여잡고 싶은 손을 애써 끌어 내리며 하하, 웃었다.

좋았어. 나도 앞으로는 무조건 걷는다!

그렇게 굳게 다짐한 동기의 마음을 아는지 모르는지, 서인은 다시 하늘을 바라보며 걸음을 옮겼다. 하지만 몇 걸음 옮기기도 전에 휴대폰에서 알람 소리가 띠링, 하고 울렸다. 서인이 냉큼 휴대폰을 꺼내더니 금세 환하게 웃으며 멈춰 섰다. 그녀를 힐끔거리며 보조를 맞춰 걷던 동기 역시 걸음을 멈췄다.

누구한테 온 문자인데 저렇게 환하게 웃는 거지?

동기는 자신도 모르게 궁금한 마음에 고개를 쭉 뺐다. 그러나 그가 서인의 휴대폰을 훔쳐보기 직전, 그녀가 고개를 돌리더니 그를 향해 입을 열었다.

"먼저 가, 진석아."

"응? 왜?"

"나 문자 좀 보내려고."

"누구한테 온 문자인데? 설마 애인?"

동기, 진석은 농담 삼아서 서인에게 물었다. 애인일 리 없었다.

지금껏 그녀의 주변에 애인이라 불릴 만한 놈이 들러붙어 있는 걸 본 적이 없는데. 물론, 입학한 지 이제 겨우 한 달 반 정도밖에 지나지 않았다고는 하지만. 그래도…….

"우와, 너 돗자리 깔아도 되겠다. 응, 애인 맞아."

하지만 진석이 농담으로 던진 질문에 서인은 상큼하게 웃으며 고개를 끄덕였다. 애, 애인이라니? 애인이라니이이이이! 진석은 마치 세상이 무너지기라도 한 듯한 충격에 잠시 말을 잇지 못하다가 간신히 더듬거리며 입을 열었다.

"어…… 그, 그렇구나."

"그러니까 먼저 가. 이따가 강의실에서 보자."

서인은 손까지 흔들며 몸을 돌렸다. 도서관 근처의 벤치로 향하는 그녀의 뒷모습을 바라보던 진석은 어깨를 축 늘어뜨리고 터벅터벅 걸음을 옮겼다. 그리고 한 남자의 가슴에 비수를 꽂아 넣은 줄도 모르고, 서인은 배시시 웃으며 벤치에 앉더니 바쁘게 손을 움직여 메시지를 보냈다.

[지금 강의실 가던 길이었어요. 모윤 씨는요?]

메시지를 보내고 얼마 지나지 않아 답장이 도착했다.

[또 까불지, 응?]

[이제 저도 졸업했거든요? 푸웅(콧김 팍팍).]

"언제까지 선생님 소리를 듣고 싶어서…… 지겹지도 않나? 학교에서 질리도록 듣는 소리가 '선생님'일 텐데. 아무리 구박해도 이제는 계속 모윤 씨라고 부를 거야."

서인은 구시렁대며 그에게 메시지를 다시 보낸 뒤, 휴대폰을 손에 쥔 채 고개를 들었다. 어느새 흐드러지게 핀 벚꽃이 마치 꿈을 꾸는 듯한 느낌을 자아냈다. 그녀는 새하얗게 피어 있는 벚꽃을 가만히 바라보다가 입을 삐죽였다.

'이 나무가 전부 벚나무라고요?'
'그래. 봄이 되면 제법 볼 만할 거야.'

대학에 입학하기 전, 모윤과 함께 학교 구경을 한답시고 와서 바로 이 길을 걸었다. 그리고 약속을 했다.

'그럼 벚꽃 피면 우리 여기서 데이트해요! 약속!'
'하여간 무슨 핑계로든 데이트하자고 하지? 그래, 하자. 해.'

타박하듯 말하면서도 웃으며 고개를 끄덕였던 모윤의 모습이 눈앞에 생생했다. 그녀는 샐쭉한 표정으로 볼멘소리를 했다.

"이러다가 벚꽃 다 지겠네……. 그러고 보니 주말에 비도 온다고 했는데. 비 오고 나면 벚꽃 전부 떨어지는 거 아니야?"

서인의 눈꼬리가 아래로 내려갔다. 그 순간, 휴대폰 알람이 다시 울렸다.

[벚꽃 많이 피었을 텐데, 주말에 우리 약속 지킬까?]

사랑하는 사람끼리는 마음이나 생각마저 통하는 것일까. 그녀는 제 마음속을 고스란히 들킨 것만 같아서 얼굴을 붉히면서도 입가에 번지는 미소를 숨기지 못했다.

[무슨 약속이요?]

[뭐야, 잊었어? 됐다, 잊었으면 말고.]

짐짓 알아듣지 못한 척 메시지를 보내자마자 삐친 게 분명한 답장이 날아왔다. 서인은 풋, 하고 웃음을 터뜨리고는 모윤에게 전화를 걸었다.

— 왜.

전화를 받자마자 퉁한 목소리가 들렸다. 정녕 이 남자가 저보다 열세 살이나 많단 말입니까. 이렇게 속 좁고 어린애 같은데요? 서인은 슬슬 올라가려는 입꼬리를 손가락으로 끌어 내리며 입을 열었다.

"지금 쉬는 시간이에요?"

— 휴게실이야.

"교사 휴게실이요?"

— 응.

윽. 휴게실에서의 악몽 같던 기억이……. 서인은 언젠가 교사 휴게실에서 모윤과 맞닥뜨렸던 날의 기억을 떠올리고는 실실 웃었다. 그 웃음소리가 휴대폰 너머로 들어간 것인지 모윤의 목소리가 들렸다.

— 갑자기 왜 웃어? 뭐, 웃긴 일이라도 있어?

"그거 아세요?"

— 뭘?

"저, 선생…… 아니, 모윤 씨랑 교사 휴게실에서 마주친 적 있었거든요."

선생님이라니! 서인은 제 입술을 손으로 가볍게 때렸다. 이러다가 동모 아저씨 앞에서 또 선생님이라고 부르면 어쩌려고 그래! 그녀는 제 자신을 속으로 다그쳤다. 동모는 여전히 서인과 모윤의 관계에 대해 불편한 기색을 내비치고 있었다. 해가 바뀌어 이제는 어엿한 스무 살이 되었는데도 말이다. —모윤 역시 서른세 살이 되었다. 나이 좀 안 먹고 그냥 기다려 주면 안 되나? 왜 자꾸 같이 나이를 먹으려는 건데!—

그 이유는 아마도 두 가지일 것이다.

첫째, 열세 살의 나이 차이.

둘째, 스승과 제자 사이.

이유를 알았으니 해결책도 각각 찾아야 했다.

첫째, 나이 차이 → 극복 안 된다.

한 사람은 나이를 먹지 않고 다른 한 사람만 나이를 먹는다는 건 자연의 섭리에 어긋난다. 그러므로 해결책은 없다.

둘째, 사제지간 → 극복 가능하다!

극복할 수 있다! 한 번 스승이면 영원한 스승인가? 그게 무슨 고리타분한 이야기인가. 이미 졸업한 마당에 무슨 스승과 제자 사이라고. ―사랑에 눈먼 여자는 때때로 사람의 도리 따위는 가볍게 무시하기 마련이다― 그러므로 해결책은 있다.

― 휴게실에서 나랑 마주쳤었다고? 언제?

"음…… 모윤 씨는 아마 기억 못할 거예요. 제가 놀라서 걸레 들고 뒤돌아 있었거든요."

서인은 배시시 웃으며 대꾸했다. 혼자만의 기억이라고 해도 좋았다. 어쨌든 지금 이렇게 그와 연인이 되었으니 말이다.

― 아주 꼬박꼬박 남의 이름을 옆집 개 부르듯 하는구나? 그건 그렇고…… 걸레를 들고 뒤돌아 있었다고?

모윤이 투덜대며 되묻더니 잠시 아무 말도 하지 않았다. 아마 기억을 더듬어 보고 있는 듯했다. 서인은 가만히 휴대폰을 귀에 댄 채 고개를 뒤로 젖혔다. 활짝 핀 벚꽃 사이로 파란 하늘이 보였다.

― 기억이 안 나네.

조금은 미안한 듯 대꾸하는 모윤의 목소리에 서인이 웃었다. 자신에게는 기억에 남을 만한 날이었겠지만, 그에게는 그렇지 않았을 수 있으니까. 그저 잠시 쉬려고 들어왔던 휴게실에서 우연히, 그것도 뒷모습으로만 봤을 뿐인 학생을 어떻게 지금까지 기억할 수 있겠는가.

하지만 심술이 나는 건 어쩔 수 없어.

서인이 심술궂은 표정을 지으며 입을 열었다.

"괜찮아요. 그럴 수도 있죠, 뭐."

— 그래?

다소 안도하는 듯한 모윤의 목소리에 서인이 슬쩍 웃으며 말을 이었다.

"그럼요. 저한테는 굉장히 기억에 남을 만한 날이었지만, 모윤 씨는 아니었을 테니까요."

— 기억에 남을 만한 날이었다니? 왜, 그날 우리가 휴게실에서 무슨 대화라도 나눴던 거야?

"아니요. 그건 아니고…… 모윤 씨, 남대문 열렸던 걸 봤거든요."

미안해요, 모윤 씨. 그렇지만 이 정도 심술은 부려도 되는 거잖아요. 저 혼자 기억하고 있는 것만으로도 심통이 나는데. 서인이 히죽 웃으며 말했다. 그리고 잠시 휴대폰 너머에서 아무 말도 들려오지 않았다. 모윤의 새하얀 얼굴이 더욱 하얗게 질려 있으리란 생각이 들었다. 아니, 어쩌면 새하얀 얼굴이 빨갛게 물들어 있을지도 모르지.

……내가 너무 심했나?

서인은 그의 침묵이 길어지자 슬슬 불안해져서 눈을 깜빡였다. 그 순간, 모윤의 목소리가 다시 들렸다.

— 강의 들어가야 한다고 했지? 어서 들어가 봐.

"예?"

— 어…… 나도 좀, 할 일이 있어서.

목소리만으로도 모윤이 잔뜩 당황해하고 있다는 게 여실히 느껴졌다. 서인은 얼떨결에 그와 통화를 끝낸 뒤, 휴대폰 화면을 가만히 쳐다보았다. 그녀의 입꼬리가 파들거리며 떨리는 듯싶더니 웃음이 터져 나왔다.

"하하, 와아…… 이렇게 귀여워도 되는 거야?"

세상을 어떻게 살려고 그래요, 진짜! 사람이 말한다고 다 믿으면 어떡해! 서인은 깔깔대며 웃다가 간신히 웃음을 그친 뒤, 모윤에게 메시지를 보냈다.

부르르, 휴대폰이 몸을 떨었다. 모윤은 붉게 물든 얼굴을 손바닥으로 쓸다가 휴대폰을 확인했다. 그리고 그의 한쪽 눈썹이 비틀리듯 올라갔다.

[열린 남대문을 보는 건 아직 이루지 못한 로망.]

"……뭐?"

모윤은 서인이 보낸 문자에 어이가 없어서 입을 달싹이다가 이내 허탈한 웃음을 뱉고 말았다. 또 발랑 까진 우서인한테 당한 것이다. 그는 벌써 몇 번이나 서인의 짓궂은 장난에 당하고도 거듭 당한 제 모습이 우스워서 피식 웃고 말았다.

그렇다고 해서 불쾌하다거나 기분이 나쁘지는 않았다.

아니, 오히려 지금껏 경험해 본 적 없던 새로운 느낌이라고 해야 할까. 모윤이 테이블 위에 내려놓았던 책을 들고 일어섰다. 슬슬 수업 준비를 하러 교무실로 돌아가 봐야 할 듯싶었다. 그는 휴대폰과 책을 한 손에 함께 쥔 채 다른 손으로 턱을 만지며 휴게실 밖으로 몸을 돌렸다.

……그나저나 우서인, 진짜 겁도 없이 자꾸 까불래?

"로망은 무슨……. 나중에 울지나 않으면 다행이지. 어린 녀석이 자기가 무슨 말을 하는 줄도 모르고."

열린 남대문을 보는 게 로망이라니. 모윤이 그녀가 보낸 문자를 떠올리며 고개를 저은 뒤, 피식 웃어 버렸다. 해가 바뀌어 스무 살이 되었다고 하지만, 그래서 이제는 어른이라고 저 스스로 우기고 있기는 하지만, 모윤이 보는 서인은 여전히 어린애였다. ―어린애와 사귀고 있다는 사실에 대해서는 잠시 덮어 두기로 하자―

'키스도 했으면서! 왜 그 이상은 안 된다는 건데요! 진도 나가자고요! 예? 예습도 철저히 했으니까 이제 제발 진도 좀 빼요!'

얼마 전에 제집에 놀러왔다가 ―밥도 얻어먹을 겸― 무작정 자신에게 들이대던 서인의 모습이 떠올랐다. 자신의 방에 틀어박혀 나올 생각을 하지 않기에 들어가 봤더니, 이게 웬일. 서인이 나름대로 요염한 자세를 취한다고 한 것인지 침대에 모로 누워서 다리를 꼬고 있었다. 그래 봤자 그 전에 먹었던 생크림 빵의 흔적이 입 근처에 남아 있어서 전혀 요염해 보이지는 않았지만, 말이다.

"푸훗."

모윤은 그 뒤로도 줄기차게 이어졌던 서인의 노력(?)을 떠올리다가 웃고 말았다. 그 모습을 훔쳐보던 여학생들이 수군거리는 사실조차 잊은 채 말이다. '킬러 윤'이라는 그의 별명은 어느새 '봄바람 난 킬러 윤'이 되어 있었다. 툭하면 입가에 미소를 달고 있으니 그런 별명이 붙을 법도 했다. 물론 본인이야 그런 자신의 상태를 알 리 없지만.

"……이제 한 달 정도 남은 건가."

모윤이 교무실로 향하던 걸음을 멈추고는 무심코 창밖을 바라보며 중얼거렸다. 5월, 성년의 날. 그가 정해 놓은 한계선. 서늘하던 그의 눈에 열기가 스쳤다. 지금껏 꾹 참고 있던, 서인만을 향한 열기였다.

어찌 그렇지 않을까.

마음에 둔 여자를 보고만 있는 멍청한 사내놈이 세상 어디에 있다고.

다만, 모윤은 스스로 정해 놓은 선만큼은 지키고 싶었다. 열세 살이나 어린, 자신의 제자였던 아이를 위해서라도 그 정도만큼은 지켜야 한다고 생각했다. 또한, 서인을 마치 딸처럼 예뻐하면서도, 바로 그런 이유로 —동모가 보는 모윤은 아들이라기보다는, 곱게 키운 어린 딸내미를 훔쳐 가려고 호시탐탐 기회만 엿보는 도둑놈이 되었다— 여전히 자신과 서인에게 완전히 마음을 열지 못하고 있는 아버지에게도, 그리고 서인의 어머니에게도, 그것이 예의라고 여겼다.

문득 서인의 어머니에게로 생각이 이어진 모윤의 낯빛이 흐려졌다. 서인이 아무런 얘기도 하지 않고 내색한 적 없지만, 그렇다고 해서 그녀가 그녀의 어머니와 잘 지내고 있다고 믿을 만큼 둔하지는 않았다. 밝게 웃으면서도 종종 그늘이 지던 서인의 얼굴만 봐도 충분히 짐작할 수 있는 일이었다.

서인의 어머니는 서인을 부도덕하고 불결하다고 비난했었다. 마치 연극 무대의 중앙에 선 배우를 본 기분이었다. 물론, 그녀의 어머니가 남편으로부터 어떤 식으로 배신을 당하고 얼마나 깊은 상처를 입었는지 알 수 없으니 함부로 말해서는 안 되겠지만 말이다. 적어도 자신이 직접 낳은 자신의 딸을 향해서 할 말은 아니었다.

그 순간, 휴대폰의 진동이 울렸다.

[참! 약속 잊지 않은 거 보니까 아직 치매 걱정은 안 해도 될 듯.]

"뭐?"

모윤이 무심코 메시지를 확인하다 말고 미간을 찡그렸다. 그런 모윤을 놀리기라도 하려는 듯 서인의 메시지가 이어서 도착했다.

[제가 학교 구경시켜 드릴게요. 주말에 벚꽃 같이 구경해요. 여기 진짜 예뻐요. 사진 찍어 보낼까 하다가 주말에 직접 보시라고 안 보내요. ^-^]

"……또 당했구나."

모윤은 서인의 장난에 거듭 속았다는 걸 깨닫고 피식 웃었다. 약속을 잊은 듯한 그녀의 태도에 불퉁하게 행동했던 제 모습이 민망했다. 그는 고개를 절레절레 저으며 그녀에게 답장을 보냈다.

[하여간 겁 없는 우서인. 자꾸 나 놀리지? 한 달 뒤에 보자.]

기다렸다는 듯 서인에게서 다시 문자가 왔다.

[오홋! 한 달 뒤? @.@ 그것은 무슨 뜻?]

그리고 모윤의 답장을 기다릴 여유가 없다는 것처럼 연이어 문자가 도착했다.

[그냥 한 달 뒤까지 기다릴 거 없이 오늘 목욕재계하고 갈까요? 응?]

"얘가 진짜…… 뭘 알고 말하는 건지."

모윤은 서인의 당돌한 문자 내용에 픽 웃고는 간단히 메시지를 작성해서 보냈다. 그리고 슬쩍 붉어진 얼굴을 손바닥으로 문지르며 교무실로 가는 걸음을 재촉했다.

[공부나 해.]

"……칫. 고3에서 벗어난 지가 언젠데, 지금도 툭하면 공부나 하라고 하고."

서인이 휴대폰을 노려보다가 샐쭉한 표정을 지었다. 그와 동시에 강의실 문이 열리고 백발의 노교수가 들어왔다. 그리고 그 뒤에 살금살금 인주가 따라서 들어오더니 냉큼 서인의 옆자리에 가방을 놓고 손을 들어 보였다.

"안녕, 친구야."

"오늘은 대출 안 해 줘도 되겠네?"

"흐흐. 내가 양심이 있지, 삼 주 연속으로 너한테 대출 해 달라고 할 수는 없잖아. 그렇지 않아도 요새 정부에서 대출 규제를 강화한다고……."

서인 못지않게 헛소리하기 일쑤인 인주가 말을 이으려는 순간, 강단에 선 노교수가 돋보기를 쓰고는 카랑카랑한 목소리로 출석부를 펴고 이름을 부르기 시작했다.

에휴. 그래.

"우리 모윤 씨가 원하는 거라면 공부쯤이야…… 예!"

서인은 혼잣말을 중얼거리다가 노교수가 부른 제 이름에 황급히 목소리를 높여 대답했다. 평소에는 인주 대신 출석을 하느라고 고개도 제대로 들지 못하고 두 번 대답을 해야 했는데, 오늘만큼은 자신 있게 당당히 대답할 수 있었다.

고등학교 친구들 중에서 인주와는 운 좋게 같은 대학에 입학했다. 물론 전공은 다르지만 교양 하나를 같이 듣게 되었다. 그 바람에 대학에 들어오자마자 '대출'이라는 못된 것만 배웠지만 말이다.

"도인주, 너 대출 해 준다는 얘기했다가 내가 우리 모윤 씨한테 얼마나 혼났는지 알아?"

서인이 교재를 펼치며 인주를 향해 속삭이듯 작은 소리로 투덜거렸다. 인주가 펜을 꺼내다 말고 기가 막힌다는 듯 서인을 쳐다보고는 역시 작은 소리로 소곤댔다.

"이제는 아예 대놓고 부르시는구만?"

"당연하지."

내가 무슨 홍길동이니? 모윤 씨를 모윤 씨라 부르지 못하게? 서인이 인주에게 속닥대다가 노교수의 강의가 시작되자 냉큼 입을 다물었다. 그런 그녀를 바라보는 남학생들의 시선이 있었으나, 정작 본인은 전혀 알아차리지 못한 기색이었다. 인주는 주변에 옹기종기 모여 앉아 서인을 홀린 듯 쳐다보는 남학생들을 보고는 피식 웃었다. 저렇게 백 년을 쳐다봐도 소용없을 텐데 말이다. 이미 임자가 있는 몸이니. 그것도 아주 무시무시한 분께서 버티고 있는데.

"빛 좋은 개살구가 따로 있겠냐. 안 그래, 개살구?"

"뭐래? 교수님 말씀하시잖아. 조용히 해."

사랑하는 사람끼리는 닮는다던가. 서인이 마치 '킬러 윤'이 빙의하기라도 한 듯 인주를 타박했다. 인주는 목을 쏙 집어넣으며 예이, 예이, 하고는 강의에 집중하기 시작했다.

❉ ❉ ❉

서인과 함께 벚꽃을 구경했던 게 엊그제의 일 같은데 금세 벚꽃은 온데간데없이 지고 녹음이 우거졌다. 모윤은 커피숍 앞에 차를 주차시킨 뒤 걸음을 옮겼다. 커피숍의 전면 유리 안쪽으로 서인의 모습이 보였다. 5월에 접어들면서 이른 더위가 찾아온 탓에 그녀의 옷차림은 그에 어울리는 풀빛의 민소매 원피스였다. 치마가 좀 짧은가. 그는 가만히 생각하다 말고 피식 웃고 말았다. 딱히 나이를 먹었다는 생각을 한 적이 없었는데, 이럴 때 보면 자신이 '꼰대'가 되어 가는 게 아닐까 싶기도 하다.

내 여자의 옷차림이 괜히 신경 쓰이고, 다른 사내놈들 시선에 그녀가 어떻게 보일지 예민해질 때 말이다. 모윤은 원피스 아래로 쭉 뻗은 다리를 쳐다보다가 스스로 뭔가 변태 같단 생각이 들어 헛기침을 하고는 어색한 표정으로 유리를 톡톡 두드렸다. 그러자 서인이 책을 한 장 넘기다 말고 고개를 돌렸다. 전면 유리를 사이에 두고 서인과 눈이 마주쳤다. 모윤을 본 서인이 환하게 웃으며 안으로 들어오라는 듯 눈짓을 했다.

……내가 무슨 생각을 했는지도 모르고.

모윤은 제 시커먼 속내를 그녀가 알아차리지 못했다는 것에 대한 안도감을 느끼면서도 한편으로는 아쉬움도 느꼈다. 소위 '키잡물'이라던가. 여학생들이 즐겨 읽는다는 웹소설 중에 그런 것이 있다는 걸 얼마 전에 우연히 들은 적이 있다.

키워서 잡아먹는다던 것 같은데.

처음에는 가축을 사육하는 것에 대한 책을 말하는 건가 했었다. 모윤이 제 추측을 말했을 때 서인은 배꼽을 잡고 까르르 웃었다. 그리고 자세히 설명해 주었다.

'그러니까 모윤 씨랑 저도 어떻게 보면 키잡 커플이라고 해야 할지도 몰라요.'

'키잡 커플?'

'키워서 잡아먹는 커플. 밥 짚서 키우고 있잖아요, 지금.'

서인이 절반 정도 먹은 밥그릇을 가리키며 웃었다. 모윤은 그날의 서인을 떠올리며 커피숍 문을 열었다. 문 위에 매달린 종이 맑은 소리를 내며 울렸다.

커피숍 내부는 냉방이 과하게 되고 있는 것인지 선선하다 싶을 정도였다. 모윤은 서인이 앉아 있는 자리로 다가가자마자 자신이 입고 있던 얇은 카디건을 벗어서 그녀에게 건넸다.

"다리 덮고 있어."

"예?"

"에어컨 바람이 세잖아."

그리고 치마도 너무 짧아서 다리가 보이고. 모윤은 뒤에 잇고 싶었던 말을 굳이 입 밖으로 꺼내지는 않았다. 뭔가 치졸해 보일 것 같았다. 그는 아무렇지 않게 카디건을 받으라며 재차 서인에게 내밀었다. 서인이 눈을 깜빡이다가 이내 순순히 카디건을 받아 자신의 무릎 위를 덮었다. 모윤이 한결 편안해진 표정으로 맞은편 의자를 빼서 앉으며 입을 열었다.

"친구들이랑 일찍 헤어졌어?"

"예."

"왜? 늦게까지 놀지도 모른다더니?"

"……그냥요."

서인이 잠시 주저하다가 묽게 웃으며 말을 얼버무렸다. 대학에 들어와 친해진 친구들 몇 명과 약속이 있었다. 단순히 만나서 수다 떨고 밥 먹고 놀 거라고 생각하고 나왔는데, 알고 보니 소개팅 자리였다. 사귀는 사람이 있다며 몇 번 거절을 했는데도, 소개팅을 하지 않으려고 핑계를 댄 거라고 생각했는지 이런 식으로 자리를 마련한 것이다.

하기야 남자 친구라는 사람이 학교로 데리러 온다거나 하는 식으로 모습을 보인 적이 단 한 번도 없으니, 그들 나름대로는 자신이 거짓말을 하고 있다고 오해했을 수도 있겠다.

'나도 보여 주고 싶다, 뭐. 다만, 내 남자는 평일에 돈 벌러 가야 해서 시간을 낼 수 없는 게 문제일 뿐이지.'

서인은 입을 삐죽이며 샐쭉한 표정을 지었다. 남자 친구가 데리러 왔다며 강의가 끝나자마자 후다닥 건물 밖으로 달려 나가던 동기를 보면서 얼마나 부러워했는지 모른다. 같이 점심 먹으러 교내 식당에 가는 캠퍼스 커플들을 보면서 또 얼마나 부러워했는지 굳이 말할 것도 없겠다. 그녀가 새삼 아쉬운 마음에 모윤을 쳐다보았다.

······그렇다고 우리 모윤 씨, 백수 되라고 빌 수도 없고.

남들은 이른 더위에 찌든 모습을 하고 있는데, 혼자 상큼하게 빛나고 있는 저 잘난 남자더러 백수가 되라니. 서인은 고개를 설레설레 흔들며 제 엉뚱한 생각을 털어 버렸다. 모윤이 그런 서인을 쳐다보다가 피식 웃으며 입을 열었다.

"혼자 뭘 생각하는데 그렇게 변화무쌍한 표정을 짓는 거야?"

"그냥······ 제 남친이 잘나도 너무 잘났단 생각이요."

서인이 아랫입술을 내밀며 대꾸하고는 말을 돌렸다.

"커피 뭐 드실 거예요?"

"왜? 네가 주문하게?"

"예."

모윤의 물음에 서인이 냉큼 고개를 끄덕였다. 모윤은 픽 웃으며 손을 내젓고는 몸을 일으켰다.

"됐어. 내가 무슨 어르신 대접받자고 너랑 만나는 것도 아니고. 다른 거 더 주문할 거 있어? 디저트 메뉴 중에 뭐 먹고 싶은 거라든가."

"길모윤이요."

"뭐?"

"길모윤은 메뉴에 없어요? 먹고 싶은데."

"또 까불지. 응? 하루라도 안 까불면 심심하냐? 게다가 그런 말은 대체……. 너, 그 말의 의미는 알고 쓰는 거야?"

모윤은 서인의 말에 얼굴이 뜨거워지려는 것을 감추며 타박하듯 말했다. 먹고 싶다는 말을 성(性)적으로 듣는 사람이 오로지 저뿐만은 아닐 것이다.

그래, 내가 지금 욕구 불만 상태라서 그렇게 듣는 게 아니라고!

그는 겉으로는 금욕적인 분위기로 서늘한 표정을 고수하면서 속으로는 뜨겁게 달아오른 욕구와 힘껏 싸워야 했다. 아무것도 몰라요, 하는 얼굴로 종종 이런 말을 던지는 서인으로 인해 생긴, 투쟁 아닌 투쟁이었다.

"히히."

서인이 개구쟁이처럼 웃으며 대답 대신 어깨를 으쓱였다. 모윤은 문득 의심스러운 생각이 들어 눈을 가늘게 뜨고 그녀를 쳐다보았다.

설마…….

"너 알면서 일부러……."

"치즈 케이크 갖다 주세요, 모윤 씨. 갑자기 그게 먹고 싶네."

서인은 모윤의 말을 황급히 끊고는 주문했다. 모윤이 그녀를 잠시 쳐다보다가 허리를 살짝 숙이고는 테이블 위에 손을 짚은 채 말을 이었다.

"너 그러다가 후회한다."

"후회 안 하는데요?"

서인이 되바라진 표정을 꾸며 내며 씩 웃었다. 모윤은 그녀를 응시하다가 테이블을 가볍게 두드리고는 입꼬리를 올렸다.

"아무튼 마음껏 까불어라. 이제 보름 정도 남았는데, 이자까지 톡톡히 쳐서 받아 낼 테니."

순간, 서인은 오싹함을 느끼며 몸을 떨었다. 응? 에어컨 바람이 너무 세서 그런가? 그녀는 본능적으로 몸을 움츠리고는 제 무릎을 덮고 있던 모윤의 카디건을 끌어당겼다.

뭔가, 잠자는 사자의 코털을 뽑은 기분이라고 해야 하나.

서인이 눈을 깜빡이며 고개를 갸웃거리는 것을 보던 모윤이 피식 웃으며 몸을 돌렸다.

"……뭐지? 왜 갑자기 겁이 나는 거야?"

서인은 카운터에서 주문을 하고 있는 모윤을 쳐다보며 중얼거렸다. 그가 말한 '보름 정도 남았다는' 것이 무엇을 말하는지 알고 있었다. 당연히 모를 리 없었다. 지금껏 기다리고 또 기다렸던 '성년의 날'을 말하는 것이니 말이다.

"그런데 왜…… 소름이 돋는 거지?"

덥다고 민소매 원피스를 입고 나온 게 문제였나. 서인이 구시렁 대며 제 팔을 손으로 쓸었다.

✳ ✳ ✳

"들어가 봐."

"히잉."

서인은 대문 앞에 서서 콧소리를 섞어 투정을 부렸다. 모윤은 픽 웃으며 서인의 이마를 검지로 콕, 건드리고는 말을 이었다.

"어디서 여우 짓이야?"

"여우 짓 아니고, 애교 부리는 건데."

안 통해요? 안 먹혀요? 이상하다아아? 그럴 리 없는데? 서인이 작정했다는 듯 양손을 꽃받침처럼 턱 아래에 대고는 눈을 깜빡거렸다. 모윤은 가만히 웃다가 그녀의 머리를 헝클어뜨리듯 쓰다듬었다.

"시간 늦었잖아. 들어가."

차를 마시고 영화를 보고 저녁을 먹었다. 돌아오는 길에는 마트에 들러 찬거리를 샀다. 동모의 몸이 불편한 탓에 장을 보는 건 거의 모윤이 하는 일이었다. 그리고 서인과 이렇듯 데이트를 한 날에는 그녀와 함께 마트에 가는 게 어느새 익숙해진 일상이 되어 버렸다. 그녀는 딱히 살 것이 없으면서도 모윤과 장을 보는 걸 좋아했다. 가끔은 틀에 박힌 데이트 코스—영화, 밥, 커피—보다 마트에 가는 걸 더 좋아하는 게 아닐까 싶을 정도였다.

그 모습이 가끔 안쓰러웠다. 부모와 장을 보러 나와서 이리저리 뛰어다니는 어린애들을 볼 때마다 그녀가 넋을 놓고 쳐다보는 걸 보면 가슴속이 아릿해지기도 했다.

어째서 그들은 그토록 모질었을까.

이렇게 바라보기만 해도 예쁘고 사랑스러운 여자인데.

부모란 사람들은 그걸 느끼지 못한 것일까. 어째서. 모윤은 속이 답답해지려는 걸 감추며 서인을 향해 입을 열었다.

"어머니가 나와 만나는 거, 뭐라고 안 하셔?"

"……예?"

서인의 시선이 흔들렸다. 묻고 싶었지만 지금껏 모르는 척 덮어두었던 것이었다. 하지만 그는 충동적으로 그녀에게 물었다.

"못마땅하게 여기셨잖아."

"……괜찮아요."

"우서인."

"진짜예요. 괜찮아요. 괜찮으니까 제가 모윤 씨랑 이렇게 데이트도 하고……."

서인은 일부러 더 환하게 웃으려는 듯 입꼬리를 올렸다. 하지만 파르르 떨리는 입꼬리를 들키고 말았다. 그녀는 입을 꾹 다문 채 잠시 아무 말도 하지 않았다. 모윤 역시 침묵한 채 그녀를 바라보기만 했다. 서인이 고개를 숙이더니 모윤의 가슴팍을 아프지 않게 때렸다.

"못됐어요."

"……."

"데이트 즐겁게 해 놓고 왜 심술부려요."

"내가 무슨 심술을 부렸다고."

"심술이잖아요. 이런 얘기…… 누가 하고 싶다고 했나."

서인의 목소리가 가늘게 떨려 나왔다. 모윤은 가만히 그녀를 쳐다보고 있다가 한 걸음 더 가까이 다가갔다.

"미안."

그리고 서인의 어깨를 끌어당겼다. 품에 안긴 여자의 몸이 애처로웠다. 그는 서인의 뒷머리를 쓰다듬으며 다른 손으로 그녀의 허리를 꽉 끌어안았다. 가느다란 허리는 한 팔로 안고도 여유가 남을 정도였다. 그것에 성적인 욕구를 느낀다기보다는 아껴 주고 싶고 보살펴 주고 싶단 마음이 들었다.

어느새, 너를 향한 감정이 이 정도로 쌓인 것일까.

모윤은 서인의 목덜미에 고개를 묻은 채 더욱 힘을 주어 그녀를 안았다. 서인에게서 봄을 연상시키는 은은한 향기가 느껴졌다. 인위적인 향수 같은 것이 아니라 그녀 고유의 체향인 듯했다. 그는 그녀의 목덜미에 묻고 있던 고개를 들어 서인을 빤히 응시했다. 서인의 눈이 촉촉하게 젖어 있었다.

"혼나면 언제든지 우리 집으로 와."

"진짜요?"

"그래."

"아싸."

모윤이 웃으며 말하자 서인 역시 마주 웃으며 장난스럽게 대꾸했다. 그리고 그녀를 안고 있던 팔을 풀자마자 서인이 그에게서 몸을 떼고는 말을 이었다.

"그럼 들어가 볼게요."

"응."

모윤이 고개를 끄덕이자 서인이 싱긋 웃더니 몸을 돌렸다. 그는 서인이 대문을 열고 안으로 들어갈 때까지 가만히 서서 그녀를 바라보다가 대문이 닫힌 뒤에야 돌아섰다. 그리고 차 트렁크에 넣어 두었던 찬거리를 꺼내기 위해 걸음을 옮겼다.

거실에는 불이 켜져 있지 않았다. 서인은 현관 안으로 들어서자마자 느껴지는 적막에 숨을 들이쉬었다. 그녀가 조심스럽게 신발을 벗고 거실에 발을 딛자마자 냉랭한 목소리가 소파 쪽에서 들렸다.

"발정 난 암캐가 따로 없구나. 너는 지금 시간이 몇 시인 줄 알기나 하고 돌아다니는 거니?"

"아직 9시도 안 되었……."

"지금 말대꾸까지 하겠다는 거야?"

적막을 깨며 날카로운 목소리가 이어졌다. 서인은 나경의 신경질적인 물음에 그저 대답 없이 입을 다물었다. 나경이 흐트러진 자세로 소파에 앉아 있다가 일어서서 그때까지도 현관 근처에 서 있던 서인에게 다가왔다. 서인은 저절로 몸이 움츠러들어 고개를 숙

309

이며 눈을 질끈 감았다. 그와 동시에 나경의 매서운 손이 그녀의 머리로 날아왔다.

짜악.

서인의 머리가 모로 돌아갔다. 모윤과 데이트를 한다며 들뜬 마음에 아침부터 열심히 빗어 내렸던 머리카락이 순식간에 헝클어져서 엉망이 되었다. 그녀는 헝클어진 머리를 다시 정돈하지도 못한 채 그 자세로 그저 가만히 있을 수밖에 없었다.

지독한 술 냄새가 났다. 대학에 들어가자마자 모윤에게 예쁘게 보이고 싶은 마음에 귓불을 뚫었는데, 그때 매일 소독을 하며 맡았던 에탄올 냄새와 흡사했다. 당뇨가 있어서 몸에 상처를 내는 게 신경 쓰이기는 했지만, 그래도 그에게 더 예뻐 보이고 싶은 마음을 이길 수 없었다. 그녀는 희미하게 웃었다.

이 상황에서도 그 남자를 떠올리고 있다니. 나도 참 중증인가 봐.

서인의 웃음을 어떻게 받아들인 것인지, 나경의 얼굴이 일그러졌다. 자신의 딸이지만, 한편으로는 남편의 딸이기도 했다. 아니, 이제는 남편이라 부를 수도 없는 남자였다. 다른 여자와 가정을 꾸린 이를 어떻게 남편이라 칭할 수 있을까. 제 자식조차 찾은 적 없는 남자를 어떻게 그렇게 부를 수 있을까. 나경은 그 남자의 얼굴이 어딘가 남아 있는 서인을 볼 때마다 제 상처를 헤집는 것만 같아서 괴로웠다.

지금 이 순간에도, 서인의 웃는 얼굴 위로 과거에 자신이 사랑했던 남자의 웃는 얼굴이 겹쳐졌다.

네가 왜 웃어.

당신이 왜 웃어.

나를 이렇게 망가뜨려 놓고, 우경수 당신이 어떻게 그렇듯 웃어!

310

나경은 소리 없이 악다구니를 쓰며 서인의 뺨을 때렸다. 서인의 새하얀 얼굴에 붉은 손자국이 선명하게 남았다.

"정말 지긋지긋해! 너랑 사는 것 자체가 끔찍해! 너를 보고 있는 게 죽을 만큼 싫어!"

나경이 휘청대다가 그대로 바닥에 주저앉았다. 서인이 놀란 얼굴로 그녀를 일으키려 했지만, 서인의 손조차 닿는 게 싫다는 듯 나경은 매몰차게 그 손을 거부했다.

"엄마……."

서인은 앉지도 서지도 못한 채 그저, 나경을 불러 보았다. 나경이 퍼붓고 쏟아낸 독설들에 상처 입은 가슴속이 너덜너덜해졌지만, 차마 아픈 내색조차 할 수 없었다. 서인은 자신의 엄마를 쳐다보았다.

분명, 우리에게도 행복하고 다정한 날들이 있었을 텐데.

알코올 중독이 의심될 정도로, 나경의 상태는 점점 더 악화되고 있었다. 이제는 최악이겠구나, 하면 더 떨어질 곳이 남았다는 듯 그녀는 끊임없이 추락했다. 모윤에게 그런 점을 들키고 싶지 않았다. 그저 밝게 웃으며 순간순간의 행복을 누리고 싶었다. 그래서 더 많이 웃고 더 많이 까불었다. 스스로도 망각할 수 있을 정도로 말이다.

그러나 잊고 싶다고 해서 잊을 수 있는 건 아니었다. 집으로 돌아오면 이렇듯 악몽이 기다리고 있었으니. 서인은 울음이 터져 나오려는 걸 꾹꾹 눌러 삼키고는 다시 나경을 부축하기 위해 손을 내밀었다. 나경이 서인의 손을 물끄러미 쳐다보다가 가만히 입을 열었다.

"미워 죽겠지?"

"……예?"

"죽이고 싶지 않아? 나만 없으면, 너는 저 옆집 선생이랑 연애도 하고, 네가 하고 싶은 대로 하면서 살 수 있을 텐데."

이렇게 숨 막히는 집에 들어올 필요도 없고. 나경이 주위를 둘러보며 자조하듯 피식 웃으며 덧붙여 말했다. 그리고 서인이 내밀고 있던 손을 끌어다가 잡아 자신의 목에 가져가고는 말을 이었다.

"죽이고 싶으면 죽여."

"어…… 엄마."

"목이라도 졸라서 죽여. 그래야 네가 편해. 아니다, 그냥 내가 끝내는 게 낫겠다. 적어도 마지막에 한 번은 엄마 노릇을 해야지. 그래도 네가 내 딸인데 살인자로 만들 수는 없……."

"그러지 마, 엄마!"

서인이 나경의 말을 끊으며 소리를 질렀다. 늘 자신의 앞에서는 주눅 들어 있고 움츠러들어 있던 서인이었기에, 나경은 놀란 눈으로 그녀를 쳐다보았다. 서인의 눈에서 눈물이 쉬지 않고 떨어졌다.

"엄마, 그런 말하지 마요. 제발, 그러지 말아요. 가족이라고는 엄마밖에 없는데. 나한테 엄마 말고 누가 있다고 그래요!"

말하지 않았다고 아프지 않은 거 아니잖아. 엄마가 나 미워하는 건 그래도 참겠는데, 엄마 스스로를 괴롭히지는 말아요. 그건 정말 못 견디겠어. 나경의 목에 닿아 있던 서인의 팔이 스르륵 아래로 내려갔다. 그리고 그녀는 두 팔로 바닥을 짚은 채 통곡했다. 참고 또 참았던 울음이 한꺼번에 터지기라도 한 듯 멈출 생각을 하지 않았다.

"……"

그리고 나경은 입을 다문 채 서인을 쳐다보았다. 울고 있는 그녀를 달래야 한다는 생각조차 들지 않았다. 서인의 아빠가 집을 나간 이후로, 단둘이 남은 상황에서 나경은 단 한 번도 서인을 달래준 적 없었다. 지금보다 절반만큼 작고 어린 시절에도 그랬다. 나경은 갑자기 속에서 뭔가가 울컥 올라오려는 느낌에 황급히 손으로 입을 틀어막고 일어섰다. 비틀대는 걸음으로 돌아선 나경의 뒷모습은 홀로 울고 있는 서인만큼이나 외로워 보였다.

* * *

동모가 문손잡이에 밴드를 걸어 놓고 운동을 하고 있었다. 처음에는 아예 꿈쩍도 하지 않았던 탄력 밴드가 이제는 제법 늘어나고 있었다. 동모의 이마를 타고 땀이 흘러내렸다. 모윤은 주방에서 맥주와 버터구이 오징어 한 마리를 쟁반에 담아 가지고 나오며 입을 열었다.

"아버지, 우리 맥주 한잔해요."

"그거 좋지."

동모는 실룩대는 입을 열어 대꾸하고는 밴드를 잡고 있던 손을 놓았다. 쭉 늘어나 있다가 금세 줄어들어 문손잡이 아래로 대롱대롱 흔들리는 밴드를 쳐다보던 모윤이 소파 앞의 테이블 위에 쟁반을 내려놓으며 말했다.

"저거 다시 사야 하는 거 아니에요? 처음 샀을 때보다 좀 늘어난 거 같은데."

"아직은 쓸 만해."

동모가 셔츠 자락으로 얼굴의 땀을 닦으며 테이블로 다가왔다. 모윤은 동모의 드러난 배를 장난스럽게 눌러 보며 입꼬리를 올렸다.

"오, 길동이 어머니. 복근이 아주 죽이는데요? 아들보다 더한 복근을 가지고 계셔도 되는 겁니까?"

"부러우면 사 가라. 천 원이면 팔 테니."

"어, 진짜 천 원에 파시는 거예요? 너무 헐값으로 파시는 거 아니에요?"

모윤이 싱글거리며 동모의 말을 받았다. 동모는 그런 모윤을 신기하다는 듯한 눈으로 쳐다보다가 입을 열었다.

"그렇게 좋냐?"

"예? 아버지 복근이요? 에이, 걱정 마세요. 제가 아무리 그래도 아버지 복근을 탐내겠어요?"

모윤은 동모의 물음에 손사래를 치며 대꾸했다. 동모는 고개를 저으며 다시 말을 이었다.

"서인이가 그렇게 좋은 거냐고."

"……뭘 새삼스럽게 물어보세요?"

동모의 물음에 쑥스러운 표정을 짓던 모윤이 어색하게 웃으며 되물었다. 해가 바뀌어 서른세 살이 된 모윤은, 이십 대에도 보지 못했던 미소를 짓고 있었다. 동모는 물끄러미 모윤을 쳐다보다가 오징어 다리를 하나 입에 물었다. 어린 나이에 어미를 잃은 자식이라서 그런지, 그의 눈에 모윤은 여전히 어린애 같았다. 그래서 웬만하면 '아들이 좋다는 여자, 나도 좋다!' 하고 시원스럽게 허락하고 싶은데…….

동모는 서인을 떠올렸다. 모윤과의 교제를 허락하지 않는 자신에게 서운할 법도 한데, 서인은 내색 한 번 하지 않고 늘 밝은 얼굴로 동모를 대하고 있었다. 불편한 몸으로 산책을 갔다가 돌아오는 길에 마주치면 저와 보조를 맞춰 주느라 그녀의 걸음이 느려지는 것을 알 수 있었다. 아직 어린데도 어쩜 그렇게 마음 씀씀이가 곱고 예쁠까 싶어서, 딱 저런 딸이 있었더라면 하는 주책을 부려 보기도 했다.

그래서 허락하기가 더욱 어려웠다.

서인이 너무 곱고 예쁜 아이라서, 제 아들놈과 사귀는 것을 허락해도 되나 싶은 마음이 앞섰다. 물론 욕심 같아서라면 두 팔 벌려 환영할 일이지만. 오징어 다리를 질겅질겅 씹던 동모의 마비된 입가로 침이 흘렀다. 모윤이 냉큼 화장지를 건넸다. 동모는 화장지를 건네받아 입 주변을 닦았다. 씁쓸한 미소가 입가에 번졌다.

모윤이 누구와 결혼을 하게 되든지, 어쨌든 자신이 그에게 걸림돌이 되리라는 건 명백했다. 아무리 재활 치료를 하고 노력을 한다고 해도, 세월을 이겨 내는 장사가 어디에 있다던가. 결국 노쇠한 몸을 건사하지 못해 아들과 며느리에게 짐이 될 텐데…… . 동모의 얼굴이 어두워졌다. 그 순간, 모윤의 목소리가 들렸다.

"아버지께서 염려하시는 거 알아요."

"…… ."

"서인이 얼마나 예뻐하시는지도 잘 알고요. 제가 도둑놈이기는 하죠."

모윤이 피식 웃으며 덧붙여 말하고는 동모를 진지한 얼굴로 바라보았다. 동모 역시 질겅질겅 씹던 오징어 다리를 내려놓고는 모윤을 응시했다.

"이제 겨우 스무 살인 어린아이에게 욕심을 부리고 있다는 자각은 있어요. 하지만…… 이번 한 번만큼은 욕심을 부려 보고 싶어요. 그냥 눈 딱 감고 그 애를 향한 제 마음만 의지하고, 그 마음이 말하는 대로 가 보고 싶어요. 서인이, 그 애가 웃는 게 좋고, 그 애와 함께 보내는 시간이 좋아요. 그래서 한때 선생과 제자 사이였다는 것조차 감수할 만큼, 사람들의 비난이 쏟아진다고 해도 어쩔 도리 없을 만큼, 그 애를 원해요."

"……서인이한테 상처가 되면 어쩌니."

"울어도 제 품에서 울게 할 거예요. 물론, 애당초 울리지 않을 겁니다."

모윤은 단호하게 말했다. 동모는 아직 어리다고 생각했던 아들의 얼굴에서 성숙한 남자의 얼굴을 엿보았다. 제 여자가 생긴 남자는 저렇듯 단단해지기 마련이다. 그는 잠시 입을 다물고 있다가 내려놓았던 오징어 다리를 입에 물고 말했다.

"서인이 울리기만 해 봐라. 내 손에 먼저 얻어터질 줄 알아. 이 아부지 복근 봤지? 팔뚝도 복근 못지않아."

동모가 짐짓 사내들 특유의 허세 섞인 엄포를 놓은 뒤, 모윤을 향해 말을 이었다.

"어디 잘 만나 봐, 이 녀석아. 네 엄마가 하늘에서 기겁했겠다. 자기가 도둑놈을 낳은 줄 몰랐을 테니."

"여자 보는 눈 하나는 제대로 갖췄다고 좋아하시지 않았을까요?"

모윤이 눈을 휘며 웃더니 대꾸했다. 그때, 휴대폰 벨소리가 울렸다. 그는 주방 식탁 위에 놔두었던 휴대폰을 가져 오기 위해 몸을 일으켰다. 어슬렁거리며 식탁에 다가가 휴대폰을 집어 든 모윤의 입꼬리가 슬며시 올라갔다.

"왜."

모윤의 표정이 느슨하게 풀렸지만, 정작 입 밖으로 나온 목소리는 퉁명스러웠다. 그러나 그 퉁명스러운 목소리 속에 다정한 마음이 스며들어 있었다. 동모는 힐끗 주방 쪽을 보고는 어깨를 으쓱이며 맥주 캔을 하나 들더니 중얼댔다.

"서인이한테서 전화가 왔나 보네."

그가 겨드랑이에 맥주 캔을 끼고 멀쩡한 손으로 캔의 뚜껑을 땄다. 그리고 벌컥벌컥 맥주를 마시고 있는데, 모윤의 높아진 목소리가 들렸다.

"목소리가 왜 그래? 너 지금 어디야? 뭐?"

동모가 흠칫 놀라 다시 뒤를 돌아보는 동시에 모윤이 굳은 표정을 한 채 거실로 나왔다. 모윤은 동모와 눈이 마주치자마자 입을 열었다.

"서인이 좀 데리고 들어올게요, 아버지."

"응?"

"대문 앞에 있대요."

모윤이 서둘러 말을 끝낸 뒤, 현관으로 향했다. 그의 걸음이 다급했다.

서인은 한숨을 푹 내쉬며 하늘을 올려다보았다. 깜깜한 도심의 하늘에는 별조차 보이지 않았다. 그나마 맑은 날에는 달이라도 보였는데 오늘은 잔뜩 흐린 것인지 달빛조차 흐릿했다.

"딱 내 마음 같네."

서인이 중얼거리고 있는데 뒤쪽에서 급한 발소리가 들리더니 대문이 철컹, 열렸다. 그녀는 짐짓 입꼬리를 올리며 웃고는 뒤를 돌아보았다.

"우와, 전화하자마자 바로 나오네요? 안 그런 척하면서 저 되게 좋아하나 봐요."

"차가운 바닥에 앉아서 뭘 하는 거야? 그냥 초인종 누르고 들어오면 되지, 왜……."

잔소리를 이어 가려던 모윤의 입이 다물어졌다. 서인의 눈이 마치 엉엉 울기라도 한 것처럼 부어 있는 게 보인 탓이었다. 다물어진 입 아래로 턱에 힘이 들어갔다. 모윤이 서인의 손목을 붙잡고는 힘을 주어 끌어당겼다.

"일어나."

"……잠깐, 여기 앉아 있으면 안 돼요?"

서인이 일어나기 싫다는 듯 버티더니 입을 열었다. 그녀의 간절한 표정을 본 모윤이 한숨을 내쉬고는 그녀의 옆에 털썩 주저앉았다. 그리고 가만히 앞을 보고 있다가 입을 열었다.

"울었어?"

"예."

"……어머니랑 무슨 문제라도 있었어?"

모윤이 망설이다가 물었다. 하지만 서인에게서는 대답이 들리지 않았다. 그는 앞을 향해 있던 시선을 돌려 그녀를 쳐다보았다. 서인의 옆얼굴이 눈에 들어왔다. 새하얀 얼굴은 불과 몇 시간 만에 초췌해져 있었다. 그녀가 모윤을 돌아보고는 입을 열었다.

"아까, 혼나면 언제든지 모윤 씨 집으로 오라고 했었죠."

"혼났어?"

모윤은 손을 뻗어 서인의 이마 위에 흐트러진 앞머리를 정돈해 주며 물었다. 서인이 힘없이 웃더니 고개를 끄덕였다.

"늦게 들어왔다고 엄마한테 혼났어요."

"내 탓이네?"

"응."

서인은 가만히 모윤의 손길을 느끼다가 스르륵 눈을 감았다. 나경에게 그렇듯 목소리를 높이고 그녀의 앞에서 울음을 터뜨렸던 건 처음이었던 것 같다. 그래서일까. 뒤늦게 온몸이 후들거려 견딜 수 없었다. 그때 문득 모윤이 했던 말이 떠올랐다.

'혼나면 언제든지 우리 집으로 와.'

어떻게 들으면 장난스러운 말인데 한편으로는 믿고 싶었다. 매

318

달리고 붙잡을 것이라고는 하나도 없던 절박한 상황에서, 그녀에게 내민 유일한 구원인 것도 같았다. 그래서 무작정 집을 나와 옆집 대문 앞에 섰다. 그러나 초인종을 누를 수가 없었다. 대문 안쪽에서 슬쩍 비치는 불빛이 너무 따스해 보여서, 감히 접근할 엄두가 나지 않았다.

천연덕스럽게 밥 얻어먹으러 드나들었던 곳임에도 불구하고.

"그럼 어떻게 해 줄까. 같이 들어가서 어머니한테 싹싹 빌까?"

"예, 그렇게 해 줘요."

서인이 희미하게 웃으며 대답했다. 모윤의 손가락이 조심스럽게 제 속눈썹을 건드리는 감각이 가슴속을 간지럽게 했다. 그녀는 눈을 감은 채 그 감각에만 집중했다. 가슴속에 겹겹이 난 상처 따위는 잊고 그냥 그의 손길에만 모든 정신을 쏟고 싶었다. 그러면 아픔도 느끼지 못할 테고 아무 생각도 하지 않아도 될 테니 말이다. 그 순간, 서인의 속눈썹을 가만히 건드리던 모윤에게서 나직한 목소리가 흘러 나왔다.

"아버지랑 맥주 한잔하려던 중이었는데."

그리고 보니 그와 함께 술을 마신 적이 없었다. 이제 나도 어른인데. 서인은 슬쩍 뾰로통한 표정을 지었다. 고등학교를 졸업하고 대학교에 들어갔지만, 여전히 모윤은 자신을 대할 때마다 어린애를 대하듯 행동하고 있었다. 나도 술 마실 줄 아는데! 신입생 환영회 때도 마셨고! 고등학교 때 애들이랑도 마셔 봤는데! 서인이 불퉁한 표정을 지으며 속으로 구시렁대는데, 모윤의 말이 이어졌다.

"입에 대기 전에 너한테서 전화가 오는 바람에 그대로 나왔거든."

"그래서 불만이에요? 맥주 못 마셔서?"

서인이 눈을 감은 채 입을 삐죽였다.

"아니. 입에 대지 않아서 다행이라고 생각했어."

"응? 왜요? 왜 다행이라고…….."

눈을 감고 있던 서인의 입술에 보드랍고 따뜻한 감촉이 느껴졌다. 모윤의 입술이었다. 서인이 순간적으로 놀라서 손을 꽉 오므렸다. 그러자 그녀를 다독이듯 모윤이 서인의 손을 다시 펴더니 자신의 손과 깍지를 끼워 힘껏 붙잡았다. 그리고 그저 가만히 입술과 입술을 포개고 있었다.

서인의 감겨 있던 눈에서 눈물이 주르륵 흘러내렸다. 모윤은 서인의 뺨 위로 흘러내린 눈물을 다른 손으로 닦아 내고는 그대로 그녀의 뒷머리를 감싼 채 겹쳐 있던 입술 사이로 혀를 내밀어 그녀의 굳게 다물려 있던 입술을 건드렸다.

그러자 서인이 몸을 파르르 떠는 듯싶더니 잠시 주저하다가 입술을 열어 주었다. 모윤은 기다렸다는 듯 그녀의 입술 사이로 파고들었다. 혀가 섞이고 숨결이 섞였다. 그녀에게서 달큰한 향이 나는 것도 같았다.

"……!"

서인 역시 모윤에게서 어떤 향이 난다는 생각을 했다. 아니, 생각이란 것을 할 틈이 있었는지도 모르겠다. 그녀는 제 입 안을 거칠게 헤집는다는 표현이 어울릴 만큼 격정적으로 탐하는 모윤으로 인해 아무 생각도 이을 수가 없었다. 달뜬 숨이 그 사이로 토해졌다.

그가 잠시 입술을 떼었을 때, 서인은 숨을 몰아쉬며 간신히 정신을 차릴 수 있었다. 그리고 그녀는 어느새 자신이 모윤의 품에 안긴 채 바들바들 떨고 있음을 자각했다. 서인이 그의 가슴팍에 손을 대고 있다가 그의 심장 박동이 제 손바닥을 통해 전해지는 것을 느꼈다.

두근, 두근, 두근.

서인은 벌어졌던 입술을 다물지도 못한 채 모윤의 심장 박동 리듬에 맞춰 숨을 내뱉고 다시 들이쉬었다. 그 모습을 가만히 지켜보던 모윤이 그녀의 턱을 부드럽게 붙잡아 들어 올리고는 시선을 맞추었다.

짙은 시선이었다.

서인은 모윤의 눈빛이 유난히 짙게 가라앉아 있다고 느꼈다. 그리고 그 눈빛이 자신을 향하고 있다는 사실에 몸의 어딘가가 저릿해지면서 열기가 돌았다. 모윤은 물끄러미 서인을 쳐다보다가 그녀의 턱을 잡은 손에 힘을 주었다. 저절로 서인의 입이 더 크게 벌어졌다. 기다렸다는 듯 모윤의 입술이 다시 그녀의 입술 위로 내려앉았다.

"저는요."

서인이 대문 앞의 땅바닥을 가만히 쳐다보다가 입을 열었다. 모윤은 그녀의 어깨를 감싸고 있다가 귀를 기울였다.

"어릴 때 딱 스무 살만 되자, 그렇게 생각한 적이 있었어요."

"스무 살?"

"예."

서인은 고개를 끄덕이며 대꾸하고는 피식 웃었다. 그리고 모윤의 어깨에 머리를 기대고는 말을 이었다.

"스무 살이 굉장한 어른인 줄 알았거든요."

"……"

모윤은 서인의 말을 들으며 제 어린 시절을 떠올려 보았다. 열두 살에 어머니를 잃고, 자신 역시 그런 꿈을 꾸었던 것도 같다. 열다섯 살만 되면 천하무적이 되는 줄 알았더랬다. 초등학생이 꿈꾸던 중학생은 뭔가 폼 나는 어른이었으니까. 일단 양복을 닮은 교복을 입는 것만으로도 그랬다. 그는 철없던 자신을 떠올리며 픽 웃고 말았다.

열다섯 살을 어른이라 여겼던 자신에 비하면, 스무 살을 어른이라 생각했다는 서인은 오히려 현실적인 기준을 가지고 있었다고 봐도 되지 않을까.

모윤은 그런 생각을 하다가 고개를 서인에게로 돌렸다. 자신의 어깨에 기대고 있는 서인의 정수리가 눈에 들어왔다. 조금 전, 입술이 다 부르트겠다며 심통을 부리던 연인의 얼굴이 떠올랐다. 수줍은 마음을 감추려고 더욱 심술을 부리던 모습이 얼마나 귀엽고 사랑스러웠는지 모른다.

그래서 더 마음이 쓰이고 애잔했다. 키스를 하면서도 줄곧 눈물을 흘리던 서인이 안쓰럽고 마음 아팠다. 하지만 굳이 무슨 일이냐고 묻지 않았다. 그저 이렇게 하염없이 대문 앞에 나란히 앉아 시간을 보내고 있을 뿐이었다. 자정이 넘었을지도 모른다는 생각이 들었다. 그러나 마음이 조급해지지는 않았다. 오히려 서인과 이렇게 밤새 함께한다 해도 좋을 것 같단 생각마저 들었다.

"스무 살만 되면 정말 행복해질 줄 알았어요. 저뿐만 아니라, 엄마도……. 제가 스무 살이 되어서 멋진 어른이 되면, 엄마를 행복하게 해 줄 거라고 생각했거든요. 그래서 막연히 스무 살이 되기를 기다렸는데."

"……."

"그런데 스무 살이 되었는데도 변한 게 없어."

서인의 말에 눈물이 배어 나왔다. 서인은 모윤에게 기댄 채 눈을 질끈 감았다가 떴다. 눈물이 손등 위로 투둑투둑 떨어졌다. 어쩌면 성년의 날이 되기를 기다리고 있던 건, 그런 마음도 한몫했던 것인지도 모르겠다. 정말 어른이 되면 달라지지 않을까, 하는 기대심 때문에. 성년의 날 같은 건 사실 별것도 아닌 날인데.

여전히 나는 힘없는 어린애일 뿐이고,

여전히 나는 엄마에게 끔찍하고 싫은 존재일 텐데.

서인의 귓가에 나경이 했던 모진 말들이 생생하게 들렸다. 모윤에게조차 전부 털어놓을 수 없는 말들이었다. 그에게는 무엇이든 솔직하게 내보이고 싶지만, 반대로 들키고 싶지 않은 부분이 있었다.

무서워서.

모윤이 자신의 엄마와 비슷한 시선으로 자신을 쳐다보게 될까 봐.

자신과 이렇게 사귀게 된 것을 후회하게 될까 봐.

낳아 준 엄마에게도 사랑받지 못하는 자신을…….

"우서인."

모윤의 손이 다가오더니 그녀의 젖은 손등 위를 덮었다. 그의 손은 따뜻하고 큼직했다. 그녀는 자신의 손을 쏙 감춰 버릴 만큼 큼직한 모윤의 손을 가만히 쳐다보다가 고개를 들었다. 모윤이 다정한 시선으로 그녀를 쳐다보다가 입을 열었다.

"서인아."

"……!"

서인의 투정에도 불구하고 모윤은 늘 그녀를 부를 때 성까지 붙여서 '우서인' 하며 딱딱하게 부르고는 했다. 아주 가끔 서인아, 하며 부르기도 했지만, 그건 거의 드문 일이었다. 더구나 지금처럼 이렇게 부드러운 어조로 불러 준 것은 처음인 듯도 싶었다. 서인이 눈을 동그랗게 뜨고 쳐다보자 모윤이 피식 웃더니 그녀의 뒤통수를 손바닥으로 감싼 뒤 끌어안았다. 그의 낮게 가라앉은 목소리가 바로 귀 옆에서 들렸다.

"왜 변한 게 없어."

"……뭐가 변했는데요?"

서인은 모윤에게 안긴 채 물었다. 그녀의 질문을 받은 모윤이 잠시 말을 잇지 않더니 웃었다. 그리고 고개를 슬쩍 돌려 그녀의 뺨에 입술을 대고는 대답했다.

"이런 걸 해도 거리낌이 없지."

"……!"

그의 혀가 서인의 뺨을 핥았다. 순간적인 행동이었지만, 서인은 몸을 파르르 떨었다. 그리고 모윤의 짓궂은 시선과 마주했다.

"그리고 더한 것도 할 수 있고."

"……뭐, 뭐라고요?"

"왜? 언제는 되바라져서 모윤 씨, 어쩌고 하며 온갖 유혹은 다 하더니. 막상 코앞에 닥치니까 무서워?"

모윤이 보란 듯 한쪽 눈썹을 올리더니 도발하는 투로 물었다. 그에 발끈한 서인이 볼을 잔뜩 부풀리며 항의했다.

"무섭기는요! 이미 이론 빵빵하게 중무장하고 기다린 지 몇 달째인데!"

"어쭈. 그래?"

모윤은 피식 웃으며 서인의 당돌한 말을 받아쳤다. 축 늘어져 있는 모습보다는 역시 이런 모습이 좋았다. 하지만 그녀가 조금만 더 자신의 상처를 보여 줬으면 싶기도 했다. 이렇게 밝은 얼굴을 꾸며 내기보다는, 말이다. 그가 씁쓸해지려는 속을 달래며 다시 서인의 손을 잡은 채 입을 열었다.

"내 목표는 열다섯 살이 되는 거였어."

"예?"

"열다섯 살이면 천하무적이 되는 건 줄 알았거든. 슈퍼맨처럼, 뭐든지 다 무찌르고."

모윤의 웃음기 섞인 목소리에는 지나간 과거에 대한 한스러움이 섞여 있었다. 서인은 그를 물끄러미 쳐다보다가 픽 웃었다.

"그게 뭐예요. 열다섯이면 한창 꼬맹인데."

"그 꼬맹이보다 겨우 다섯 살 더 먹은 사람이 본인인 건 모르지?"

모윤은 서인의 코를 가볍게 잡아 흔들고는 그녀를 안은 채 말을 이었다.

"스무 살도 천하무적은 아니야."

"……."

"서른세 살도 마찬가지고."

"서른세 살도요?"

"응."

모윤이 다정한 눈으로 서인을 바라보며 대답했다. 그녀가 가만히 모윤을 바라보다가 한숨을 내쉰 뒤, 다시 그에게 몸을 기댄 채 혼잣말처럼 말했다.

"그게 뭐야……. 김샜다. 천하무적도 못 되고."

"혼자서는."

"예?"

"혼자서는 천하무적이 될 수 없겠지만."

둘이서는 또 모르지. 모윤이 서인을 안은 채 덧붙여 말했다. 그 말을 들은 서인에게서 한동안 아무 대답도 들리지 않았다. 모윤의 얼굴이 서서히 붉어졌다. 말을 해 놓고 돌아보니 '오그라드는' 내용이었다는 생각이 뒤늦게 든 탓이었다. 그가 붉게 물든 얼굴을 일그러뜨리려는 순간, 서인의 목소리가 조용히 들렸다.

"그거 좋네요. 둘이서는 천하무적이 될지도 모른다는 거."

"……그래?"

"예."

서인의 대답에 모윤이 일그러지려던 얼굴을 다시 펴며 웃었다. 자신의 여자가 좋다는데, 오그라들면 어떨까 하는 생각이 들었다.

'내가 미쳤구나.'

모윤은 그런 생각을 하는 제 모습에 기가 막혀서 피식거렸다. 그러면서도 서인을 안고 있는 팔에는 더욱 힘을 주었다.

13

더 이상 어린애가 아니기에

"이 좋은 날."

인주가 비통한 심정으로 입을 열었다. 서인은 인주를 토닥이며 그녀의 비통한 심정을 안다는 듯 고개를 끄덕였다. 인주가 울먹임을 가장하며 맞은편에 앉아 있는 두 남자를 향해 손가락질을 했다.

"내가 왜 이것들과 이러고 있어야 하는 거냐고!"

"오라고 징징댔던 사람이 누군데……. 야, 나야말로 너 때문에 소개팅도 못 나갔거든?"

우환이 억울한 표정으로 주먹을 쥔 채 테이블을 쾅, 쳤다. 그러자 인주가 새초롬한 표정으로 우환을 노려보더니 비아냥거리듯 입을 열었다.

"그래서? 지금 소개팅 못 가서 속상하다 그거야? 어? 너는 친구 사이의 우정보다 여자 만나는 게 더 중요해? 이런 의리도 없는 놈 같으니."

"아, 누가 그렇대? 아니, 그리고 솔직히 말해서 우정보다는 사랑이지! 도인주, 너도 방금 이 좋은 날 우리랑 이러고 있어야 하냐고 성 냈잖아. 애인 생기면 나 몰라라 하고 냉큼 튈 거면서."

우환이 말을 잇다 말고 짓궂게 웃으며 몸을 앞으로 기울였다. 그리고 인주를 쳐다보며 물었다.

"그런데 왜 아직 남친도 못 만들었냐? 대학 들어가면 남친부터 만들 거라며?"

"못 만든 게 아니라, 안 만든 거거든?"

인주가 발끈해서 힘주어 또박또박 대꾸했다. 그 모습을 보며 우환이 계속 놀리듯 말을 걸었다. 다민은 인주와 우환을 번갈아 쳐다보다가 픽 웃었다.

하여간 현우환, 솔직하지 못하기는.

우환이 인주에게 마음이 있다는 건 고등학교 2학년 때부터 알았다. 어쩌면 본인보다도 다민이 먼저 알아차린 것인지도 몰랐다. 우환은 인주를 그저 소꿉친구라 여기며, 스스로 그렇게 믿어 왔으니 말이다. 다민은 쓴웃음을 지었다. 자신이 우환의 마음을 먼저 알아차리게 된 것은, 자신 또한 누군가에게 마음을 주었기 때문일지도 모른다.

……물론, 아직 제 마음을 고백도 못 해 본 우환과는 달리, 자신은 이미 제대로 차였다는 점에서 다르기는 하지만.

다민은 눈앞의 서인을 쳐다보았다. 서인은 심심하다는 듯한 얼굴로 다른 테이블을 구경하고 있었다. 그는 서인이 바라보고 있는 테이블을 향해 고개를 돌렸다.

어느 연인의 모습이 보였다. 그리고 테이블 위에 놓인 장미 꽃다발이 역시 눈에 들어왔다. 서인이 가만히 그것을 보다가 샐쭉한 표정을 짓더니 제 휴대폰을 들여다보는 모습이 뒤이어 보였다. 다민은 서인을 쳐다보다가 불쑥 질문을 던졌다.

"선생님이랑 오늘 데이트 있어?"

"응? 아아……. 아니, 뭐, 약속을 딱 정해 놓지는 않았어."

서인은 다민의 질문에 어깨를 으쓱이며 대꾸했다. 그러면서도
샐쭉한 표정을 숨기지는 못했다. 성년의 날인데. 오매불망 기다리
던 성년의 날인데. 모윤은 자신의 기대와는 달리 아무런 언질도 주
지 않았다.

보름 남았다고 겁줄 때는 언제고.

그녀가 입을 내민 채 속으로 구시렁거렸다. 그 모습을 바라보던
다민이 엷게 미소를 짓고는 시선을 돌렸다. 여전히 티격태격 다투
면서도 미소를 머금고 있는 우환과 인주의 모습이 보였다. 그리고
인주의 뺨에 살짝 홍조가 들어 있는 것도.

"아…… 일방통행이 아닌가."

"응? 지금 뭐라고 했어?"

다민의 중얼거림을 들은 서인이 고개를 갸웃거리며 물었다. 다
민은 고개를 저으며 별것 아니라고 대꾸한 뒤, 다시 말을 이었다.

"성년의 날, 받아야 할 게 뭔지 알지?"

"당연하지."

서인은 수줍은 표정으로 대꾸하고는 손바닥으로 뺨을 문질렀다.
장미, 향수, 그리고 키스.

키스라니!

키스라니!

키스…….

그녀는 대문 앞에서 모윤과 했던 키스를 떠올렸다. 나경의 독설
에 너덜너덜해진 속을 추스르지 못한 채 무작정 그를 찾아갔었다.

문득 열다섯 살이 되는 게 목표였다던 모윤의 말이 떠올랐다. 그리고 서른세 살도 천하무적이 아니라던 그의 말도.

둘이서는 천하무적이 될지도 모른다던, 그의 서툰 위로도…….

딱히 위로하는 말이 아니어도 좋았다. 그의 마음이 온전히 전해져서, 그것만으로도 충분했다. 서인은 가만히 미소를 짓다가 다시 개구쟁이처럼 코를 벌름거리더니 뾰로퉁한 목소리로 말했다.

"그런데 그 당연한 걸 받아야 하는데! 이 남자가 진짜 전화 한 통도 없어! 내 장미! 내 향수! 내 키스으으으!"

서인의 목소리가 너무 높아서였을까. 순식간에 커피숍 안이 고요해졌다. 우환과 인주마저도 입을 다물고 서인을 쳐다보았다. 다민은 고개를 절레절레 흔들었다.

"쯧."

인주가 고요함을 깨며 혀를 차고는 입을 열었다.

"우서인아. 너 방금 진짜 불쌍해 보였어."

"난 쪽팔렸어."

우환이 목덜미를 손바닥으로 문지르며 말했다. 다민 역시 동의한다는 듯 고개를 끄덕였다. 서인은 슬그머니 주변을 힐끗거렸다. 다른 테이블에서 키득거리며 자신을 가리키더니 뭐라고 수군대고 있었다.

으아아!

서인이 옆에 놔뒀던 가방을 들고 벌떡 일어났다.

"나 먼저 갈래."

"왜? 쪽팔려서? 됐어. 넌 이미 버린 몸이야. 그냥 쪽팔림을 받아들여."

인주가 깔깔대며 웃고는 그녀를 잡으려 했다. 하지만 서인이 빨갛게 달아오른 뺨을 식히려고 손으로 부채질을 하며 말했다.

"그럴 수 없어! 나에게는 아직 열두 척의 배가…… 아니, 하여간 이 쪽팔림의 대가를 톡톡히 받아 낼 거야!"

서인은 입에서 튀어나오려는 헛소리를 주워 삼키고는 비장한 표정으로 돌아섰다. 친구들이 등 뒤에서 부르는 소리가 들렸지만, 돌아보지 않았다.

……돌아보기에는, 자신이 한 행동이 너무 창피했다.

터벅터벅 걸음을 옮기는 서인의 표정이 불퉁했다. 사물함에 넣어 두었던 전공 교재를 챙겨서 집에 가야 할 듯했다.

"에휴……. 그래, 가서 과제나 하자. 과제 하고, 토익도 공부하고. 요즘은 대학 들어가자마자 취업 준비한다잖아. 일찌감치 취준생이나 되지, 뭐. 취준생한테 성년의 날이 뭐냐."

서인은 구시렁대며 걷다가 그대로 멈춰 섰다.

"그래도! 평생 단 한 번 있는 성년의 날인데! 길모윤, 이 나쁜 놈! 무슨 남자가 이렇게 매너도 꽝이고……!"

"매너 꽝이라 미안하다."

흐억. 서인은 갑자기 등 뒤에서 들린 서늘한 목소리에 눈을 크게 뜨고 입을 벌렸다. 분명 방금 들은 목소리는…… 그러니까……. 그녀는 갑자기 뻣뻣해진 목을 간신히 뒤로 돌렸다. 그리고 서인의 바로 뒤에 서서 냉랭한 얼굴로 쳐다보고 있던 남자와 눈이 마주쳤다.

"하하하하하……."

"웃지 마."

"넵."

서인은 깨갱, 하며 목을 쏙 집어넣었다. 조금 서운한 마음이 들었다. 물론 자신을 보러 학교까지 와 준 건 고맙고 반가운 일이지만, 보자마자 웃지 말라니……. 아무리 자신이 혼자 구시렁대면서 흉을 보기는 했지만 말이다.

그래도 그렇지!

오늘은 내가 주인공인 날인데!

성년의 날인데!

그런 서인의 마음을 모르는 듯, 모윤은 여전히 냉랭한 눈으로 그녀를 가만히 쳐다보다가 말을 이었다.

"그렇지 않아도 이제 자제할 이유도 없어졌는데 그렇게 웃을래? 너 그러다가 나한테 홀랑 잡아먹힌다?"

"예?"

서인은 모윤의 말을 이해하지 못하고 눈을 깜빡였다. 그와 동시에 모윤의 냉랭했던 표정 위로 미소가 번지더니 그가 피식 웃으며 그녀의 머리를 헝클어뜨리듯 쓰다듬었다.

"뭘 모르는 척해? 한 달 전부터 목욕재계 운운하면서 까불더니."

"어, 어어……."

"받아."

모윤은 등 뒤로 숨기고 있던 다른 손을 앞으로 내밀었다. 장미꽃 한 다발이 그의 손에 들려 있었다. 서인은 눈만 깜빡일 뿐 아무 말도, 아무 행동도 하지 못했다. 분명 꽃다발이 눈앞에 보이는데도 현실감이 들지 않았다. 새빨간 장미가 한 송이, 두 송이, 세 송이…….

"스무 송이가 아니네요?"

서인이 스무 송이를 훌쩍 넘긴 게 분명한 장미 다발을 쳐다보다가 모윤에게 물었다. 모윤은 슬쩍 눈을 치켜뜨더니 고개를 기울였다.

"왜? 스무 송이여야 돼?"

"성년의 날이니까……."

"그게 무슨 규칙이라도 돼? 많으면 많을수록 좋은 거지. 받기나 해."

모윤이 볼멘소리로 대꾸하더니 서인의 품에 꽃다발을 안겼다. 서인은 얼떨결에 그가 건넨 장미꽃을 품에 안고는 배시시 웃었다. 머쓱해하는 게 뻔히 보였다. 서른세 살이나 된 남자가 고작 이런 걸로 수줍어하다니.

역시 내 남자다!

귀여워!

서인은 조금 전에 모윤을 두고 '나쁜 놈' '매너 꽝' 운운했던 걸 까맣게 잊고 환하게 웃었다. 그리고 고개를 갸웃거리며 모윤의 손을 힐끔거렸다. 모윤은 서인의 행동에 의아한 표정을 지으며 물었다.

"그런데 뭘 힐끔거려?"

"향수는 없어요?"

"……빚 받아 내러 왔냐."

모윤은 멋쩍은 표정을 짓더니 입고 있던 재킷 주머니에서 작은 상자 하나를 꺼냈다. 서인이 냉큼 그것을 받아 들더니 씩 웃었다. 이 나이에 연인을 위해 성년의 날을 챙겨 주게 될 줄이야. 그는 배부른 강아지처럼 만족스러워하는 서인을 보며 웃고 말았다. 서로를 바라보며 잠시 웃고 있는데, 서인이 갑자기 얼굴을 붉히더니 눈을 감았다.

응?

모윤은 영문을 몰라 고개를 갸웃거리다가 머루에게서 들은 말을 떠올렸다.

'성년의 날, 기본적으로 세 가지는 반드시 챙겨 줘야 돼. 장미! 향수! 그리고 키스!'

"아······."

늘 차분하던 그의 표정이 순간적으로 흐트러졌다. 모윤은 제 앞에 눈을 감은 채 기다리고 있는 서인을 쳐다보다가 당혹스러운 표정으로 턱 근처를 만졌다. 아니, 그래도 이건 좀 그렇지 않아?

그와 서인의 주변을 지나가던 이들이 키득거렸다. 그녀의 손에 들려 있는 꽃다발을 본 것이다. 어쩌면 작은 상자 안에 든 것이 향수라는 것도 알았는지 모르겠다. 그럼, 남은 것은 당연히 키스라는 것도 알았을 테고.

대체 그건 누가 정한 거야!

모윤은 주변에서 슬슬 모이기 시작한 시선들에 난감해하다가 서인을 향해 입을 열었다.

"일단 자리 좀 옮기자."

"싫어요."

서인은 눈을 꼭 감은 채 단호하게 대답했다. 모윤이 더욱 난감해져서 서인에게 다가갔다. 서인은 자신에게 더 가까이 다가오는 기척을 느끼고는 슬쩍 실눈을 떴다가 황급히 감았다. 그것을 놓치지 않은 모윤이 황당하다는 듯 입을 열었다.

"너 방금 실눈 떠 놓고, 뭘 하자는 거야?"

"알면서 그건 왜 물어봐요?"

서인이 눈을 감은 채 새초롬하게 대꾸하더니 이내 입술을 뾰족하게 내밀었다. 입 맞춰 달라는 게 뻔히 보이는 행동이었다. 그는 픽 웃음을 터뜨리고는 손을 뻗어 그녀의 감긴 눈꺼풀 위를 슬슬 문지르며 말했다.

"이 발랑 까진 아가씨야. 눈 안 뜰래?"

"흐응. 키스해 주면요."

서인은 감고 있던 눈에 더욱 힘을 주며 대꾸했다. 모윤이 그런 서인의 이마를 살짝 손가락으로 튕기듯 때리고는 입을 열었다.

"네가 잠자는 숲속의 공주야?"

"흐흐, 그럼 모윤 씨는 저 깨우러 온 왕자님인가 봐요."

서인이 눈을 감은 채 너스레를 떨며 모윤의 말을 받아쳤다. 모윤의 시선이 부드럽게 휘어졌다. 그는 숨을 들이쉬고 고개를 살짝 젖혔다. 어둑해진 캠퍼스 여기저기에 가로등 불빛이 보였다. 그리고 삼삼오오 무리를 지어 어디론가 향하는 이들의 모습도 보였다. 모윤은 스무 살 무렵의 자신을 떠올려 보았다. 딱히 낭만이라고는 찾아볼 수 없던 시절이었다.

낭만이라…….

모윤은 다시 시선을 내려 자신의 앞에 서 있는 여자를 바라보았다. 교복이 잘 어울렸던 서인은 어느새 매력적인 스무 살의 아가씨가 되어 있었다.

하기야 처음 만났을 때는 스물일곱 살 먹은 소개팅 상대라고 믿기도 했었지만.

그는 피식 웃으며 서인의 목덜미 위쪽으로 손을 뻗었다. 서인의 목에서 귀로 이어지는 부분에 손바닥이 닿자마자 그녀가 흠칫거리며 몸을 떨었다. 모윤은 그 반응에 낮게 웃고는 엄지로 서인의 뺨을 살살 문질렀다. 그리고 다른 손으로 그녀의 등허리를 감싸 당겼다. 서인이 제 품으로 안겨 왔다.

보드라운 몸의 감촉이 온몸의 감각을 들쑤셨다. 모윤의 눈빛이 짙게 가라앉았다. 하지만 여전히 고집스럽게 눈을 감고 있는 서인에게는 보이지 않았다.

다행이라고 해야 할까.

아마 지금 자신의 얼굴은 꽤 낯설어서 서인이 이런 제 얼굴을 보면 겁을 낼 수도 있겠다는 생각이 들었다. 이렇듯 누군가를 간절히 갖기를 원한 적은 지금껏 없었던 터라 스스로도 낯선 느낌이 드니 말이다.

모윤은 가만히 그녀의 뺨을 문지르다가 고개를 숙였다. 입술과 입술이 서로 아슬아슬하게 닿을 듯 가까워졌다. 그 바람에 서인이 가쁘게 내쉰 숨결이 고스란히 그의 뺨 위로 전해졌다. 모윤의 입술이 느릿하게 내려앉아 서인의 입술 위에 포개졌다.

"……!"

서인이 모윤의 팔을 꽉 붙잡았다. 그저 타인의 살덩어리에 불과한 것인데, 왜 이렇게 온몸이 떨릴 만큼 좋은 건지 모르겠다. 그녀는 왈칵 눈물이 나올 것만 같아서 눈을 뜰 수가 없었다. 처음에는 그냥 장난으로 눈을 감았던 건데, 이제는…….

그 순간, 모윤의 손가락이 부드럽게 서인의 눈가를 쓸었다. 마치 그녀의 마음을 알고 있다는 듯 다정하게 쓰다듬는 손길에 서인의 눈가에서 눈물이 주르륵 흘러내렸다. 입술이 맞닿아 있는 곳까지 흘러내린 눈물이 짭조름한 맛을 냈다.

서인은 모윤 역시 짭조름한 맛을 느꼈을 거란 생각에 문득 민망해져서 눈을 뜨고 고개를 숙였다. 그의 입술이 닿았던 자리가 화끈거리면서 열기를 내는 듯했다. 모윤은 그런 서인의 머리를 흐트러뜨리듯 쓰다듬다가 꼭 끌어안고 입을 열었다.

"성년이 된 걸 축하해."

"……오늘 까먹은 줄 알았어요."

"내가 아무 얘기 안 해서?"

서인의 말에 모윤이 웃으며 물었다. 서인은 가만히 그를 끌어안고 있다가 고개를 끄덕였다. 그리고 그의 등을 아프지 않게 때리며 투덜댔다.

"하여간 심술궂어요. 이렇게 올 거면서……. 아, 그런데 학교는요? 설마 땡땡이?"

서인이 모윤의 허리를 끌어안은 채 고개만 들어 그를 바라보았다. 모윤이 피식 웃으며 그녀의 이마에 제 이마를 살짝 부딪치고는 대꾸했다.

"정시 퇴근했어. 내가 오늘 정시에 퇴근하려고 며칠 전부터 얼마나 고생했는지 알아?"

모윤이 장난스럽게 눈을 흘기며 서인을 쳐다보고는 다시 그녀의 입술에 쪽, 하고 가볍게 입을 맞췄다. 서인은 그런 모윤을 쳐다보며 배시시 웃었다.

"우리 모윤 씨, 오늘 대범하시네요? 사람들 막 다니는 곳에서 뽀뽀도 해 주고."

"그래서 싫어?"

"아니요! 그냥 모윤 씨답지 않다 싶어서요. 그런데 저는 이런 게 좋아요. 모윤 씨는 내 남자, 하고 도장 꽝 찍는 기분이라서."

서인이 싱글거리며 대답했다. 모윤은 그런 서인을 쳐다보다가 가만히 웃었다. 그건 서인 못지않게 자신 또한 그랬다. 세상의 어떤 사내가 그렇지 않을까. 세상 사람들에게 제 여자를 과시하고 싶은 마음, 함부로 넘보지 말라고 엄포라도 놓고 싶은 마음, 그런 건 자신도 마찬가지였다.

더구나 교복을 벗고 대학에 들어와 더욱 싱그러운 모습을 드러내게 된 서인을 보면서, 자신이 종종 얼마나 불안해하고 그녀의 주변을 경계했는지 알게 된다면 아마도 놀랄 것이다. 그는 서인을 끌어안고 있던 팔을 풀고 손을 내밀었다. 기다렸다는 듯 서인이 냉큼 모윤의 손을 맞잡았다.

그때, 맞은편 쪽에서 앳된 기운이 가시지 않은 여자의 목소리가 들렸다.

"설마…… 우서인?"

"응?"

서인은 갑자기 자신의 이름이 불린 것에 당황해하며 눈을 깜빡였다. 두 여자가 놀란 표정을 짓다가 이내 주저하며 다가오기 시작했다. 서인은 모윤을 슬쩍 쳐다보다가 다시 맞은편에서 다가오는 두 여자를 보고는 뒤늦게 아, 하고 소리를 뱉었다.

"고현희랑 최다애."

"뭐?"

"2학년 때 같은 반이었던 애들이에요."

별로 친하지는 않았는데, 얘들도 여기 다니나 보네요. 서인이 모윤의 물음에 대답하면서 그들을 향해 시선을 던졌다. 어느새 가까이 다가온 두 여자가 호기심 어린 눈으로 서인과 모윤을 쳐다보다가 이내 모윤에게 꾸벅 인사를 했다.

"안녕하세요, 선생님. 저희, ○○고등학교 졸업생이거든요."

"아……. 그래."

모윤은 두 여자를 향해 고개를 끄덕여 인사를 받고는 힐끔 서인을 돌아보았다. 서인이 난처한 표정으로 두 여자를 쳐다보다가 입술을 깨무는 게 보였다.

하기야 난처한 상황이기는 했다. 언제부터 보고 있었는지 모르지만, 어쨌든 자신과 서인이 누가 봐도 연인이라는 건 알 수 있었을 테니 말이다. 비록 졸업은 했다고 하지만, 선생님이었던 남자와 이러고 있는 모습을 동창들에게 들켰으니 민망하기도 하고 난처하기도 할 게 분명했다.

그렇지만 모윤은 머릿속으로는 그렇게 생각을 하면서도 가슴속에 밀려드는 서운한 감정을 지울 수 없었다. 어쩌면 자신은 서인에게 과한 기대를 품고 있었는지도 모르겠다. 당돌하다, 발랑 까졌다, 그렇게 타박하면서도 말이다.

언제, 어디서든, 그녀는 자신과의 사이를 떳떳하게 드러내고, 자신을 향한 감정을 솔직하게 표현할 거라고.

'……내가 나이를 헛먹었나.'

어린애한테 대체 뭘 바란 건지. 모윤은 쓴웃음을 지으며 서인과 맞잡고 있던 손을 놓으려 했다. 그러자 서인이 갑자기 모윤의 손을 더욱 힘주어 잡더니 그를 향해 말했다.

"우리 이제 가요, 모윤 씨."

"어?"

모윤은 갑작스러운 서인의 행동에 바보처럼 입을 열었다. 그리고 서인과 눈이 마주친 순간, 그의 미간이 찌푸려졌다. 그녀의 눈에 서린 원망이 보였던 탓이다.

원망이라니?

하지만 그가 그녀에게 묻기도 전에 서인의 입이 먼저 열렸다.

"데이트해야죠. 여기서 이러고 있을 거예요?"

"……우서인."

모윤은 자신도 모르게 굳은 목소리로 그녀의 이름을 불렀다. 그와 동시에 서인이 입술을 깨물더니 두 여자를 향해 말했다.

"나, 선생님이랑 사귀고 있어. 됐니?"

"뭐?"

"뭐라고?"

"지금 그게 궁금했던 거잖아. 그래서 나한테는 인사조차 건네지 않고 모윤 씨한테만 인사하고, 계속 힐끔거린 거 아니야?"

서인이 쌀쌀맞은 목소리로 물었다. 모윤은 서인의 낯선 모습에 당황해하며 그녀를 쳐다보았다. 늘 밝고 쾌활하던 그녀가 아니었다. 그렇다고 해서 상처 입고 울음을 터뜨리던 그녀도 아니었다. 제 것을 빼앗기기라도 할 것처럼 잔뜩 곤두서서 경계하는 작은 짐승을 닮아 있었다.

"야, 우서인. 누가 뭘……. 아니, 그보다 선생님이랑 사귄다고? 너 그게 진짜야? 좀 전에 둘이 끌어안고 있어서 설마 하기는 했는데."

한 여자가 기가 막힌다는 듯 대꾸했다. 그러면서도 호기심 어린 시선을 거둘 마음이 없다는 듯 끊임없이 서인과 모윤을 힐끔거렸다. 다른 여자 또한 마찬가지였다. 모윤은 불과 작년까지만 해도 자신의 제자들이었던 여자들 사이에 서서 헛헛한 웃음을 뱉었다.

내가 지금 뭘 하고 있는 거냐.

자신의 모습이 한심했다. 어린애들을 앞에 두고 당황해한 제 모습이 바보 같았다. 그는 신경질적으로 머리를 쓸어넘긴 뒤, 다른 손으로 잡고 있던 서인의 손을 꽉 움켜쥔 채 끌어당겼다. 그 바람에 서인이 균형을 잃고 모윤의 품에 안겼다. 그 모습을 본 두 여자의 눈이 휘둥그레졌다.

"내가 우서인과 사귀든 말든, 그게 지금 너희랑 무슨 상관이지?"

"예?"

"당연히 상관있죠! 선생님은 저희 선생님이셨고, 우서인도 저희 친구……."

"우서인은 너희랑 친하지 않았다던데? 아니, 친했다고 하더라도 그게 우리 사이에 간섭할 이유가 될 수는 없지. 안 그래?"

모윤은 보란 듯이 서인의 어깨를 감싸며 말했다. 서인이 난처해하는 것 같아서 주저하기는 했지만, 어차피 피할 수 없는 것이라면 당당히 드러내는 편이 나을 것이다. 비록 서인은 그러지 못했다고 하더라도 말이다.

뭐 어때.

어린 연인에게 서운한 마음을 품을 바에야, 차라리 자신이 먼저 나서서 당당히 드러내고 표현하면 될 일이다. 모윤은 그렇게 생각하며 두 여자를 향해 말했다.

"게다가 졸업생이면 졸업생답게 굴어."

"예?"

"네?"

두 여자가 동시에 모윤을 쳐다보았다. 모윤은 서늘한 얼굴로 똑바로 그녀들을 향해 말을 이었다.

"고등학교까지 졸업한 마당에 언제까지 어린애처럼 굴 거야? 아니, 이건 졸업을 떠나서도 사람이라면 당연히 갖춰야 할 예의 문제라고 보는데. 다른 사람의 사생활에 지나치게 간섭하는 거, 예의가 아니잖아? 이런 건 굳이 내가 선생으로서 가르쳐야 할 것도 아니라고 생각하는데, 어떻게 생각하지? 꼭 가르쳐 줘야 알아듣는 문제야? 응? 그래? 너희가 졸업하기 전이나 내 제자였지, 지금도 내 제자냐?"

흐억. 서인이 고개를 휙 돌려 모윤을 쳐다보았다. 모윤의 표정은 침착하다 못해 냉랭했다.

스승의 은혜는 하늘 같아서 우러러볼수록…….

어디를 봐서 하늘 같은 은혜인가. 서인은 게슴츠레 눈을 뜨고 모윤을 위아래로 보다가 키득거리며 웃었다. 좀 전에 그가 자신의 손을 놓으려 하는 바람에 섭섭한 마음이 울컥 치밀었는데, 금세 언제 그랬던가 싶게 행복한 마음이 그 자리를 채웠다. 불과 몇 달 전까지 제자였던 이들 앞에서 보란 듯이 행동하는 그의 모습에 가슴속까지 떨릴 지경이었다.

"……뭐야, 진짜. 재수 없어."

"야, 가자. 가."

우서인 쟤, 제대로 얼굴값 한다, 야. 뒤로 저렇게 호박씨 까고 있었을 줄 누가 알았니? 킬러 윤은 어떻고. 혼자 고고한 선비처럼 굴더니 어린애가 취향이었나 봐? 두 여자가 일부러 들으라는 것처럼 숙덕대며 멀어져 갔다. 서인은 잠시 그들의 뒷모습을 쳐다보다가 모윤에게로 시선을 옮겼다. 모윤이 눈을 치켜뜨며 퉁명스럽게 물었다.

"왜."

"……조금만 더 말 편하게 해도 돼요?"

"편하게?"

"응. 예를 들면 저, 대신 나, 이렇게 말하기."

가끔 그런 생각을 했었다. 언제까지 내 남자에게 '저는요. 제가요.' 등등으로 말을 해야 하는가, 하고 말이다. 서인은 이때다 싶은 마음에 모윤에게 팔짱을 끼며 말을 이었다.

"모윤 씨 입으로 그랬잖아요. 졸업하기 전이나 제자였지, 지금도 제자냐고."

"……그래서?"

"저도, 아니, 나도 졸업했으니까 이제 제자도 아닌데…… 누구 씨가 방금 심술궂게 말한 바에 따르면 말이죠."

서인이 배시시 웃으며 말했다. 그는 서인을 쳐다보다가 피식 웃고는 다시 그녀를 향해 입을 열었다.

"이럴 때 보면 배짱 두둑한데, 말이야. 좀 전에는 꼭 그렇지도 않더라?"

"예? 뭐가요?"

"좀 전에 네 동창들 앞에서."

모윤이 걸음을 옮기다 말고 멈춰 서서 서인을 쳐다보았다.

"난 네가 동창들 보자마자 나랑 사귄다고 냉큼 털어놓을 줄 알았거든. 그런데 의외로 그렇게 하지 못하고 망설였잖아."

"그렇게 하고 싶었죠."

"그런데?"

모윤은 서인을 향해 물었다. 이런 제 모습이 참 유치해 보인단 자각은 있었지만, 그래도 그녀의 대답을 듣고 싶었다. 서인이 머뭇 거리며 눈을 좌우로 굴리다가 그를 쳐다보았다.

"제가, 아니, 내가…… 모윤 씨를 곤란하게 만들까 봐요. 그게 무서웠어요."

"……나를 곤란하게 만들까 봐 무서웠다고?"

"예. 계속 교사로서 근무하실 텐데, 괜히 저, 아니, 나 때문에 곤란한 상황에 처하실까 봐요."

서인이 진지한 표정으로 모윤을 쳐다보며 말했다. 모윤은 자신의 생각과는 다른 이유로 그녀가 난처해했었다는 것을 깨닫고 입을 달싹였다.

분명 자신보다 열세 살이나 어린 연인인데.

이제 겨우 성년의 날을 맞이한 어린애인데.

그럼에도 불구하고 그녀가 성숙한 여인으로 느껴졌다. 본인보다 상대를 먼저 염려하고 걱정하는 마음에, 가슴속이 설레었다. 모윤은 잠시 입을 다물고 있다가 서인의 손목을 꽉 움켜잡았다.

"모윤 씨?"

"지금 당장, 너를 안고 싶어."

"……!"

"변태라고 해도 어쩔 수 없어. 그들 말대로 내가 어린애가 취향이었는지도 몰라. 그런데, 지금 내 눈에는 너, 어린애 아니야."

"모윤 씨……."

"여자야. 지금 당장 품고 싶은 여자. 끌어안고, 입 맞추고, 그 이상도 하고 싶은 여자."

"……."

서인의 시선이 흔들렸다. 모윤의 얼굴이 낯설었다. 그가 이토록 뜨거운 시선으로 자신을 바라본 적이 있던가 싶었다. 머리부터 발끝까지 전부 먹어 치울 듯이 쳐다보는 눈빛에, 가슴이 쿵쾅거리며 심하게 뛰었다.

'내 눈에는 너, 어린애 아니야.'

'지금 당장 품고 싶은 여자.'

'끌어안고, 입 맞추고, 그 이상도 하고 싶은 여자.'

모윤의 목소리가 생생하게 거듭 귓가에서 메아리쳤다. 서인은 파르르 떨리는 입술을 깨물고 대답 대신 그의 목을 끌어안았다. 그리고 그의 입술에 제 입술을 겹치는 것으로 대답을 대신했다.

✳ ✳ ✳

학교 근처의 모텔에 들어왔다. 어두운 복도를 지나오면서 서인은 복도 여기저기에 켜져 있는 주황색 램프의 불빛에도 화들짝 놀라 모윤의 팔을 꽉 움켜잡았다. 모윤은 그런 서인을 다독이듯 어깨를 감싸 안은 채 걸음을 옮겼다. 그리고 얼마 지나지 않아 모텔 주인이 넘겨 준 카드 키에 적힌 방 호수가 나타났다.

"……."

이래도 되는 걸까. 모윤은 막상 문 앞에 서고 나니 마음이 복잡해졌다. 자신에게는 여자라 해도, 그렇다 하더라도 객관적으로 서인은 이제 겨우 스무 살이다. 게다가 분명, 모든 게 처음일 텐데.

지금 자신이 서인을 데리고 들어온 곳은 화려하지도, 근사하지도 않은, 그저 대학교 근처에 있는 모텔이었다. 모텔 중에서 그나마 깔끔해 보이는 곳을 찾아 들어오기는 했지만 말이다. 그래도…….

어느 정도 첫 경험의 환상이라는 게 있지 않을까.

모윤은 제 손에 있는 카드 키를 꽉 움켜쥔 채 서인을 향해 입을 열었다.

"지금이라도 후회되면 말해."

"……."

"아니, 아니다. 내가 너한테 뭘 미루는 거야."

모윤이 고개를 흔들며 쓴웃음을 삼켰다. 하여간 이기적인 놈. 어린애 상대로 제 욕심부터 앞세우는 놈. 그는 서인의 대답을 핑계 삼아서 어떻게든 데리고 들어가려 하는 제 치졸한 모습에 한숨을 내쉬고, 그녀를 향해 고개를 돌렸다. 서인이 말간 눈으로 모윤을 쳐다보고 있었다. 그 시선을 마주하고 있자니, 민망함이 밀려들었다.

"미안해. 그냥 나가자. 내가 너무 성급했⋯⋯."

"후회해도 소용없어요."

모윤의 말을 끊으며 서인이 입을 열었다. 그리고 그의 손에 쥐여 있던 카드 키를 빼앗듯 가져가더니 단호한 어조로 말을 이었다.

"나는 오늘, 모윤 씨랑 함께 있을 거예요."

이게 얼마나 기다렸던 기회인데요. 내가 그걸 바보처럼 놓칠까 봐요? 서인이 잔뜩 긴장해 굳은 얼굴로 어색하게 웃고는 카드 키로 주저 없이 문을 열었다. 그 바람에 모윤은 다시 말을 이을 틈도 없이 열린 문을 보며 입을 벌리고 말았다. 문 안쪽으로 보이는 침대가 세상에서 유일하게 존재하는 가구라도 되듯 그 외에는 아무것도 보이지 않았다. 서인 역시 모윤이 돌아가자고 할까 봐 성급히 문을 열기는 했지만, 많이 놀랐는지 움직일 생각을 하지 못한 채 방 안을 쳐다보기만 했다. 그러다가 문득 생각났다는 듯 중얼거렸다.

"⋯⋯뭐야. 하나도 안 야하잖아요."

"뭐?"

"난 모텔이라는 데가 되게 야한 곳인 줄 알았는데. 침대 있고, 텔레비전 있고. 내 방이랑 다를 게 없네요?"

서인이 개구지게 웃으며 모윤을 돌아보았다. 모윤은 정신을 차리고 그녀를 바라보았다. 개구지게 웃는 입가가 파들파들 떨리는 게 그의 눈에 들어왔다.

긴장하고 있구나.

모윤은 서인이 잔뜩 긴장해 있다는 걸 깨달았다. 그러면서도 뒤돌아 가 버리는 대신, 자신과 함께 있기를 선택했다는 사실도.

모든 게 두렵고 낯설어서 도망가고 싶을 텐데도.

그는 서인을 향해 손을 내밀었다. 서인의 입에 맴돌던 미소가 사라졌다. 그 대신, 모윤의 입가에 다정한 미소가 번졌다. 그 미소를 본 서인의 눈이 동그랗게 뜨이더니 이내 부드럽게 휘어졌다. 그리고 누가 먼저라고 할 것 없이 서로가 서로를 끌어안으며 방 안으로 들어갔다. 방문이 철컥 자동으로 잠기는 소리가 들렸다.

입술이 겹쳐지고 들숨과 날숨이 뒤섞였다. 모윤은 서인의 양쪽 뺨을 감싼 채 그녀의 아랫입술을 잘근잘근 씹었다. 그러자 서인이 몸을 움찔거리더니 입을 벌렸다. 곧바로 혀와 혀가 뒤엉켰다. 그리고 성급히 그녀의 입 안을 탐하려던 모윤의 코가 서인의 코와 부딪치고 말았다.

"아!"

서인이 순간적으로 자신의 코를 문지르며 모윤을 쳐다보았다. 모윤이 달아오른 열기를 미처 식히지 못한 듯 숨을 몰아쉬다가 그녀와 눈이 마주치자 머쓱한 표정을 지었다. 나이 서른셋에 이게 무슨 망신인가 싶었다. 키스조차 서툴러서 코를 맞부딪치다니. 그의 머쓱한 표정을 본 서인이 까르르 웃으며 다시 그의 목에 팔을 감았다.

"방금 진짜 귀여웠어요."

"어른한테 귀엽단 소리가 얼마나 자존심 상하는 줄 알아?"

모윤이 시무룩한 얼굴로 투덜거렸다. 그러면서도 그의 시선은 다시 서인의 입술로 향해 있었다. 바로 직전까지 자신이 잘근잘근 씹고 빨았던 입술, 말이다. 그녀의 입술이 조금 부풀어 있는 게 보였다. 고작 잠깐 탐했을 뿐인데. 모윤이 서인의 입술을 손가락으로 건드리며 물었다.

"아파?"

"조금 얼얼해요."

서인이 생긋 웃으며 대답했다. 모윤은 그녀의 귀가 새빨갛게 물들어 있는 것을 보았다. 그 순간, 자신의 귀 역시 새빨갛게 달아오른 것인지 화끈거렸다. 모윤이 어색하게 헛기침을 하고는 방을 둘러보았다.

확실히 방 안은 평범했다. 서인의 말대로 말이다. 하나도 야하지 않고.

다행이란 생각이 들었다. 오직 수컷과 암컷의 욕망만으로 채워진 곳이었더라면, 그런 곳에서 서인을 안고 싶지는 않았을 테니 말이다.

솔직히 말하자면, 모윤은 서인을 자신의 방에서 안고 싶었다. 더 정확히 말하자면, 자신의 침대 위에서 안고 싶었다. 온전히 제 공간이라 할 만한 곳에서 그녀와 사랑을 나누고 싶었다.

……독립을 해야 하나.

모윤은 동모가 들었더라면 '이런 불효막심한 놈!' 했을 생각을 아무렇지 않게 하다가 서인을 돌아보았다. 서인 역시 조금 어색해하기는 해도 방의 분위기가 평범한 것에 안도했는지 모윤의 팔을 붙잡은 채 방을 구경하고 있었다. 그러던 그녀의 시선이 침대 위에 고정되었다. 그리고 뺨을 빨갛게 물들이는 것이 모윤의 눈에 들어왔다.

348

맙소사.

그는 순식간에 아랫배에서 치고 올라오는 열기에 스스로 화들짝 놀라 서인에게서 몸을 떼어 냈다. 서인이 당황했는지 눈을 껌뻑거렸다.

"아…… 저기, 먼저 씻을래?"

"예?"

당황한 나머지 아무 말이나 꺼낸다는 게 이것이었다. 모윤은 자신이 내뱉은 말에 눈을 동그랗게 뜨고 쳐다보는 서인을 보고는 혀를 찼다. 그 모습에 서인이 잠시 어리둥절한 표정을 짓다가 뒤늦게 그가 한 말을 이해했는지 더욱 얼굴을 빨갛게 물들이며 말을 더듬었다.

"어, 저기, 그, 그러니까……."

"미안."

모윤이 서인의 말을 끊고 입을 열었다. 그가 붉어진 얼굴을 손바닥으로 문지르고는 말을 이었다.

"너한테 제대로 된 모습을 보이고 싶은데, 왜 이렇게 자꾸 머릿속이 새하얗게 되는지 모르겠다. 말도 막 튀어나오고."

"……."

서인은 모윤의 말을 들으며 가만히 그를 쳐다보았다. 자신보다 훨씬 나이를 먹은 남자가 제 앞에서 허둥대는 모습이 우습다기보다는, 뭐랄까…… 그래, 사랑스럽다고 해야 할 것 같았다. 서른셋의 나이라는 건 까마득히 먼 이야기로만 여겨지는데, 그런 서른세 살의 남자가 자신과 별반 다르지 않은 모습으로 어색해하고 당황해하는 게, 자꾸만 웃음이 나올 만큼 사랑스럽고 좋았다.

"와 본 적 있어요?"

"응?"

"모텔이요."

서인은 문득 궁금해져서 모윤에게 물었다. 혹시 이 남자의 이런 모습을 다른 여자가 본 적이 있을까 싶은 생각이 들었다. 이렇게 사랑스러운 모습을 누군가가 보았다고 생각하니 화가 날 것도 같았다. 하지만 그녀는 장난처럼 생글거리며 그의 솔직한 대답을 기다렸다.

"있어."

"……있다고요?"

서인은 얼굴이 일그러지려는 걸 가까스로 숨겼다. 그래도 혹시나, 하는 마음이 있었나 보다. 워낙 여자에 대해 관심이 없어 보여서, 자신도 모르게 기대를 했던 것도 같았다.

당연한 거야. 서른 넘은 남자인데, 지금껏 애인이랑 이런 곳에 와 본 적 없다는 게 이상한 거라고.

서인은 제 스스로 다그치듯 속으로 중얼거렸다. 그렇지만 가슴속이 싸해지는 걸 막을 수는 없었다.

나는 처음인데.

모든 게 처음인데.

자신이 말도 안 되는 욕심을 부린다는 걸 알고 있다. 하지만 그녀는 모윤 또한 이런 게 처음이기를 바랐다.

"술 마시다가 지하철도 버스도 전부 끊겨서, 친구들이랑 모텔에서 하룻밤 보낸 적이……. 너 울어?"

모윤이 무심코 과거의 기억을 되짚으며 말을 잇다가 서인을 보고 놀란 눈으로 다가갔다. 서인이 눈물이 그렁그렁 고인 눈으로 모윤을 쳐다보다가 원망스럽다는 듯 외쳤다.

"13년만 늦게 태어났으면 좋았잖아요!"

"뭐?"

"그랬으면, 그랬더라면 나랑…… 학교도 같이 다니고. 이런 데도 같이 오고. 뭐든지 같이, 처음이어도 같이 어색하니까……."

서인은 말을 하다 말고 입을 꾹 다물었다. 바보처럼 눈물이 나올 게 뭐람. 그녀는 쑥스러워서 고개를 숙였다.

잠깐.

그런데 방금 이 남자가 뭐라고 했더라?

서인은 고개를 숙이고 있다가 퍼뜩 그가 방금 한 말을 떠올리고는 다시 고개를 들었다. 그러니까 모텔에 와 봤다는 게…….

"친구들이랑 왔던 거예요?"

"응."

"다른 여자랑 온 적 없고요?"

"다른 여자라니, 그게 무슨……. 설마 너, 지금."

모윤이 서인을 달래려고 팔을 뻗다 말고 입가를 실룩였다. 자신도 모르게 웃음이 나오려는 걸 도저히 참을 수가 없었다. 그의 입술을 비집고 웃음소리가 새어 나왔다. 서인은 빨갛게 달아오른 얼굴로 입을 삐죽였다.

"그래요! 질투했어요! 모윤 씨가 나 말고 다른 여자랑 와 본 적 있는 줄 알고."

"하하. 아, 진짜……. 많이 컸다, 우서인? 질투도 할 줄 알고."

모윤은 웃음을 터뜨리며 서인을 향해 팔을 뻗어 그대로 끌어당겨 안았다. 그녀의 체온이 고스란히 전해졌다. 또한 팔딱거리며 뛰는 그녀의 심장 박동 역시 생생하게 느껴졌다.

이 여자가 사랑스럽다.

모윤은 진심으로 그렇게 생각했다. 몇 번 되지 않는 연애 중 이런 느낌을 받은 적은 없었다. 그는 서인의 허리를 꽉 끌어안았다.

부드러운 곡선을 지닌 몸이 제 몸에 밀착되었다. 아랫배에서 치미는 열기는 여전했지만, 그럼에도 불구하고 모윤은 그녀를 놓지 않았다. 놓을 수 없었다.

그러게.

모윤은 속으로 중얼거리듯 말했다. 너와 뭐든지 함께 할 수 있었더라면 얼마나 좋았을까. 모윤이 서인을 품에 안은 채 고백하듯 털어놓았다.

"내 첫 키스는 스무 살 때였어."

"……!"

서인이 모윤에게 안겨 있다가 몸을 바르작거렸다. 듣기 싫다는 듯한 몸짓이었다. 하지만 모윤은 서인의 몸짓을 알아듣지 못한 척 말을 이었다.

"대학에 들어가자마자 선배들한테 이끌려 개강 파티에 갔었어. 그리고 그 자리에서 게임 벌칙으로 어떤 여자 선배와 키스를 했고."

"예에?"

서인은 가만히 듣고 있다가 경악한 얼굴로 그를 쳐다보았다. 무슨 첫 키스가 게임 벌칙이야? 그녀가 미간을 찡그린 채 자신을 바라보는 걸 웃으며 마주한 모윤이 입을 열었다.

"그래서 너 개강 파티 못 가게 했던 거야."

"헉. 그런 이유가 있었던 거예요? 그럼 그때 솔직히 말해 주지 그랬어요. 난 그것도 모르고 괜히……."

서인은 모윤과 다퉜던 날의 기억을 떠올리며 입을 삐죽였다. 무조건 안 된다던 모윤의 태도에 발끈해서 참석했던 개강 파티는 지금 생각해도 재미없었다. 다들 술에 취해 버럭 소리를 지르고 길거리에서 노래를 부르고……. 에휴. 그녀는 한숨을 작게 내쉬고는 모윤을 향해 말했다.

"그래도 게임 벌칙으로 그런…… 음, 그런 건 없었는데요."

"그나마 다행이었지."

모윤이 어깨를 으쓱이며 대꾸했다. 만약 그런 벌칙이 있었으면, 그 날 그 술집을 전부 뒤엎어 버릴 작정이었다. 그는 서인 몰래 따라갔 던 그녀의 개강 파티를 떠올리며 씩 웃었다. 그날의 일은 그녀에게 비밀이다. 이 나이 먹어서 어린 연인의 뒤를 몰래 밟았다는 건, 아무 래도 들키고 싶지 않은 부분이니 말이다. 그가 다시 말을 돌렸다.

"어쨌든, 그러니까 너무 억울해하지 말라고."

"예?"

"비록 첫 키스는 너와 하지 못했지만, 내게 첫 키스 같은 기억 을 남긴 건 너니까."

"……."

서인은 모윤의 말에 아무 대꾸도 하지 못했다. 그의 다정한 말 에 속이 풀어지는 것만 같았다. 자신의 어리광 같은 투정을 이렇게 받아 주는 그의 배려에 눈시울이 뜨거워졌다. 그녀에게 어리광은 허락되지 않은 것이었다. 그녀의 부모는 서인의 어리광을 받아 주 지 않았다. 아니, 아주 오래전에는 어리광을 받아 주었던 기억이 희미하게 남아 있기는 하지만……. 그 뒤에 쌓인 상처에 가려져 잊힌 지 오래되었다.

"사랑해요."

서인이 모윤의 품에 고개를 묻은 채 충동적으로 말했다. 하지만 그 내용까지 충동적인 것은 아니었다. 줄곧 마음속에 품고 있었던 것이니 말이다. 그녀의 갑작스러운 고백에 모윤이 멈칫하는 듯싶 더니 그녀를 안고 있던 팔에 힘을 주었다.

"정말 많이, 사랑해요."

어리다고 해서 사랑을 모르는 게 아니다. 서인은 지금 제 감정이 단순히 좋아하는 걸 넘어섰다는 걸 본능적으로 깨달았다. 그녀는 흔들리는 시선으로 모윤을 쳐다보았다.

"모윤 씨도 나 사랑해요?"

욕심 많은 우서인은 사랑하는 것만으로는 만족하지 못한다. 사랑하는 만큼, 사랑을 받고 싶다. 공평하게. 똑같이. 아니, 사실은 자신이 사랑하는 것보다 더 많이. 서인의 눈가에 눈물이 맺히는 것을 잠시 바라보던 모윤이 손을 들어 그녀의 눈가를 만지며 입을 열었다.

"네가 생각하는, 그 이상으로."

"……."

순간 서인의 눈에 눈물이 핑 돌았다. 그리고 모윤이 천천히 고개를 숙여 그녀에게 입을 맞췄다.

14

운명이라 말할 수 있는 사람

모윤은 서인의 윗입술을 삼키듯 빨아들였다. 그와 동시에 그녀의 옷 위로 소담한 가슴을 움켜쥐었다. 서인이 바르르 몸을 떨며 그의 옷깃을 붙잡았다. 너무나 낯선 열감이 아래에서부터 치밀고 올라오는 바람에 금방이라도 다리의 힘이 풀려 주저앉을 것만 같았다. 그녀는 가쁜 숨을 내쉬며 잡고 있던 옷깃 대신 모윤의 팔뚝을 꽉 붙잡고 그를 쳐다보았다.

모윤이 서인과 시선이 마주치자 부드럽게 눈을 휘며 웃더니 가슴을 움켜쥐었던 손을 느릿하게 움직여 브래지어 컵의 아래를 문지르듯 쓰다듬었다. 그리고 서인의 입술을 더듬듯 혀로 핥았다. 서인이 숨을 할딱거리며 입술을 연 순간, 기다렸다는 듯 모윤의 혀가 파고들었다.

조금 전에 나눴던 입맞춤보다 조금 더 농밀하고, 조금 더 끈적한 키스였다. 가슴을 어루만지던 손은 어느새 그녀의 뒷머리를 단단히 받치듯 감쌌고, 다른 손은 그녀의 허리를 휘감아 끌어안았다.

서인은 몰아치듯 다가온 모윤을 감당하지 못하고 뒤로 주춤 물러서다가 종아리 뒤쪽으로 침대 모서리가 닿는 것을 느꼈다.

"……모, 모윤 씨."

"응."

나 조금 무서워지려고 그러는데. 서인은 차마 그 말을 입 밖으로 꺼내지 못하고 그저 물끄러미 모윤을 쳐다보았다. 모윤이 가만히 서인을 쳐다보다가 싱긋 웃더니 그녀의 어깨를 붙잡아 눌렀다.

"어?"

서인은 얼떨결에 모윤이 아래로 누르는 대로 침대에 걸터앉았다. 그리고 곧바로 제 엉덩이에 닿은 침대 시트의 감촉에 얼굴을 붉히며 고개를 숙였다. 심장이 밖으로 튀어나올 것만 같았다. 심장아, 잘 붙어 있어야 돼! 서인이 긴장을 풀려고 속으로 헛소리를 중얼대고 있는데, 다시 그녀의 턱을 감싸듯 쥔 손길에 고개가 들렸다.

모윤이 그녀를 응시하고 있었다.

꼴깍. 그녀는 자신도 모르게 침을 삼켰다. 그런데 그 소리가 제법 컸던 것인지, 모윤의 입꼬리가 올라가더니 피식 웃는 소리가 들렸다. 서인이 발끈해서 입을 열었다.

"비웃지 말아요. 누구나 내 입장이 되면 긴장되는 건 당연하다고요."

"알아."

"안다고요?"

"응."

"아는 사람이……."

그렇게 막 겁나게, 그러냐……. 서인이 웅얼거리며 입 안에서 말을 삼켰다. 모윤은 가만히 웃은 뒤, 그녀를 향해 허리를 숙였다. 그리고 천천히 서인의 목덜미를 손바닥으로 문지르며 그녀의 눈을 마주했다.

"나도 잔뜩 긴장해 있어."

"……거짓말."

"못 믿겠어?"

"이렇게, 느긋해 보이는데요?"

서인이 억울하다는 듯 물었다. 모윤은 서인의 손을 끌어다가 자신의 가슴팍에 댔다. 순간적으로 그녀의 손이 파르르 떨리며 오므라들었다. 하지만 곧 그녀는 눈을 크게 뜨더니 조심스럽게 손을 펴고 그의 가슴팍에 다시 손바닥을 댔다.

쿵, 쿵, 쿵, 쿵.

마치 어딘가, 바로 옆방이나 위층에서 망치로 벽을 두드리는 것만 같았다. 조금 과장되게 말하자면, 그 정도로 그의 맥박 뛰는 소리가 컸다. 서인은 제 손바닥을 두드리는 그의 심장 박동에 아무말도 잇지 못한 채 가만히 손만 대고 있다가 모윤을 쳐다보았다. 모윤의 짙게 가라앉은 시선을 마주하고 있으려니 몸이 떨렸다. 그런 서인을 바라보던 모윤이 입을 열어 그녀를 불렀다.

"우서인."

"그렇게 딱딱한 투로 부르지 마세요. 아까 애들 앞에서도 그렇게 불렀을 때, 좀 서운했어요."

서인이 문득 생각났다는 듯 말했다. 모윤은 눈썹을 쓰윽 올리더니 웃으며 대답했다.

"그래서 아까 시무룩했구나?"

"나 시무룩해졌던 건 알았어요?"

"그걸 왜 몰라? 내가 바보도 아닌데."

모윤은 대꾸하고는 다시 서인을 끌어안으며 속삭이듯 말을 건넸다.

"서인아."

"……간지러워."

그의 숨결이 목덜미에 닿아 솜털이 전부 곤두서는 것만 같았다. 서인은 자신도 모르게 몸을 움츠리며 중얼거렸다. 그 모습에 재차 웃음을 터뜨린 모윤이 그녀의 목덜미에 대고 가볍게 입술을 문질렀다. 목덜미에서 향긋한 냄새가 나는 것 같았다. 단순히 화장품이나 향수 냄새는 아닌 듯한데……. 그는 자신도 모르게 그녀의 목덜미에 코를 비비며 숨을 들이쉬었다.

"뭐, 뭘 하시는 거예요?"

"굳이 향수를 사 줄 필요가 있었나 싶어서."

"예?"

서인이 황당하다는 듯 얼굴을 구기고는 투덜거렸다.

"뭐예요. 지금, 향수 사 줬던 거 아깝다는 거예요?"

"아니. 그게 아니라……."

모윤은 서인의 엉뚱한 오해에 피식 웃고는 숙이고 있던 허리를 폈다. 그리고 여전히 침대 위에 앉아 자신을 올려다보고 있는 서인을 내려다보다가 그대로 그녀에게 팔을 뻗었다.

"네 체취가 훨씬 향긋하고 좋아서."

"어, 어어!"

순식간에 서인은 모윤에게 안겨 침대 위로 누웠다. 그리고 모윤이 함께 침대 위로 올라와 그녀를 가두어 놓듯 양팔로 침대를 짚은 채 서인을 내려다보았다. 콩닥콩닥. 또다시 심장이 뛰기 시작했다. 서인의 입이 달싹였다. 그러나 그녀의 입에서는 아무 말도 나오지 않았다. 그저 아주 가느다랗게 숨을 몰아쉬었을 뿐이다.

거의 동시에 모윤의 손이 서인의 옷 속으로 파고들었다. 서인은 눈을 질끈 감았다. 그의 손이 브래지어 안쪽의 살을 모아 쥐듯 움켜잡더니 부드럽게 문지르기 시작했다. 그리고 벌어진 옷 사이로 서늘한 공기가 피부에 닿아왔다. 그녀는 자신이 모윤의 앞에 속옷 차림으로 누워 있다는 사실을 새삼 깨달았다.

얼굴이 홧홧하게 달아올랐다.

성년의 날이라고 들떠서 속옷을 고민하다가 제일 예쁘다 싶은 것으로 골라 입고 왔던 게 생각났다. 물론 그렇다고 해서 이런 걸 예상했던 건 아니지만……. 서인의 스커트가 아래로 내려가고 다리 역시 찬 공기에 그대로 노출되었다. 그녀가 본능적으로 다리를 꼬며 몸을 움츠리자 모윤이 나직하게 물었다.

"추워?"

"아, 아니요……."

춥다기보다는 그냥, 어색했다. 아니, 어색하다는 말로는 부족했다. 가슴이 쿵쾅거리고 정신이 하나도 없어서 뭐가 뭔지 모를 지경이었다. 하지만 서인은 그 모든 말을 제대로 꺼내지 못했다. 뭘 어떻게 말해야 할지도 판단이 서지 않은 탓이다.

"너는 어려, 서인아."

"……예?"

모윤이 가만히 서인의 감은 눈꺼풀 위를 손으로 문지르며 입을 열었다. 그 바람에 서인이 무슨 말인가 싶어 눈을 떴다. 그가 바로 위에서 그녀를 내려다보다가 다정하게 웃었다.

"그래서 나는 나쁜 놈이야."

"예에?"

"이렇게 어린 너를 보면서 내가 무슨 생각을 해 왔는지, 네가 알면 아마 놀랄걸?"

모윤은 피식 웃으며 말을 이은 뒤, 서인을 내려다보며 그녀의 손을 잡았다. 그리고 그녀의 손가락 끝마다 전부 하나하나 입을 맞추고는 다시 말했다.

"그런데 너를 놓을 수가 없어."

"……."

"이제 겨우 스무 살인 너를 욕심내는 내가 한심하지만, 그래도 너를 놓아줄 수가 없어."

"모윤 씨."

"지금도 그래. 이렇게 어리고 예쁜 너를, 대체 내가 지금……."

모윤은 제 아래에 누워서 말간 눈으로 자신을 응시하는 서인을 보다가 자조했다. 문득 그녀가 얼마나 어린지 실감한 탓이다.

뽀얗다 싶을 만큼 새하얀 피부는 햇빛조차 닿은 적 없다는 듯 순결해 보였다. 흐트러진 옷 사이로 드러난 그녀의 속살은 남자로서의 본능적인 욕구를 끓어오르게 했지만, 한편으로는 보듬어 안아 주고 싶게 할 만큼 여리고 보드라웠다. 앙증맞은 꽃무늬가 새겨져 있는 브래지어 위로 소담하게 솟아 있는 가슴은 거칠게 탐하고 싶었지만, 반면에 그저 그 위에 고개를 묻은 채 평온한 시간을 함께하고 싶게 만들었다.

여인이지만, 아직 여인이라 하기에는 차라리 소녀에 가까웠다.

그런 서인을 바라보며 자신이 느끼고 있는 이 욕망이 추접해 보였다. 그는 아랫배에서 느껴지는 갈증과도 같은 욕망을 서인에게 내보이고 싶지 않았다. 덜컥 겁이 났다. 어린 연인이 혹시 자신에

360

게 실망이라도 하지 않을까, 하는 두려움이 들었다.

"어리고 예쁘니까…… 앞으로 쭉, 나만 봐요."

그 순간, 서인이 모윤의 손에 깍지를 껴서 꽉 잡더니 입을 열었다. 그녀는 모윤을 가만히 쳐다보며 계속 말을 이었다.

"아니, 나이를 먹어서 더 이상 어리고 예쁘지 않게 되더라도. 지금 이 모습 기억하면서, 계속 나만 봐 주세요."

"……서인아."

"나는 세상에 해피엔딩 같은 건 없다고 생각했어요."

해피엔딩은 오래된, 아주 오래된, 동화 속에서나 존재하는 거짓말이라고 여겼다. 그래서 지금 이 순간에만 집중하고 싶다고 생각했다.

"모윤 씨와도 언젠가는 끝날 사이라고 생각했어요."

그래서 더 겁도 없이 들이댔는지도 몰라요. 서인이 웃으며 덧붙이고는 이내 진지한 얼굴로 말을 이었다.

"그런데…… 믿고 싶어요."

"……."

"해피엔딩이 있다고."

모윤 씨와 나, 오래오래 행복하게 서로를 사랑하며 살았습니다. 서인이 중얼거리다 말고 코를 훌쩍였다. 나이 차이가 제법 나는 탓에 반대가 심했지만, 그 반대를 무릅쓰고 결혼했다던 자신의 부모와는 다르게. 해피엔딩을 맞이하지 못한 제 부모와는 다르게.

"모윤 씨랑 같이 해피엔딩까지 쭉, 살고 싶어요. 욕심부려 보고 싶어요."

"서인아."

"그래서 좀 전에 모윤 씨가 했던 말에 솔직히 안심했어요. 나를

361

놓을 수 없다던 말이요."

서인이 코를 훌쩍이다 말고 금세 배시시 웃었다. 그의 눈앞에 속옷 차림으로 있어서 좀 민망하면 어떤가 싶었다. 우와, 배짱 좋다, 우서인. 서인은 속으로 중얼거리며 씩 웃고는 손을 뻗었다. 그리고 그의 옷을 벗기려고 단추를 하나 풀었다.

"서, 서인아?"

"훗. 뭘 이 정도로 말까지 더듬는데요? 나는 이렇게 홀랑 벗겨 놓고."

"누, 누가 홀랑 벗겨 놨다고!"

서인의 놀리는 듯한 장난기 어린 말투에 모윤이 발끈하며 목소리를 높였다. 아니, 솔직히 억울했다. 아직 제대로 '홀랑' 벗겨 놓지도 못했는데……. 그 와중에 서인은 모윤의 셔츠 단추를 하나 더 풀다가 입을 삐죽였다.

"그런데 모윤 씨, 진짜 매너 없어요."

"뭐?"

"아니, 대체 이게 뭐냐고요. 단추 달린 옷을 입고 오다니. 오늘이 무슨 날인데! 성년의 날! 그 역사적인 날에 이게 뭐예요! 단추 풀다가 날 새겠다고요."

서인은 콧김까지 뿜으며 항의했다. 모윤은 잠시 말문이 막혀서 입을 다물고 있다가 이내 키득거리며 웃음을 터뜨리고는 개구쟁이 같은 표정을 지었다.

"역시 아직 어려서 뭘 모르네."

"예?"

"단번에 벗기는 것보다 이렇게 천천히 벗기는 게 더 야하다는 거 몰라?"

맛있는 걸 야금야금 아껴 먹듯이. 모윤이 눈을 찡긋거리며 다시 서인의 몸에 자신의 몸을 밀착시키고는 그녀의 입술을 빨았다. 그리고 방금 자신이 한 말은 금세 잊은 사람처럼, 성급한 손길로 서인의 옷을 벗겨 내기 시작했다.

서인이 아침에 한참 고민하다가 골라 입었던 브래지어와 팬티가 침대 아래로 떨어졌다. 그리고 뒤이어 모윤 역시 다른 날보다 신경 써서 입었던 셔츠와 바지, 그리고 속옷이 한꺼번에 바닥으로 떨어졌다.

모윤의 무릎이 서인의 다리 사이를 파고들었다. 서인은 어쩔 줄 몰라 하며 빨갛게 달아오른 얼굴로 그를 쳐다보았다. 모윤이 싱긋 웃으며 그녀의 뺨을 감싸고 입을 맞췄다. 한 번, 두 번, 세 번……. 가볍게 내려앉는 입맞춤에, 잠시 긴장했던 서인의 몸이 풀어졌다.

그리고 그 순간, 모윤이 그녀의 가슴 위로 손을 얹었다. 움켜쥔 것도 아니고 주무르는 것도 아닌, 그저 가만히 그 위에 얹어 놓은 상태였다. 서인이 숨을 쉴 때마다 가슴이 들썩이고, 그에 맞추어 모윤의 손 또한 오르내렸다.

"서인아."

"예?"

모윤이 서인의 가슴 위에 얹고 있던 손의 들썩임을 가만히 응시하다가 말을 이었다.

"우리, 오래오래 행복하게, 잘 살자."

"……."

"서로 사랑하면서."

이렇게 함께 오르내리면서. 네가 올라갈 땐 나도 올라가고, 네가 내려갈 땐 나도 함께 내려갈 테니. 모윤은 서인의 가슴을 조심스럽게 어루만졌다. 수줍은 꽃봉오리가 피어나듯 그녀의 가슴이 붉게 물들었다. 그 모습을 본 모윤의 시선이 짙게 가라앉았다.

하지만 서인은 더 이상 모윤이 낯설지도, 무섭지도 않았다. 그녀는 용기를 내서 벌어진 다리를 더욱 벌렸다. 모윤이 서인의 움직임에 놀란 듯 잠시 멈칫하다가 이내 그 의미를 알았다는 듯 손을 뻗어 그녀의 턱을 잡았다. 그리고 서인이 숨을 들이쉴 틈도 없이 거칠게 그녀의 입술을 탐하기 시작했다. 조금 전과는 사뭇 다른 움직임이었다.

"하, 하아……."

서인은 모윤의 움직임을 따라가지 못해 할딱이며 그의 손을 꽉 붙잡았다. 모윤은 그런 서인을 사랑스럽다는 듯 바라보더니 그녀의 손을 움켜쥔 채 허리를 움직였다. 열린 적 없던 서인의 몸은 지금의 상황이 낯설다는 듯 모윤을 빠듯하게 조이며 놓아주려 하지 않았다. 모윤은 낮게 신음을 토해 내며 움직임을 멈추고 그녀의 몸 위로 엎드렸다.

몸과 몸이 결합된 부분에서부터 쿵, 쿵, 쿵, 쿵, 맥박이 뛰는 게 머리끝까지 전해지는 듯했다. 모윤은 자신이 움직임을 멈추자마자 부족했던 산소를 마시겠다는 듯 숨을 들이쉬던 서인의 입술을 찾아 제 입술을 포갰다.

사랑하는 이와 하는 키스는, 섹스와도 닮아 있었다. 가장 내밀하고 비밀스러운 부분까지 함께 나눈다는 점에서 그랬다. 모윤의 혀가 서인의 혀를 휘감으며 전부 빨아들이겠다는 듯 사납게 움직였다. 서인의 입가를 타고 한숨처럼, 신음이 새어 나왔다. 가느다란 신음 소리는 마치 앓고 있는 작은 짐승의 소리와도 같았다.

그는 다시 입술을 떼고 서인을 내려다보았다. 그와 그녀의 입술을 연결하며 타액이 길게 이어졌다. 그것을 본 서인의 눈가가 붉게 물들었다. 모윤은 웃으며 서인의 눈가에 혀를 가져갔다.

"그, 그러지 말아요."

"뭘 그러지 마?"

모윤이 서인의 눈가를 핥다가 영문을 모르겠다는 표정을 가장하며 물었다. 서인은 우물쭈물 망설이다가 어렵게 대답했다.

"자꾸 핥으니까…… 침이 말라붙어서, 그래서…… 눈이 잘 안 떠진다고요."

서인은 말해 놓고 제 스스로 민망했는지 두 눈을 질끈 감았다. 아, 뭔가 말하고 나니까 되게 야하잖아! 으헝. 서인이 제 머리를 움켜잡으며 고개를 저었다. 그녀의 귓가로 모윤의 웃음소리가 들렸다. 나직하게 들려오는 웃음소리가 듣기 좋았다. 그녀는 금세 민망함을 잊고 슬그머니 눈꺼풀을 들어올렸다. 모윤의 웃는 얼굴이 곧바로 눈앞에 보였다.

……이 남자가 웃는 소리만 들어도 평생, 행복하게 살 수 있을 것 같아.

서인은 물끄러미 그를 쳐다보다가 생각했다. 해피엔딩이 과연 있을까, 여전히 믿기 어렵기는 하지만. 그래도 이 남자와 함께라면 동화 속 공주님처럼 행복하게 잘 살았답니다, 하고 말할 수도 있지 않을까. 그런 기대가 불쑥 머리를 들이대고 올라온다. 그녀는 자신도 모르게 배시시 웃고 말았다.

그 순간, 모윤의 이맛살이 찌푸려졌다.

"너……"

"예? 왜요? 뭐가 못마땅……!"

서인이 말을 잇다 말고 눈을 크게 떴다. 자신의 몸 안을 꽉 채우고 있던 그가 더욱 몸을 부풀린 것이다. 오, 맙소사. 아니, 어떻게.

"흐, 흐읏."

서인은 다급히 모윤의 팔뚝을 붙잡았다. 도대체 내가 뭘 어쨌다고 더 커질 수 있는 거냐고요! 이렇게 더 커질 수도 있는 거야? 서인이 인체의 신비에 대해 생각할 겨를도 없이 모윤이 다시 신음을 뱉으며 몸을 움직였다.

펑, 펑, 머릿속에서 폭죽이 연이어 터지듯 귓구멍까지 먹먹해졌다. 모윤은 자신을 끊임없이 삼킬 듯한 서인의 몸에 제 몸을 밀어넣으며 신음을 뱉었다. 말갛게 웃는 서인을 본 순간, 눈앞이 새하얘졌다. 팔팔한 이팔청춘은 지나간 지 이미 오래되었는데도, 마치 처음으로 좋아하는 여자애와 함께 있는 소년이라도 된 듯이 다른 생각은 그 무엇도 할 수가 없었다.

하반신에 뇌가 들어간 것처럼.

그는 제 머릿속에서 떠오른 생각에 웃고 말았다. 미쳤구나, 길모윤. 이게 대체 문학 교사로서 할 표현이냐. 모윤은 머릿속으로는 그렇게 생각하면서도 여전히 서인의 몸에 깊숙이 자신을 묻으며 그녀의 가슴을 살짝 깨물었다.

보드랍고 탄력 있는 가슴이 순식간에 단단해졌다. 그것이 또한 걷잡을 수 없이 사랑스러웠다. 사랑스럽다. 그 얼마나 촌스러운 표현인지. 모윤은 고작 그런 표현밖에 떠올리지 못하는 제가 한심했다. 그러나 고작 그 표현만이 지금 그의 마음을 드러내는 것이기도 했다.

"······으, 웃."

모윤이 서인의 몸에 엎드리며 한숨처럼 길게, 숨을 몰아쉬었다. 서인 역시 가만히 숨을 내쉬다가 문득 그의 등을 손으로 더듬듯 만졌다.

"땀 났나 봐요. 축축해."

"······지금, 그게 이 순간에 할 말이야?"

모윤은 기가 막힌다는 듯 서인을 보며 물었다. 서인이 어색한 얼굴로 눈을 피하더니 입을 다물었다. 그녀의 볼에 홍조가 떠오른 것을 본 모윤이 피식 웃으며 서인에게서 몸을 일으켰다. 그러자 서인이 더욱 빨개진 얼굴로 다리를 모으려 했다. 그때, 모윤의 눈에 서인의 허벅지 안쪽이 보였다. 더 정확히 말하자면, 허벅지 안쪽에 묻어난 혈흔이 보였다.

"아······."

모윤은 서인의 허벅지 안쪽에 닿은 시선을 떼지 못하고 입을 벌렸다. 서인은 모윤이 대체 뭘 보고 그러나 싶어 몸을 일으키려다가 기겁해서 목소리를 높였다.

"뭐, 뭘 봐요!"

"잠깐만 기다려. 물수건 가지고 올 테니······ 아, 아니다. 차라리 그냥 씻을래? 씻겨 줄까?"

모윤이 서인의 허벅지 안쪽을 보다 말고 그녀를 향해 물었다. 처음이었을 텐데 자신이 너무 지나치게 몰아붙였던 게 아닌가 싶어서 미안한 마음이 앞섰다. 그래서 그는 그녀의 대답을 듣기도 전에 침대 아래로 내려가 그녀를 안아 들었다.

"으, 으앗! 모윤 씨!"

서인이 기겁한 표정으로 모윤의 품에서 빠져 나오려고 버둥거렸

367

다. 하지만 한 손으로 그녀의 무릎 뒤를 받치고 다른 손으로 등허리를 감싸고 있는 안정된 품에서 벗어나는 건 불가능한 일이었다.

아오오, 난 몰라!

서인은 모윤의 품에 알몸으로 안겨 있다는 사실에 그냥 정신줄을 놓아 버리고 싶단 생각을 했다. 바로 조금 전까지 이보다 더한 일을 했다는 걸 알지만, 그래도 이렇게 안겨 있는 건 그것대로 민망하기 그지없었다.

하지만 모윤은 아무렇지 않게 그녀를 욕실로 데리고 들어가더니 변기 위에 앉혔다. 그리고 서인이 몸을 움츠리는 것과 동시에 욕조로 향하더니 물을 받기 시작했다. 서인은 몸을 웅크린 채 고개만 모로 돌려 모윤을 쳐다보았다.

군살 하나 없는 등과 근육이 적당히 잡혀 있는 팔이 보였다. 그리고…….

"흠! 흠!"

서인은 슬그머니 시선을 바닥으로 떨어뜨리며 헛기침을 했다. 그녀의 얼굴뿐만 아니라 귀와 목까지 전부 빨갛게 물들었다.

아…… 내 남자는 엉덩이까지 완벽하기도 하지.

서인이 빨갛게 변한 얼굴을 무릎 사이로 숨기며 숨을 내쉬는데, 모윤이 다가오는 기척이 느껴졌다. 그리고 그녀가 고개를 들기도 전에 다시 몸이 공중에 붕 떴다.

"으아아! 또!"

서인은 모윤에게 안겨 욕조로 향하며 눈을 질끈 감았다. 방금 봤던 엉덩이가 눈앞에서 아른거리는 것만 같았다. 미쳤어! 엉덩이가 얼굴 대신 달려 있지도 않을 텐데, 뭐가 아른거린다는 거야! 그녀가 당황한 마음을 추스르지 못하고 있는데, 문득 따뜻한 물이 피부에 닿는 게 느껴졌다.

"······어?"

서인이 다시 눈을 뜨고 주위를 둘러보았다. 어느새 모윤이 그녀를 욕조 안에 앉혀 놓은 뒤였다. 그녀는 제 몸을 감싸는 듯한 따뜻한 물에 금세 몸이 나른해지는 걸 느끼며 고개를 돌렸다. 모윤이 어느새 욕실 밖으로 나갔다가 다시 들어온 것인지 바지를 입고 다가왔다.

"히잉. 엉덩이······."

제대로 구경도 못 했는데. 서인이 아쉬운 표정을 지으며 혼잣말을 중얼거리는 사이에, 모윤은 목욕용 스펀지에 바디워시를 적당히 덜어서 거품을 낸 뒤에 그녀를 향해 다가왔다.

"혼자 뭘 중얼거려?"

"아무것도 아니에요."

서인이 모윤의 질문에 대답을 하다 말고 몸을 움츠렸다. 모윤이 들고 온 스펀지가 등에 닿은 탓이었다.

"내가 할게요. 이리 주세요."

"됐어."

"그렇지만······."

"내가 해 주고 싶어서 그래."

모윤이 서인의 등을 스펀지로 문지르며 대꾸했다. 서인은 어색한 마음에 무릎을 가슴께에 모은 채 물 속에 잠겨 있는 발가락을 꼬물꼬물 움직여 보았다. 바지를 입고 있는 모윤과는 달리, 자신은 알몸이라는 것도 민망했다. 그래서 그녀는 가급적 가슴과 사타구니를 보이지 않게 하려고 몸을 웅크렸다.

"으어어! 어, 어딜 만져요!"

"어딜 만지기는. 씻겨 주려고 하는 거잖아."

서인은 제 가슴 쪽으로 파고든 스펀지에 기겁해서 목소리를 높였지만, 정작 모윤은 억울하다는 듯 퉁명스럽게 대꾸했다.

아닌데…….

분명 불순한 손놀림이었다고.

서인이 입을 삐죽이며 모윤을 노려보았다. 모윤은 짐짓 억울한 표정을 짓다가 결국 못 참겠다는 듯 웃음을 터뜨렸다.

"하하!"

"거봐요! 불순했다니까!"

서인이 고개를 들어 모윤을 쳐다보며 불퉁한 표정을 지었다. 모윤은 짓궂게 웃으며 그녀의 머리를 꼭 끌어안더니 귓가에 속삭이듯 물었다.

"불순했다고? 어떤 게 불순한 건데? 응?"

"아! 간지러워요!"

슬금슬금 내려온 모윤의 손길에 서인이 까르르 웃으며 몸부림을 쳤다. 그 바람에 욕조의 물이 모윤에게 마구 튀었다.

"손."

모윤이 손바닥을 내밀며 말했다. 서인은 얌전히 그의 손바닥 위에 자신의 손을 올렸다. 그러자 모윤이 서인의 손에 핸드크림을 꼼꼼히 발라 주었다. 그녀는 제 손에 집중하고 있는 모윤을 물끄러미 쳐다보았다.

씻겨 준답시고 욕실에서 한바탕, 야한 짓을 했다.

그리고 다시 나와서 이번에는 수건으로 젖은 몸을 닦아 준답시고 또 야한 짓을 했고.

좀 전에는 로션을 발라 준다고 하다가 키스를 했으니…….

"이번에는 뭘 하시려나."

"응?"

서인이 혼잣말처럼 중얼거리자마자 모윤이 고개를 들었다. 마치 아무런 짓도 하지 않았다는 듯 천연덕스러운 얼굴이었다. 그녀가 눈을 가늘게 뜨고 툭, 던지듯 말했다.

"변태."

"뭐라고?"

"진짜 많이 밝히는 변태."

"또 까불지?"

모윤은 피식 웃으며 서인의 이마를 가볍게 손가락으로 튕겼다. 그리고 다시 그녀의 손가락 하나하나까지 꼼꼼하게 만져 주려는데 서인의 목소리가 들렸다.

"나 책임질 거예요?"

"응?"

"나랑 오래오래 행복하게 잘 살자면서요. 아까 그랬잖아요."

서로 사랑하면서 잘 살자고. 서인이 책상다리를 하고 앉은 채 진지한 얼굴로 모윤을 향해 물었다. 모윤은 서인의 손을 꼭 쥔 채 그녀를 바라보았다.

수건으로 닦고 드라이기로 말려 주기는 했지만, 젖은 기가 가시지 않은 머리는 그녀를 더욱 청초해 보이게 했다. 모윤은 또다시 속에서 열기가 치솟으려는 것을 느끼며 혀를 찼다. 애송이도 아니고, 대체 이게 뭐하자는 건지.

'진짜 많이 밝히는 변태.'

서인이 했던 말이 귓가에 맴돌았다. 이런 제 상태를 보면 그녀의 말을 반박할 수도 없겠단 생각이 들었다. 모윤이 고개를 좌우로 흔든 뒤, 다시 서인을 쳐다보며 대답했다.

"응, 그랬지."

"그 말…… 나랑 평생 함께하겠단 의미로 이해해도 돼요?"

서인의 목소리가 긴장한 듯 어색했다. 모윤은 서인을 물끄러미 바라보다가 잡고 있던 그녀의 손을 내려다보았다. 새하얀 손이 바들바들 떨리고 있었다. 자신과 더한 짓을 할 때도 이 정도로 긴장하고 떨지는 않았던 것 같은데…….

순간, 가슴속에 애틋한 감정이 가득 차올랐다.

그리고 머리로 판단하기에 앞서 입이 먼저 열렸다.

"그래."

"……"

"평생, 함께할게."

너와 평생 함께할 거야. 모윤은 서인을 똑바로 바라보며 거듭 확인시키듯 말했다. 처음에는 그저 별다른 관심 없이 나간 자리에서 만난 소개팅 상대였다. 그 뒤에는 옆집에 사는 괴생명체였고, 그 다음에는 자신이 전근을 간 학교의 학생이었다.

개떡 같은 우연이 겹치면 운명이라 했던가.

당돌할 정도로 당당하게 말하던 서인의 모습이 떠올랐다. 그때는 미처 알지 못했다. 그녀의 말대로 서인과 자신의 관계를 운명이라 말하게 될 줄은 말이다.

너는 나보다 비록 나이는 어리지만, 사랑에 있어서만큼은 나보다 훨씬 똑똑한가 보다.

모윤의 입꼬리가 느릿하게 올라갔다. 그리고 그는 부드럽게 눈을 휘며 웃은 뒤, 재차 말했다.

"스무 살에 코 꿰였다고 억울해하지는 마."

"예?"

"이게 다 개떡 때문이니까."

모윤의 대답에 서인이 잠시 어리둥절한 표정을 짓더니 이내 그 의미를 알아차리고는 환하게 웃으며 그의 품에 안겼다.

✳ ✳ ✳

"그나저나 어머니한테 혼나지 않겠어? 같이 들어갈까?"

모윤이 차를 주차시킨 뒤, 서인과 함께 그녀의 대문 앞으로 걸어가다 말고 입을 열었다. 아직 날이 밝기 전이기는 하지만, 어쨌든 외박을 한 거나 마찬가지였으니 말이다. 모윤의 걱정스러운 목소리에 서인이 고개를 돌려 그를 보고는 씩 웃으며 도리질을 했다.

"아니에요. 어차피 엄마는…… 나 지금 들어가도 모를 거예요. 아마 방 안에 있는 줄 아실 텐데요, 뭐."

그녀의 웃음은 씁쓸한 생채기를 남겼다. 모윤은 서인이 그렇게 웃을 때마다 자신의 가슴에 생채기가 생기는 것만 같았다. 그는 충동적으로 그녀를 향해 팔을 뻗어 끌어당겼다. 서인이 모윤의 품에 안겼다. 모윤은 서인을 꽉 끌어안고는 그녀의 목덜미에 고개를 묻은 채 잠시 아무 말도 하지 않고 있다가 낮은 목소리로 말했다.

"차라리 그럴 땐 화를 내. 아니면 울어도 되고."

"화내거나 울면 못생겨지는데."

못생겼다고 구박하고 나 버리면 어떡하라고요. 서인이 모윤에게 안긴 채 볼멘소리를 했다. 모윤은 픽 웃으며 그녀의 뒷머리를 손바닥으로 쓸어내리고는 입을 열었다.

"못생겼다고 구박 안 해. 버리지도 않을 거고."

"진짜요?"

"속고만 살았냐."

모윤이 퉁명스럽게 대꾸하며 그녀의 이마를 제 이마로 콩, 찧었다. 서인은 제 이마를 손등으로 문지르며 입을 삐죽이다가 이내 장난스러운 얼굴로 대답했다.

"속고만 산 건 아니고, 속이기는 했죠."

"자랑이다. 스물일곱 먹은 가짜 권나희 씨."

"이제 스물여덟인데……."

"뭐?"

모윤이 눈을 치켜뜨며 묻자 서인이 배시시 웃으며 고개를 저었다. 스물일곱이든 스물여덟이든, 그게 무슨 상관일까. 이제는 당당히 자신도 '스무 살' 성인이 된 우서인인데. 키스도, 키스보다 더 야한 것도, 마음껏 해도 되는 나이인데. 서인은 모텔에서의 일을 떠올리고는 얼굴을 빨갛게 물들였다. 그 모습을 본 모윤이 눈을 가늘게 뜨더니 혀를 찼다.

"얼굴은 왜 빨개지는 거야? 무슨 생각을 했기에?"

"어두운데, 내 얼굴이 보여요?"

오오, 역시 파워 오브 러브. 사랑의 힘으로 눈에서 플래시가 터지나 봐요. 서인이 호들갑을 떨며 엉뚱한 소리를 이어 갔다. 모윤은 손을 내젓다가 짓궂은 표정으로 서인을 향해 말했다.

"자꾸 그렇게 헛소리할래?"

"이게 무슨 헛소리예요? 파워 오브 러브, 사랑의 힘에 대해 찬양하고 있는 중……."

서인의 입술 위로 모윤의 입술이 겹쳐졌다. 그리고 서인이 이어가던 말들은 전부 입 안에서 맴돌다가 모윤의 혀가 움직일 때마다 목구멍 아래로 꿀꺽꿀꺽 넘어갔다. 서인은 휘청거리며 모윤의 옷자락을 움켜잡았다. 모윤이 그녀의 허리를 감아 안고는 단단히 받쳤다.

흔들림 없이, 넘어지지 않게 붙잡아 주겠다는 듯.

그 든든한 모습에 울컥했다. 서인은 더욱 적극적으로 모윤의 키스에 응했다. 비록 서툴기는 하지만 그가 하는 대로 흉내 내며 그의 혀를 제 혀로 휘감고 문질렀다. 그가 제 허리를 꽉 끌어안았듯이 그녀는 모윤의 목을 힘껏 끌어안았다. 모윤이 입술을 떼더니 짧게 웃었다.

"이런 것만 열심히 배우지?"

"그럼요. 내가 누구 제자인데요."

"선생님 소리는 졸업하자마자 내던져 놓고, 제자 소리가 잘도 나오지?"

모윤은 서인을 쳐다보며 장난스럽게 타박하듯 대꾸하고는 그녀의 허리를 감고 있던 팔을 풀었다. 어느새 동이 트려는지 어둑했던 주변이 좀 전보다 밝아진 듯도 싶었다.

"들어가 봐. 그나저나 잠 못 자서 어떻게 하냐. 강의 들어가서 꾸벅꾸벅 조는 거 아니야?"

"모윤 씨야말로 수업 도중에 코 골고 주무시지 마세요."

서인이 냉큼 모윤의 말을 받아치고는 손을 살랑살랑 흔들더니 대문을 열고 집 안으로 들어갔다. 철컹, 대문이 닫히고 나서야 모윤은 자신의 집으로 몸을 돌렸다. 하지만 그는 몇 걸음 옮기다 말고 주차해 놓았던 차를 보고는 미간을 찡그렸다.

"아……."

차의 뒷좌석에 놓인 꽃다발이 눈에 들어왔다. 그는 머리를 쓸어 넘기며 헛웃음을 지었다. 성년의 날에 선물해야 한다던 장미, 향수, 키스 중에서 그녀가 가장 받고 싶었던 게 무엇이었을까 하는 생각이 들었다.

받고 싶었던 건, 그저 마음이었을지도 모르겠다.

사랑하는 이의 마음을 받고 싶은 걸 에둘러 표현한 것이 장미와 향수, 그리고 키스였을지도.

"하기야 나도 저걸 핑계로 삼았는지도 모르지."

어른이 된 서인을, 성인이 된 그녀를 안고 싶은 욕심을 둘러댔던 것인지도. 그는 꽃다발을 갖다 줘야 하나 잠시 고민하다가 어깨를 으쓱이고는 자신의 집 쪽으로 걸음을 옮겼다. 집에 들어간 서인이 쪽잠이라도 청하고 있지는 않을까, 그래서 혹시 잠이라도 깨우게 되는 건 아닐까, 하는 염려에서였다.

✳ ✳ ✳

머루의 호흡이 가빴다. 그는 제 막둥이 동생과 함께 약수터에 다다르자마자 고개를 뒤로 젖히며 나무에 몸을 기댔다. 저절로 앓는 소리가 입에서 새어 나왔다.

"아이고야……. 나 죽겠다."

"이제 겨우 나이 서른 넘어서 잘하는 짓이다. 물이나 마셔."

다민이 바가지에 약수를 떠서 머루에게 내밀며 타박하듯 말했다. 머루는 나무에 기댄 채 숨을 몰아쉬다가 이내 씩 웃더니 다민의 머리를 헝클어뜨렸다.

"으흐흐. 그래도 이 형님 건강 챙기는 것 좀 보소. 역시 내 동생이다. 이 기특한 것!"

"아, 형! 제발 나잇값 좀 해!"

머루의 장난에 다민의 목소리가 높아졌다. 열세 살이나 나이 차이가 나는 형제지간이라고 하지만, 남들이 볼 때는 고작 한두 살 터울이라고 해도 좋을 만큼 둘 사이에는 격의가 없었다. 다민이 못 말린다는 듯 고개를 젓는데 휴대폰이 요란하게 울어 대기 시작했다. 인주의 이름이 화면에 떠 있었다.

"이 시간에 얘가 웬일이지? 더구나 어제 그렇게 취해서 갔으면서."

서인이 혼자 먼저 나가 버린 뒤에 —분명 모윤과 데이트를 했으리라 예상하지만— 남아 있던 세 사람은 자정 넘어서까지 술을 마셨다. 그리고 우환이 술에 취해 주정을 부리던 인주를 집에 데려다주겠다며 자리에서 일어섰고, 자신 또한 집으로 돌아온 게 불과 몇 시간 전의 일이었다.

그런데 도인주가 이 시간에 벌써 일어나서 전화를 한다고?

다민은 뭔가 불안한 기분에 이맛살을 찌푸리며 전화를 받았다. 머루가 힐끔 다민을 쳐다보더니 그가 건넸던 바가지에 입을 대고 물을 마셨다.

"어, 인주야. 속은 좀 어떠……."

— 서인이랑 연락해 봤어?

"무슨 소리야? 걔 집에 안 들어갔대?"

다짜고짜 서인에게 연락을 해 봤냐니. 다민은 인주의 말에 다급히 물었다. 당연히 모윤과 함께 있었을 거라고 생각했다. 애인도 없는 자신에게 모윤이 성년의 날에 챙겨 줘야 할 것에 대해서 꼼꼼하게 묻더라는 머루의 푸념을 들은 게 귓가에 생생했다. 그런데 인주의 말은 무슨 뜻일까.

— 아니, 서인이가 집에 안 들어갔다는 게 아니라……. 나도 좀 전에 들은 건데, 우리 동창 중에 어떤 애가 서인이랑 길 쌤이 사귀고 있었다고 단체 대화방에 터뜨렸다더라고. 대화방에서 그거 본 다른 애가 나한테 전화해서 진짜냐고 막 묻는데, 아, 진짜…… 술 때문에 속은 뒤집어져서 죽겠는데 이건 또 무슨 난리래.

인주가 끙끙대며 말을 이었다. 다민의 표정이 순식간에 굳었다. 그는 손바닥으로 얼굴을 문지르며 다시 물었다.

"그게 문제가 될 건 아니잖아? 어차피 서인이는 고등학교도 졸업했고, 이제 성인인데……."

— 뭐, 솔직히 서인이는 이제 별문제야 없겠지. 말 많은 애들 입에 오르내리기는 하겠지만, 지들이 어쩔 거야? 두 사람이 서로 좋다고 연애하겠다는데. 그런데 문제는, 처음에 대화방에서 터뜨렸다는 애가 무슨 억하심정이 있는 건지, 학교 홈페이지에 졸업생 게시판에도 똑같은 내용을 올렸다는 거야. 거기에 덧붙여서, 길 쌤을 무슨…… 변태처럼 막 표현하면서. 가르치던 제자를 건드렸다나.

"뭐?"

다민의 얼굴이 일그러졌다. 그리고 머루가 그의 통화 내용을 곁에서 들었는지 굳은 표정으로 물었다.

"야, 강다민. 이게 지금 무슨 소리야? 어?"

"잠깐만, 형. 통화 마저 하고."

다민은 상황을 파악한 다음에 다시 연락하자는 말을 끝으로 인주와의 통화를 끊었다. 머루가 기다렸다는 듯 다급한 어조로 재차 물었다.

"내가 들은 게 무슨 소리야? 누가 뭘 터뜨렸다는 거야? 학교 게

시판 얘기는 또 뭐고?"

"형이 얼마나 들었는지는 모르겠지만…… 들은 대로인가 봐."

다민은 휴대폰으로 인터넷에 접속해 곧바로 학교 홈페이지에 들어갔다. 그리고 서둘러 졸업생 게시판을 확인해 보았다.

개판.

말 그대로 개판이었다.

아직 이른 아침이었음에도 불구하고 게시판은 난장판이 되어 있었다. 졸업하자마자 모교에 대한 관심을 딱 끊어 버렸던 졸업생들이 다들 어디에서 나타난 것인지, 게시판에는 사람들이 북적였다.

"……젠장."

머루가 다민의 휴대폰 쪽으로 고개를 들이밀어 게시판 상황을 보더니 낮게 욕설을 내뱉고는 몸을 돌렸다. 그리고 어디론가 전화를 걸었다. 아무래도 모윤과 직접 통화를 하려는 듯했다. 다민은 자신의 형을 잠시 돌아봤다가 다시 제 휴대폰 화면을 보며 한숨을 내쉬었다.

"서인이가 이걸 보면 어쩌지……."

다민이 제 머리를 마구 헝클어뜨리며 얼굴을 찡그렸다. 성년의 날이라며 잔뜩 들떠 있던 서인의 얼굴이 떠올랐다. 그 들떴던 기분이 불과 하루 만에 곤두박질치게 될지도 모르는데.

"미치겠네, 진짜."

다민은 도무지 해결할 방법이 없다는 사실에 신경질적으로 중얼거렸다.

15

사랑이 단단해지려면

세상은 바뀐 게 없었다. 그러나 서인은 자신의 세상이 전날과는 완전히 바뀌었다고 생각했다. 그녀는 침대에 누운 채 눈만 말똥말똥 뜨고 있다가 시계를 쳐다보았다. 어느새 오전 7시 10분. 그가 출근하려고 대문을 나서기까지는 10분이 남아 있었다.

"아!"

그 사실이 머릿속에 입력되자마자 서인은 자동적으로 벌떡 일어나 앉았다. 그러나 곧바로 엎어지고 말았다.

"아으으……."

말하기 민망한 부분부터 시작해서 허벅지 안쪽, 종아리 뒤쪽까지 아프지 않은 데가 없었다. 서인은 앓는 소리를 내며 끙끙대다가 배시시 웃었다. 그리고 이불에 고개를 묻은 채 혼자 어깨까지 들썩이며 소리 없이 계속 웃었다.

이렇게 행복해도 되는 걸까 싶었다.

그녀는 빨갛게 물든 뺨을 손바닥으로 가볍게 때리며 다시 일어나 앉았다. 7시 14분. 그새 4분이 지나가 있었다.

"아, 모윤 씨 봐야 되는데."

세수하고 옷 갈아입고 나가려면 바쁘다, 바빠! 서인이 허둥대며 침대 아래로 내려갔다. 그리고 부리나케 욕실로 향했다.

세면대 위에 물이 마구 튀는 것에 아랑곳하지 않고 허겁지겁 세수를 했다. 나경이 보면 뭐라고 한바탕 화를 낼 텐데도, 지금 이 순간만큼은 걱정이 된다거나 두렵지 않았다. 서인은 그런 제 모습이 우스워서 실실 웃었다. 얼굴을 씻은 뒤 옷을 갈아입으러 방에 들어가려던 서인의 눈에 벽시계가 보였다. 7시 20분이 가까워져 있었다.

옷 갈아입을 시간이 없어!

어쩌지? 서인은 고개를 숙여 제 차림새를 보았다. 원피스 잠옷 차림이었다. 야하다거나 한 차림새는 아니었지만, 그래도 잠옷 차림으로 모윤을 보러 나가는 건 좀…… 서인은 망설이며 입술을 깨물다가 거의 7시 20분에 다가가 있는 시계 바늘을 보고는 두 눈을 질끈 감았다.

어쩔 수 없어! 지금 잠옷이 중요하니? 내 남자 보러 가는 게 더 중요하지!

게다가 결혼하게 되면 잠옷 정도야…….

서인은 홍조 띤 얼굴로 미리 김칫국부터 마실 작정인지 혼잣말을 중얼거리며 밖으로 향했다.

확실히 세상이 달라 보인다.

그녀는 슬리퍼를 끌고 정원을 가로지르며 생각했다. 전날 봤던 하늘과 같은 하늘이고, 전날 봤던 햇빛과 같은 햇빛일 텐데, 왜 이렇게 모든 게 반짝거리며 예뻐 보이는지 모르겠다. 서인은 가슴 가득 공기를 채우려는 듯 숨을 크게 들이쉬고는 팔랑팔랑 나비처럼 대문으로 걸음을 옮겼다.

대문을 여는 동시에 옆집에서도 대문이 열리는 소리가 났다. 서인이 냉큼 고개를 내밀며 손을 흔들었다.

"모윤 씨!"

모윤은 목 주변이 불편한 느낌에 넥타이의 매듭을 다시 고쳐 맬까 생각하며 대문을 나서다가 바로 옆쪽에서 들린 서인의 목소리에 고개를 돌렸다. 서인이 대문 안쪽에서 고개만 내민 채 생글거리고 있었다. 그 모습을 본 순간 그의 신경을 긁던 불편함이 싹 사라졌다. 모윤은 넥타이 매듭 부분을 만지작거리던 손을 내린 뒤, 슬쩍 입꼬리를 올리며 그녀를 향해 다가갔다.

"왜 벌써 일어났어? 오전에 강의 있어?"

"아니요."

"그런데 왜?"

모윤은 서인의 앞에 가까이 다가가 그녀를 마주하고 섰다. 햇빛에 눈이 부셨는데 모윤이 햇빛을 등지고 서니 한결 편안해졌다. 역시 내 남자는 뭘 해도 예쁘구나. 서인이 실실 웃으며 입을 열었다.

"모윤 씨 출근하는 거 배웅하려고요."

"배웅은 무슨 배웅이야. 그런데 그건 무슨 자세야? 머리만 쏙 내놓고. 그냥 편하게 나오지?"

"아, 안 돼요!"

서인이 눈을 동그랗게 뜨더니 대문을 꽉 붙잡고 목소리를 높였다. 그녀의 과한 반응을 보니 어쩐지 짓궂은 장난을 치고 싶어져, 모윤이 피식 웃으며 대문을 잡아당겨 활짝 열고는 말을 이었다.

"안 되기는 뭐가 안 되냐. 이렇게 열면 될 걸⋯⋯."

그러나 모윤은 말끝을 흐리고 말았다. 껌뻑껌뻑. 말 그대로 그는 눈을 껌뻑거리며 자신의 앞에 잠옷 차림으로 선 서인을 멀거니 쳐다보았다. 누가 봐도 잠옷이 분명했다. 속살이 내비친다거나 하는 형태의 잠옷은 아니었지만, 하늘하늘하게 종아리 아래까지 늘어져 있는 원피스 속으로 속옷이 슬쩍 비치는 것만 봐도 그랬다. 게다가 쇄골 아래쪽으로 살짝 파여 있는 V라인 곡선 위로 엿보이는 가슴골이⋯⋯.

"미쳤어! 잠옷을 입고 나오면 어쩌자는 거야!"

모윤은 뒤늦게 정신을 차리고는 주위를 둘러보며 황급히 그녀를 대문 안쪽으로 밀었다. 다행히 근처에 지나간 사람은 없었다. 그러나 한번 놀란 가슴은 쉽게 진정되지 않았다. 그는 대문 안까지 서인을 떠밀어 함께 들어오고 나서야 숨을 내쉰 뒤, 속을 가라앉혔다. 진정하고 나니까 그녀의 차림새가 새삼 눈에 들어왔다.

봉긋한 가슴의 윤곽이 잠옷 겉으로 드러났다. 불과 몇 시간 전까지 자신의 손과 입으로 탐했던, 바로 그 가슴이었다. 모윤은 서인의 가슴 근처에서 떨어지려 하지 않는 시선을 억지로 떨어뜨리고 입을 열었다.

"너는 어떻게 된 애가 함부로 잠옷만 달랑 입고 밖에 나올 생각을 해?"

"밖에 안 나갔어요. 아까 대문 안쪽에서 고개만 내밀고 있었잖아요. 그걸 잡아당겼던 사람이 누군데."

서인이 억울하다는 듯 볼멘소리로 대꾸했다. 아, 그건 그렇지만. 모윤은 그녀의 말에 반박할 답을 찾지 못해 잠시 입만 달싹이다가 후우, 하고 한숨을 내쉰 뒤, 다시 말을 이었다.

"어쨌든 앞으로는 대문 앞이라고 해도 그런 옷차림으로 나오지
마."

"⋯⋯흐응."

"흐응? 똑바로 대답 안 할래?"

모윤이 서인의 머리에 꿀밤을 먹이며 다그쳤다. 서인은 엄살을
조금 섞어 아프다며 제 머리를 문지르고는 씩 웃었다. 그녀의 웃는
얼굴에 어쩐지 얼굴이 홧홧해진 모윤이 당황해하며 물었다.

"뭐야? 왜 그렇게 웃어?"

"아니⋯⋯. 뭐, 기분이 좀 좋아서요."

서인은 생글거리며 대답했다. 모윤의 행동 이면에 숨겨진 마음
이 느껴졌다고 해야 할까.

다른 놈들 앞에서 그런 옷차림으로 돌아다니지 마! 너를 보는
놈들의 눈을 모조리 뽑아 버릴 거야!

⋯⋯살짝 과격한 면이 없지 않은 상상 속에서 즐거워하던 서인
이 고개를 붕붕 저으며 정신을 차리고는 모윤을 향해 말했다.

"그런데 늦지 않아요?"

"응?"

"매일 7시 20분에 나갔잖아요. 그런데 오늘은⋯⋯."

그러고 보니 자신 때문에 시간이 지나갔을 터였다. 몇 분이나
지나갔으려나. 혹시 지각이라도 하면 어쩌지? 서인이 금세 걱정
가득한 얼굴로 모윤을 쳐다보았다. 모윤은 피식 웃으며 그녀의 머
리를 쓰다듬고는 대답했다.

"안 늦어. 걱정 마."

"진짜요?"

"일찍 출근하던 편이라, 이 정도로는 늦지 않아."

"다행이다……."

서인이 배시시 웃으며 양팔로 몸을 감싸며 슬쩍 움츠렸다. 한낮에는 더워졌지만, 아침 공기는 그래도 아직 서늘한 탓이었다. 모윤이 그것을 뒤늦게 깨닫고는 혀를 찼다.

"들어가 봐. 너 그러다 감기 걸려. 오뉴월 감기는 개도 안 걸린다는 거 몰라? 개만도 못한 취급 받고 싶어?"

"칫."

서인은 모윤의 타박에 입을 삐죽이다가 이내 장난스럽게 자신의 입술을 가리키며 말했다.

"뽀뽀해 주면 들어갈게요."

"뭐?"

"많이 바라지도 않아요. 그냥 뽀뽀. 응?"

서인이 거듭 제 입술을 손가락으로 가리키며 살며시 눈을 감았다. 바로 앞에서 기가 막힌다는 듯 헛웃음을 터뜨리는 소리가 들렸다. 그러나 서인은 고집스럽게 눈을 감은 채 기다렸다.

"……."

그리고 모윤은 당돌한 연인을 마주한 채 한숨을 삼켰다. 뽀뽀해 주지 않으면 들어가지 않겠다는 듯 비장한 표정으로 눈까지 감고 있는 서인을 보니, 무슨 말을 해야 할지 가늠도 되지 않았다. 그는 고개를 돌려 주위를 둘러보았다. 그녀의 잠옷 차림새에 놀란 나머지 얼떨결에 대문 안까지 들어온 터였다. 이러다가 누군가 자신이 이 집에 들어와 있는 걸 보기라도 하면…….

물론 사귀고 있는 사이에 문제가 될 건 없겠지만.

그래도 동네 사람들의 입에 오르내리는 건 싫었다. 자신이 아닌, 서인이 말이다. 자신이야 입에 오르내리든 말든 상관없지만, 제 연인이 다른 사람들의 입에 오르내리며 흥밋거리가 되는 건 사절이었다.

아니지. 이미 흥밋거리가 된 셈이라고 해야 하나.

순간, 가슴이 답답해졌다. 이른 아침에 머루가 급한 어조로 걸었던 전화가 떠오른 탓이다. 어떻게 해야 할까. 모윤은 눈앞의 서인을 바라보았다. 해맑은 표정을 보니 아직 아무것도 전해 듣지 못한 듯싶다. 그렇다고 계속 모를 수는 없을 텐데. 차라리 내가 먼저 말을 해 줘야 하나.

그는 주저하다가 한숨을 삼킨 뒤, 서인의 뺨을 감싸고는 가볍게 입술을 포갰다. 그리고 다시 입술을 떼려는 순간, 서인이 모윤의 목을 끌어당겼다.

"너!"

강아지가 핥듯이 서인의 혀가 모윤의 입술 위를 핥고 지나갔다. 모윤은 기겁한 표정으로 서인을 향해 목소리를 높였다. 서인이 개구쟁이처럼 웃더니 입을 열었다.

"청출어람이죠, 쌤?"

"뭐?"

"이게 다 길 선생님한테 배운 겁니다. 출근 잘하세요!"

서인이 생글생글 웃으며 손을 흔들더니 냉큼 돌아서서 집으로 들어가 버렸다. 모윤은 얼떨떨한 표정으로 멀거니 서 있다가 픽 웃고 말았다. 그리고 서인이 들어간 현관문을 바라보는 그의 시선이 더욱 애틋해졌다.

서인아.

차라리 네 눈과 귀를 전부 가릴 수만 있다면.

"흐어어어어."

서인은 현관 안으로 들어서자마자 후들거리는 다리를 주체하지 못하고 주저앉았다. 그녀의 심장이 미친 듯이 뛰고 있었다.

내가 미쳤나 봐.

어쩌자고 그, 그렇게 야한 짓을!

서인은 방금 자신이 했던 행동을 떠올리며 두 손으로 머리를 움켜쥐고는 고개를 숙였다. 곧바로 그녀의 입에서 다시 비명 같은 소리가 새어 나왔다.

"으아아."

고개를 숙인 제 눈에 소담하게 솟은 가슴골이 보였다. 미쳤어! 이 모습으로 모윤 씨 앞에 서 있었다고? 그녀의 볼이 잘 익은 토마토처럼 빨갛게 달아올랐다. 서인은 주저앉아 있다가 간신히 일어서기는 했지만 안으로 들어가지는 못한 채 달아오른 볼을 식히려고 손으로 부채질을 하는 데에 여념이 없었다. 그 바람에 나경이 안방에서 나온 것조차 미처 알아차리지 못했다.

"그 꼴로 나갔다가 온 거니?"

"……어, 엄마."

냉랭한 나경의 목소리에 정신을 차린 서인이 고개를 들었다. 나경이 한심하다는 눈으로 서인을 쳐다보다가 말을 이었다.

"대체 넌 나이를 헛먹는 거니? 어떻게 된 애가 하는 행동이 늘 철없는 어린애 같은 건지."

"밖에 나간 거 아니에요. 정원에 잠깐 나갔다가 들어온 건데……."

서인은 나경의 말에 변명하는 투로 황급히 대꾸했다. 나경은 관심 없다는 듯 그녀의 말을 흘려들으며 주방으로 몸을 돌렸다. 서인은 말끝을 흐린 채 입을 다물었다. 그녀의 변명이 조각조각 흩어져 제 주변을 맴돌며 비웃는 것처럼 느껴졌다.

어차피 엄마의 귀에 들어가지도 못할 변명인데.

서인은 괜한 말을 했다는 생각에 가슴이 답답해져서 숨을 크게 들이쉬었다. 그리고 쓴웃음을 지으며 다시 방으로 걸음을 옮겼다.

방에 들어가자마자 휴대폰 알람이 울렸다. 매일 같은 시간에 맞아야 하는 지속형 인슐린 주사를 잊지 않기 위해 설정해 놓은 알람이었다. 고등학교에 다닐 때는 아침 일찍 학교에 가야 하니 지금보다 더 이른 시간으로 설정해 놓았었지만, 대학에 들어간 뒤로는 한 시간 정도 늦춰 놓았다. 서인은 휴대폰 알람을 끄기 위해 책상 쪽으로 향했다. 그리고 휴대폰을 집어 들어 알람을 끈 뒤에 내려놓으려던 그녀의 눈에 새로운 메시지가 도착해 있다는 표시가 들어왔다.

누가 보냈지?

서인이 무심한 표정으로 고개를 갸웃거리며 메시지를 확인했다.

[이거 확인하는 대로 전화 줘.]

다민이 보낸 메시지였다. 메시지를 보낸 시간을 확인해 보니 새벽에 보낸 것이었다. 무슨 일이지? 서인은 휴대폰을 손에 쥔 채 란투스를 가지러 방 밖으로 다시 나갔다. 주방에는 다행히 아무도 없었다. 나경이 욕실에 있는 것인지 물소리가 들렸다. 서인은 냉장고에서 란투스를 꺼내며 다민에게 전화를 걸었다. 신호음이 몇 번 울리기도 전에, 다민이 전화를 받았다.

"어, 다민아. 어제 봤으면서 무슨 일이야?"

— 이제 일어난 거야?

"응? 아니, 좀 전에."

— 밥은 먹었어?

"아직. 너는?"

서인은 무심코 다민의 물음에 대답하다 말고 미간을 찡그렸다. 뭔가 이렇듯 사소한 잡담을 하려고 그런 메시지를 보냈을 리 없다는 생각이 든 탓이다. 그 순간, 다민이 잠시 침묵하고 있다가 말을 꺼냈다.

— 우리 고등학교 홈페이지에 졸업생 게시판 있잖아.

"그런 게 있어?"

서인은 다민의 말에 괜히 불안해져서 주사를 쥔 손에 힘을 주며 방으로 되돌아갔다. 그리고 바쁜 손놀림으로 란투스 단위를 조절하고 입고 있던 잠옷을 허벅지 근처까지 끌어 올렸다. 오늘은 허벅지에 맞을 차례였다.

그녀가 막 주사 바늘을 끼워서 허벅지에 주사를 찌르고 인슐린을 밀어 넣는 순간, 다민의 말이 이어졌다.

— 그 게시판에, 너랑 모윤 형이 사귄다는 글이 올라왔어.

"……!"

서인의 허벅지에 꽂혀 있던 주사가 흔들렸다. 그녀는 황급히 주사를 뺐지만, 바늘이 흔들리다가 휘었던 것인지 주사 바늘이 빠져 나가자마자 그 자리에서 피가 주르륵 흘러내렸다. 서인의 시선이 심하게 흔들렸다. 그녀는 금세 새파랗게 질린 얼굴로 휴대폰을 쥔 손에 힘을 주며 입을 열었다.

"어, 어떻게……."

— 최다애가 너랑 모윤 형이 사귀는 걸 본 적 있어?

"뭐?"

— 최다애 말이야. 2학년 때 같은 반이었던 애.

"……."

서인은 전날 맞닥뜨렸던 동창들 중 하나를 기억해 냈다. 그녀의 입술이 파르르, 떨렸다.

"걔가 게시판에 올렸어?"

— 응. 그리고 단체 대화방에도.

"……그래?"

서인이 허벅지에 흐른 피를 알콜솜으로 닦아 내며 애써 침착하려 심호흡을 했다. 괜찮아. 나는 이미 졸업했잖아. 비록 같은 학교에서 사제지간으로 묶여 있었다고 해도, 그게 이제 와서 문제가 될 건 아니지. 안 그래? 나는 엄연히 성인이고…….

"모윤 씨가…… 곤란해지는 거야?"

서인은 입술을 짓씹다가 물었다. 다민에게서는 곧바로 대답이 들려오지 않았다. 그녀는 한숨을 삼키고는 벌떡 일어나 노트북을 끌어다 놓고 전원을 켰다. 아무래도 직접 제 눈으로 확인하는 편이 좋을 것 같았다.

부팅되기를 기다리는 동안, 문득 그녀의 머릿속에 불길한 생각이 스쳤다. 서인은 윈도우 바탕화면이 뜨는 것을 쳐다보다가 휴대폰에 대고 물었다.

"설마, 모윤 씨는 알고 있어?"

— 응. 우리 형이랑 새벽에 통화했어.

다민의 대답을 들은 순간, 눈앞이 캄캄해졌다. 서인은 조금 전에 출근하려고 집을 나섰던 모윤을 떠올렸다. 자신의 짓궂은 행동에도 아무런 내색도 하지 않던 그의 모습에, 왈칵 눈물이 쏟아질 것만 같았다.

나는 그것도 모르고.

나는 아무것도 모르고, 철없이…….

그 순간, 나경이 한 말이 떠올랐다.

'대체 넌 나이를 헛먹는 거니? 어떻게 된 애가 하는 행동이 늘 철없는 어린애 같은 건지.'

물론, 자신의 엄마가 지금 이 상황을 예상하고 한 말은 아니었다. 그러나 그 말이 날카로운 비수처럼 가슴속을 헤집으며 파고들었다. 서인은 인상을 쓰며 휴대폰을 들지 않은 다른 손으로 쇄골 아래를 문질렀다.

그리고 그녀는 인터넷 창을 연 뒤에 곧바로 학교 홈페이지를 찾아서 들어갔다. 졸업생 게시판 위에 마우스 포인터를 갖다 대고 클릭했다.

숨이 막혔다.

그와 동시에 손이 덜덜 떨려 더 이상 휴대폰을 들고 있을 수도 없었다.

"다, 다민아……. 일단 전화 끊어."

— 서인아, 괜찮아?

"응. 괜찮아. 나 지금 좀 바빠서. 아니, 인슐린을 맞아서 밥을 먹어야 되거든. 저혈당 때문에."

서인은 두서없이 변명을 꺼냈다. 하지만 다민이 믿을 거라고는 생각하지 않았다. 그녀는 눈물이 고이는 것을 꾹 참으며 재차 입을 열었다.

"모윤 씨랑 일단 통화해 보려고."

— 그래. 그렇게 하는 게 낫겠다.

"응. 전화 줘서 고마워. 나중에 연락할게."

서인은 다민과의 통화를 끝낸 뒤, 휴대폰을 두 손으로 꽉 붙잡았다. 변명처럼 꺼냈던 말이 사실이었는지, 자꾸만 손바닥에 땀이 차고 가슴이 두근거렸다. 전형적인 저혈당 증세였다. 그녀는 덜덜 떨리는 손으로 모윤에게 전화를 걸었다. 신호음이 여러 번 가더니 모윤이 전화를 받았다.

— 그새 또 보고 싶어졌어?

웃으며 건네는 말에, 참고 있던 눈물이 쏟아졌다. 서인은 휴대폰을 꽉 움켜쥐었다. 아무리 힘을 주어 움켜쥐어도 땀 때문에 미끄러운 것인지 자꾸만 휴대폰이 아래로 떨어지려 했다.

"왜, 아무 내색도 안 했어요?"

원망스러운 투로 말이 나가 버렸다. 그를 원망하는 게 결코 아닌데 말이다. 오히려 그의 원망을 받는 거라면 모를까.

"미안해요."

서인이 울먹이다가 입을 열었다. 나 때문에 모윤 씨가 완전히 나쁜 놈이 되었어요. 나 때문에 모윤 씨가 교사 자질조차 없는 사람이 되었어요. 나 때문에 모윤 씨가, 입에 담을 수도 없는 욕까지 먹게 되었…….

— 네가 사과할 일 아니야. 아니, 오히려 사과를 해야 한다면 내가 너한테 해야지.

"모윤 씨가 왜 사과해요. 그냥, 우리 서로 사랑하는 것뿐인데."

서인이 억울하다는 듯 대꾸했다. 모윤의 웃음소리가 희미하게 들린 것도 같았다.

— 그러게. 서로 사랑하는 것뿐인데.

"……지금 학교 간 거예요?"

— 응. 그런데, 전화 끊어야겠어.

모윤이 난처한 목소리로 말했다. 서인은 입 안이 바싹 마르는 것을 느끼며 눈을 비볐다. 저혈당 때문인지 눈앞이 어두워졌다.

— 교장실에 가 봐야 할 것 같아서.

"······나 때문에요?"

— 너 때문인 거 아니야. 너 자꾸 그런 말 할래? 나 화낸다?

모윤이 짐짓 엄포라도 놓겠다는 듯 말하고는 이따가 다시 통화하자며 전화를 끊었다. 서인은 가만히 휴대폰을 쥔 손을 아래로 내린 채 숨을 몰아쉬다가 시계를 보았다. 어두워진 시야 탓에 시계가 선명하게 보이지 않았다. 그러나 대강 시간은 알 수 있었다.

학교로 가자.

서인은 축축해진 손바닥을 잠옷에 문질러 닦으며 일어섰다. 이대로 가만히 있을 수는 없다는 판단을 내렸다. 저혈당 때문에 머릿속이 몽롱한 상태였지만, 그렇다고 해서 생각이란 걸 할 수 없는 건 아니었다.

일단 학교로 가서 그를 만나야겠다.

아니, 다른 선생님이든 학생이든 누구든 만나서.

서인이 비틀거리며 벽을 짚었다. 조금 전에 게시판에서 보았던 온갖 욕설과 음담패설이 그녀의 머릿속을 복잡하게 했다.

어째서.

그냥 서로 사랑하는 것뿐인데.

그는 세상에서 가장 못된 남자가 되었고, 심지어 소아성애자 소리까지 듣게 되었다. 소아성애자라니. 서인은 입술을 짓씹었다. 자신이 미성년자였다고 해서, 모윤이 그런 말까지 들을 이유는 없다. 그렇듯 지저분한 말을 들을 남자가 아니었다.

서인은 벽을 짚은 채 천천히 방 밖으로 나갔다. 나경이 외출한 것인지 거실은 적막했다. 다른 때는 이 적막한 분위기가 정말 싫었지만, 지금만큼은 다행이란 생각이 들었다. 그녀는 이마에서 흐르는 식은땀을 손등으로 닦으며 주방으로 향했다. 일단 혈당부터 올려놓아야 했다.

'이 와중에 혈당부터 챙겨야 한다니.'

서인의 입가에 씁쓸한 웃음이 스쳤다가 이내 사라졌다. 당뇨라는 게, 평생 끌어안고 살아야 한다는 걸 알지만, 지금 이 순간만큼은 지긋지긋했다. 모윤을 가장 우선시해야 할 상황에서도 일단 제 몸부터 챙겨야 한다는, 이 지독한 이기심이 싫었다. 그녀는 냉장고 문을 열고 주스 병을 꺼냈다.

"……후우."

오렌지 주스를 마셔서 어느 정도 혈당을 올린 뒤, 그녀는 냉장고 안에 있던 식빵 한 조각을 꺼내 입 안에 구겨 넣듯이 집어넣고는 우물거리며 씹었다. 주사를 맞았으니 뭔가를 먹어야 했다. 그렇지 않으면 자칫 학교에 가기도 전에 저혈당 쇼크가 올지도 모르니 말이다. 서인은 잘 넘어가지도 않는 식빵을 꾸역꾸역 삼킨 뒤, 돌아섰다.

* * *

머루에게서 어느 정도 상황이 돌아가는 걸 전해 듣기는 했지만, 그렇다고 해서 아예 태연하게 상황을 받아들일 수 있는 건 아니었다. 모윤은 교장실에서 한바탕 잔소리를 듣고 난 뒤에 교무실로 돌아와서도 근처에서 수군대는 동료 교사들의 시선을 받으며 수업 준비를 하기 시작했다.

어느새 학부모들 사이에도 얘기가 돌았는지 학교로 항의 전화가 오고 있다고도 들었다. 모윤은 피식 웃고는 가만히 제 책상 위를 응시했다.

언젠가는 이런 일이 벌어질지 모른다는 생각을 한 적이 있었다. 어쨌든 서인은 자신의 제자였고, 자신은 그녀의 선생이었으니까. 고작 한 학기뿐이었다고, 3학년 2학기, 게다가 수업조차 제대로 한 적 없이 자율 학습만 하라고 시켰을 뿐이라고, 그렇게 항변해 봤자 무의미하리란 것을 예상했었다.

그래서일까. 모윤은 자신의 입장에 대해서는 별로 심각함을 느끼지 못하고 있었다. 다만, 걱정이 되는 건 서인이었다.

'많이 놀랐을 텐데······.'

모윤이 초조한 마음에 교재를 손가락으로 톡톡 두드렸다. 울먹이며 미안하다 말하던 그녀의 목소리가 귓가에 맴돌았다. 왜 네가 사과를 해. 모윤은 한숨을 삼키며 몸을 일으켰다. 등 뒤에서 따가운 시선들이 느껴졌다. 그는 픽 웃으며 교재를 챙겨 교무실을 나섰다.

복도를 지나갈 때도 시선들은 여지없이 그를 따라왔다. 남학생, 여학생을 가릴 것 없이 학생들이 몇 명씩 모여 수군대고 키득거리기 일쑤였다. 졸지에 동물원의 원숭이 내지는 가면극 무대에 선 광대가 된 기분이었다.

그러나 겉으로 드러난 모윤의 표정은 다른 날과 차이가 없었다. 서늘하면서도 차분하게 가라앉은 얼굴, 그대로였다. 적어도 그는 다른 사람들에게 나약한 모습 따위를 보일 마음이 없었다. 아니, 그럴 이유도 없었다.

각오한 일이었다.

언젠가 서인의 어머니를 앞에 두고 했던 말처럼, 충분히 각오했던 것이었다.

'부도덕하고 불결하다면, 그건 우서인이 아니라 제가 그렇습니다.'

제 입으로 했던 말이었다. 모윤은 그 말을 입 안에서 되뇌어 보며 수업이 있는 교실 앞문을 망설임 없이 열었다.

* * *

다행히 교문 앞의 경비실은 비어 있었다. 서인은 교문을 지나서 운동장 옆으로 나 있는 길을 따라서 걸음을 옮겼다. 수업이 막 시작되려는 것인지 운동장에서 놀던 아이들이 건물 안으로 들어가고 있는 모습이 눈에 들어왔다. 그것이 어쩐지 신기했다.

불과 몇 달 전만 하더라도 자신 역시 저들 중의 하나였으니 말이다. 서인은 멀거니 아이들을 쳐다보며 생각하다가 피식 웃어 버렸다. 지금 이 와중에도 이런 생각을 하다니. 진짜 배짱 하나는 두둑한가 보다. 서인이 혼잣말을 중얼거리며 별관 건물로 이어지는 계단 앞에 섰다.

정확한 건 아니지만, 모윤은 올해 1, 2학년 문학 수업을 담당하고 있다고 들었다. 그러니 그가 있는 교무실 역시 본관의 3학년 교무실은 아닐 게 분명했다. 어느 교실에서 수업을 하고 있는지 알수 없으니 일단 교무실로 가 봐야 할 듯했다.

서인이 건물을 빤히 바라보다가 입을 앙다물고는 계단을 오르기 시작했다. 늦었다며 제 옆을 스쳐 계단을 성큼성큼 두어 개씩 밟아 올라가는 남학생들이 보였다. 그녀는 잠시 걸음을 멈췄다가 다시 옮기기 시작했다.

문득 언젠가 그가 수업하는 걸 몰래 훔쳐봤던 게 기억났다.
서인은 슬쩍 미소를 지었다. 마지막 모의고사 성적표를 받고 교무실에서 담임과 진로 상담을 마치고 나오던 길이었다. 문득 교실로 돌아가는 게 아쉬워서 소위 '땡땡이'라 부르는 걸 겁도 없이 감행했다. 그리고 몰래 별관으로 숨어 들어갔고, 거기서 그의 수업하는 모습을 보게 된 것이다.

어느 2학년 교실이었다. 모윤이 수업을 하던 곳은, 말이다. 틀에 박힌 듯한 문학 작품들이 그의 입에서 나올 때마다 생전 처음 접한 것처럼 가슴 설레는 구절이 되어 가슴속에 차곡차곡 쌓였더랬다. 그가 써 내려가는 칠판의 판서는 단정한 그의 모습과도 비슷해서 마치 인쇄소에서 찍어 낸 것처럼 가지런하고 예쁘단 생각마저 들게 했었다. 서늘하고 냉랭한 이미지처럼 수업도 그럴 줄 알았는데, 의외로 부드럽고 온화해서 그때 한 번 더 반했던 것도 같다.

"아, 나 너무 모범생이었잖아. 수업하는 모습에 반하다니."

서인이 서글픈 미소를 짐짓 유쾌한 척 꾸며 내며 혼잣말을 중얼거리다가 갑자기 어디선가 들린 목소리에 걸음을 멈췄다.

방금 자신이 떠올린 기억 속으로 걸어 들어간 것만 같은 착각이 일었다.

그녀는 마치 홀리기라도 한 것처럼 그 목소리가 들리는 방향으로 걸음을 옮기기 시작했다. 그리고 어느 순간, 서인의 걸음이 멈췄다. 그녀는 교실 뒤쪽의 창문으로 모윤을 쳐다보았다. 모윤이 수업을 하고 있었다.

자신의 기억과 별반 다르지 않은 모습으로.

전혀 흔들림 없이. 아무런 일도 없었던 사람처럼.

서인이 창문에 손을 댄 채 가만히 그를 바라보았다. 그리고 눈을 감고, 그의 목소리에 귀를 기울였다.

얼마나 시간이 지났을까. 교실 안의 누군가가 조롱하듯 말을 던졌다. 졸업생 게시판에서 봤던 말들과 비슷한 말이었다. 서인은 갑자기 찬물을 뒤집어쓴 기분이 들어 눈을 떴다. 모윤의 면전에서, 직접 그런 말을 한 것이다. 다른 누구도 아닌, 그의 제자들 중 한 명이. 아니, 한 명이라 할 수 없었다. 교실 안의 아이들이 여기저기에서 숙덕대며 킬킬거렸다. 더 이상 수업이 진행될 분위기가 아니었다.

— 그만. 조용히 해.

모윤의 차분한 음성이 복도에까지 들렸다. 하지만 아이들은 포기하지 않고 계속 키득거리며 수군거렸다. 그 말들이 전부 서인의 가슴속을 날카롭게 베고 지나갔다. 사람들의 눈에 자신과 모윤이 그렇게 보일 수 있다는 걸 잊고 있었다. 아니, 잊었다기보다는 모르는 척하고 있었는지도 모른다.

자신의 욕심에, 귀를 닫고 있었다.

서인의 얼굴이 파랗게 질렸다. 그녀의 손이 바들바들 경련이라도 일으키려는 듯 움찔거렸다. 그 순간, 모윤의 목소리가 다시 이어졌다.

— 그래. 너희는 너희 마음껏 지껄일 수 있는 자유가 있다고 생각하겠지.

냉랭한 목소리에 교실 안이 순식간에 조용해졌다. 서인 역시 움찔거리던 손을 꽉 오므린 채 창문 안쪽의 모윤을 바라보았다. 모윤에게서는 일말의 동요도 엿보이지 않았다. 그는 서늘한 얼굴로 교실을 둘러보고는 다시 말했다.

— 너희가 사실도 아닌 걸 가지고 나에 대해서 무슨 말을 하든, 내가 상관할 바도 아니고 관심도 없는데.

어떻게 저렇듯 평온을 유지하고 있는 걸까. 서인은 전혀 흔들림 없어 보이는 모윤을 몰래 쳐다보며 생각했다. 확실히 그는 자신과 다른, '어른'이라는 걸 실감했다. 그 소식을 접하고도 아무런 내색 없이 자신을 대했던 것만 봐도 그렇다.

모윤 씨.

나는 언제쯤 그렇게 단단해질 수 있을까요.

서인이 입술을 꾹 깨물며 창문에 손을 대고 그를 응시했다. 하지만 모윤은 교실 밖에 있는 서인의 시선을 알아차리지 못한 듯 아이들을 향해 말을 이었다.

— 그 사람, 내 여자에 대해서 함부로 더러운 소리를 지껄이는 건, 내 제자라 해도 용납 못 해.

모윤의 '내 여자' 발언에 놀란 듯 다시 교실 안에서 웅성대는 소리가 커졌다. 서인 역시 눈을 크게 뜨고 파르르 떨었다. 공개적으로 그가 다른 사람들의 앞에서 그렇게 말할 거라고는 생각하지 못했다. 아니, 상상하지 못했다.

— 자유에는 책임이 따른다는 걸 알아야지. 국어를 배운다는 것들이 지금 입 밖에 내는 소리가 말인지 모욕인지도 구별을 못 해? 자유와 방종도 구별 못 해서야, 어디 가서 내 제자들이라고 자랑이나 할 수 있겠나.

자유에는 책임이 따른다는 건 그에게도 해당되나 보다. 모윤은 서인과의 사랑에 스스로 책임을 지겠다는 듯 일말의 동요조차 보이지 않은 채 덤덤했다. 서인은 그런 모윤을 보면서 자신이 얼마나 미숙했는지에 대해 새삼스럽게 깨달았다. 끊임없이 들이대고 마음을 표현하고 붙잡고 싶어서 매달린 사람은 자신이었다. 욕심을 부린 것도 자신이었다. 하지만 모윤은 그 모든 오명을 홀로 뒤집어쓰고자 했다. 서인은 그의 마음을 깨닫고 눈물을 글썽였다.

그가 자신에게 준 마음이 얼마나 단단한지 알 것 같았다.

— 그래, 한번 나에 대해서 말 같지도 않은 근거로 뒤에서 실컷 떠들어 봐라. 이때 아니면 너희가 선생에 대해 마음대로 입 놀릴 기회나 있겠어? 그 사람만 건드리지 마. 늘 말했듯 내가 이 자리, 교단에 서 있는 이상 나는 최선을 다해서 너희를 가르칠 거다. 그걸 거부한다면, 나 또한 이 자리를 버려야겠지. 미련 같은 건 없어. 다만 너희는 지금 중요한 시기니까, 적어도 수업 시간에는 내 수업에 충실해 주기를 바란다. 다음 페이지로 넘어가자. 이 부분은…….

모윤의 수업이 다시 이어졌다. 서인은 가만히 몸을 돌린 채 교실 뒷문에 등을 기대고 있다가 두 손으로 얼굴을 감쌌다.

터벅터벅 걸음을 옮기던 서인을 부르는 목소리가 등 뒤에서 들렸다. 그녀는 멍하니 바닥을 보며 걷다가 멈춰 서서 뒤를 돌아보았다. 동모가 산책을 하고 돌아오는 길인지 다리를 절며 다가오고 있었다.

"아, 아저씨!"

"학교 갔다 오냐. 오늘은 강의가 오전에만 있었나 보네?"

동모의 어눌한 발음에는 서인을 향한 따스한 정이 묻어났다. 서인은 그의 말에 간신히 참고 있던 울음이 터져 나올 것만 같아서 황급히 고개를 숙였다. 모윤을 보지 않고 돌아오던 길이었다. 그가 수업을 마치고 복도로 나오기 직전, 허둥대며 학교를 빠져 나온 길이었다. 그를 보면 자신이 어떻게 행동할지 알 수가 없어서, 그래서 일부러 모윤의 얼굴을 보지 않았다. 그런데 예상치 못한 순간, 동모와 마주친 것이다.

모윤과 똑같이 닮아 있는 그의 아버지와, 말이다.

"응? 그런데 무슨 일이라도 있는 거야? 얼굴이 왜 이래?"

순간, 동모가 걱정스러운 어조로 말을 걸었다. 서인은 결국 참고 있던 눈물을 떨구어 내고 말았다. 미안한 마음에 고개조차 들 수 없었다. 홀로 키운 아들이, 그 귀한 아들이, 자신으로 인해 온갖 더러운 말을 듣게 되었다는 걸 알게 된다면, 동모가 자신을 어떤 눈으로 보게 될지 두려웠다.

"서인아? 대체 무슨 일이기에……."

"죄송해요."

"응?"

"죄송해요, 아저씨."

서인은 울음을 터뜨렸다. 동모는 제 앞에서 마치 어린아이처럼 서럽게 우는 서인을 보고는 황망한 표정을 감추지 못하고 있다가 어색하게 그녀의 등을 다독였다.

이렇게 우는 것만 봐도 어린아이인데…….

모윤이 이 도둑놈 같으니라고.

동모는 괜히 자신의 아들이 서인을 울린 건 아닌가 하는 생각에 속으로 모윤을 탓하며 구시렁거렸다. 그 와중에도 그의 손은 다정하게 서인의 등을 다독이기에 바빴다.

달그락.

찻잔을 내려놓던 동모의 손이 순간적으로 흔들렸다. 서인은 그 손을 가만히 쳐다보다가 몸을 움츠렸다. 마치 죄인이라도 되는 듯 움츠러든 서인의 모습을 본 동모가 흐려진 낯빛으로 한숨을 삼켰다. 계속 울음을 그치지 못하던 서인을 달랠 겸, 근처에 있는 작은 동네 커피숍에 데리고 온 터였다. 그리고 주문한 커피를 마시던 중에 서인이 꺼낸 이야기는, 동모를 동요하게 만들기에 충분했다.

"······그런 일이 있었구나."

동모가 가까스로 쉰 목소리로 입을 열었다. 아침에 출근하던 모
윤에게서 아무런 낌새도 알아차리지 못했던 자신의 둔함을 탓하고
싶었다. 분명 머릿속이 많이 복잡하고 심란했을 텐데도 모윤은 평
소와 다를 바 없이 아침밥까지 직접 차려놓았었다.

동모는 거듭 한숨이 나오려는 걸 간신히 삼키고 맞은편에 앉아
있는 서인에게로 시선을 옮겼다. 고개를 푹 숙인 채 코를 훌쩍이고
있는 모습에, 가슴속이 짠해져서 뭐라고 말을 해야 좋을지 가늠도
되지 않았다.

"그런데 서인이 네가 뭘 잘못했다고, 그러고 있어."

"······죄송해요."

"죄송하긴 뭐가 죄송해."

동모는 그렇게 대답한 뒤, 입을 다물었다. 솔직히 말하자면 원망
이 드는 게 사실이었다. 그게 옳지 못한 마음이라는 걸 알면서도,
제 아들놈부터 먼저 챙기고 보는 부모의 입장이기에 그럴 수밖에
없었다. 그러나 그는 원망을 밀어 두고 다시 서인을 바라보았다.

아직 어린아이인데, 많이 놀랐겠지.

그럼에도 불구하고 이렇듯 자신에게 고해성사라도 하는 것처럼
털어놓은 서인이 어찌 보면 참 기특하단 생각이 들었다. 많이 겁도
나고, 무서웠을 텐데. 자신이 버럭 성이라도 내면 어쩌나 싶어서
두려움이 앞섰을 텐데. 동모의 입가에 잔잔한 미소가 번졌다.

하기야, 그러니까 모윤이 녀석이 도둑놈 될 각오를 하고 이 아
이를 붙잡은 것이겠지.

이렇게 마음이 단단한 아이라서. 곱고 예쁜 아이라서.

"서인아."

"······예."

"고맙다."

"예?"

서인은 어깨를 움츠린 채 그의 말을 듣고 있다가 순간적으로 놀라서 고개를 들었다. 동모가 따스한 시선으로 자신을 바라보며 웃고 있었다.

"이렇게 예쁘고 착한 네가 아저씨 아들놈 애인이 되어 줘서."

"······."

"모윤이가 너에 비하면, 참 많이 부족할 거야. 나이도 많지, 성격도 까다롭지. 아, 그래도 밥 같은 건 가리는 거 없이 아무거나 잘 먹으니까 그건 장점이겠구나. 게다가 요리 같은 데에도 은근히 소질이 있거든."

동모가 장난스럽게 실룩거리는 뺨을 움찔대며 눈짓을 했다. 서인은 얼떨떨한 표정으로 그를 쳐다보기만 했다. 그러자 동모가 다정한 눈으로 그녀를 바라보다가 말을 이었다.

"그렇게 마음고생하고 울 것 없어."

"······."

"모윤이가 그런 말을 한 적이 있었다."

동모는 서인을 쳐다보며 자신의 아들이 했던 말을 떠올렸다.

'울어도 제 품에서 울게 할 거예요. 물론, 애당초 울리지 않을 겁니다.'

"울어도 자기 품에서 울게 할 거라고. 물론, 애당초 울리지 않을 거라고."

"······."

"자신만만하게 말했던 놈이니까, 한번 믿어 봐. 내 아들놈이라 하는 소리가 아니라, 그 녀석…… 자기가 한 말은 꼭 지키는 놈이거든."

"아저씨."

"너 이러고 운 거 모윤이가 알면, 나한테 막 뭐라고 할지도 몰라. 이 녀석이 요즘 사랑에 빠지더니 아부지 무서운 줄도 모르고……."

동모가 너털웃음을 터뜨리며 농담을 덧붙였다. 서인은 그를 쳐다보다가 입술을 꾹 깨물고는 어렵게 말을 꺼냈다.

"제가 더, 부족한 게 많아요."

"……서인아."

"나이 어리다는 거, 그거 빼고 나면 정말 그래요. 게다가 저는 아저씨도 아시다시피 당뇨도 앓고 있어요. 이건 완치도 안 된다고 하잖아요. 평생 인슐린 맞으면서 살아야 돼요. 열한 살 때 당뇨 진단을 받았어요. 10년 가까이 되면 합병증도 온대요. 혈당 관리 열심히 해도 합병증이 오는 걸 막지 못한다고도 그래요. 지금은 멀쩡해 보여도 속으로 곯고 있는 중일 수도 있어요. 그래서…… 아빠도, 엄마도 저한테 지쳐 버렸는걸요."

서인의 눈에서 눈물이 툭, 떨어졌다. 막연히 가슴속에 담아 두고 있던 것을 털어놓으니, 스스로 제 자신이 더 초라하게 느껴졌다. 아무리 밝은 척 까불어도 가슴 한구석에 남아 있던 불안감은 바로 여기에서 비롯된 것이었다.

인터넷에서 언젠가 그런 상담글을 본 적도 있었다. 사귀고 있는 사람이 당뇨를 앓고 있는데 결혼을 해도 될까, 하는 내용의 글이었다. 그리고 그 글에 달려 있던 댓글들 중 어느 댓글에서는 이렇게 말했었다.

하지 마세요. 평생 병원 뒷바라지를 어떻게 하려고요.

모윤은 그렇게 말했다. 오래오래 행복하게 잘 살자고. 그러나 자신이 아무리 어리고 철없다 해도 그 말을 덥석 믿을 만큼 뻔뻔하지는 않았다. 그녀는 꾹꾹 눌러 감춰 놓았던 속내를 동모의 앞에 털어놓았다.

"그래서 겁이 나요, 아저씨. 욕심부리면 안 된다고 자꾸 생각하는데, 그래도…… 눈 딱 감고 선생님을 욕심내고 싶어요. 오늘 일만 해도, 그래요. 저 때문에 선생님이 온갖 말들을 다 들었는데, 그걸 보고도 마음을 놓아 버릴 수가 없어서……."

"그럼 놓지 마."

그 순간, 서인의 말을 끊으며 모윤의 목소리가 그녀의 머리 위에서 들렸다. 서인은 갑자기 들린 그의 목소리에 놀라서 고개를 들었다. 급히 달려온 것인지 모윤의 머리가 흐트러져 있었다. 서인이 어리둥절한 얼굴로 동모를 쳐다보았다. 동모가 허허, 하고 웃으며 몸을 일으켰다.

"내가 좀 전에 너랑 같이 있다고 문자를 보냈거든. 이 녀석이 아직 퇴근 시간도 아닌데 이렇게 올 줄은 몰랐구나."

"……아저씨."

"둘이 직접 얼굴 맞대고 대화 좀 나눠 보려무나."

동모는 몸을 돌리고는 모윤을 쳐다보았다. 모윤의 단정한 얼굴이 흐려져 있는 것이 보였다. 그는 픽 웃으며 아들의 어깨를 툭, 치고는 입을 열었다.

"아부지, 먼저 간다. 모윤이 너도 적당히 땡땡이치고 어서 학교로 들어가 봐. 그렇지 않아도 도둑놈인 거 들통 났다며. 그러다가 백수 되면 서인이 도망갈라."

"교사 그만두고 학원으로 가도 돼요. 애들 가르치는 거야 어디

405

든 상관없으니까."

모윤이 피식 웃으며 대꾸하고는 동모를 향해 들어가시라며 인사
했다. 그리고 여전히 어리둥절한 얼굴로 그를 쳐다보는 서인을 보
고는 자리에 앉았다.

"난 신파는 질색이야."

"……예?"

"로코가 좋지."

"……예에?"

"키잡물도 좋고."

"…….."

서인은 모윤의 말에 입을 다물었다. 신파, 로코, 키잡물, 그 모
든 게 전부 자신이 언젠가 그에게 설명해 주었던 것들이다.

"너랑 늘 웃으며 살고 싶어."

"사람이 어떻게 항상 웃으면서 살아요. 가끔은 울기도 해야지."

서인이 괜히 볼멘소리로 대꾸하며 앞에 놓인 물컵을 들었다. 그
모습을 바라보던 모윤이 물을 마시고 다시 컵을 내려놓던 서인의
손을 붙잡았다.

"울어도 내 품에서만 울어. 어디, 외간 남자 앞에서 질질 짜고
있어?"

"예에? 아니, 내가 무슨 외간 남자 앞에서……."

"우리 아버지는 남자 아니냐?"

"뭐라고요?"

서인의 얼굴이 경악으로 구겨졌다. 그녀는 제 앞에서 천연덕스
럽게 말을 내뱉고 무심한 표정으로 자신을 바라보고 있는 모윤을
향해 입을 열었다.

"그게 아들로서 할 말이에요? 동모 아저씨가 불쌍해."

"원래 수컷의 세계가 그런 거야. 부자지간이 어디 있어."

"으아아! 지금 무슨 말을 하는 거예요!"

서인이 목소리를 높이며 팔을 문질렀다. 소름 돋았어. 이 아저씨가 지금 농담이라고 한 건가? 제대로 닭살이야. 그녀는 심호흡을 한 뒤, 모윤을 쳐다보았다. 모윤이 어느새 진지한 얼굴로 그녀를 쳐다보고 있었다. 그리고 나직한 목소리로 입을 열었다.

"나야말로 욕심내면 안 된다는 걸 알지만, 그래도 포기가 안 돼."

"……."

"이제 겨우 스무 살인 애한테, 내가 이러면 안 된다는 거 잘 아는데."

모윤은 잡고 있던 서인의 손을 응시했다. 그리고 그녀의 손을 잡지 않은 다른 손으로 재킷 주머니에서 반지를 꺼냈다. 급히 오는 길에 금은방에 잠깐 들러 산 것이었다. 그는 반지를 그녀의 약지에 끼우며 말을 이었다.

"결혼하자."

"……모윤 씨?"

"내가 지금 마음이 급해서, 반지를 제대로 못 골랐어. 더 좋은 건 나중에 정신 좀 차리고 해 줄게."

모윤이 그녀의 손을 꽉 움켜잡으며 말했다. 서인은 멍하니 그를 마주한 채 눈을 깜빡이다가 느릿하게 시선을 내렸다. 제 손에 끼워진 반지가 눈에 들어왔다. 그녀의 손가락이 꼬물거리며 움직였다. 모윤은 제 손안에서 움직이는 서인의 손가락을 붙잡아 그 손톱 끝마다 입을 맞추며 어루만졌다.

"세상 사람들이 전부 내게 돌 던져도 상관없어."

"……"

"너만 있으면."

"……"

서인의 눈에 눈물이 핑 돌았다. 그녀의 손을 잡고 있는 모윤의 손은 큼직하고 따뜻했다. 누군가가 제 손을 이렇게 잡아 준 적이 언제였던가 싶었다. 아무리 웃고 떠들어도, 늘 가슴속 깊은 곳은 차가운 겨울 한복판에 있는 것처럼 시렸었는데.

"나한테 지치지 않을 수 있어요?"

"내가 왜 지쳐. 너 볼 때마다 새로운데."

모윤이 부드럽게 웃으며 대답했다. 서인은 아까 학교에서 몰래 훔쳐봤던 모윤을 떠올렸다. 자신이 가르치는 제자들 앞에서 당당히 '내 여자'라 말하던 그의 굳건한 마음을 되새겨 보았다.

"나는 너랑 하고 싶은 게 정말 많아, 서인아."

"……"

"뭐든지 함께하고 싶어. 앞으로 네가 만들어 갈 네 미래도, 네 꿈도, 네 사랑도."

모윤은 그녀의 손을 더욱 힘주어 잡더니 농담처럼 웃으며 말했다.

"서른셋 먹은 노총각 좀 구제해 주지?"

"……"

서인의 시선이 흔들렸다. 그러나 모윤은 묵묵히 기다렸다. 그녀의 흔들리던 시선이 천천히 한 사람에게 고정되었다.

그때는 상상이나 했을까.

이모의 부탁으로 대신 나갔던 소개팅 자리에서 만난 단정한 생김새의 남자를 보면서, 서른두 살 먹은 '아저씨'를 보면서, 바로 이 남자가 자신의 '운명'과도 같은 이가 되리란 것을.

평생 함께하고 싶은 사람이 되리란 것을.

그녀는 대답 대신 그의 손을 맞잡고 힘을 꽉 주었다. 모윤이 그녀의 대답을 알아들었다는 듯 환하게 웃었다.

조금 더, 단단해진 기분이 들었다.

서인은 그를 따라 환하게 웃었다. 모윤은 그녀의 코를 아프지 않게 잡아당기더니 이내 짓궂은 표정으로 말을 건넸다.

"그나저나 너, 우리 아버지한테 나 말할 때는 꼬박꼬박 선생님, 선생님, 잘도 부르더라?"

"어…… 그랬나아아?"

서인이 냉큼 시선을 피하며 딴청을 부렸다. 그러다가 어쩔 수 없다는 듯 배시시 웃으며 모윤을 향해 대답했다.

"동모 아저씨 앞에서 모윤 씨, 하고 부르는 건 쑥스럽잖아요."

"쑥스러워하기도 해?"

"당연하죠!"

서인이 곧바로 대답한 뒤, 멋쩍은 표정을 지었다. 그러고 보니 쑥스러울 일이 또 있기는 있었다. 바로 전날, 아니, 오늘 새벽까지 있었던…… 으흠, 으흐흠. 서인은 슬그머니 모윤의 시선을 피하며 얼굴을 붉혔다.

저 서늘한 얼굴 속에 그토록 뜨거운 열기가 숨어 있을 거라고 누가 상상할 수 있을까.

그녀는 모윤의 손안에서 손가락을 꼼지락거렸다. 이 남자의 손이 얼마나 야해질 수 있는지 아는 사람이 나 말고 또 누가 있을까. 서인은 무심코 생각을 잇다가 눈을 추켜올렸다. 모윤이 서인의 날카로워진 눈과 마주치자마자 고개를 갸웃거렸다.

"갑자기 왜 노려봐?"

"……아무것도 아니에요."

금세 불퉁해진 서인의 아랫입술이 쑥 나왔다. 그러나 그녀는 치사하게 굴지 않기로 했다. 모윤이 자신보다 13년이나 빨리 태어난 게 본인의 잘못은 아니니까. 뭐, 그렇다고 해서 그게 동모의 잘못인 것도 아니고…….

그래도 못 참겠다.

그냥 치사하게 굴까 보다.

"나한테만 야해져야 돼요, 앞으로는."

"뭐?"

"결혼하자면서요. 그 조건이에요. 지금까지의 과거는 묻어 둘 테니까 앞으로는 나한테만 야해지세요."

서인이 입을 삐죽이며 명령하듯 말했다. 모윤은 어안이 벙벙해져 잠시 멍하니 그녀를 쳐다보다가 피식거리며 고개를 저었다. 하여간 서인이 무슨 생각을 하고 있는 건지 따라가기가 어렵다. 그는 계속 피식거리며 웃다가 이내 어깨를 으쓱거리고는 그녀의 손을 붙잡은 채 말했다.

"그렇게 명령하지 않아도 너한테만 야해지는데?"

"진짜요?"

"그래. 간밤에도 확인했잖아. 너 때문에 내가 얼마나 팔딱팔딱 섰는……."

"으어어어어!"

서인은 모윤의 말에 기겁해서 그의 입을 손으로 틀어막았다. 모윤 역시 제 입에서 튀어나온 말에 충격을 받은 듯 눈만 끔뻑거렸다. 순간, 커피숍 안의 분위기가 싸해졌다. 그는 자신과 서인에게 쏟아지는 시선들을 느끼고는 그녀를 향해 눈짓을 보내며 말했다.

"일단 나가자."

"……예."

서인이 빨갛게 달아오른 얼굴을 숨기며 작게 대답했다. 모윤은 서인이 제 뒤를 따라 나오는 것을 느끼며 홧홧해진 뺨을 식히려고 손으로 부채질을 했다. 대체 자신이 무슨 말을 한 것인지 모르겠다. 뭔가 성적인 뉘앙스가 섞인 말에, 스스로 낯이 뜨거웠다.

미치겠네.

이십 대 애송이 시절에도 한 적 없던 말을.

커피숍에서 나오자마자 모윤의 입에서 한숨이 터져 나오는 것과 동시에 서인의 입에서는 웃음이 터져 나왔다. 서인이 깔깔대며 웃더니 그의 목을 끌어안았다. 언제 기겁했던가 싶을 만큼 천연덕스러운 표정이었다.

"좋아요."

서인이 개구쟁이처럼 웃더니 말했다. 그리고 모윤의 말을 기다리지 않고, 그의 입술에 쪽, 하고 입을 맞췄다. 보드라운 입술의 감촉이 닿았다가 떨어졌다. 모윤은 제 눈앞에서 오물거리는 빨간 입술을 쳐다보았다.

"나한테만 팔딱거리는 모윤 씨랑 결혼할래요."

서인의 입술이 다시 한 번 모윤의 입술에 겹쳐졌다.

16

행복은 진행형으로

　서인을 바라보던 인주가 떫은 감을 입 안 가득 먹고 있는 표정을 지으며 혀를 찼다.

　"저, 저거 봐라. 야, 너 손가락에 깁스했니? 손가락 안 구부릴래?"

　"흥. 부러우면 부럽다고 말해."

　서인이 반지를 끼고 있는 약지를 쭉 편 채로 커피를 마시며 입을 삐죽였다. 그리고 금세 배시시 웃더니 몸을 떨었다. 인주는 기가 막힌다는 표정으로 그녀를 쳐다보다가 다민을 향해 입을 열었다.

　"야야, 이 지지배 하는 거 봐라. 누구는 지 걱정하느라 발바닥에 땀 나게 돌아다녔는데."

　"발바닥이 아니라 손가락 아니야? 인주, 너 그날 하루 종일 애들이랑 실시간 채팅 수준으로 싸우느라고 휴대폰이랑 노트북을 아예 끼고 살았잖아. 내가 네 옆에서 뭘 하든 말든……."

　"셧 더 마우스."

　인주가 우환의 말을 끊으며 눈을 흘겼다. 그러자 우환이 몸을 움찔하더니 슬그머니 시선을 다른 쪽으로 돌렸다.

으응?

서인은 인주와 우환 사이에 감도는 뭔가 묘한 분위기에 고개를 갸웃거리다가 다민을 쳐다보았다. 다민이 어깨를 으쓱이고는 말을 돌렸다.

"그래서, 정말 결혼하겠다고?"

"응."

서인이 고개를 끄덕이며 대답했다. 모윤이 자신의 손에 반지를 끼워 준 것이 벌써 며칠 전의 일이었다. 그녀는 슬그머니 시선을 내려 제 손을 보고는 가만히 웃었다. 급히 사느라고 큐빅 하나 박혀 있는 금반지를 샀다며, 모윤은 뒤늦게 머쓱한 표정을 지었다. 하지만 그녀는 그 어떤 반지보다도 제 손에 끼워져 있는 반지가 가장 예뻤다.

"내 남자는 눈썰미도 좋아. 어쩜, 내 손가락에 딱 맞는 걸 사 올 수가 있는 거지? 이런 걸 천생연분이라고 하나?"

서인이 배시시 웃으며 자랑 섞인 어조로 친구들을 향해 말했다. 인주와 우환, 그리고 다민이 헛웃음을 터뜨리며 서로 눈짓을 교환했다.

하여간 좋기는 정말 좋은가 보다.

해결된 것은 없었다. 첫날보다는 수그러들기는 했지만 학교 게시판은 여전히 난장판이라 관리자가 하루에도 몇 번씩 들어가 게시물들을 삭제하는 듯했고, 그들의 휴대폰으로도 사실 여부를 확인하고 싶어 하는 동창들의 메시지가 종종 들어오고는 했다.

그런 상황을 서인이 모르고 있을 리 없었다. 하지만 그녀는 아무렇지 않게 웃고, 농담도 하고, 이렇듯 제 마음을 당당히 표현하고 있다.

'……정말 많이 사랑하는구나.'

다민은 픽 웃으며 다정한 눈으로 제 친구를 바라보았다. 질투 따위는 이제 하고 싶지도 않았다. 아니, 오히려 서인을 보다 보니 자신 또한 누군가와 사랑을 하고 싶단 생각마저 들었다. 그는 가만히 웃다 말고 다시 입을 열었다.

"오늘 정식으로 말씀드리러 가는 거야?"

"응. 이따가 모윤 씨, 퇴근하면 만나기로 했어."

서인이 슬쩍 미소를 지으며 대답했다. 조금 전과는 달리 어딘가 긴장한 기색이 역력했지만, 그렇다고 해서 걱정하는 기색이 엿보이지는 않았다.

"어쨌든 잘됐어. 축하해."

"고마워, 다민아."

"어, 나도! 나도 축하해! 난 우서인, 네가 스무 살 되자마자 시집간다고 할 줄은 진짜 몰랐는데. 우리 예전에 그랬던 거 생각 안 나? 화려한 솔로가 되자고 했었잖아!"

이 배신자야. 브루투스, 너마저! 크흑. 인주가 마치 카이사르라도 빙의한 듯이 비장한 표정을 지으며 테이블 위에 엎어졌다. 그 모습을 보던 우환이 콧김을 푸욱 뿜더니 인주를 일으켜 세우고는 외쳤다.

"화려한 솔로 좋아하네! 야, 도인주! 내가 진짜 말 안 하려고 했는데, 나를 덮쳐 놓고 네가 이런 말을 하면 안 되지!"

"뭐, 뭐어어? 야! 야, 현우환!"

인주가 기겁해서 우환을 향해 달려들었다. 그리고 다민과 서인은 눈을 동그랗게 뜬 채 서로를 마주 보기만 했다.

지금 자신들이 들은 얘기가……

"말도 안 돼."

다민이 허탈한 목소리로 중얼거렸다. 인주와 우환이 언제 다퉜나 싶게 둘이 꼭 끌어안고는 입을 맞추고 있었다. 서인 역시 모윤에게 이 놀라운 소식을 알려야겠다며 키득거리더니 휴대폰으로 메시지를 보내기에 바빴다.

"어째서 저 비정상인 것들이 죄다 연애 중인 거야? 정상인 나도 아직 못 했는데?"

다민은 억울한 표정을 짓다가 어딘가로 전화를 걸었다.

"어, 종석아. 난데…… 어제 말했던 그 소개팅 말이야. 응, 그래. 나, 소개팅 나갈게."

반드시 연애를 하고 말겠다는 의지가 그의 시선에서 엿보였다.

✱ ✱ ✱

"어후, 무슨 소나기가 갑자기……."

서인이 건물 현관 안쪽으로 뛰어들듯 들어서서 몸을 떨었다. 지하철역에서 나와 걷던 도중에 쏟아지기 시작한 비를 피한답시고 근처 건물로 뛰어 들어왔는데도, 금세 그 비를 고스란히 다 맞은 것인지 그녀의 머리에서부터 빗물이 줄줄 흘러내리고 있었다. 서인은 축축하게 젖은 머리를 이리저리 꼬아서 빨래를 짜듯 꾹 눌러 짰다. 그러자 머리에서 빗물이 주르륵 흘러내렸다.

"에휴……. 이게 뭐람."

그녀는 추레해진 제 모습에 한숨을 푹 내쉬고는 젖은 치마를 마찬가지로 꾹 눌러 짰다. 신경 써서 입은 옷이 구깃구깃해진 게 마음에 들지 않았다.

하필이면 오늘.

서인의 입이 삐죽 나왔다. 결혼 허락을 받기 위해서, 모윤과 서인은 오늘 저녁 약속을 잡아 놓은 상태였다. 모윤의 아버지인 동모와 서인의 어머니인 나경을 한꺼번에 부른 것인데…….

"이 꼴로 결혼을 허락해 달란 말을 해야 돼?"

흐어엉. 서인이 야속하다는 듯 하늘을 올려다보았다. 비 온다는 말 없었잖아! 기상청 나빠! 기상 캐스터 오빠도 나빠!

"모윤 씨랑 닮아서 좋아했는데, 앞으로는 미워할 거야!"

"누굴 미워한다는 거야?"

"으앗!"

바로 옆쪽에서 들린 목소리에 서인이 화들짝 놀라 뒷걸음질을 쳤다. 그 바람에 신고 있던 하이힐이 옆으로 넘어가면서 발목을 삐끗하고 말았다.

"아, 아야!"

"조심해야지!"

모윤이 버럭 목소리를 높이며 황급히 서인의 팔을 붙잡았다. 서인은 간신히 몸을 가누고는 고개를 들어 그를 쳐다보며 배시시 웃었다.

"왔어요?"

"뭘 잘했다고 웃어? 내가 진짜 너 때문에……. 이건 뭐, 잠깐만 눈에 안 보여도 사고 칠까 봐 걱정이 되니."

그렇다고 다 때려치우고 네 옆에만 붙어 있을 수도 없고. 모윤이 투덜대며 한쪽 무릎을 꿇었다.

"어? 바지 젖어요!"

"발목 괜찮아? 안 아파?"

서인이 깜짝 놀라 외쳤지만 그에 아랑곳하지 않고 모윤은 그녀의 발목을 살피기에 여념이 없었다. 무릎을 꿇은 부분이 흠뻑 젖어 들어가는 것이 서인의 눈에 들어왔다. 자신의 옷이 지저분해지는 건 신경도 안 쓰고 오로지 제 발목에만 집중하고 있는 모윤이 사랑스러웠다.

"안 아파요. 잠깐 삐끗했던 것뿐이에요."

서인은 발목을 뒤쪽으로 슬그머니 빼며 대답했다. 그러자 모윤이 앉은 채 고개만 들어 서인을 올려다보았다.

커허헉!

이 남자 좀 봐!

그렇게 올려다보니까 뭔가, 막 이상하잖아!

새하얀 얼굴은 서른세 살이라고 믿기 어려울 만큼 단정하고 청초했다. 청초하다니. 이런 말이 남자에게 어울리기나 할까 싶지만, 실제로 모윤의 얼굴을 보면 누구나 그렇게 말할 거라고, 서인은 생각했다.

이러다가 나보다 더 어려 보이는 거 아니야?

서인은 자신의 '노안'을 떠올리며 얼굴을 찡그렸다. 그리고 모윤을 향해 일어나라고 손짓을 한 뒤, 그가 일어서자마자 입을 열었다.

"수염을 길러 보는 건 어때요?"

"뭐?"

"여기 이렇게."

조선 시대 할아버지들이 수염 기르듯이. 서인은 제 턱 아래로 긴 턱수염을 흉내 내며 설명을 덧붙였다. 모윤은 피식 웃으며 그녀의 젖은 머리를 헝클어뜨리듯 쓰다듬고는 말했다.

"또 혼자 엉뚱한 생각하지? 응?"

"아닌데! 지금 진지하게 얘기한 거예요!"

서인이 억울해서 발끈한 투로 항의했지만, 모윤은 작게 웃으며 그녀의 말을 흘려들었다. 웬만하면 그녀의 말에 항상 귀를 기울여 주고 싶지만, 워낙 엉뚱한 헛소리를 많이 하니 적당히 걸러 들어야

한다는 걸, 그는 점차 터득해 가고 있는 중이었다.

"그나저나 감기 걸리면 어쩌려고 비를 맞아? 비가 오면 차라리 지하철역에서 기다리고 있지. 나한테 전화 하면 되는 거였잖아."

"지하철역에서 나올 때까지만 해도 비 안 왔어요."

"거짓말도 입에 침이나 바르고 해. 지하철역에서 여기가 얼마나 멀다고, 그럼 그사이에 이 비가 다 쏟아져서 그걸 전부 맞았다고?"

"예! 바로 그거예요!"

서인이 모윤의 말에 고개를 힘차게 끄덕였다. 하지만 모윤은 피식 웃고는 고개를 설레설레 저었다. 뭐야⋯⋯. 진짠데. 서인은 입을 삐죽이며 속으로 구시렁댔다. 그 와중에 모윤은 여전히 흠뻑 젖은 서인을 못마땅한 표정으로 쳐다보다가 주변을 둘러보았다. 갑자기 내린 비에 사람들이 전부 어딘가에 들어가 비를 피하고 있는 것인지 주위에는 아무도 없었다. 모윤은 주변을 한 번 더 확인하고는 서인의 팔을 끌어당겼다.

"어?"

서인이 모윤의 가슴팍에 고개를 묻으며 얼떨결에 안겼다. 그리고 모윤은 입고 있던 자신의 셔츠를 잡아당겨 그녀의 젖은 머리와 얼굴을 닦기 시작했다.

"어, 어어? 모윤 씨?"

"젖은 채로 돌아다니면 감기 걸려. 이럴 때 감기가 겨울보다 더 독하다는 거 몰라?"

모윤은 제 셔츠로 서인을 닦아 주며 타박하듯 말했다. 그러면서도 물기를 닦아 주는 손길은 꼼꼼하고 다정하기 그지없었다. 서인은 그 손길에 아늑한 기분이 들어 순순히 얼굴을 맡기고 있었다. 그러던 중 그녀의 눈에 모윤의 셔츠가 보였다.

더 정확히 말하자면, 다채로운 색깔의 화장품들이 덕지덕지 묻은 셔츠가.

……어디서 많이 본 색깔들인데.

"으아아! 내 얼굴! 내 화장!"

서인이 기겁해서 두 손으로 얼굴을 감쌌다. 그리고 원망스러운 투로 그를 쳐다보며 외쳤다.

"신경 써서 화장하고 나왔는데 그걸 다 지워 버리면 어떻게 해요! 난 몰라!"

"응? 아, 아아……."

모윤은 그제야 서인의 화장이 여기저기 지워진 것을 보았다. 물기를 닦는답시고 너무 열심히 문질렀나 보다. 그는 자신의 셔츠가 얼룩덜룩해진 것을 힐끔 보고는 미안한 표정을 지으며 웃었다.

"하하……. 아, 그게 말이지."

미안. 모윤이 기가 죽은 강아지처럼 축 늘어져서 사과했다. 슬그머니 제 눈치를 살피는 모습까지, 신나게 말썽 부리다가 현장에서 걸린 강아지를 보는 기분이었다. 서인은 울상을 짓다 말고 한숨을 내쉬고는 입을 열었다.

"지금 나 웃겨요?"

"응?"

"화장 지워져서 웃겨요?"

"음…… 아니, 예뻐."

마스카라가 조금 지워지고, 립스틱이 조금 번지기는 했지만. 모윤이 머쓱한 표정으로 작게 덧붙이듯 말했다. 서인은 모윤을 가만히 쳐다보다가 실실 웃으며 그의 허리를 끌어안았다.

"모윤 씨 눈에 예쁘면 됐어요."

"뭐?"

"내 남자한테 예뻐 보이면 됐지, 남들한테 예뻐 보일 필요까지 있나요. 그렇죠?"

서인이 모윤의 허리를 끌어안은 채 고개만 들어 그를 올려다보며 생글거렸다. 모윤은 서인을 내려다보다가 그녀의 이마에 입술을 비비고는 말했다.

"잘 알고 있네."

"그럼요. 내가 누구 제자인데요."

"저번에는 우리 아버지 앞에서 선생님 운운하더니, 이제는 내 앞에서도 제자 타령이야?"

"어차피 학교에도 다 들통났잖아요."

서인은 어깨를 으쓱이며 대꾸했다. 그리고 다시 걱정스러운 눈으로 그를 쳐다보며 물었다.

"학교에서 다른 문제는 없어요?"

"없어."

"진짜요?"

"응. 내가 워낙 잘 가르치잖아."

요즘에는 좋은 선생과 나쁜 선생을 구분하는 기준은 하나야. 잘 가르치느냐. 수능 때 점수 잘 받게 해 줄 수 있느냐. 모윤이 서늘한 어조로 대꾸하며 그녀의 어깨를 끌어안았다. 젖은 블라우스가 피부에 달라붙어 있는 터라 맨살을 만지는 기분이 들었다. 모윤은 갑자기 아랫도리 쪽에서 열기가 치미는 것을 느끼고는 헛기침을 했다. 그의 목덜미가 붉게 물들었다.

"그것도 그렇지만, 모윤 씨의 외모도 한몫했을 거예요."

"뭐?"

갑자기 이어진 서인의 말에 모윤이 붉어진 목덜미를 손바닥으로 쓸다가 그녀를 쳐다보았다. 서인이 씩 웃더니 대답했다.

"졸업생 게시판에 보니까 모윤 씨 두둔하는 글도 올라와 있던데요? 누구더라, 이효경이라는 애가 모윤 씨 편을 들면서 글을 몇 개나 올렸던데."

"이효경?"

"예."

"너희 학년 애들은 수업을 못 해서, 기억이 안 나네."

모윤이 턱을 만지며 어깨를 으쓱였다. 수능날 패딩 지퍼의 추억은 온전히 효경의 몫이었다는 걸, 그가 알 리 없었다.

"어쨌든 걔가 모윤 씨를 두둔한 건, 전적으로 그 외모 덕분이었을 거라고요."

서인은 모윤을 끌어안고 있던 팔을 풀고는 그의 팔짱을 꼈다. 모윤이 우산을 펴려다가 하늘을 보았다. 미친 듯이 쏟아지던 비가 어느새 그친 상태였다. 그는 접은 우산을 한 손에 든 채 서인과 함께 건물 밖으로 다시 나갔다. 어디선가 사람들이 하나둘 나오고 있는 모습이 보였다.

"차는 어디에 주차했어요? 나 여기 있는 건 어떻게 알았는데요?"

"저 앞에. 괴생명체 기운이 느껴져서 둘러봤더니 네가 여기에 있더라."

"뭐예요, 그게."

모윤의 농담에 서인이 구시렁댔다.

✳ ✳ ✳

서인은 바싹 마른 입 안을 느끼고는 앞에 놓인 물컵을 들었다. 그리고 물을 막 마시려는 순간, 나경이 입을 열었다.

　"결혼을 하기에는 아이가 아직 어려요."

　"엄마!"

　서인이 물컵을 내려놓으며 다급히 외쳤다. 나경은 힐끔 자신의 딸을 쳐다보았다. 어디서 비를 맞고 온 것인지, 서인은 엉망인 차림새를 하고 있었다. 그것이 또한 마음에 들지 않았다. 결혼을 허락해 달라며 자신을 불러낸 아이가 너무나 철없게만 느껴졌다. 그녀는 날카로운 시선을 숨기지 않으며 모윤을 쳐다보았다.

　자신의 딸보다 훨씬 나이가 많은 남자였다. 게다가 서인이 다녔던 학교 선생이기까지 했다. 그녀는 자신의 남편이었던 남자를 떠올렸다. 나이가 많았던 그는 고등학교 때 자신을 가르쳤던 과외 선생이었다.

　……결말은 뻔할 것이 분명했다.

　나경은 물컵을 꽉 움켜쥐었다. 자신의 딸에게까지 이런 구질구질한 인생을 답습하게 할 수는 없었다. 그녀는 자신이 딸에게 얼마나 모질고 독하게 굴었는지, 전부 기억하고 있었다. 비록 거의 매일 술에 취해 살아서 기억들은 희미해지기 일쑤였지만, 그럼에도 불구하고 자신이 서인에게 했던 행동들은 고스란히 부메랑처럼 되돌아와 그녀를 괴롭히고는 했다.

　밤마다 시달려야 했던 악몽의 절반이 남편이었던 남자의 것이었다면, 나머지 절반은 제 피를 물려받은 딸의 것이었다.

　아픈 아이를 제대로 돌봐 준 적도 없었다. 어린아이가 저 스스로 주사를 찌르는 것을 보면서도 기특하다, 잘한다, 그렇게 칭찬해 준 적도 없었다. 그런 자신이 이런 자리에 나와 있는 게 어떻게 보면 우스운 일이었다.

엄마 자격도 없으면서.

나경은 자조했다. 그리고 물컵을 움켜쥐었던 손의 힘을 풀었다.

"결혼을 허락할 수 없어요."

나경의 목소리는 건조했다. 서인이 옆에서 울컥하는 표정을 지으며 뭐라고 입을 열려고 했다. 그러나 모윤이 먼저 입을 열었다.

"허락해 주시지 않아도 결혼하겠습니다."

"······!"

"모윤아!"

모윤의 말이 끝나기가 무섭게 서인의 눈이 커졌다. 그리고 동모가 나무라듯 목소리를 높였다. 하지만 모윤은 평온한 얼굴로 나경만을 응시하며 말을 이었다.

"서인이를 그 집에 더 이상 놔두고 싶지 않습니다."

"뭐라고요?"

"어머니가 계시면 방 밖으로 나오지도 못하고, 밥도 못 먹습니다. 어머니와 함께 살고 있지만 늘 혼자였습니다. 항상 웃고 쾌활하게 떠들고 까불지만, 그만큼 외로워하고 배고파했습니다."

"······."

"죄송합니다만, 저는 서인이를 더 이상 그렇게 내버려 둘 수 없습니다."

모윤은 단호하게 말했다. 그리고 동모는 침묵했다. 서인은 뿌옇게 흐려진 시야로 모윤을 쳐다보다가 고개를 숙였다. 손등 위로 눈물이 한 방울, 두 방울, 떨어지기 시작하더니 걷잡을 수 없이 쏟아졌다. 나경은 그런 서인을 잠시 쳐다보다가 모윤에게 시선을 던졌다.

자신의 시선을 피하지 않고 받아치는 남자는 당돌하다 싶을 만큼

버릇없었다. 나경의 입꼬리가 비틀렸다. 그래도 명색이 서인의 엄마인데, 허락해 달라고 무릎이라도 꿇어야 하는 게 아닌가 싶었다. 그런데 오히려 선전포고라도 하듯 허락하지 않아도 결혼하겠다고?

"후, 후후, 후후훗."

나경의 비틀렸던 입에서 웃음이 새어 나오기 시작했다. 그녀는 마치 미친 사람처럼 어깨까지 들썩이며 계속 웃었다. 서인이 당황해서 나경을 쳐다보았지만, 아무 행동도 하지 못했다. 그리고 동모는 안타깝다는 듯한 시선으로 나경을 쳐다보다가 슬그머니 고개를 모로 돌렸다. 사돈이 될 이의 깊은 상처를 보게 된 것만 같다는 생각에 불편해졌다.

보윤은 차분한 시선으로 나경을 쳐다보기만 했다. 그렇게 시간이 잠시 흐른 뒤, 나경의 웃음이 뚝 멈췄다.

"그럼 데려가든지."

나경의 입에서 예상치 못한 말이 흘러나왔다. 서인은 눈을 휘둥그렇게 뜨고 나경을 쳐다보았다. 나경이 지친 듯한 표정으로 모윤을 쳐다보다가 동모를 향해 시선을 옮기고는 말을 이었다.

"서인이는 저를 닮지 않았으니 염려하지 않으셔도 됩니다."

"아니, 그게……."

"바르게 잘 자랐죠. 제 부모를 닮지 않고."

나경의 눈에서 눈물이 반짝였다고, 서인은 생각했다. 그러나 나경은 그런 적 없다는 듯 건조한 시선으로 서인을 돌아보고는 입을 열었다.

"네가 바라는 대로 해. 이제는 너도 다 컸으니까."

"엄마……."

"난 그만 가 봐야겠어. 피곤해."

나경이 자리에서 일어섰다. 서인이 덩달아 일어나려고 했지만, 나경이 그녀의 어깨를 꽉 움켜쥐어 누르며 고개를 저었다.

엄마.

서인은 나경의 시선 깊숙한 곳에 숨겨져 있던 뭔가를 엿본 것만 같았다. 하지만 그것을 한 단어로 표현할 수 없을 듯했다. 나경이 서인의 어깨를 움켜쥐었던 손을 풀고는 비틀거리며 몸을 돌렸다. 그리고 돌아서서 나가려다가 멈춰 서더니 입을 열었다.

"잘 살아. 나도, 네 아빠도 닮지 말고."

"엄마……."

"그거면 돼. 엄마 자격도 없는 내가 뭘 더 바라겠니."

나경은 그 말만을 내뱉고 멀어져 갔다. 나경의 뒷모습을 쳐다보던 서인의 뺨 위로 눈물이 흘러내렸다. 모윤이 자리에서 일어나 서인에게 다가왔다. 그리고 그녀의 젖은 뺨을 손바닥으로 닦아 주고는 가만히 그 위에 입을 맞췄다.

"……."

동모가 그들을 쳐다보다가 조용히 자리에서 일어섰다. 아무래도 자신 역시 자리를 피해 주는 편이 나을 듯했다.

✳ ✳ ✳

모윤의 입술이 지나갈 때마다 그 위의 감각이 새롭게 태어나는 것만 같았다. 서인은 그의 팔을 꽉 움켜쥔 채 파르르 떨었다. 그들이 지금 고급 한정식집의 방에 있다는 것은, 그녀의 머릿속에 남아 있지 않았다. 방 바깥에 한정식집의 직원들이 다른 방으로 주문을 받으러 가고 음식을 나르느라 바쁘게 돌아다니고 있다는 것 역시 생각조차 할 수 없었다.

"하아⋯⋯."

모윤의 입에서 한숨처럼, 신음이 새어 나왔다. 그 역시 오로지 서인만이 제 세상 속에 있다는 듯 그녀에게 집중해 있었다.

그녀가 아파할 때마다 제 속에 생채기가 생겼다. 쓰라리고 아파서 견딜 수 없었다. 알고 보니 자신은 엄살도 꽤 심한 편이었나 보다.

모윤은 서인의 눈물을 혀로 핥았다. 그녀의 슬픔은 짭조름한 맛이 났다. 나중에 머루의 빵집에 데려가서 지독하게 달달한 케이크를 먹여 보고 싶단 생각이 들었다. 물론, 당뇨 때문에 그럴 수 없다는 건 안다.

서인아.

서인이 모윤의 소리 없는 부름에 대답하듯 그의 입술을 더듬어 찾았다. 모윤은 그녀의 뒤통수를 감싸고 제 입술을 포갰다. 입 안쪽의 여린 살결을 잘근잘근 씹고 싶은 충동이 일었다. 수컷의 본능적인 충동이었다. 그러나 한편으로는 제 새끼를 핥아 주듯 몇 시간이고 품에 안은 채 서인의 가슴속에 나 있을 생채기를 하나하나 핥아 주고 싶은 충동도 일었다.

그의 다른 손이 서인의 허리선 근처를 부드럽게 쓸어내리다가 블라우스 안으로 들어갔다. 부드럽게 닿아 오는 살결이 바르르 떨리는 것이 손으로 고스란히 전해졌다. 모윤이 낮게 웃으며 그녀의 허리를 어루만지면서 동시에 입술 안쪽을 더듬었다. 그리고 그의 손이 위쪽으로 올라가 브래지어 아랫부분을 쓸던 순간, 서인이 화들짝 놀라 그를 밀어냈다.

"으어어⋯⋯."

— 후식을 들여도 될까요?

얇은 창호문 밖에서 직원의 목소리가 들렸다. 모윤은 뒤늦게 문 밖의 기척을 알아차리고는 서둘러 입을 열었다.

"아, 예. 한…… 10분 정도 뒤에 가져다주십시오."

직원이 알겠다며 대답하더니 멀어져 간 것인지 기척이 사라졌다. 모윤은 잠시 문 밖의 상황에 귀를 기울이다가 서인을 돌아보았다. 흐트러진 차림새의 서인이 보였다. 부풀어 오른 붉은 입술이 살짝 벌어진 채 가쁜 숨을 내뱉고 있는 것도 눈에 들어왔다. 모윤이 제 머리를 뒤에서 앞쪽으로 쓸다가 다시 양손으로 머리를 빗어 내린 뒤, 서인을 향해 손을 뻗었다. 모윤의 손이 다가오자 서인이 화들짝 놀라 몸을 움찔거리며 그의 손등을 살짝 때렸다.

"하, 하지 말아요! 후식 갖고 온다잖아요!"

"건드리려는 거 아니야."

모윤이 짐짓 억울하다는 듯 얼굴을 찡그리고는 서인의 흐트러진 옷매무새를 정돈해 주었다. 스커트 밖으로 빠져 나온 블라우스를 속으로 밀어 넣어 주자, 서인이 어깨를 움츠리며 작게 웃었다.

"간지러워."

"흐음, 그럼 여기가 성감대인가 보네?"

"예에?"

모윤의 짓궂은 말에 서인이 눈을 흘기고는 씩 웃었다. 모윤은 서인을 다시 쳐다보다가 그녀의 양쪽 뺨을 감싸고는 입술을 댔다가 떼고 말했다.

"차차 나아질 거야."

"……우리 엄마요?"

"응. 일단 허락을 받았잖아. 난 오늘 어머니한테 얻어맞고 쫓겨나는 것까지 각오했었는데. 그래서 어제 잠도 못 잤다고."

"칫. 그런 사람이 아까 엄마 앞에서 허락 안 해 줘도 결혼하겠다고 선포해요? 난 진짜 엄마랑 모윤 씨랑 그대로 싸움 붙는 줄 알고 얼마나 조마조마했다고요."

모윤의 엄살 섞인 말에 서인이 콧방귀를 뀌고는 입을 삐죽이며 대꾸했다. 그러면서도 그녀의 시선에는 고마운 마음이 가득 담겨 있었다.

그가 자신의 엄마에게 했던 말에 담긴 진심이 고마웠다. 아마 나경이 허락해 준 것 역시 그 진심을 알아차렸기 때문일 것이다. 서인은 모윤을 끌어안고 나직하게 말했다.

"서툴러도 열심히 할게요."

"뭘?"

"모윤 씨의 좋은 아내 노릇."

"그런 건 열심히 한다고 되는 거 아니야."

"그럼요?"

서인이 그의 허리를 끌어안은 채 고개를 들었다. 모윤이 그녀의 입술에 가볍게 입을 맞춘 뒤, 대답했다.

"그냥 하는 거지. 좋아하니까. 사랑하니까."

"……그런가?"

"그런 거야."

모윤이 힘주어 그녀를 안고 정수리 위에 입술을 묻었다. 비에 젖었던 머리는 어느새 보송보송해져 있었다. 후식을 가지고 오는 것인지 문 너머에서 기척이 느껴졌다. 모윤은 서인의 머리를 손바닥으로 쓱쓱 쓰다듬으며 웃었다. 서인 역시 그를 보며 입꼬리를 올렸다.

— 후식 가지고 왔습니다.

창호문 밖에서 직원의 목소리가 들렸다. 서인이 개구지게 웃으며 모윤을 향해 몸을 기울였다.

"아, 맛있겠다. 우리, 나중에 여기 다시 와요. 동모 아저씨랑 우리 엄마 모시고. 두 분은 이거 못 드시고 가셨잖아요."

"그래, 그러자."

모윤이 그녀의 말에 대답하는 동시에 문이 열렸다. 직원이 후식을 가지고 들어왔다. 서인은 제 앞에 놓인 오미자차를 보며 감탄했다.

"와아, 빨간색이 진짜 고와요. 먹기 아까울 정도예요."

서인이 직원을 향해 웃으며 말했다. 직원은 상냥하게 웃고는 허리를 숙여 인사한 뒤, 나갔다. 모윤은 서인을 쳐다보다가 피식 웃으며 입을 열었다.

"아깝기는. 다 먹으라고 준 건데, 먹어야지."

"당연히 먹기야 먹죠. 그런데 너무 예뻐서 좀 아깝다는 거지. 한과랑 떡도 있네요?"

서인은 한과를 하나 집어 입에 넣더니 눈을 동그랗게 떴다. 그리고 모윤을 향해 먹어 보라며 손짓을 했다. 모윤은 테이블 위에 팔을 괸 채 입을 벌렸다.

"예?"

"먹여 줘 봐."

"직접 드시죠?"

서인이 뚱한 표정을 지으며 대꾸했다. 모윤은 비스듬히 고개를 기울이고는 제 손가락으로 벌린 입 안을 가리키며 재촉했다. 그녀는 눈을 가늘게 뜬 채 그를 쳐다보다가 이내 짓궂게 웃더니 한과를 하나 집어 재차 제 입에 넣었다. 그 모습을 본 모윤이 얼굴을 찡그리며 목소리를 높였다.

"치사하게, 너 그럴래? 됐다. 내 손으로 집어 먹고 말지……."

그 순간, 서인이 몸을 일으키더니 모윤을 향해 허리를 구부렸다. 그녀가 반쯤 물고 있던 한과의 남은 반쪽이 모윤의 입으로 들어갔다. 모윤은 눈을 크게 뜨고 제 바로 앞에 다가온 서인의 눈과 마주했다. 새까만 눈이 부드럽게 휘더니 웃음을 듬뿍 머금은 채 멀어졌다. 그녀는 오물오물 한과를 먹으며 웃었다. 뒤늦게 입 안에 든 한과의 달달한 맛이 느껴졌다.

　"맛있죠?"

　"……뭐, 그렇긴 하네."

　"여기 찾느라고 얼마나 고생했다고요. 인터넷 검색하느라고 반나절은 컴퓨터 앞에서 보냈을걸요?"

　서인이 짐짓 뿌듯한 표정을 지었다. 모윤은 한과를 목구멍으로 넘긴 뒤, 그녀를 쳐다보다가 문득 궁금해져서 물었다.

　"이제 해피엔딩을 믿어?"

　"예?"

　"원래 그런 건 없다고 생각했다며. 그런데 믿고 싶다고 했었지."

　"……."

　서인은 가만히 입을 다물었다. 모윤이 진지한 얼굴로 그녀를 응시하다가 재차 물었다.

　"믿어?"

　"엔딩까지는 아니더라도."

　"응?"

　"진행형으로는."

　서인이 씩 웃으며 대답했다. 모윤은 부드럽게 웃으며 고개를 끄덕였다.

　"좋네."

"그렇죠?"

"그래."

정해진 해피엔딩도 좋지만, 이렇게 매 순간마다 행복이 진행 중인 것도 좋겠지. 모윤은 손을 까딱이며 가까이 다가오라는 손짓을 했다. 서인이 고개를 갸웃거리면서도 순순히 테이블 위로 몸을 숙였다. 입술과 입술이 겹쳐졌다. 한과를 먹은 탓인지, 유난히 달콤한 입맞춤이었다.

그들의 행복은 이제 막 진행 중이었다.

에필로그

　"안압도 정상이고 망막도 깨끗하네요. 딱히 특별한 문제는 보이지 않지만, 아무래도 당뇨를 앓고 있으니까 최소한 6개월에 한 번씩은 정기 검진을 받는 게 좋아요. 그리고 안구 건조증 증세가 있으니까 인공 누액은 처방해 드릴게요."

　어두웠던 진료실의 불이 들어온 뒤에 의사가 검사 결과를 말해 주었다. 서인은 갑자기 환해진 탓에 눈이 부셔서 얼굴을 찡그렸다. 모윤이 그녀의 어깨를 부드럽게 감싸며 허리를 숙이고 물었다.

　"왜? 눈 아파?"

　"아니요. 눈이 너무 부셔서."

　"하하, 동공을 키워 놓아서 그럴 거예요. 망막을 봐야 하니까 동공을 확장시키는 건 어쩔 수 없이 해야 하는 절차거든요."

　"그럼 이 증세가 오래 가는 건가요?"

　"그건 아니에요. 서서히 원래대로 돌아갈 겁니다. 아마 오늘 하루 정도만 지나면 될 테니까 안심해도 돼요."

의사가 차트를 작성하다 말고 힐끔 모윤과 서인을 쳐다보더니 웃으며 말했다.

"그나저나 애인분이 참 자상하시네. 병원까지 같이 따라오고. 그런데 안과에 검진 받으러 올 때는 참 잘하는 거예요. 동공을 키워 놓은 경우에는 이렇게 눈이 부셔서 혼자 오면 돌아갈 때 힘들거든요."

"아, 예……."

서인이 입을 벌린 채 대답하며 고개를 끄덕였다. 하지만 모윤은 뭔가 못마땅한 게 있었는지 한쪽 눈썹을 비틀어 올리더니 의사를 향해 말했다.

"애인 아닌데요."

"아니에요?"

"예."

"아……. 나는 워낙 두 분 사이가 다정해 보여서."

"부부입니다."

모윤이 의사를 향해 대답했다. 서인은 민망해져서 고개를 푹 숙였다가 그를 슬쩍 쳐다보았다. 물론, 형광등 불빛에 눈물이 쏟아질 것만 같아서 황급히 고개를 다시 숙여야 했지만 말이다. 그래도 잠깐이나마 쳐다봤던 그의 표정은…… 그래, 뿌듯해 보였다.

뿌듯해 보이다니.

서인은 의사를 향해 꾸벅 인사를 하고 모윤과 함께 진료실을 나섰다. 모윤이 냉큼 그녀의 팔을 붙잡으며 부축하려 들었다.

"아휴, 됐어요! 내가 지금 거동이 불편한 것도 아닌데!"

"눈이 부시다며."

"그러니까요. 눈부신 것뿐이라고요."

서인이 모윤의 옆구리를 쿡, 찌르며 투덜거렸다. 그 모습을 본 간호사가 작게 웃더니 끼어들었다.

"두 분, 정말 보기 좋으세요. 신혼이신가 봐요?"

"예."

모윤이 냉큼 간호사를 돌아보며 대답했다. 또 뿌듯한 표정이었다. 서인은 멋쩍은 마음에 하하, 하고 어색하게 웃은 뒤, 간호사가 멀어져 가는 것을 확인하고서 모윤을 향해 입을 열었다.

"아예 광고를 하시지요?"

"그럴까? 신문 1면에 전면 광고라도 할까?"

모윤이 웃지도 않고 천연덕스럽게 서인의 말을 받아쳤다. 서인은 붉게 달아오른 뺨을 슬쩍 손으로 문질렀다. 모윤은 결혼한 뒤에 모르는 사람들에게도 뿌듯한 표정으로 자신과 그가 부부라는 걸 자랑하며 다니고는 했다. 처음에는 서인 역시 신이 나서 그와 함께 자랑하며 돌아다니기는 했지만…….

"가는 곳마다 부부라고 자랑하고 다니는 건 좀, 너무 심하다고요. 사람들이 우리가 부부인지 아닌지 관심 갖는 것도 아닌데."

"알 게 뭐야. 그 사람들이 관심을 갖든 말든."

모윤은 데스크에서 처방전을 받아서 돌아서며 시큰둥한 어조로 대답했다. 서인이 미간을 찡그리고는 고개를 갸웃거렸다.

"그런데 왜 자랑하고 다녀요?"

"그냥, 그러고 싶어서."

모윤이 어깨를 으쓱이며 대꾸하고는 대기실의 빈 의자에 서인을 앉혔다. 서인이 모윤을 올려다보려다가 또 눈이 부셔서 이맛살을 찌푸리며 고개를 숙였다.

"여기서 기다리고 있어. 약국 가서 약 받아 올게."

"예."

서인이 고개를 끄덕이며 대답했다. 모윤이 그녀의 머리를 다정하게 쓰다듬고는 서둘러 출입문 쪽으로 몸을 돌렸다. 그녀는 모윤의 뒷모습을 가만히 쳐다보다가 휴대폰 진동이 부르르 울리는 것을 느끼고 휴대폰을 꺼냈다.

"응, 이모."

— 어디니?

"안과."

서인은 나희의 물음에 간단히 대꾸하며 모윤이 언제 들어오나 하고 출입문 쪽으로 고개를 쭉 내밀었다.

— 혼자?

"아니. 모윤 씨랑 같이."

— 길 서방이랑? 학교는 출근 안 했어?

"방학이잖아."

— 아, 방학. 캬아, 부럽다.

나희가 진심으로 부럽다는 듯 뒤이어 수다를 떨기 시작했다. 평일 야근은 기본이고 휴일에도 종종 일을 해야 한다며 넋두리를 늘어놓는 나희의 말을 가만히 듣던 서인이 풋, 하고 웃음을 터뜨렸다.

— 왜 웃어?

"갑자기 웃겨서."

— 뭐가 웃긴데?

"이모가 우리 모윤 씨, 꼬박꼬박 '길 서방'이라고 부르는 거."

서인은 결혼 전에 나희와 모윤이 만났던 자리를 떠올렸다. '진짜' 권나희와 길모윤의 만남이었다. 자신이 대타로 소개팅 자리에 나가지 않았더라면, 그 자리에서 자신의 이모와 모윤이 서로를 소개팅 상대로서 만났을지도 모르는 일이었다.

그런 두 사람이 처이모와 조카사위로 만났으니······.

"이모, 어쨌든 고마워."

— 뜬금없이 무슨 소리야?

"그런 게 있어."

서인이 멋쩍은 얼굴로 대꾸하다 말고 출입문을 열고 막 들어온 모윤을 발견하고는 황급히 말을 이었다.

"이모, 전화 끊어. 길 서방 약 타 가지고 왔어."

서인은 나희와 인사를 나눈 뒤, 전화를 끊고 자리에서 일어섰다. 모윤이 약국에서 받아 온 안약을 가지고 다가오다가 입을 열었다.

"이모님이 길 서방이라고 부른다고, 너도 길 서방이냐?"

"헤헤, 그새 들었어요? 어?"

서인이 싱글거리며 웃다 말고 얼떨떨한 표정을 지었다. 갑자기 시야가 약간 어둑해진 탓이었다. 그녀는 어리둥절한 표정을 짓다가 손으로 눈가를 만졌다. 큼직한 선글라스 테가 손가락 끝에 닿았다.

"선글라스네요?"

"응. 눈부시다며."

"이건 어디서 구했어요?"

"약국 옆 안경점에서."

모윤이 서인의 선글라스를 다시 똑바로 고쳐 씌워 주며 대꾸했다. 서인은 배시시 웃으며 그의 팔짱을 꼈다.

"하여간 센스 만점이다, 우리 남편."

"6개월에 한 번씩 검진 받으러 오면 된다니까 나 방학 때마다 오면 되겠네."

서인의 칭찬에 멋쩍었는지 모윤이 말을 돌렸다. 그 모습에 서인

436

이 까르르 웃고는 손을 내밀어 그의 손을 잡았다. 모윤 역시 그녀의 손을 맞잡고는 깍지를 꼈다. 서인은 그를 따라서 걸음을 옮기다가 제 손을 내려다보았다. 자신의 손을 단단히 붙잡고 있는 모윤의 손이 덩달아 보였다. 그녀는 슬쩍 시선을 들어 모윤의 옆얼굴을 쳐다보았다. 여름이라 그런지, 부쩍 살이 빠진 것 같았다. 서인이 모윤의 날카로워진 턱선을 쳐다보다가 입을 열었다.

"집에 들어가기 전에 마트 가서 삼계탕 끓일 거 사 가지고 갈까요?"

"갑자기 웬 삼계탕?"

"모윤 씨, 살이 많이 빠진 것 같아서요. 여름이라 힘든가? 더위 타요?"

서인이 그를 향해 질문을 던진 순간, 모윤이 그 자리에 멈춰 섰다. 그리고 그녀를 돌아보더니 짓궂게 웃었다.

"내 살이 빠진 게 누구 탓인데, 죄 없는 더위 타령이야?"

"예? 더위 때문이 아니라고요? 그럼 누구……."

"누구기는 누구겠어. 밤마다 잠 못 자게 괴롭히는 우리 예쁜 마누라 때문이지."

"말도 안 돼! 내가 뭘 어쨌다고요! 오히려 잠 못 자게 괴롭힌 건 모윤 씨거든요?"

서인이 억울하다는 듯 콧김까지 뿜어 대며 항의했다. 어제도, 그저께도, 매일 밤마다 괴롭힌 사람이 누군데! 내가 누구 때문에 한여름에도 목이 훤하게 드러나는 옷을 못 입고 있는데! 서인이 선글라스 너머로 모윤을 마구 노려보았다. 그 모습을 보던 모윤이 웃음을 터뜨리더니 그대로 그녀를 품에 끌어안았다.

뜨끈뜨끈한 여름의 열기 탓인지, 모윤의 몸이 다른 날보다도 더 뜨거웠다. 하지만 서인은 그 열기가 좋다는 듯 그의 가슴팍에 얼굴을 비벼 댔다. 금세 풀어져서 배시시 웃던 서인이 모윤의 품에 안긴 채 그를 올려다보았다.

"그 날렵한 턱선이 내 덕분에 생긴 거네요?"

"그렇지."

"그럼 돈 받아야 되는데. 공짜로 시술해 준 거잖아요."

용돈 주세요, 용돈. 서인이 두 손을 내밀며 공손한 어조로 장난스럽게 말했다. 모윤은 그런 서인의 이마를 가볍게 손가락으로 튕기고는 입을 열었다.

"용돈 좋아하네. 도인주 그 녀석이랑 또 그 돈으로 클럽 가려고?"

"저번에 한 번밖에 안 갔어요! 인주가 한 번만 가 보자고 조르는 바람에."

그리고 아내 친구한테 '녀석'이 뭐예요, '녀석'이. 서인이 볼멘소리를 하며 투덜댔다. 모윤은 코웃음을 치며 서인을 안고 있던 팔을 풀어 그녀의 어깨를 감싸고는 주차해 놓은 차 쪽으로 걸음을 옮기면서 말했다.

"네 친구들 전부, 나한테는 '녀석'들이야."

"그래도 내 친구들인데."

"왜? 아내 친구 대접 받고 싶대?"

모윤이 웃으며 묻는 말에 서인이 바로 대답하지 못하고 우물쭈물 망설이다가 고개를 끄덕였다.

'야, 킬러 윤한테 대접 좀 받아 보자. 응? 우리가 언제까지 제자냐고! 신분 상승 좀 해 보자!'

인주가 장난스럽게 졸라대던 말이 떠올랐다. 서인은 오늘이 기회다 싶은 마음에 간절한 표정을 지으며 그를 쳐다보았다. 물론, 얼굴

438

의 절반을 가린 선글라스 때문에 별다른 효과는 없었지만 말이다.

"닥치라고 해. 너 클럽 데리고 간 것만으로도 도인주는 영원히 '녀석'이야."

"……헐. 은근히 뒤끝 있어, 이 남자."

서인이 입을 삐죽이며 투덜거렸다. 모윤이 서인을 힐끔 쳐다보고는 별것 아닌 말을 한다는 듯 입을 열었다.

"사모님 소리 듣고 싶지 않아?"

"예?"

"원래 스승님의 부인한테 사모님이라고 하는 거잖아. 따지고 보면, 네 친구들이 너를 부를 때 사모님이라고 해야 하는 건데."

미끼를 던지듯 건넨 말에, 서인이 곧바로 반응을 보였다. 서인은 선글라스를 쓴 채 고개를 획 돌리더니 모윤을 쳐다보았다. 새까만 알 너머로 보이는 눈이 데굴데굴 구르며 궁리를 하는 게 슬쩍 엿보였다. 그리고 입가에 짓궂은 미소가 번지는 듯싶더니 서인이 고개를 끄덕이며 대답했다.

"음…… 생각 좀 해 봐야겠어요."

사모님이라니. 흐흐, 사모님이라고? 서인이 혼잣말을 중얼거리며 키득거렸다. 모윤은 차 키를 꺼내며 피식 웃었다. 어린 아내와 살면서 어떤 식으로 대처해야 하는지, 조금씩 터득해 가고 있는 중이었다.

* * *

집에 들어오자마자 모윤은 급히 거실과 방의 커튼을 모두 닫았다. 순식간에 실내는 어둑해졌다. 서인은 안으로 들어서면서 쓰고 있던 선글라스를 벗었다.

"아, 이제야 살 것 같아요."

아무리 선글라스를 썼어도 여름의 강렬한 햇빛 앞에서는 속수무책이었다. 서인이 피곤했는지 눈 주변을 손가락으로 꾹꾹 눌렀다. 모윤은 에어컨을 켜고는 돌아서서 그녀에게로 다가왔다. 서인이 눈 주변을 누르다 말고 실내를 둘러보고는 모윤에게 물었다.

"아버님은 또 나가셨나 봐요."

"그런가 보네."

"요새 툭하면 나가시더라. 혹시 애인 생기셨나?"

눈을 반짝이며 묻는 서인을 향해 모윤은 그저 어깨를 으쓱였다. 동모가 자신과 서인을 위해서 아침 일찍 나갔다가 저녁 때에야 들어온다는 걸 알고 있는 모윤으로서는 대답할 말이 없었다.

방학이 시작되면서 보충 학습 때문에 학교에 나갈 때를 빼고는 모윤이 집에 있는 시간이 많아졌다. 그와 더불어 대학교 역시 방학에 접어든 탓에 서인도 며칠 전부터 아침에 어학원에 다녀오는 걸 제외하면 집에서 뒹굴거리고 있는 시간이 늘어나 있었다.

그러니 이제 막 신혼에 접어든 남녀가 눈만 뜨면 뭘 하겠는가.

모윤은 머쓱한 얼굴로 웃었다. 단둘이 오붓하게 보낼 수 있도록 집을 비워 주시는 아버지의 뜻에 부응하기 위해서라도 뭐…….

"으아아! 들어오자마자 뭐예요! 씻지도 않고!"

"어차피 이따가 씻어야 하잖아."

"이따가 말고 지금……."

모윤은 서인의 입술을 삼킬 듯 덮쳤다. 그녀의 항의는 고양이 울음소리처럼 새어 나온 신음에 묻혀 버렸다. 서인은 언제 항의를 했나 싶을 만큼 적극적으로 모윤의 목을 끌어안았다. 모윤은 나직하게 웃으며 서인의 웃옷을 벗겼다. 에어컨의 차가운 공기가 맨살에 닿아서 서늘했는지 그녀가 바르르 몸을 떨었다. 모윤은 서인의 아랫배부터 손을 대고 위쪽으로 쓸어 올렸다. 말캉말캉한 가슴을 손에 가득 쥐자 그녀의 입에서 가느다란 신음이 나왔다. 모윤은 서인의 목덜미에 입맞춤을 쏟아 내며 그대로 그녀를 품에 안고 방으로 향했다.

모윤의 숨결이 서인의 뺨 위에 내려앉았다. 정신없이 휘몰아치던 열기가 서서히 가라앉고 있었다. 서인은 모윤의 등에 대고 있던 손을 꼬물거리다가 느릿하게 아래로 내렸다. 그러자 모윤의 등이 움찔거리더니 바짝 힘이 들어갔다. 그것이 재미있어서, 서인은 웃음을 작게 터뜨리며 계속 그의 등을 더듬었다.

"겁 없지? 응?"

모윤이 장난스럽게 서인의 손목을 움켜쥐며 물었다. 서인은 대답 대신 배시시 웃었다. 세상에서 가장 든든한 남자가 바로 이렇게 자신의 눈앞에 있는데 무서울 게 뭐가 있을까 싶었다. 그러나 그녀는 굳이 그 말을 입 밖으로 꺼내지는 않았다. 모윤도 딱히 그녀의 대답을 들으려고 물은 것은 아닌 듯 피식 웃더니 서인의 뺨에 입술을 살짝 눌렀다가 떼고는 몸을 일으켰다.

몸 안을 가득 채우고 있던 그가 빠져나가니 순간적으로 횅한 느낌이 들었다. 서인이 그 느낌에 반사적으로 몸을 움츠렸다. 모윤은 서인을 힐끔 보고는 이불을 끌어다가 목 위까지 덮어 준 뒤에 몸을 일으켰다. 늘 그랬듯 뒤처리를 하기 위해서였다.

"피임 안 해도 되는데."

서인이 이불 속에서 꼼지락거리며 모윤을 향해 말을 걸었다. 모윤이 그녀의 목소리에 반응하듯 고개를 돌렸다가 픽 웃으며 장난스럽게 대꾸했다.

"됐거든요?"

"안 됐거든요오오?"

서인은 불퉁한 표정으로 그의 말을 받아치고는 일어나 앉았다. 아랫부분이 얼얼했지만 이제는 익숙해진 감각이기에, 그녀는 아무렇지 않게 이불을 목 위까지 끌어당긴 채 종알종알 말을 이었다.

"우리, 이제 부부잖아요."

"누가 아니래? 너는 내 아내, 나는 네 남편. 법적으로도 부부 맞지."

모윤이 장난스럽게 웃으며 대꾸했다. 그 모습에 입을 삐죽이던 서인이 다시 말했다.

"그러니까 피임 안 해도 되는 거잖아요. 부부인데."

"왜? 아기 갖고 싶어?"

모윤은 서인의 말을 듣다가 그녀에게 물었다. 서인이 모윤의 물음에 멈칫하고는 잠시 주저하다가 웅얼거렸다.

"아니……. 지금 당장 갖고 싶다는 건 아니지만."

솔직히 말하자면 서인은 임신이나 엄마가 된다는 게 아직 자신과는 먼 얘기처럼 느껴졌다. 하지만 결혼을 했으니 언젠가는 아기를 갖고 엄마가 될 거라는 생각을 막연히 하고 있기는 했다. 그런데 모윤은 결혼을 한 뒤로도 줄곧 꼬박꼬박 피임을 하고 있었다. 자신에게 피임약을 먹으라거나 하는 게 아니라, 본인이 직접 말이다.

지금껏 그가 사용한 콘돔이 몇 박스나 될지…….

서인은 무심코 생각을 하다가 얼굴을 붉히고 말았다. 아무리 자신이 유부녀라고는 하지만, 그래도 이런 생각을 아무렇지 않게 하다니. 그녀는 빨갛게 달아오른 뺨을 손바닥으로 두드렸다. 그 모습을 가만히 바라보던 모윤이 서인의 손을 끌어다가 잡고는 입을 열었다.

"아기를 갖는 건 당장 서두르지 않아도 돼, 서인아."

"……예?"

"너는 이제 겨우 스무 살이야. 나는 네가 제대로 꿈조차 펼쳐 보지 못하고 양육이니 뭐니 하는 문제로 좁은 울타리 안에 갇히는 걸 바라지 않아. 그렇게 가둬 놓으려고 너랑 결혼한 것도 아니고."

"……."

서인은 모윤을 물끄러미 응시하며 그의 말을 들었다.

"물론 아기는 아주 예쁘고 사랑스럽겠지. 너를 닮아 태어난다면. 나는 그날이 오기를 기다리고 있어."

모윤이 부드럽게 웃으며 말을 이었다. 그리고 그가 서인의 손등을 가만히 어루만지다가 입을 맞추고는 덧붙이듯 말했다.

"하지만 나는 너와 아기 중에 선택하라면 당연히 너를 선택할 거야. 그래서 지금은 온전히 너에게 집중하고 싶어. 너와, 네가 만들어 갈 너의 삶에."

"모윤 씨……."

서인은 괜히 울컥하는 마음에 그를 쳐다보았다. 그러고 보니 대학 동기 중에 일찌감치 임신을 하는 바람에 배가 불러서 2학기에는 휴학을 할 예정이라던 이가 있었다. 서인은 가만히 그 동기의 모습에 자신을 겹쳐 보고는 고개를 흔들었다.

역시, 아직은 마음의 준비가 되지 않았나 보다.

서인은 제 손을 잡고 있는 모윤의 손을 가만히 내려다보았다. 그의 손이 얼마나 다정한지 알고 있다는 게, 새삼 뿌듯했다. 이 다정한 남자가 제 남자라는 사실에 가슴이 벅찼다. 그녀는 안과에 검진을 받으러 가서도 자신보다 더 열심히 의사의 설명을 듣던 모윤을 떠올렸다.

당뇨 박사가 되었다 싶을 정도로, 모윤은 도서관과 인터넷을 뒤지며 공부를 열심히 했다. 그리고 그녀가 미처 생각하지 못했던 검진까지도, 그는 미리 병원에 예약을 해서 받게끔 했다. 안과에 간 것도 그중 하나였다.

그녀는 빛 한 줄기 들어올 틈 없이 꼭꼭 닫아 놓은 암막 커튼을 쳐다보았다. 형광등 불빛도 눈이 부실까 싶어 침대 옆의 작은 등만 켜 놓은 상태였다. 서인은 어두운 곳에서도 선명하게 보이는 자신의 남자를 물끄러미 쳐다보다가 이내 장난스럽게 웃으며 말했다.

"그런데 남자는 나이를 먹으면 좀 곤란하지 않아요?"

"응?"

"그…… 정자의 활동성이라든가……."

"뭐라고?"

모윤이 서인의 말을 듣다가 기가 막힌다는 듯 눈을 치켜떴다. 그러자 서인이 키득거리며 웃었다. 모윤은 그녀를 쳐다보다가 헛웃음을 터뜨리고는 입을 열었다.

"안 되겠네."

"예? 뭐가요?"

"지금까지 보여 준 것으로는 부족했나 봐."

"예?"

서인이 모윤의 말을 이해하지 못한 듯 눈을 깜빡였다. 모윤은 입꼬리를 올리고는 이불로 감싸고 있던 서인의 몸을 다시 끌어당기며 말을 이었다.

444

"어쩌겠어. 더 보여 주는 수밖에."

"어, 어어? 모윤 씨!"

"아직 이 몸이 한창 팔팔하다는 걸 말이야."

모윤은 짓궂게 웃으며 덧붙이듯 말하고는 서인의 입술 위에 제 입술을 포갰다. 서인이 당황한 듯 버둥대다가 이내 그의 몸을 마주 안으며 신음을 뱉었다.

동모가 돌아오기까지는 아직, 시간이 많이 남아 있었다.

— The end

작가 후기

안녕하세요, 김영희입니다. 이렇게 뵙게 되어서 정말 감사하고, 반갑습니다. ^^

지금 막 원고 수정을 마친 뒤에 곧바로 작가 후기를 쓰기 시작했어요. 지금 이 느낌 고스란히 가지고 후기를 쓰고 싶어서요.(그러면 뭔가 작가 후기도 잘 쓸 수 있지 않을까 기대했는데…… 아무래도 그건 무리인 듯합니다. 힝.)

작가 후기를 통해서 고백하자면, '이웃집 담 너머'는 한 번, 엎어 버린(?) 전적이 있는 글이에요. 대략 삼분의 일 가량 썼을 때였던가요. 당시의 서인이는 가지고 있는 지병과 음울한 가정 환경으로 인해 상당히 우울한 면을 가지고 있었습니다. 지금의 서인이와는 완전히 대조적인 모습이었다고 할까요.
그런데 문득 그런 생각을 하게 되었어요.

'왜 꼭 아픈 사람이라고 우울해야 하는 거지? 부모님한테 사랑 못 받았다고 어두운 성격이어야 하는 건 아니잖아?'

가슴속에 상처가 많은 아이일지라도, 그만큼 더 강하고 씩씩할 수 있을 거라고 생각했습니다. 상처 많은 서인이에게 자꾸 마음을 주다 보니까 이 아이가 더 밝고 쾌활한 모습을 지니기를 바라게 되기도 했고요.

그래서 기존에 썼던 걸 없애고 새로 쓴 것이 바로 이 원고입니다. 음…… 결과적으로 보자면, 개인적으로는 그때 그렇게 과감하게 엎어 버렸던 결정을 후회하지는 않아요. 적어도 서인이가 더 씩씩해진 모습으로 독자님들을 뵐 수 있게 되었으니까요.

그리고 길모윤 씨, 애칭 킬러 윤, 이 남자 역시 제게는 참 소중한 인물이에요. 몸 불편한 아버지 길동모 씨를 모시고 사는 이 남자는 겉으로는 쌀쌀맞고 냉정한 척하지만 속으로는 정 많은 사람이거든요. 그래서 서인이와 맺어 주자, 그런 마음이 들었던 것도 같습니다. ^^(예, 저는 커플 매니저입니다. ^^;;;)

(늘 같은 바람을 가지고 글을 쓰고 있지만) 가슴 따뜻해지는 이야기를 쓰고 싶었습니다. 모윤 씨와 서인이뿐만 아니라 그들 주변의 인물들이 보내는 따스한 마음 역시 보여 드리고 싶었는데, 그게 바람대로 잘되었는지 모르겠어요.

부디 아주 잠시라도 읽어 주시는 독자님들께 미지근한 온기나마 전할 수 있었으면 좋겠습니다.

첫 번째 종이책부터 시작해서 이번 '이웃집 담 너머'까지 연이어 네 번의 인연을 맺게 된 뿔미디어님들, 항상 감사한 마음을 이렇게 후기를 통해서 거듭 전합니다. 이영은 편집자님, 늘 세심하게 신경 써 주시고 애써 주셔서 정말 감사해요. 예쁜 표지 만들어 주시는 디자이너님께도 감사하단 말씀드리고요.

또한, 언제나 든든한 응원과 격려 보내 주는 부모님과 동생에게 고맙단 말, 역시 전합니다.

그리고 무엇보다도 이 글을 통해서 뵙게 된 독자님들, 정말 감사합니다. 말주변이 없어서 고작 드린다는 말씀이 감사하다는 인사뿐이지만, 그게 전부이기도 하네요.

읽어 주셔서 정말, 진심으로 감사합니다.

어느새 겨울이 지나가고 봄이 찾아오네요. 눈이 소복소복 쌓이던 겨울에는 봄이 올 것 같지 않았는데 말이에요. 그렇게, 깨닫지 못하는 사이에 봄은 찾아오나 봅니다.

함께해 주신 분들, 모두에게 멋진 봄이 찾아오기를.

저는 또 다른 글로 다시 인사드릴게요.
고맙습니다.

2016년, 봄을 맞이하는 길목에 접어들며,
김영희 드림.